Bettina Bellmont

Blades & Ballads

Blades & Ballads

Ein verfluchter Prinz, ein überengagierter Barde und eine Gans mit Gehirnerschütterung auf einer Mission gegen Piraten, Skelettkrieger und einen attraktiven Nekromanten – was kann da schon schiefgehen?

Von einem Fluch gezeichnet, fristet Prinz Ciaran ein trostloses Dasein in einer kalten Burg am Rande des Königreiches. An seiner Seite bloß sein bester Freund und Barde Thim, der ihm als Einziger noch die Treue hält. Als eines Tages nicht nur ein verwunschenes Gänsemädchen, sondern auch die Häscher der Königin – Ciarans Schwester – in der Burg auftauchen, wird er allerdings aus seiner Lethargie gezerrt. Er soll der Schlüssel in einem Krieg sein, der seinen Tod bedeuten kann. Um diesem Schicksal zu entrinnen, flieht der Prinz in einer Nacht-und-Nebel-Aktion, nicht ahnend, dass er damit in ein Abenteuer stolpert, wie er es in seinen kühnsten Träumen nicht erwartet hätte. Magie, Intrigen, Verschwörungen mit dem Feind und uralte Prophezeiungen sind jetzt die geringsten seiner Sorgen – vielmehr scheinen die Götter selbst die Finger im Spiel zu haben. Ob das der Stoff ist, aus dem Balladen komponiert werden? Oder eher Totengesänge für unfreiwillige Helden, die dazu bestimmt sind, ein neues Zeitalter einzuläuten?

Die Autorin

Bettina Bellmont (1990) jongliert als Werbetexterin, Journalistin und Verlagsassistentin mit Worten. Ihre Leidenschaft gilt besonders den Buchstaben zwischen zwei Buchdeckeln. Die Autorin ist Mitglied beim Verein Schweizer Phantastikautor*innen und Co-Coach einer Fantasyschreibgruppe des Jungen Literaturlabors in Zürich. Die Ostschweizerin lebt zusammen mit ihrem Mann in einem noch katzenlosen Haushalt, singt im Dorfchor und stapelt Bücher für ihren Bookstagram-Channel.

Bettina Bellmont

Fantasy

www.sternensand-verlag.ch | info@sternensand-verlag.ch

1. Auflage, Juni 2024

Umschlaggestaltung: Alexander Kopainski
Lektorat / Korrektorat: Sternensand Verlag GmbH | Wolma Krefting
Karte: Bettina Bellmont
Satz: Sternensand Verlag GmbH
Druck und Bindung: Smilkov Print Ltd.

ISBN-13: 978-3-03896-321-9
ISBN-10: 3-03896-321-9

Für Simon,
weil du mich jeden Tag
zum Lachen bringst.

Und für alle Thims,
die für jemanden die Sonne
bedeuten.

TIR AN-T
OIGHEAR
Wüstenpalast
DOMHAN UAIGHE
Trega
ISLIRITH
GWENDYNN
CLACHAN DUBH
Academeia
Cnock-na-
Dealgan
GRENZGEBIET
Helmhaim
Unterdon
HINIA
Königskron
Meerfall
N
W
E
S

Ein Sturm zieht auf

Ciaran

Die Festung am äußersten Rand von Hinia kannte keine Sonnenstunden. Rauer Meerwind umtoste die Steinmauern, die Gischt der tobenden See nagte am Fundament und der Himmel lag grau und matt über den hohen Zinnen, als hätte die Gestirnsgöttin Helia ihren Schleier auf dem verlassenen Flecken Erde abgelegt und vergessen.

An jenem Tag vor über zwanzig Jahren, als Ciaran die schwarzen Tore von Helmhaim zum ersten Mal durchschritt, frierend, bis auf die Knochen durchnässt und von schrecklichem Heimweh geplagt, hatte er den Ort verflucht.

Jetzt waren die Mauern seine Rüstung, das Tosen der Wellen begleitete seine Schritte mit ihrer Melodie, und das dumpfe Kerzenlicht wies ihm den Weg.

Helmhaim war genauso vergessen und verflucht wie er – der verdorbene Prinz, der nie wieder zurückkehren durfte.

Denn das war schlicht und ergreifend zu gefährlich für jene, die ihm am Herzen lagen. Er hatte nun sein eigenes Reich, seine eigene verdammte Burg.

Helmhaim.

Helmhaim war Ciaran.

Ciaran war Helmhaim.

In Gedanken versunken merkte er kaum, wie sich seine Hände um die Stuhllehne krallten.

Der Wind, der um seine Beine strich und zwischen die Stofflagen seiner dunklen Kutte glitt, war rauer als sonst. Das Klappern der Glasfenster im Thronsaal wurde merklich lauter. Das Meer brach sich krachend an den Felsen, warnender, drängender.

Ein Sturm zog auf. Mitten am grauen Tag.

Murrend schob Ciaran das halb gelesene Buch zur Seite, das er sich als Ausrede für sein Grübeln auf den Schoß gelegt hatte.

Wenn ein Sturm kam, benötigte er keine Rechtfertigung mehr, sich gleich in sein Turmzimmer zu verziehen und ins erlösende Nichts des Schlafes zu versinken.

Doch sein Aufpasser machte ihm auch dieses Mal einen Strich durch die Rechnung.

Ciaran war kaum aufgestanden, da schwang eine der hinteren Türen mit Nachdruck auf und der junge Barde Thim kam aufgeregt gestikulierend in den Thronsaal gestürmt. Die blonden Locken standen ihm windzerzaust vom Kopf ab, die Laute hatte er sich auf den Rücken gebunden, und das zerknitterte Hemd, das sich um seinen Bauch spannte, hing lose aus der Bundhose. In seinen Augen loderte wieder dieses unselige Feuer.

»Meister! Meister! Ein Sturm kommt!«, sprach Thim das Offensichtliche aus und rauschte heran, als sei er dieser Orkan selbst.

»Das weiß ich längst, Thim«, seufzte Ciaran. Er ahnte, dass ihm der Troubadour vor lauter Übermut gar nicht zuhörte. Es spielte daher im Grunde keine Rolle, was er antwortete.

»Aber ein Sturm! Verstehst du nicht?«

Der Prinz stellte sich dumm und schwieg.

»Ein Sturm!« Thim breitete die Hände aus und formte einen Halbbogen in der Luft, so, als wollte er die ganze Welt umarmen. »Meister, das bedeutet, es ist endlich so weit.«

»Unsinn, Thim.« Ciaran strich sich durch das dunkle, viel zu lange Haar und schüttelte zur Unterstreichung seiner Worte den Kopf. »Es regnet einfach stärker. Mach dir keine Hoffnungen.«

Die Pupillen inmitten seiner blauen Iriden des Barden weiteten sich vor Aufregung.

»Bestimmt! Ich spüre es mit jeder Faser meines Körpers: Uns erwartet heute ein Abenteuer.« Er verschränkte die Arme vor der schmächtigen Brust und sah seinen Meister herausfordernd an, als warte er nur auf die nächste Erwiderung, um sie niederzuschmettern.

Ciaran seufzte erneut und knetete mit Daumen und Zeigefinger die Stirn über seinem linken Auge, wie immer, wenn die Dunkelheit in seinen Gedanken herannahte. Mit Nachdruck erklärte er: »Und ich spüre mit jeder Faser meines Körpers, dass ich mich jetzt ins Turmzimmer zwischen die warmen Laken verkriechen muss, den einzigen Kamin in diesem ganzen verfluchten Steinhaufen anfeuere und vom Rest des Sturms so viel mitbekomme wie Helia vom Leben einer Mikrobe.«

Thim warf ihm einen vorwurfsvollen Blick zu und schnaubte. »Das kann nicht dein Ernst sein. Denk nach, was nur alles Ufer gespült werden könnte. Versunkene Kisten, ein Schiffswrack, ja vielleicht sogar ein Sch…«

»Hör auf«, bat Ciaran halbherzig. Ihm fehlte schlicht die Kraft, um ernsthaft gegen die Abenteuerlust seines Gefährten anzukämpfen, der mit seinen vierundzwanzig Jahren voller Energie und Neugierde steckte. Obwohl der Prinz nur zwei Sommer früher geboren war, fühlte er sich in der Gegenwart von Thims jugendlichem Übermut wie ein Greis. »Du wirst wieder nichts finden.«

»Doch! Bestimmt!« Sein Freund klatschte in die Hände und sah ihn grinsend an. »Und du kommst dieses Mal mit.«

»Bestimmt nicht.« Ciaran krallte die Finger noch fester um die hölzernen Lehnen des Throns, bis die Knöchel kreidebleich unter seiner blassen Haut hervortraten.

Thim schien seine aufkeimende Wut nicht zu bemerken und plapperte weiter, der Prinz sah jedoch die Flammen der Kerzen im Thronsaal erzittern. Erschrocken biss sich Ciaran auf die trockenen Lippen, um die Beherrschung zu behalten.

»Natürlich habe ich bisher nichts gefunden!« Thim stemmte beleidigt die Hände in die Hüfte und blies seine geröteten Wangen auf. »Man benötigt nun mal mehr als ein Paar Augen, um Schätze zu entdecken, und mehr als ein Paar tatkräftige Hände, um ein Abenteuer zu bestehen.«

Zitternd erhob sich Ciaran und wollte an Thim vorbeigehen.

Er sollte die Gelegenheit von Thims ausschweifenden Reden nutzen, um genug Abstand zwischen sich und seinem Freund aufzubauen, damit er die bevorstehende Hetzjagd in den Turm mit entsprechendem Vorsprung meisterte.

Es endete immer so. Ciaran kam immer davon.

»Heute nicht!« Thim stellte sich ihm in den Weg und packte seine Schultern mit beiden Händen. »Du haust heute nicht ab, Meister. Wir gehen gemeinsam auf ein Abenteuer.«

Abenteuer? Eher die dümmste Idee, die Thim je geritten hatte. Ciarans Zehen fühlten sich bereits taub an, als hätten sie sich mitsamt den triefend nassen Schuhen in einen Eisblock verwandelt. Und die dünne Kapuze schützte das Gesicht kaum vor der überschwappenden Gischt und dem beißenden Wind.

Ciaran schmeckte Salz auf seinen Lippen. Als seine Augen vor Kälte zu brennen begannen und er beinahe auf den nassen Stufen ausrutschte, die schlängelnd den Felsen entlang an den schmalen Uferstreifen hinunterführten, blieb er demonstrativ stehen.

Das hier war nicht nur dumm. Es war lebensgefährlich.

»Thim!«, schrie er gegen den Sturm an. »Kehren wir um. Das bringt doch nichts.«

Die schlaksige Silhouette seines Freundes hüpfte vor ihm die Stufen hinab und verschwand beinahe im dichter werdenden Grau des Regens.

Der Prinz nahm einen weiteren zaghaften Schritt, um den Barden nicht aus den Augen zu verlieren, doch ein Windstoß warf sich wie eine Wand gegen seinen mageren Körper. Seine Füße rutschten bedrohlich über die nassen Felsenstufen und drohten, unter ihm wegzugleiten. Im letzten Moment klammerte sich Ciaran an einem Vorsprung fest und zog den Umhang stärker um sich, der wild im Orkan flatterte wie die Flügel einer Fledermaus. Der Regen prasselte gegen sein Gesicht und erschwerte ihm das Atmen.

Mit letzter Kraft schrie er in den Sturm hinein: »Thim!«

Der Prinz bezweifelte, dass sein Freund ihn überhaupt hörte. Oder er ignorierte seine Rufe – wie immer, wenn das Abenteuer sein verlockendes Sirenenlied anstimmte und der Barde keinen klaren Gedanken mehr zu fassen schien.

Ihm blieben zwei Möglichkeiten. Er konnte zurück zur Festung und hoffen, dass Thim nicht von den Wellen erfasst, gegen den Stein geworfen und zerquetscht würde. Oder er folgte dem Irren weiterhin und sah zu, wie sie beide lebend aus dieser nassen Hölle herauskamen.

Die Versuchung war groß. Besonders, wenn er an das warme Kaminfeuer in seinem Turmzimmer dachte.

Außer Thim war jedoch niemand mehr in Helmhaim. Niemand, der es länger mit Ciarans schlechter Laune aushielt. Seit er Blut an den Händen trug, hatte der Prinz sein Herz verschlossen und nicht mehr geöffnet. Es existierte nur eine einzige Person, die sich nicht darum scherte, wenn er sie grundlos anschrie, abwies oder anschwieg.

Und wenn er ausnahmsweise ehrlich zu sich selbst war, dann musste sich Ciaran eingestehen, dass er Thim mehr mochte als hasste.

»Verfluchter Barde!«, grummelte er daher und tapste unsicheren Schrittes weiter in die Tiefe.

Unter ihm toste hungrig das Meer.

Die Kapuze tief ins Gesicht gezogen, starrte er auf seine Füße, um ja nicht danebenzutreten und in der brodelnden Tiefe aus Wasser zu versinken.

Ein spitzer Schrei ließ ihn hochfahren. Panisch blickte Ciaran nach vorn, doch Thim schien unversehrt. Im Gegenteil: Er winkte aufgeregt und deutete zum Himmel hinauf.

Der Prinz hielt den Saum der Kapuze fest umklammert und blinzelte die Regentropfen aus seinen Wimpern, als er den Kopf hob.

Erneut brach ein Schrei durch das Brüllen des Sturms. Ein weißer Schemen jagte durch die Wolkendecke, taumelte von den Böen getrieben zur Seite und hinterließ eine Spur aus Federn, die wie Sternschnuppen herabregneten.

»Was ist das?«

Ciarans Stimme kam nicht gegen den Lärm und einen erneuten Schrei an.

Das weiße Flugobjekt krachte über ihnen gegen den Felsen.

Zu spät bemerkte der Prinz, dass er mitten in der Fallschneise stand. Etwas Kleines, Weiches traf ihn an der Brust und warf ihn zurück.

Hastig krallte er sich mit einer Hand an den Stufen fest und hielt mit der anderen das weiche Etwas an sich geklammert. Es kreischte und quiekte gequält.

»Meister! Meister!« Thim kam keuchend herangestürmt. Die Aufregung in seiner Stimme übertönte die Sorge um Ciaran. »Alles in Ordnung?«

Der Angesprochene nickte abwesend und versuchte, das Lebewesen in seinen Armen zu beruhigen. Weiße Federn stoben in sein Gesichtsfeld und etwas Hartes pickte nach seinen Fingern. »Halt still!«, schrie er das Ding an. »Du tust uns beiden weh.«

Frustriert gab er auf und drückte das Federknäuel kurzerhand in Thims Hände.

»Eine Gans!«, rief dieser staunend. »Was macht die denn mitten im Sturm?«

Unter Thims sanften Fingern beruhigte sich das Tier tatsächlich und ließ träge den Kopf hängen, sodass auch Ciaran die braunen Gänseaugen und den langen Hals inmitten der Federn ausmachen konnte.

»Sie hat sich einen Flügel gebrochen, die Arme. Und oh … ihr Kopf! Sie muss sich an den Felsen den Kopf angeschlagen haben«, diagnostizierte Thim mitleidig.

Ciara schüttelte derweil die letzten Federn aus seinem triefend nassen Mantel und beschloss, dass er für heute ausreichend Abenteuer erlebt hatte.

Thim schien da ganz anderer Meinung zu sein. Er blühte gerade erst auf. »Das arme Ding! Wir müssen sie verarzten. Woher die Gans wohl kommt? Von der anderen Seite des Ozeans?«

»Sei nicht albern, Thim«, korrigierte ihn Ciaran ungeduldig, während er zum Aufstieg ansetzte. »Das ist eine Hausgans. Die fliegt nicht übers Meer.«

»Und wenn sie eine verzauberte Prinzessin ist? Vielleicht kommt sie aus Islirith?«

Als Antwort seufzte Ciaran nur. Er hatte Thim – bei Helias Schleier! – oft genug gesagt, dass er den Namen dieses dreckigen Magierstaates nie mehr hören wollte. Schließlich war es die Furcht vor Isliriths Magie, die Ciaran überhaupt hierher nach Helmhaim verbannt hatte. Oder besser gesagt: die Furcht vor der Magie, die in Ciaran schlummern konnte.

Er spürte die alte Wut in sich aufflackern und biss sich erneut auf die Lippen.

Welch dummer Aberglaube. Welch Irrsinn, der ihn seines Throns, seiner Familie und seines Lebens beraubt hatte. Und dennoch: Ciaran hatte gelernt, sein Schicksal zu akzeptieren. Die Gefahr, die von ihm ausgehen konnte, war zu groß für Hinia, zu riskant für die sichere und friedliche Herrschaft seiner Schwester, Menefer Whitehart. Sie war die herrliche Königin unter Helias Gestirnen, die Mächtige, die Ordnende.

Er war bloß der vergessene Bruder mit dem verfluchten roten Auge. Ein Kind, das mit dem Zeichen Isliriths, der Iris in einer Farbe der Magie, geboren worden war.

Instinktiv fuhr er mit der Hand über seine linke Gesichtshälfte und presste den Handballen auf das Lid.

Wie oft hatte er sich gewünscht, nur mit seinen normal dunkelbraun gefärbten Iriden das Licht der Welt erblickt zu haben. Die Götter hatten sich allerdings einen Scherz erlaubt und Ciaran verflucht. Er versuchte zwar, die Iris im Schatten seiner langen Strähnen zu verbergen, doch das Rot leuchtete immer wie von einem inneren Feuer erfüllt hervor.

Ungeduldig unterbrach er Thims Geplapper. »Es reicht jetzt. Das Abenteuer endet hier. Und die Gans kommt in den Topf.«

Sein bester Freund starrte ihn entrüstet an. Zuerst dachte Ciaran, er würde sich vehement für die Fortführung des Abenteuers einsetzen, aber den Troubadour beschäftigte ganz was anderes.

»Du herzloser Mörder! Die Gans wird nicht gegessen.«

»Warum nicht? Sie ist mir ja offensichtlich direkt in die Arme geflogen. Also entscheide ich, was mit ihr geschieht.«

»Wir haben gar keine Köchin mehr! Warum hast du sie bloß entlassen, nur weil sie dir drei Mahlzeiten pro Tag aufgedrängt hat?«

Tatsächlich war es das mitleidige Funkeln in den Augen der Alten gewesen, das seine Wut hatte auflodern lassen. Es war zu gefährlich geworden, die Köchin zu behalten. Seinem Freund gegenüber würde er das jedoch nie zugeben.

Der Barde hatte dennoch recht. Ohne Köchin gab es keinen Gänsebraten. Ciaran kam ins Grübeln. Das war tatsächlich ein Problem.

Thim schüttelte vorwurfsvoll den Kopf. »Ich kann nicht kochen. Und ich werde ihr ganz bestimmt nichts antun. Das arme Ding.«

Die Gans quakte matt und hob den Kopf eine Handbreit, ehe dieser erschöpft nach unten plumpste.

»Die Gans landet im Kochtopf. Punkt«, beschloss der Prinz müde und trat den Rückweg an. Der Sturm im Rücken blies ihn beinahe von selbst die Stufen hoch.

Im Grunde war ihm nicht sonderlich nach Gänsebraten. So wie ihm nie sonderlich nach großen Banketten und Gelagen gewesen war. Aber eine laut schnatternde, gackernde Gans in den steinernen Hallen von Helmhaim konnte er noch viel weniger ertragen. Und genau das würde geschehen, wenn er Thim freie Hand ließ. Am Ende würde der Troubadour dem Tier einen Namen geben und es in die Familie aufnehmen.

»Ich nenne dich Hazel«, verkündete Thim in just diesem Moment stolz und streckte die Gans in Ciarans Richtung. »Siehst du, das ist der griesgrämige Onkel und ich bin jetzt dein Papa. Du musst dir also keine Sorgen machen.«

»Thim!«

»Was denn?«, fragte er unschuldig. »Du kannst das mit dem Kochtopf doch nicht ernst meinen. Sie ist verletzt und benötigt unsere Hilfe. Komm, wir singen ihr ein Lied, bis wir sicher im Trocknen sind.«

»Bei Helia, lass Gnade walten!«, betete der Prinz und zog sich demonstrativ die verrutschte Kapuze über die Ohren.

Doch Thim ignorierte seinen Hilferuf und stimmte voller Inbrunst eine Melodie an.

Ciaran wandte sich beim ersten Ton um und eilte nach oben, ohne sich weiter darauf zu konzentrieren, nicht zu fallen. Hauptsache, er kam hier schnell weg.

Thims Krächzen verfolgte ihn und übertönte selbst das Tosen des Sturms. »Haselnussbraune Augen, weißes Gefiederkleid. Oh Hazel, oh Hazel, du Engel, du fremde Schönheit.«

Der Rückweg fühlte sich auf einmal doppelt so weit an.

»Weit übers Meer gereist, aus dem fernen Lande der Magie, oh Hazel, oh Hazel, kommst du gar aus einer anderen Galaxie?«

»Helia!«, flehte Ciaran erneut und hielt sich hilfesuchend am Türklopfer fest, sobald er die Mauern Helmhaims erreichte.

Thim stimmte schon die dritte Strophe an. Der Prinz war sich sicher, dass darauf ein weitaus grausameres Zwischenspiel folgen würde, ehe sein Freund überhaupt zum ersten Refrain kam. Doch der Göttin sei Dank hießen ihn die klammen und vor allem stillen Gänge von Helmhaim willkommen, bevor er sich der Tortur weiter aussetzen musste.

Wie zuvor von Ciaran vermutet, flüchtete er nun tatsächlich durch die Hallen und leeren Zimmer bis zum Turm hinauf. Die hölzerne Wendeltreppe ächzte unter seinen Schritten, obwohl er nicht annähernd an die stattliche Statur seines Vaters herankam. Im Gegenteil.

Würden die Spiegel entlang der Treppe noch hängen, sähe Ciaran darin vermutlich bloß eine schattenhafte Gestalt mit tiefen Augenhöhlen und knochigen, schmalen Wangen hochhuschen.

Der Prinz war inzwischen mehr Geist als Fleisch.

Gut, dass er die Spiegel abgehängt hatte, um sich selbst nicht mehr sehen zu müssen.

Erleichtert schloss er die Tür zum Turmzimmer hinter sich.

Thims Gesang verstummte in den Tiefen des Gemäuers.

Endlich Ruhe. Endlich.

Ciarans Hände zitterten leicht, als er den nassen Mantel achtlos auf einen Sessel fallen ließ und zum Kamin schlurfte. Die Glut war längst erstickt und es benötigte einige Anläufe, bis er das Feuer erneut entfachen konnte.

Er gewöhnte sich allmählich daran, die kleinen Handgriffe selbst zu tätigen, jetzt, da die Kammerdiener und Zofen einer nach dem anderen das Handtuch geworfen hatten.

Kein Wunder, er war grausam zu ihnen gewesen, damit sie ihn in Ruhe ließen.

Allerdings sollte er Thim bald dazu zwingen, die Wäsche zu reinigen. Ihre Schränke quollen über mit dreckigen Kleidern und Laken.

Ciaran stellte die tropfenden Stiefel neben das Feuer, ging vorbei an den Vorhängen, die er seit Tagen nicht mehr geöffnet hatte, und verkroch sich unter – wie er fand – doch einigermaßen akzeptabel sauberer Bettwäsche. Er wollte nur noch schlafen.

Nächtlicher Besuch

Ciaran

Eine wohlige Wärme breitete sich in seinen klammen Gliedern aus. Schlaftrunken gähnte Ciaran und kuschelte sich zurück in die weichen Laken und an den Körper, der sich warm an seinen Bauch presste.

Allmählich dämmerte sein Bewusstsein aus dem erlösenden Nichts des Schlafes hervor.

Der Wind nagte noch an den Fensterläden und heulte durch die Festung. Allmählich ließ der Regen nach und brachte sein monotones Wiegenlied zum Verstummen.

Jetzt war das Knistern des Feuers das Einzige, was Ciaran zurück in den Schlaf lullen konnte. Wie ein Ertrinkender an einer Rettungsleine hielt er sich am Geräusch fest und versuchte, sich davon ins Land der Träume tragen zu lassen.

Es nützte nichts.

Im Gegenteil erschien ihm das Prasseln und Knacken nur immer lauter und aggressiver, fressender, böswilliger, je mehr er sich darauf konzentrierte.

Leichte Panik wallte in ihm auf, die das Feuer mit einem knisternden Fauchen quittierte.

Ciaran schoss vom Bett hoch, doch das Gewicht auf seinem Bauch drückte sich gegen ihn.

Mit einem erstickten Schrei auf den Lippen sah er an sich hinunter und erkannte zuerst nicht viel mehr als braunes Haar, das sich über seine bleiche Haut ergoss. Dann hob sich der Schopf, etwas murrte, und ein Paar dunkler Haselnussaugen starrte ihm orientierungslos entgegen.

»Was ist los?«, murmelte die nackte Frau in Ciarans Bett.

Nun löste sich der Schrei endgültig aus der Kehle des Prinzen, während er fluchtartig aus dem Bett ans andere Ende des Zimmers sprang, die Hände abwehrend von sich gestreckt.

Bei Helia! Das Band um seine Kutte hatte sich im Schlaf gelöst und soeben rutschte ihm der Stoff ohne Vorwarnung von den Hüften.

Ciaran duckte sich in Alarmstellung und schnappte hastig ein Laken vom Bett, das er sich schützend vor die Leibesmitte hielt.

Die hübsche Unbekannte musterte ihn mit einem irritierten Blick, ehe die Erkenntnis mit einem Leuchten in ihre Augen trat.

»Oh!«, hauchte sie und sah an sich herunter.

»Oh! Aha!«, bejahte Ciaran fordernd.

»Oh! Ich … haben wir?«

»Bei Helia, nein!«

Heiß stieg ihm die Scham ins Gesicht. Hinter ihm glühte das Kaminfeuer, das mehr und mehr außer Rand und Band geriet und nach seinem Laken lechzte.

Die Fremde brachte nur ein weiteres »Oh« heraus und bedeckte sich errötend. Erst als Ciaran keine Anstalten machte, etwas zu erwidern, begann sie vorsichtig: »W… wo bin ich hier? Und wer seid Ihr?«

Der Prinz lachte empört auf. »Das fragt Ihr? Ihr seid in *meinem* Bett aufgetaucht. Nicht umgekehrt.«

»Ich …«

Mehr hörte Ciaran nicht mehr, denn das Feuer erfasste sein Laken und fraß sich über den Boden ins Zimmer hinein. Fluchend warf er den Stoff von sich und griff instinktiv nach dem nassen Mantel, der auf dem Sessel liegend vor sich hin tropfte.

»Meister!« Gerade in dem Moment öffnete Thim schnaufend die Tür und der Windstoß fachte die Flammen an. Sie wuchsen zu enormer Höhe und türmten sich vor Ciaran auf.

»Eeeek!«, kreischte Thim.

»Ahhh!«, schrie die fremde Schönheit.

»Scheiße!«, fluchte Ciaran und ließ nun auch den Mantel achtlos fallen.

Der Zuber! Ja, genau. Thim hatte das alte Badewasser bestimmt nicht geleert.

Ciaran rannte auf das Becken zu und packte dabei den Troubadour am Hemdsärmel, um ihn mit sich in Sicherheit zu ziehen.

Sein Freund wehrte sich. »Meine Laute!«, rief er aus und hechtete in die Flammen.

Der Prinz vergeudete keinen weiteren Atemzug, stieß mit dem rechten Bein, so fest er konnte, gegen den Beckenrand und kippte den Inhalt auf den getäfelten Boden. Zischend und schäumend ergoss sich das Wasser über das Feuer. Und mit einem Schlag war alles ruhig.

Nur ein bis zu den Knien mit Seifenwasser besprenkelter Thim hob wimmernd ein angekohltes Stück Holz in die Höhe. »Meine Laute!«

Am liebsten hätte Ciaran gelacht. Wie absurd! Doch auf den Schrecken folgte Wut. »Was macht das Ding überhaupt in meinem Zimmer? Was macht die …«, er deutete verärgert zur Frau, die sich kein bisschen aus seinem Bett bewegt hatte, »hier!«

»Oh.« Der Barde ließ den Mund offen stehen und blinzelte verwirrt.

»Nicht du auch noch, Thim!«

»Die lag da bislang nicht, als ich die Laute zum Trocknen vorbeibrachte, ich schwör's!«, verteidigte sich der Troubadour.

Ciaran seufzte und strich sich erschöpft mit dem Zeigefinger über die linke Augenbraue.

»Du weißt also nicht, wie eine Fremde mitten in einem Sturm so mir nichts, dir nichts durch die verschlossenen Tore, an dir vorbei, ins höchste Turmzimmer geschlichen ist?«

»Nein! Aber … oh!«

»Jetzt hört endlich mit diesen Ohs auf!«, forderte Ciaran laut. »Entweder erzählt ihr mir sofort, was hier gespielt wird oder ihr beide fliegt raus.«

Thim lächelte gequält und versuchte, die Lage wie üblich mit einem Witz zu entschärfen. »Du kannst mich nicht entlassen, Meister. Das hast du schon dreiundzwanzigeinhalb Mal getan. Und ich bin immer noch da!«

»Einhalb? Ernsthaft?« Der Prinz runzelte die Stirn.

Nach Verzeihung heischend breitete Thim die Arme aus und erinnerte ihn mit wispelnder Stimme: »Das verkohlte Wildbret gestern Abend?«

Ciaran grummelte: »Ah, ja. Das arme Schwein. Von uns kann schließlich niemand kochen.«

»Eben.«

Ein Räuspern. Die Unbekannte druckste auf dem Bett herum. »Wenn ich etwas einwenden darf …«

»Ja?«, maulte Ciaran unleidlich.

»Ich kann kochen.«

Thim frohlockte: »Helias Gnade!«

»Also, denke ich.« Sie wich dem feurigen Blick des Prinzen aus und strich sich eine lose Strähne ihrer braunen Haare hinters Ohr. »Ich kann mich nicht wirklich an etwas erinnern. Aber … ich glaube, so ein Wildbret würde ich hinbekommen.«

»Und Gans? Wie sieht es mit einer Gans aus?« Ciaran wandte sich wieder Thim zu. »Wo hast du das Federvieh überhaupt gelassen?«

»Oh, ich habe ihr ein gemütliches Bett im Thronsaal vorbereitet, ihren Flügel bandagiert und die Kopfwunde gesäubert. Und dann …«, begann sein Freund mit den Fingern zu zählen.

»Wo ist die Gans?«, unterbrach Ciaran den Redeschwall. »Ich erwarte nicht die ganze Krankengeschichte. Nur eine Antwort auf meine Frage.«

»Sie ist weg.«

Ciaran erwartete, dass Thim weiter plauderte, aber der Troubadour zuckte mit den Schultern.

»Weg?«, hakte der Prinz ungeduldig nach.

»Ja! Sie lag eben nicht mehr in ihrem Bettchen, also wollte ich dich um Hilfe beim Suchen bitten. Und da hörte ich deinen Schrei.« Als hätte er sich gerade daran erinnert, trat Thim näher und legte ihm besorgt eine Hand auf den Oberarm. »Ist alles in Ordnung, Meister?«

Ciaran streifte die Hand grob zur Seite. »Das siehst du doch! Sieht das etwa nach Ordnung aus?«

Mit einer ausholenden Geste deutete er auf das Chaos in seinem Schlafzimmer, die verkohlten Wände, die Wasserpfützen und den nackten Eindringling.

»Oh!« Wieder blinzelte der Barde, als hätte ihn der Blitz getroffen.

Ciaran warf Thim einen Blick zu, der töten könnte.

Der Barde hatte allerdings nur Augen für die Fremde. »Bist du das, Hazel?«, fragte er verdattert.

»Die Gans?«, wunderte sich Ciaran ungläubig.

»Schau doch mal. Ihr Arm, der Kopf.«

Thims Ausruf brachte ihn dazu, die Fremde genauer zu betrachten. Sie hatte ein kleines, rundes Gesicht mit Stupsnase, Rehaugen und einem vollen Mund, dessen Lippen vor Nervosität zitterten. Tatsächlich ragte ein Stück Verband zwischen den braunen Haaren hervor und auch der muskulöse Arm war nicht etwa von der Decke bedeckt, sondern von weißen Leinenbandagen.

»Du bist wahrlich eine verzauberte Prinzessin, Hazel!«

»H-Hazel?« Sie deutete verwirrt auf sich selbst. »Meinst du mich damit? Ist das mein Name?«

»Ja, du bist es!« Thim klatschte erfreut in die Hände.

Die Unbekannte schloss benommen die Augen und hielt sich die Stirn. »Ich kann mich nicht erinnern. Mein Kopf tut so weh. Und mir ist etwas übel.«

Ciaran betrachtete sie misstrauisch. Eine Gans, die sich in eine Frau verwandelte – und offenbar eine Gehirnerschütterung davongetragen hatte? Was für ein Theater veranstaltete Thim nun wieder, um ihn zu einem Abenteuer zu überreden?

Genau diese Vermutung sprach er gleich laut aus. »Was hast du angestellt?«

»Das habe ich mir nicht ausgedacht, Meister!«, wehrte sich Thim. »Das war ich nicht, ich schwör's.«

»Mir egal«, murrte Ciaran und wandte ihm demonstrativ den Rücken zu. »Du wirst dich sogleich um unseren vergesslichen Gast kümmern, verstanden? Ob Gans oder Mensch, sie soll sich was anziehen und zeigen, ob sie tatsächlich kochen kann. Und jetzt raus hier!«

Thim nickte eifrig, half der Fremden, aufzustehen und sich mit dem Laken ganz zu bedecken, ehe beide eingeschüchtert lächelnd und rückwärts aus der Tür taumelten.

Ciaran machte sich nicht einmal die Mühe, eben selbige hinter ihnen zuzuschlagen. Stattdessen sank er auf den Sessel und betrachtete die Spuren des Feuers. Ein Zittern jagte durch seine Beine, das er kaum unterdrücken konnte, ergriff seinen ganzen Körper und schüttelte ihn vor Furcht.

Es war wieder passiert. Wieder waren die Flammen in seiner Gegenwart aufgelodert und hatten beinahe einen wichtigen Menschen in seinem Leben verbrannt.

Nur jetzt war Ciaran keine sechs Jahre alt mehr. Und nur diesem Umstand war es zu verdanken, dass dieses Mal niemand den Preis für Ciarans Fluch hatte zahlen müssen.

Die schwarze Kutsche

Thim

Hazel sah selbst in Thims ausgeliehenem Leinengewand wie eine Prinzessin aus. Ihre dunkle Haut schimmerte golden unter dem weißen Obergewand hervor. Leuchtend braunes Haar wogte in Wellen über ihren Rücken, die Hände strichen voller Grazie die Butter an der Schürze ab und selbst die nachdenklich in Falten gelegte Stirn war einer Ballade würdig.

Wenn nur seine Laute nicht so verkohlt wäre.

Seufzend fuhr Thim über das Holz und zog mit aufkeimender Hoffnung die losen Saiten an.

Der Widerhall klang dumpf, der Schallkörper war beschädigt, aber zumindest schienen die Töne nicht allzu falsch.

Mit seiner Stimme würde er vieles überdecken. Solange er den Akkord anschlug und ansonsten auf sein natürliches Organ setzte, würde das bestimmt niemand merken.

Ciaran hasste ohnehin alles, was er sang. Also musste er sich um die Qualität auch keine Sorgen machen.

»Das klingt schön«, meinte Hazel und lächelte.

Thims Herz wurde warm. »Ach, Kindchen. Das ist lieb von dir.« Er lächelte zurück. »Wir wissen doch beide, dass ich damit keine Wunder mehr vollbringen kann.«

»Nun, für ein wenig Unterhaltung wird es wohl reichen. Und schließlich koche ich schlicht eine Suppe. Da braucht es keine Posaunen und Fanfaren.« Kerzenschein schimmerte in ihren braunen Iriden wie Sternensplitter, als sie die Theke mit einem Lappen abwischte. Wahrlich eine Prinzessin im Kostüm einer Magd.

»Ha!«, rief Thim aus. »Ich mag dich jetzt schon, kleine Gans.«

»Warum nennst du mich so? Gans?« Stirnrunzelnd wandte sich Hazel zu ihm um.

Thim deutete auf das Häufchen Decken in der Ecke der Küche, wo vereinzelte Gänsefedern lagen. »Weil ich dich vor wenigen Stunden hier verarztet habe – und da warst du noch ziemlich flauschig.«

Hazel fasste sich ins Gesicht, so als würde sie seine Worte nicht ganz glauben. »Wie ist das möglich? Ich bin doch … ein Mensch?«

»Erinnerst du dich an gar nichts?«

Die Fremde begann, ein paar krumme Karotten aus den Vorratskästen herauszuziehen und mit der Bürste in einem Wasserbottich zu schrubben.

Sie schien nachzudenken.

Erst nach einer Weile und ziemlich vielen sauberen Rüben meinte sie: »Wind. Und da war dieser Fels. Aber ansonsten, nein. Ich erinnere mich überhaupt nicht. Muss wohl vom Sturz sein.«

Thim nickte verständnisvoll. »Die Erinnerung kommt bestimmt wieder und dann kannst du mir von all den Geheimnissen aus Islirith berichten.«

Hazel zuckte zusammen.

Thim sah es, ließ sich nichts anmerken und plapperte weiter: »Es muss wunderschön sein, im Land der Magie. Wo Schweine fliegen und die Toten zum Frühstück mit ihren Liebsten speisen. Habt ihr wirklich zwei Monde dort?«

Sie lachte. »Niemals! Solch ein Land gibt es nicht.«

»Doch, doch! Du musst dich erinnern.«

»Gänse haben nicht sonderlich große Gehirne, oder?«, gab Hazel zu bedenken und machte sich daran, die Karotten in gleichmäßig große Scheiben zu schneiden. »Allzu viele Erinnerungen kann ich wohl nicht haben.«

»Nicht, wenn du eine Gestaltwandlerin bist.«

Sie zog die Augenbraue zweifelnd in die Höhe. »Du hast eine blühende Fantasie. Thim – oder?«

»Ich bin Troubadour, werte Dame. Blühende Fantasie ist unerlässlich bei meiner Profession.«

»Und angekokelte Lauten!«

»Und magische Begleiter!«, gab er unumwunden zurück.

»Du glaubst also wirklich, ich sei so was wie eine Zauberin?« Sie stemmte die Hände herausfordernd in die Hüften. »Sag mir, Herr Troubadour, warum kann ich mich dann nicht einfach zurück in eine Gans verwandeln?«

Das war tatsächlich ein interessantes Argument.

»Kannst du nicht?«

»Ich wüsste nicht wie.«

Sie nahm einen Topf, schüttete frisches Wasser hinein, platzierte ihn auf dem Feuer und schickte die Karotten mit einer eleganten Bewegung gleich hinterher.

»Und ich vermute, das könnte ich als Gestaltwandlerin, oder? Außerdem …« Sie klaubte ein paar Zwiebelschalen zusammen, die lose auf der Küchenzeile herumlagen, und warf sie ebenfalls in die Suppe. »Wenn ich meine Gestalt wandeln könnte, würde ich bestimmt nicht eine Gans wählen. Ein Schwan wäre viel passender! Oder ein majestätischer Hirsch. Ein flinker Falke!«

Thim konnte sich Hazel nur zu gut als Schwan vorstellen. Sie erinnerte ihn an dieses Märchen mit der Schwanenprinzessin. Doch die Realität war oft weitaus weniger schillernd.

»Bloß wählt man sich sein Tier nicht aus. Man wird mit seinem Gestalttier geboren«, klärte der Barde auf.

Sie sah ihn kritisch an. »Du scheinst ganz viel zu wissen über dieses Isli… Dingsbums. Und über Zauberer.«

»Islirith. Und ja. Ich habe alles gelesen, was es über das Land der Magie zu lesen gab. Und das ist in Hinia – bei Helias Schleier – traurig wenig, ich schwör's.«

»Warum das?«

Thim spürte ihre Neugier beinahe körperlich im Raum schweben. Allzu gerne erfüllte er ihr den Wunsch und holte weit aus: »Hinia ist das Königreich der Ordnung. Alles geht in geregelten Bahnen, so wie die Gestirnsgöttin Helia es sich wünscht.«

»Das heißt?«

Sein Gegenüber strich sich nervös mit den Daumen über die Innenflächen der Hand. Flackerte da so etwas wie Angst in ihren Augen?

»Magie hat in Hinia keinen Platz«, begann der Barde die Glaubenssätze seines Reiches herunterzuleiern und achtete dabei auf Hazels Reaktion. »Magie ist unkontrolliert, zerstörerisch, eigenwillig. Zu gefährlich für die Schützlinge der großen Göttin.«

Die Köchin in spe antwortete schnell. »Klingt … ziemlich langweilig.«

Enttäuscht biss sich Thim in die Unterlippe. Die Fremde ließ sich nicht in die Karten schauen. Wäre sie eine Spionin, hätte sie seine Worte sicherlich bekräftigt. Oder etwa nicht?

Er legte sogleich sein strahlendes Lächeln auf, als er bemerkte, wie sie ihn ebenfalls beobachtete.

»Ha!«, jauchzte er, um die Oberhand zurückzugewinnen. »Und deshalb bist du bestimmt nicht von hier, kleine Gans. Ich wusste es.«

Hazel ignorierte ihn. »Haben wir was anderes als Karotten?«

»Warum hilfst du uns und läufst nicht schreiend weg?«, fragte er endlich, was ihm längst auf der Zunge lag.

»Also nur Karotten.« Sie winkte ab. »Schreiend weglaufen bringt mir nichts. Wohin sollte ich denn gehen?«

Sie sagte es so nüchtern, dass Thims Anspannung ein wenig nachließ. Sie schien tatsächlich nichts Böses im Schilde zu führen.

Folglich war sie doch eine verwunschene Prinzessin, die es zu retten galt! Oder eine verhexte Magd? Welche Prinzessin konnte denn kochen und trug Schwielen an den Finger, als hätte sie ihr Leben lang Kartoffeln geschält?

Erleichtert erklärte Thim: »Dort in der Kiste hinten, ja, da hinten, dort …«

»Gefunden!« Triumphierend streckte Hazel einen vertrockneten Sellerie in die Höhe. »Uuhhh. Und Kartoffeln, herrlich!« Sie grub tiefer in der Kiste und beförderte einen schwarzen Umschlag hervor. »Was ist das?«

In zwei Schritten war Thim bei ihr und riss ihr den Brief aus der Hand. »Nichts für dich, Hazel. Das ist nur Post an Ciaran.«

»Aha. In einer Gemüsekiste?«

Thim presste den Umschlag fester an sich und ließ ihn möglichst unauffällig in die Brusttasche gleiten.

»Die Briefe werden mit der wöchentlichen Vorratslieferung aus der Hauptstadt mitgeliefert. Aber weil sie meist nichts Gutes bedeuten, liest Ciaran sie nicht mehr.«

Besonders die letzten achtunddreißig Nachrichten hätten Ciaran die Haare zu Berge stehen lassen.

Im Gegensatz zu seinem Meister wusste der Troubadour allzu gut, welche Art Zeilen Königin Menefer ihrem in Ungnade gefallenen Bruder schrieb.

Aber Thim machte keine Anstalten, den Prinzen vorzuwarnen. Schließlich versprach das Ganze ein riesiges Abenteuer zu werden.

Hazel betrachtete die Sellerieknolle eingehend und erkundigte sich beiläufig: »Ist er eigentlich immer so? So griesgrämig?«

»An seinen besten Tagen immer.«

»Dann will ich ihn nicht an den schlechten erleben.«

In Thim kam der Beschützerinstinkt für seinen ältesten – und einzigen – Freund auf. »Er ist nicht so schlimm, wie es vielleicht im ersten Moment wirkt. Ciaran hat ein gutes Herz. Es ist nur in ganz viel Schmerz verpackt.«

Hazel hob die Augenbrauen. »Und du wirst mir die ganze Geschichte natürlich erzählen, richtig?«

»Ich habe sogar ein Lied darüber komponiert. Willst du es hören?«

Bevor Hazel bejahen konnte, stand der Leibhaftige plötzlich in der Tür, den dicken grauen Mantel um seine Fußknöchel wehend, das Gesicht schnuppernd in die Küche gestreckt.

»Das riecht gut«, befand Ciaran und schien nicht zu merken, wie Thim und Hazel auf frischer Tat ertappt zusammenzuckten. »Die Gans kann wohl doch kochen.«

»Hazel. Mein Name ist Hazel«, erinnerte sie.

»Gut. Hazel. Ich warte im Thronsaal. Beeilt euch.«

Und mit rauschenden Gewändern war er wieder in der Dunkelheit von Helmhaim verschwunden.

Thim wunderte sich. »Ciaran hat auf einmal Appetit? Du musst wirklich eine gute Köchin sein.«

»Danke schön.« Sie lächelte stolz. »Aber noch kann man das hier niemandem vorsetzen. Pack mal mit an.«

Sie drückte ihm die Sellerie an die Brust und machte sich daran, die Kartoffeln zu schälen.

»Vielleicht bin ich ja Wirtin. Oder habe einen fahrenden Speisewagen, mit dem ich die Welt entdecke«, sinnierte Hazel vor sich hin.

Die Vorstellung gefiel Thim. In seinen Gedanken flocht sich bereits eine neue Abenteuerhymne zusammen.

»Vermutlich hast du einem König deine Suppe serviert und er war so begeistert, dass er dich zu seiner Hofköchin ernennen wollte.«

»Aber weil ich lieber bei meinem Wagen und meiner Suppe blieb, hat mich sein Hofzauberer in eine Gans verwandelt«, beendete sie seinen Satz.

Thim lachte wohlwollend. »Du bist eher eine Geschichtenerzählerin – so wie ich.«

Vor lauter Plaudern achtete Thim kaum auf etwas anderes als auf Hazels geübte und mit Schwielen überzogene Hände und ihr vor Schalk leuchtendes Gesicht.

So fuhr er heftig zusammen, als es plötzlich lautstark gegen das Tor polterte.

»Was war das?« Furcht zitterte in Hazels Stimme.

Der Barde schluckte leer. »Es ist längst dunkel geworden. Und hierher kommt auch tagsüber niemand.«

»Ein verirrter Reisender?«, mutmaßte seine neu gewonnene Freundin.

Der Brief in seiner Brieftasche wog auf einmal Zentner.

Eine ungute Vorahnung kitzelte über seinen Nacken. Jetzt war das Abenteuer tatsächlich da und klopfte an ihr Tor.

Thim war sich auf einmal nicht mehr so sicher, ob er sich darüber freuen sollte.

»Was war das?« Ciaran streckte erneut den Kopf in die Küche. Er klang genervt.

»Das Tor. Jemand klopft ans Tor«, erklärte Hazel. »Sollten wir nicht nachsehen und öffnen?«

Ciaran schaute Thim stumm an und erwartete wohl, dass er voller Abenteuerlust losstürmen würde.

Doch als Thim ebenso schweigend zurückstarrte, weckte dies das Misstrauen des Prinzen.

»Was hast du wieder angestellt, Barde?«, knurrte er.

»Nichts. Ich schwör's!«

Erneut hämmerte es gegen die schweren Holzbalken des Helmhaimer Tors. Dringlicher dieses Mal.

»Thim!«, drohte Ciaran. »Du gehst voran und öffnest das Tor. Und falls du eine Rotte Banditen eingeladen hast oder einem Halunken Spielgeld schuldest: Ich bin nicht zugegen!«

Kleinlaut zog der Barde den Kopf ein und murrte: »Ich glaube, du solltest mitkommen.«

»Aha. Glaubst du also.« Ciarans Blick starrte ihn zu Tode. »Was. Hast. Du. Angestellt!«

»Oh.« Hazels Augen vergrößerten sich. »Die Briefe! Hat der Besuch etwas mit den Briefen zu tun?«

Welch Verrat! Thim presste die Lippen aufeinander und funkelte seine vermeintliche Freundin panisch an.

»Welche Briefe?«, horchte der Prinz auf.

Obwohl es keine Rettung mehr gab, stellte sich der Troubadour dumm. »Briefe? Hat jemand was von Briefen gesagt?«

»Du. Jetzt. Aufmachen!«, schrie Ciaran ihn an, das Gesicht vom auflodernden Feuer der Kochstelle erhellt.

Thim streckte die Schultern durch, stellte sich seinem Schicksal und ging vor.

Hazel folgte ihm neugierig.

Ciarans Schatten konnte er nur aus den Augenwinkeln ausmachen. Trotzdem blieb der Prinz in der Nähe.

Selbst ihn als größten Griesgram von ganz Hinia schienen das Klopfen und der damit verbundene unerwartete Besuch nicht kaltzulassen.

Während das ungleiche Dreiergespann durch den schlecht von Fackeln beleuchteten Gang huschte, polterte es erneut gegen die Tür. Bis sie das Torhaus erreichten, war das Klopfen schon zu einem frenetischen Trommeln geworden, so laut, als würde eine Herde Rentiere gegen Helmhaim anrennen.

Vor dem stählernen Tor angekommen, atmete Thim tief durch, schob den Riegel der Sichtklappe zur Seite und sah nach draußen.

Eine eiserne Faust hing nur einen Hauch vor seinem Gesicht entfernt in der Luft und war zur Unbeweglichkeit erstarrt.

Räuspernd wollte Thim wissen: »W-wer ist da?«

Die Faust sank herab und gab die Sicht auf eine schwarze Metallkutsche frei, deren Umrisse in der bitterdunklen Nacht kaum auszumachen waren. Doch die Flagge, die vorn am Kutschbock flatterte, war eindeutig zu erkennen. Die gelbe, alles erleuchtende Sonne Helias strahlte auf grauem Grund. Es war das Wappen der Königin von Hinia. Menefer Whitehart.

»Ihre Majestät verlangt, dass Ciaran Whitehart endlich seiner Pflicht nachkommt und ihren Befehlen Folge leistet«, blaffte der schwarz gerüstete Gardist und trat einen Schritt zurück. Thim konnte die boshaften kleinen Augen des Mannes hinter dem Helmschlitz erspähen.

Menefer hatte wohl den biestigsten ihrer Schoßhunde losgelassen.

Vom Scheitel bis zur Schuhsohle in Pechstahl gerüstet, verbreiteten allein der Anblick der königlichen Gardisten Angst und Schrecken.

Das Monstrum, das sich nun vor ihrem Tor auftürmte, war mindestens einen Kopf größer als jedes menschliche Wesen, das der Barde je zu Gesicht bekommen hatte.

Und wenn ihn seine Wahrnehmung nicht täuschte, dann hatte er eben bei der Kutsche keine Pferde gesehen.

An sich war das nicht ungewöhnlich.

Die königliche Stadt Meerfall, wo Menefer residierte, war von hohem Gebirge umzäunt. Abgesehen von Packeseln nutzten die Gardisten höchst selten Pferde, um ins Inland des Reiches zu gelangen, weil Reittiere nur schlecht mit den steilen Wegen entlang der Königskron zurechtkamen.

Der Barde hatte von einem einzigen Fall in der Geschichte Hinias gelesen, als neun Gardisten eine Kutsche über die Gipfel gezogen hatten, um den schwer erkrankten König Ugbert nach Meerfall zurückzubringen.

Hatte Menefer dasselbe mit Ciaran vor?

Zog der Gardist etwa das Gefährt ganz allein?

Ungeduldig verengte der Soldat die Augen zu Schlitzen, was den Barden daran erinnerte, dass er ihm noch eine Antwort schuldig blieb.

»N-natürlich«, stotterte Thim leicht eingeschüchtert. »Einen Moment, bitte.«

Er schob den Riegel wieder zu, weil ihm auf die Schnelle nichts Besseres einfiel.

Das Poltern setzte erneut ein, als der Gardist erneut seine Faust gegen das Tor krachen ließ.

Hilflos sah sich Thim nach Ciaran um.

Dessen Gesichtsfarbe wechselte zwischen Krebsrot und Totenblässe. Als er sich offensichtlich für Pudergelb entschieden hatte, streckte der Prinz fordernd die Hand aus.

»Die Briefe. Her damit«, fügte er an, als Thim nicht sofort verstand.

Wie ein geschlagener Hund gab der Troubadour nach und zog den Umschlag hervor.

Ciaran riss ihm den Brief aus der Hand und stöhnte leise, kaum dass er ihn geöffnet hatte. Auch er hatte Menefers Handschrift sofort erkannt.

»Warum? Warum hast du mir das verschwiegen?« Enttäuschung und Wut schwangen in seiner Stimme.

»Es tut mir leid«, murmelte Thim. »Ich dachte …«

Die Wahrheit konnte er Ciaran nicht gestehen. Er wusste, wie Menefers Befehl Ciarans Leid vergrößerte. Egal, wann sein Meister davon erfuhr.

Also hatte er gehofft, dass es niemals sein würde. Und sich auf wundersame Art doch eine magische Rettung auftat – die sich am besten mit einem echten Abenteuer verknüpfen ließ.

»Du wolltest ein Abenteuer, richtig? Auf meine Kosten!« Ciaran knüllte den Brief zusammen und warf ihn Thim vor die Füße. »Du … Ich bin durch mit dir.«

Halbherzig brachte Thim heraus: »Du kannst mich aber nicht entlassen …«

Der Witz schien nicht zu wirken.

Ciarans Wut loderte in seinen verschiedenfarbigen Iriden auf.

Dieses Mal hatte Thim seinen Freund aufrichtig enttäuscht.

»Was ist jetzt?«, schaltete sich Hazel ein. »Was will der Mann da draußen?«

»Mich abholen«, knirschte Ciaran zwischen den Zähnen hervor. »Ich soll in den Krieg ziehen und Rowe aufhalten.«

»D-Denzell Rowe?«, flüsterte Hazel.

»Du kennst seinen Namen?«, wunderte sich Thim.

Sie zuckte zusammen und hielt sich stöhnend die Stirn. »Ich weiß nicht. Ich … mein Kopf. Vielleicht habe ich den Namen schon mal irgendwo gehört.«

»Er ist der Heerführer Isliriths und versucht seit Jahren, Hinias Grenzen zu überschreiten«, erklärte Ciaran. »Aber das ist Menefers Problem. Nicht meines.«

»Offenbar nun doch«, gab Hazel zu bedenken.

»Meine Schwester braucht bloß einen Sündenbock, falls ihre Streitkräfte scheitern.« Der Prinz strich sich nachdenklich über die linke Augenbraue. »Dass sie mich nun ruft, bedeutet, Rowe wird bald einen größeren Sieg zu verzeichnen haben.«

Thim hätte ihm zu gerne widersprochen. Allerdings sagte Ciaran die Wahrheit. Menefer überließ ihrem Bruder bestimmt nicht aus Mitleid eine wichtige Aufgabe. Da steckte mehr dahinter.

Thim fühlte sich getäuscht und wie der größte Dummkopf Hinias. Warum hatte er ihre Beweggründe nicht sofort erkannt?

All die achtunddreißig Briefe lang war ihm nie auch nur der Gedanke gekommen, dass Ciaran seinen Kopf hinhalten sollte.

Sein Meister hatte bloß wenige Zeilen gelesen, um Menefers wahren Ziele zu durchschauen.

»Und was machen wir nun?«, flüsterte der Barde beschämt.

Ciaran räusperte sich und fasste einen Entschluss. »Wie ich bereits sagte«, verkündete er mit fester Stimme, »das ist Menefers Problem. Nicht meines.«

»Das sieht der da draußen ganz anders«, gab Thim zu bedenken und deutete auf das Tor, das unter den Hieben der Panzerfaust bedrohlich knirschte.

»Ich könnte ihn mit meiner Suppe bestechen«, wandte Hazel ein.

Ciaran schien die Idee für einen Moment sogar in Erwägung zu ziehen, dann schüttelte er den Kopf. »Lasst ihn draußen stehen. Nein, noch besser. Lasst ihn rein.«

»Wie jetzt?« Thim blinzelte verwirrt. »Rein oder raus?«

»Holt ihn rein, gebt ihm einen Teller Suppe und sorgt dafür, dass er keinen Ärger anstellt. Sagt ihm, ich mache mich bereit für die lange Reise. Dann …«

»Ja?« Thim gefiel der Plan schon jetzt nicht.

»Ich lasse mir etwas einfallen. Vertraut mir.«

Flucht nach vorn

Ciaran

Thim und Hazel brachten den Gardisten dazu, sich im Thronsaal ein improvisiertes Lager einzurichten, indem sie versprachen, dass der Prinz gleich im Morgengrauen mit ihm reisen würde.

Doch Ciaran hatte nicht vor, dem Befehl seiner Schwester zu folgen. Er hatte nicht einmal vor, sich in seinem Turmzimmer zu verschanzen.

Nein.

Dieses Mal gab es nur noch die Flucht nach vorn. Und damit dies gelang, durfte er niemanden einweihen.

Thim schien nicht misstrauisch zu werden, als er sich in sein Turmzimmer zurückzog.

Statt wieder zurück ins Bett zu kriechen, schälte sich Ciaran aus der dunklen Robe und schnappte sich eine bequeme Hose und ein einigermaßen sauberes Hemd aus dem Wäschestapel.

Eilig packte er die nötigsten Sachen in einen Rucksack, den er sich in der Küche geistesgegenwärtig unter seinen Mantel gesteckt hatte.

Viel gab es nicht, was er mitzunehmen brauchte. Nichts, das ihn an glücklichere Tage erinnerte.

Kein emotionales Geschenk, nichts von wirklichem Wert. Ein paar Ersatzkleider, den Feuerstein vom Kamin, sein Schwert, das er seit Jahren nicht mehr in der Hand gehalten hatte. Und ein zweites Paar Schuhe würde bei dem Wetter sicherlich nicht schaden. Ciaran schnürte sich alles auf den Rücken, zog die Kapuze tiefer in die Stirn.

Als er die Tür öffnete und ihm der Duft von Hazels Suppe entgegenschwappte, bereute er zum ersten Mal, nicht mehr Zeit mit den beiden Idioten verbringen zu können.

Der Schlagabtausch heute Abend hatte seine Lebensgeister geweckt – etwas, das dem Prinzen seit einer gefühlten Ewigkeit nicht mehr passiert war.

Doch für Sentimentalitäten war keine Zeit.

Gerade war Thim ohne seinen Meister um einiges besser dran.

Ciaran wagte sich nicht einmal auszumalen, wie Menefer vor Wut tobte, sobald sie von seiner Flucht erfuhr.

Ein schrecklicher Gedanke wogte in ihm hoch, als er die Tür hinter sich zuzuziehen gedachte. Der Prinz verharrte mitten in der Bewegung.

Würde seine Schwester Thim etwas antun, um Ciaran ihrem Willen zu unterwerfen?

»Verflucht«, entwich es ihm leise.

Genau das war seiner perfiden Schwester zuzutrauen.

Er durfte seinen Freund auf keinen Fall den Launen der Königin ausliefern. Doch sich einfach seinem Schicksal zu ergeben, dazu fehlte ihm die Kraft.

In seinem Kopf bildete sich ein Plan.

Er musste dafür sorgen, dass ihn niemand suchte.

Egal wer.

Auf der Stelle machte er kehrt, holte den Feuerstein erneut hervor und warf seinen Mantel von den Schultern.

Schade drum. Aber sicher war sicher.

Seufzend kniete er sich neben den Kamin und schlug die beiden Steinseiten aufeinander, bis die ersten Funken stoben. Dann schob er seinen Mantel gefährlich nahe an die Flammen heran.

Während das Feuer knisternd an Größe gewann, suchte Ciaran in den Schränken nach einem halbwegs brauchbaren Ersatz und fand eine Regenpelerine, die zwar nicht wärmte, aber wenigstens trocken hielt.

Er hatte sich den Rucksack gerade rechtzeitig wieder umgeschnallt, als die Flammen am Mantelsaum emporleckten.

Rasch zog er die Vorhänge auf. Knarzend kam das verschlossene Fenster zum Vorschein und Staub rieselte von der Vorhangstange auf Ciaran herab. Er öffnete das Fenster, atmete eisig brausende Meeresluft ein, die in seiner Lunge brannte, und hob den Mantel hoch. Mit einer kräftigen Schwenkbewegung warf der den Stoff nach draußen und sah zu, wie qualmende Rauchsäulen mit ihm in die Tiefe sanken und irgendwo an den von Wellen umwogten Felsen aufkamen.

Falls Menefers Häscher den Mantel fanden, würden sie glauben, Ciaran sei aus Angst vor dem Feuer aus dem Turm gesprungen.

Auf keinen Fall durfte er weitere Zeit verlieren. Jetzt zählte jeder Schritt, den er zwischen sich und Helmhaim brachte, ehe der Brand auffiel.

Ciaran warf die restlichen Bettlaken in Richtung Kamin und hechtete aus dem Zimmer.

Schnell, aber so leise wie möglich schlich sich der Prinz hinunter zum versteckten Seitenausgang, durch den er und Thim erst gestern mit der verletzten Gans nach Helmhaim zurückgekehrt waren.

Ciaran hätte sich nie vorstellen können, dass er die Festung nach so kurzer Zeit ein zweites Mal verlassen würde.

Und dieses Mal sollten es nicht nur ein paar Schritte zur Küste sein. Dieses Mal war es ein Abschied für immer.

Ciaran stieg die nassen Stufen hinab und meinte, der Wind in seinem Rücken würde ihn antreiben.

Ein letztes Mal sah er zurück und erkannte das rötliche Flimmern hinter den Fenstern des Turmzimmers. Unten im Thronsaal glomm sanftes Kerzenlicht hinter den Glasfenstern.

»Leb wohl«, flüsterte Ciaran und ging mit dem Wind in die Dunkelheit davon.

Kaum hatte Ciaran die Klippen hinter sich gelassen, beruhigte sich das Meer, und die Wellen trieben gemächlich am Strand auf und ab. Das helle Mondlicht erleuchtete seinen Weg und das Klagelied der Möwen verschluckte seine Schritte.

Obwohl ihm die Natur die Reise scheinbar so angenehm wie möglich machen wollte, fror er nach wenigen Stunden bis tief in die Knochen hinein. Auch das zweite Paar Schuhe war bereits durchweicht und feucht, die Pelerine ein schwacher Ersatz für seinen geliebten Mantel. Und das Schlimmste: Der Hunger meldete sich auf einmal.

Jahrelang hatte ihn Thim zum Essen zwingen müssen. Und jetzt, da er freiwillig einen ganzen Teller vertilgt hätte, hatte Ciaran den Proviant vergessen. Nicht einmal Wasser hatte er dabei.

»Idiot«, grummelte er immer und immer wieder.

In Gedanken zählte er bereits, wie viele goldene Knöpfe seines Hemds er wohl nicht benötigte, und wie viele er davon im nächsten Fischerdorf gegen Essen eintauschen konnte, ehe es jemandem auffiel.

Vermutlich war ein Knopf verräterisch genug. Vor allem, wenn auf den Knöpfen eine königliche Sonne prangte. Seine Ersatzschuhe schienen weniger verfänglich.

Ciaran seufzte.

Darüber sollte er sich erst Sorgen machen, sobald er ein Dorf erreicht hatte. Der Prinz war sich nicht sicher, wie bewohnt die Strecke bis zur nächsten Stadt Unterdon war.

Zum ersten Mal bereute er, Helmhaim nicht öfter verlassen zu haben. Ciaran kannte vom Umland kaum mehr als ein paar vage Markierungen auf einer Landkarte, die an der Wand des Thronsaals vor sich hin gilbte.

Zumindest sollte die Richtung stimmen.

Er folgte der Küste rechter Hand, um nach einem guten Nachtmarsch den Hafen von Unterdon zu erreichen. Von da sollte er eine Schaluppe oder ein anderes kleines Handelsschiff anheuern können, das ihn weit weg – jenseits der Grenzen von Hinia, ja selbst über Islirith hinaus – brachte. Sobald er sich auf dem Meer befand, würde ihn Menefer niemals finden.

Endlich brach sich die Sonne am Horizont ihren Weg in den Tag hinein. Demnächst würde der Prinz den Schutz der Nacht hinter sich lassen. Er sollte sich beeilen.

Der Weg erschien ihm auf einmal endlos lang.

Ciarans Beine fühlten sich mit jedem Schritt schwerer an. Bleiern zog ihn sein eigenes Gewicht nach unten.

Seine bis anhin hoffnungsvollen Gedanken waberten, umschlangen sich in seinem Kopf zu etwas Dunklem. Er musste seine ganze Kraft aufbieten, um nicht einfach stehen zu bleiben und auf einem der Felsen etwas Ruhe zu suchen. Die Erschöpfung, der Hunger und die Sinnlosigkeit seiner Flucht nagten an ihm.

Sein Verstand sagte ihm, dass er genug Gründe hatte, um eine Rast einzulegen. Aber sein Herz kannte dieses Gefühl der Hoffnungslosigkeit, diese Leere, die Niedergeschlagenheit allzu gut. Wenn er diesem Nichts nachgab, würde er nicht so schnell wieder daraus auftauchen.

Ciaran konnte, durfte nicht scheitern. Denn so sehr er sich und sein Leben hasste – Menefer hasste er mehr. Und er wollte nicht sterben, nur weil sie ihn in einen Kampf gegen ihren blutrünstigen Erzfeind warf, den er niemals bezwingen würde.

Also schleppte sich der Prinz mit schweren Beinen und noch schwereren Gedanken weiter der Küste entlang und achtete nicht auf das Schlagen der Wellen. Er sah nicht, wie die Sonne weiter das Firmament hochstieg, spürte nicht, wie ihre Strahlen den Wind erwärmten. Und vor allem hörte er nicht das rhythmische Flattern aus der Ferne, das immer näher und näher kam.

Erst das laute Patschen, als etwas direkt hinter ihm aufschlug, ließ den Prinzen hochfahren. Ciaran drehte sich alarmiert um und suchte tastend nach dem Schwertknauf auf seinem Rücken.

»Bwak!«, machte es laut neben ihm. »Bwak, bwak!«

Eine weiße Gans stand aufgeregt flügelschlagend vor ihm und quakte erbost. Ihre braunen Augen starrten ihn anklagend an.

»H-Hazel?« Verwundert blinzelte er, als wäre sie eine Illusion.

»Bwak!«

Ciaran ließ die Hand sinken und kniete sich stirnrunzelnd neben das Tier, das sich allmählich beruhigte.

»Du bist es wirklich?«

»Bwak, bwak!«

»Ich nehme an, das bedeutet Ja.«

Die Gans senkte den Kopf und wippte mit dem Schnabel auf und ab.

»Also ja.« Ciaran seufzte. »Du hast mich tatsächlich gefunden?«

»Bwak!«

»Und Thim?«

Die Gans wandte sich um und deutete mit dem Schnabel auf die Felsen hinter ihnen. »Bwaak, bwaaak, bwak.«

»Was auch immer.« Ciaran schüttelte den Kopf und rieb sich mit dem Zeigefinger über die linke Stirnseite. »Warum rede ich überhaupt mit einer Gans? Kannst du dich nicht zurückverwandeln? Das macht das Gespräch einfacher.«

»Bwaaak.«

Traurig steckte Hazel ihren Schnabel unter einen Flügel und blinzelte ihn mit ihren dunklen Augen an.

»Du kannst nicht?«

Sein gefiedertes Gegenüber wippte erneut mit dem Kopf und deutete zum Himmel direkt ins grelle Sonnenlicht hinauf.

Zuerst verstand der Prinz nicht, was Hazel ihm damit erklären wollte, bis die Gans die Bewegung unablässig wiederholte und ungeduldig mit den Flügeln schlug.

»Die Sonne? Ist das so eine Art Fluch, der dich tagsüber in ein Tier verwandelt?«

»Bwak.«

»Tja. Willkommen im Team«, murmelte Ciaran missmutig. Gefasst streckte er die Schultern und richtete sich gerade auf.

»Ich werde nicht zurückgehen.«

Zu seinem Erstaunen hatte die Gans keine Einwände und sah ihn nur stumm an.

»Ich gehe fort. Und du kannst mir nicht folgen, verstanden?«

»Bwak!« Das schien dem Tier nun doch zu widerstreben.

Ciaran hatte keine Energie, sich jetzt auch noch mit einer Gans zu streiten. Seufzend ließ er Hazel stehen und nahm seine Reise wieder auf. Hinter sich vernahm er das Tapsen der Gänsefüße auf dem Kiesufer.

»Folg mir nicht, du blödes Huhn!«, rief er ihr zu, ohne sich nach ihr umzusehen.

»Bwak!«, kam als Antwort.

Aber was hatte er auch anderes erwartet.

Tief einatmend beschloss Ciaran, die Gans vorerst zu ignorieren. Doch nach einigen Herzschlägen entspannten Schweigens wurde es der Gans zu viel.

»Bwak!«

Ciaran ging weiter.

»Bwak! Bwak!«

Nicht darauf achten. Dann würde sie irgendwann schon Ruhe geben.

»Bwaaaak!«

…

»Bwak!«

…

»Bwak!«

Ciaran hielt abrupt inne und schrie über seine Schulter hinweg: »Ruhe! Bei Helia, kannst du nicht einfach still sein?«

»Bwak?«

Er wandte sich um und erklärte eindringlich: »Hör zu, Hazel. Du willst mit? Okay. Aber nur, wenn du hier keinen Zirkus veranstaltest und deinen Schnabel hältst, verstanden?«

Die Gans starrte ihn bloß an.

»Verstanden?«

»Bwak!«

»Okay. Dann sind wir uns ja einig. Und jetzt keinen Pieps mehr.«

Die Gans nickte mit dem Kopf und flatterte ihm folgsam hinterher.

Anheuern für Anfänger

Ciaran

Sie passierten weitere Klippen und umrundeten einen Ausläufer, als vor ihnen am Ufer endlich der dreckig braune Umriss eines Dorfes hervortrat. Schwarze Rauchwolken stiegen von den Kaminen empor in den noch immer mit Dunst verhangenen Himmel. Wie schlafende Riesen duckten sich die Häuser in den Dreck, der vom Meer ans Ufer gespült worden war.

Mit seinem Hafen und den Geschäften rund um den Pier hatte sich Unterdon den Status einer Stadt erarbeitet. Das, was sich Ciaran nun im aufsteigenden Sonnenlicht präsentierte, hatte den Namen bei Weitem nicht verdient.

Bereits aus der Ferne konnte Ciaran die Masten der Schiffe ausmachen, die sämtliche Hütten von Unterdon überragten.

»Bwak!«, quakte Hazel neben ihm.

»Ja, bald sind wir da.«

»Bwak! Bwak!«

»Was meinst du?«, murrte Ciaran ungehalten.

»Bwaaaak!«

Die Gans zupfte am Saum seiner Pelerine.

»Sagte ich nicht, keinen Pieps?«

»Bwaaak!«

»Ruhe!«

»Bwaaaaaaaaak, bwak!« Hazels Augen blitzten vor Panik auf.

Das laute Rattern von metallverstärkten Rädern ließ Ciaran aufhorchen.

Erst jetzt verstand er.

Kurzerhand packte er die Gans und drückte sie an sich, während er über das Ufer hinweg in Richtung eines schützenden Überhangs eilte, zu dem sich die Klippen entlang der Wegstrecke verflacht hatten. Schwer atmend presste er sich und Hazel in den Schatten und hoffte, dass ihn noch niemand entdeckt hatte.

Das Poltern wurde störend laut. Es kam immer näher.

Ciaran hielt den Atem an.

Für einen Moment glaubte er, das Rattern würde genau auf ihrer Höhe aufhören, doch dann zog das Geräusch weiter und wurde allmählich leiser.

Vorsichtig linste Ciaran aus dem Versteck hervor und sah, wie die schwarze Kutsche auf dem Landweg in Richtung Unterdon davonbrauste. Gezogen wurde sie vom stämmigen Gardisten, der davor trabte, als wäre er kein Mensch, sondern ein Pferd auf zwei Beinen. Ein sehr monströses, bärenartiges Pferd, das von Kopf bis Fuß in Stahl gepresst worden war.

»Mist«, flüsterte Ciaran und Hazel gab ihm gackernd recht. Er strich ihr entschuldigend über die Federn. »Du hast mich gerettet. Danke.«

»Bwak!«

Besorgt biss sich der Prinz auf die Unterlippe. »Wo sollen wir jetzt hin? Der Gardist wird in Unterdon nach mir fragen.«

»Bwak?«

»Warum ich da hinwill?«, interpretierte er ihre Laute. »Weil dort der einzige Hafen weit und breit zu finden ist. Ich müsste zurück ins Inland, durch die weiten Wälder und entweder ins Kriegsgebiet oder gefährlich nahe an Menefers Palast in den Bergen vorbei, wenn ich eine andere Seeroute nehmen will.«

»Bwaaak.« Es klang wie ein Seufzer.

»Eben. Unterdon ist meine einzige Chance.«

Und das wusste natürlich auch der Gardist.

Ciaran hätte von Anfang an vorsichtiger sein sollen.

»Wir sollten bis zum Abend warten«, schlug er vor. »Vielleicht ist der Gardist bis dahin abgezogen.«

»Bwak! Bwak!« Die Gans schüttelte sich in seinem Griff und pikste in seinen Unterarm.

»He!« Er setzte sie grob ab. »Lass das!«

»Bwaaaak!« Hazel tapste ein paar Schritte in Richtung des Hafendorfes und sah ihn auffordernd an. »Bwaak!«

»Wir können da jetzt nicht rein«, weigerte er sich. »Die Kutsche ist gerade erst angekommen!«

Hazel watschelte los.

»Hey, hörst du nicht? Komm zurück!«

»Bwak!«

Der Prinz stand auf und eilte ihr hinterher. »Du … das ist echt keine gute Idee.«

»Bwak!« Im Quaken schwang ein bestimmter Unterton mit, der keinen Widerspruch zuließ.

Ciaran zögerte.

Eben hatte ihn Hazels Intuition gerettet. Aber war das Grund genug, sich nun von einer Gans in den Tod führen zu lassen? Der Prinz könnte einfach im Schatten der Klippen auf eine bessere Gelegenheit warten.

Was würde er in der Haut des Gardisten tun?

In Unterdon jeden Stein umdrehen. Und dann das Ufer zurück bis nach Helmhaim absuchen.

Ciaran hechtete Hazel hinterher.

Sie hatte recht! Sie hatte verdammt noch mal recht!

Solange er hier wartete, steckte er in der Falle. Und wenn Unterdon seine einzige Rettung war, sollte er sich beeilen und rasch ein Schiff besteigen, ehe sich der Gardist überall umgesehen hatte.

»Kluges Mädchen!«, lobte er und begann zu rennen.

Hazel quakte zufrieden und hob mit ein paar ungelenken Flügelschlägen in die Luft ab. Sie flog voraus und war bald als grau-weißer Fleck vor den Rauchschwaden des Dorfes zu erkennen.

Sie hielt Ausschau.

Als er die ersten Hütten von Unterdon erreichte und sein Tempo anpasste, um nicht aufzufallen, landete Hazel wieder neben ihm und deutete mit dem Hals nach rechts.

»Da lang?«

Die Gans wippte mit dem flauschigen Kopf.

Aufgeregt hob Ciaran ihren Körper hoch und schob das Tier vorsichtig unter seine Pelerine, sodass Hazel mit dem Schnabel hervorschauen konnte, wann immer sie es wollte.

»Besser, du versteckst dich. Dein Weiß fällt hier ganz schön auf«, erklärte er und wollte seine Kapuze ins Gesicht ziehen. Doch mit der Pelerine gelang ihm das nicht sonderlich gut. Der glitschige Stoff aus Robbenhaut rutschte ihm ständig durch die Finger und zurück auf seinen Haarscheitel. Leicht panisch strich er sich die taufeuchten Haarsträhnen über das linke Auge.

Selbst wenn der Gardist eine Weile brauchte, um mit den Leuten von Unterdon zu sprechen, Ciarans rote Iris machte ihn verdächtig. Jeder in Hinia kannte die Geschichte des verfluchten Prinzen mit der magischen Iris.

Hazel zupfte an seinem Ärmel, um ihm die Richtung zu weisen. Noch während Ciaran versuchte, ihre Wegführung zu verstehen, kam aus einer Seitengasse ein Fischer daher getorkelt.

Ciaran senkte den Kopf und nickte stumm zum Gruße.

Der andere rülpste nur und schwankte weiter, ohne ihn eines Blickes zu würdigen.

Hazel zupfte erneut an seinem rechten Ärmel.

Vor ihnen teilte sich der gestampfte Weg in zwei Richtungen.

Flüsternd gab Ciaran Bescheid: »Verstehe.«

Geleitet von der Gans unter seinem Arm, schlich sich der Prinz durch die stinkenden Seitengassen, vorbei an den menschlichen Wracks, die die Nacht zurückgelassen hatte.

Hier schien sich niemand für ihn zu interessieren.

Erst als Hazel unruhig wurde und mit dem Kopf auf eine Straße deutete, die unwesentlich sauberer und heller wirkte, begegneten ihnen die ersten Arbeiter und Frühaufsteher.

Noch reichte die Sonne zu wenig zwischen die Häuser, um Ciaran verdächtig wirken zu lassen. Die meisten Passanten machten einen großen Bogen um ihn, als wäre er einer der anderen Schattengestalten aus den Seitengassen.

Ihm konnte das nur recht sein.

»Bwak!«

Das warnende Gackern war leise, aber nicht weniger alarmierend. Ciaran versuchte, die Situation schnell zu erfassen.

Sie hatten den Hafen erreicht und der Gestank von Kot und fauligem Fisch schwappte wie eine Flutwelle über die Neuankömmlinge hinweg.

Vor ihnen tummelten sich Dutzende von Menschen, die sich an den fünf bis sechs Schiffen zu schaffen machten, die gerade vor Anker lagen. Sie wuselten umher wie Ameisen, jeder mit einer beiläufigen Tätigkeit beschäftigt, die sich erst in der Gesamtheit zu einem orchestrierten Schauspiel zusammenfügte.

Zwischen dem lauten Rufen der Seeleute und dem Kreischen der Möwen versuchte sich der Prinz, einen Überblick zu verschaffen.

Ein Handelsschiff, das auf ihn als Laien ausreichend stabil und gut gewartet wirkte, hüpfte gleich vor ihnen auf den Wellen auf und ab.

Ciarans griff Hazels weichen Körper fester.

»Das da!«, raunte er ihr zu. »Das da kann uns über den Ozean bringen.«

»Bwak.« Hazel schien vehement dagegen.

Mit Verspätung erkannte der Prinz, wieso seine flauschige Führerin dem Vorschlag nichts abgewinnen konnte.

»Bei Kaedhos' Eiern!«

»Bwak.«

»Ja, ja. Das hast du bereits gesagt. Ich verstehe schon«, murmelte er und beobachtete mit pochendem Herzen, wie der Gardist wenige Meter vor ihnen mit dem Schiffsführer sprach.

Das war nicht gut. Ganz und gar nicht gut.

»Bwak!« Hazel lehnte sich vor und zupfte an seinem linken Kragen.

Der Blick des Prinzen schweifte den Pier entlang nach links, bis Hazel mit den Füßen gegen seinen Bauch schlug.

»Au!« Er unterdrückte einen Schrei und runzelte sogleich die Stirn. »Das da? Wirklich?«

»Bwak.«

Ciarans Misstrauen bildete einen unangenehmen, dicken Kloß in seinem Magen.

Der hinterste Zweimaster in der Reihe der Schiffe war angekohlt und dreckig von Walfett. Eine zerfledderte Flagge wehte an ihrem Bug. Darauf prangte eine von einem Dolch durchbohrte Eichel auf blauem Grund.

»Domhan Uaighe?«, wunderte sich Ciaran laut und schauderte. »Die Grabstättler?«

Er hatte bisher nur von den Nekromanten gelesen und noch nie einen zu Gesicht bekommen.

Domhan Uaighe war eines der Dutzenden Königreiche von Islirith und lag weit jenseits des Ozeans. Es hieß, dessen Bewohnerinnen und Bewohner seien allesamt Totenbeschwörer. Sogenannte Grabstättler.

Ciaran konnte sich nicht vorstellen, dass ein Schiff der Nekromanten überhaupt an hinianischen Küsten anlegen durfte, ohne von Menefers Gardisten beschlagnahmt und in den Flammen gereinigt zu werden. Mitsamt der Besatzung natürlich.

Zauberer, Hexen, magische Artefakte.

In Hinia brannte, was zu gefährlich für die heilige Ordnung Helias war.

Ciaran tauschte einen verwirrten Blick mit seiner tierischen Wegführerin. »Wirklich? Du willst, dass wir bei den Nekromanten an Bord gehen?«

Hazel gab keine Antwort.

Ciaran benötigte gar keine. Denn genau in diesem Moment vernahm er erneut das bedrohliche Knarzen der schwarzen Rüstung und sah, wie der Gardist weiterzog. Menefers Schoßhund hatte gerade erst angefangen, alle Schiffsführer abzuklappern.

Der Zweimaster aus Domhan Uaighe war das letzte Schiff in der Reihe. Und das einzige mit fremder Flagge.

Es gab für Ciaran keine bessere Möglichkeit.

»Gut. Aber falls es schiefgeht, fliegst du los und holst Hilfe, verstanden?«, bat er Hazel.

»Bwak.«

Als sich der Gardist mit dem nächsten Kapitän unterhielt und dessen Boot inspizierte, huschte Ciaran los und hielt sich so gebückt wie möglich im Schatten der ausgeladenen Fracht am Pier, ohne aufzufallen. Er passte sich der Geschwindigkeit der Passanten und Hafenarbeiter an, um in der Menge zu verschwinden.

Hazel hatte den Ganskopf zurückgezogen und presste sich mit pochendem Herzen gegen seinen Bauch.

Ein Schiff.

Zwei Schiffe.

Ciaran atmete auf.

Drei Schiffe.

Er hatte den Gardisten bereits so weit hinter sich gelassen, dass er außer Sichtweite war.

Nun beschleunigte er sein Tempo ein wenig und schlich gerade unterhalb des Hecks des Nekromanten-Zweimasters vorbei, als ihn jemand am Kragen packte und zurückzog.

Ciaran schrie verkniffen auf und verlor den Halt unter seinen Füßen. Sie schwebten eine Handbreit über dem Boden. Was auch immer ihn gepackt hielt, schob ihn genüsslich vom Pier weg übers matschschwarze Wasser.

»Wen haben wir denn da? Eine Kanalratte?«, vernahm er eine Frauenstimme über sich.

Ciaran versuchte hochzusehen, konnte aber nur zwei ungleiche Silhouetten ausmachen.

»Ich bin kein Dieb!«, wehrte er sich. »Ich bin ein Kunde. Ich will für eine Überfahrt zahlen.«

Die Frau lachte tief. »Soso. Ein Kunde. Ein Hinianer braucht die Dienste einer Mannschaft aus Domhan Uaighe. Gute Geschichte, nicht wahr, Brog?«

Ein belustigtes Knurren antwortete ihr.

Allmählich konnte sich Ciaran ausmalen, dass ihn der Besitzer dieses gutturalen Lauts mit seinen Händen gepackt über dem Wasser schweben ließ.

»Hey, Brog?«, grüßte er. »Könntest du mich wieder sicher ans Ufer stellen? Dann können wir uns alle wie Ehrenmänner unterhalten – ah und Ehrenfrauen natürlich.«

Während Brog keine Anstalten machte, seinem Vorschlag zu folgen, spuckte die Frau ins Wasser und erklärte: »Ich bestimme hier, wer was tut, verstanden?«

»Natürlich! Und mit wem habe ich das Vergnügen?«, versuchte er, die Wogen zu glätten.

»Brog, heb ihn hoch.«

Ruckartig landete Ciaran auf dem Deck und sah sich seinen zwei Kontrahenten gegenüber. Brog entsprach ziemlich dem Vorurteil, das er sich in seinen Gedanken bereits gebildet hatte. Gedrungener, muskelbepackter Hünenkörper, glänzende Glatze und schmale Augen, die ihn hinterlistig anglotzten.

Die Frau war gerade einmal so groß wie ein Kind und stand breitbeinig auf einem der Wasserfässer. Die wilden, in mehrere Zöpfe geteilten Haare reichten ihr bis zu den Knien, die in dicken Stiefeln steckten. Sie trug eine Art lederne Uniform und einen viel zu großen Dreispitz, der ihr schräg auf dem Kopf lag. In ihrem Gürtel steckten drei Pistolen und ein Dolch.

Die Frau grinste überlegen, als sie seinem Blick folgte.

Ciarans Beine zitterten unkontrolliert.

Bei Helias Schleier!

Er war nicht nur auf einem Grabstättler-Schiff gelandet. Diese Nekromanten hier waren auch noch Piraten!

»Na? Genug geglotzt, Hinianer?«, neckte sie.

»I-ihr seid …«

»Piraten, aye.« Brog klopfte sich stolz auf die Brust. »Du bist auf Captain Alarias Schiff.«

»Brog! Erzähl ihm doch nicht gleich alles«, unterbrach ihn die Frau, die wohl Alaria selbst sein musste. Sie wandte sich wieder Ciaran zu. »Und du bist?«

Der Prinz biss sich auf die Lippen. Er zögerte lange, bis ihm eine Alibi-Geschichte einfiel. »Rutberg. Ansel von Rutberg ist mein Name. Ich bin der siebte Sohn von Evina und Ralf Rutberg. Und ich muss nach Domhan Uaighe.«

»Aha.« Alaria betrachtete ihn zweifelnd und so aufmerksam, dass Ciaran beinahe sein linkes Auge mit der Handfläche verborgen hätte, weil es unangenehm juckte. Er unterdrückte den Drang und hoffte, dass sein Haar alles verdeckte.

»Und warum muss so ein hübscher Bursche wie du ins Land der Nekromanten?«, schnalzte Alaria abschätzig.

»Meine Geliebte«, plapperte der Prinz los, weil ihm nichts Besseres einfiel.

Alaria seufzte und wandte sich Brog zu. »Stell ihn wieder ans Ufer, den können wir nicht brauchen.«

»W-wartet!«, wehrte sich Ciaran hastig.

Alaria schüttelte nur den Kopf. »Das bringt nichts, Hinianer. Du kannst deine Geliebte nicht von den Toten erwecken. So funktioniert das nicht.«

»Nein! Das meinte ich nicht«, versuchte sich Ciaran zu retten und warf einen panischen Blick in Richtung der anderen Schiffe. War ihr Gespräch zu laut? Hörte der Gardist sie etwa?

»Ich habe keine Zeit für dein Drama, Bursche. Wir legen gleich ab«, erklärte Alaria, was Ciaran ungeheuer erleichterte.

Perfekt! Er musste die Kapitänin unbedingt davon überzeugen, ihn mitzunehmen.

»Ich will meine Geliebte nicht auferwecken. Sie lebt.«

»Oh, aha? Erzähl mir mehr«, tat Alaria ihn desinteressiert ab und wandte ihm den Rücken zu. »Brog?«

»Aye, aye, Captain.« Der Fels von einem Mann hob seine Hand, um Ciaran erneut zu packen, doch dieser schlüpfte unter ihm durch und blieb vor Alaria stehen.

»Bitte. Ich muss auf dieses Schiff. Ich muss nach Domhan Uaighe. Als Beweis meiner Liebe.«

»Bei Kaedhos' Bart, ein Abenteurer! Das ist ja noch schlimmer«, jammerte sie. Aber Ciaran war nicht entgangen, wie ihre Mundwinkel vor Belustigung zuckten. »Du hast Glück, Hinianer. Unser letzter Schiffsjunge hat beim Wyrmjagen ein Bein verloren und muss an Land bleiben. Du springst ein. Willkommen auf der Mauritio.«

»Danke, Captain. Ihr werdet das nicht bereuen«, versprach er.

»Das werde ich nicht, das stimmt.« Die Piratin zeigte ihr breites Grinsen und strich sich siegessicher die geflochtenen Haare hinter die Schultern. »Was kannst du mir also für die Überfahrt bieten, Ansel von Rutberg?«

Ciaran zupfte die drei obersten goldenen Knöpfe seiner Weste ab und legte sie in Alarias ausgestreckte Hand. »Die anderen gebe ich Euch, sobald wir Domhan Uaighe erreicht haben.«

»Du bist nicht auf den Kopf gefallen, Ansel. Gut. Aber du wirst hier anpacken wie alle anderen auch, verstanden?«

»Aye, Captain.«

Sie musterte ihn misstrauisch. »Und das da mit deinem Auge …«

Der Prinz zuckte zusammen.

»Lass das beim Schiffsarzt untersuchen. Ich will nicht, dass du mir da irgendeine Seuche einschleppst, verstanden?«

»Aye, Captain.«

Die Erleichterung fiel von Ciaran ab wie ein nasses Handtuch. Offenbar hatte die Piratin noch nie die Geschichte des verfluchten Prinzen gehört.

»Brog, zeig ihm seine Kajüte«, befahl Alaria und wandte sich an Ciaran. »Und anschließend kannst du gleich beim Abtäuen helfen.«

Ciaran atmete aus und tätschelte Hazels Körper, die sich ruhig unter seinem Arm versteckt hielt.

Geschafft. Sie hatten es geschafft.

Jetzt musste das Schiff nur ablegen, bevor der Gardist am Ende des Piers ankam.

Katz-und-Barde

Thim

Völlig außer Atem taumelte Thim durch die Straßen von Unterdon.

Erst hatte ihn Ciaran mit einem halb erloschenen Feuer im Turmzimmer und einem unerträglichen Gardisten im Thronsaal zurückgelassen. Dann hatte sich Hazel auch noch urplötzlich in eine Gans verwandelt und war auf und davon geflogen.

Thim musste die ganze verdammte Strecke bis nach Unterdon zu Fuß rennen, nachdem der Gardist ihn angeschrien und in Helmhaim eingesperrt hatte.

Gut war nur, dass der Gardist nichts vom Hinterausgang zu den Felsen wusste. Und dort hatte Thim Ciarans Mantel gefunden.

Dieser Idiot!

Als ob Thim sich davon auf eine falsche Spur führen ließe. Dabei war die Sache ganz klar: Ciaran war mit Hazel durchgebrannt! Und Thim hatten sie einfach zurückgelassen. Diese Schweinefreunde!

Aber Thim würde sich nicht so einfach abwimmeln lassen. Kein Abenteuer ohne einen lustigen Barden im Gepäck, so lautete doch ein altes hinianisches Sprichwort.

Glaubte er zumindest.

Thim war fest entschlossen, sich an diese Volksweisheit zu halten.

Wohin würde ein verliebter Prinz mit seiner magischen Gans fliehen? Nach Islirith!

Also war Thim nun hier, in Unterdon, wo sein Meister bestimmt ein Schiff zur Überfahrt suchte. Bereits beim Dorfeingang entdeckte er auf den matschigen Straßen breite Wagenspuren. Offenbar hatte sich auch der Gardist dieselben Gedanken gemacht und war hier mit seiner Kutsche durchgekommen. Das, oder eine große Fischlieferung hatte Unterdon in den frühen Morgenstunden verlassen.

Thim wollte auf jeden Fall nichts dem Zufall überlassen und griff vorsichtshalber nach seiner Laute. Beschützend hielt er ihren Bauch vor sich, als er durch die Straßen in Richtung Hafen stapfte.

Der Troubadour kam nicht weit, ehe ihn ein Fischer anquatschte.

»Hey du«, spuckte ihm der Fremde mit feuchter Aussprache ins Gesicht. »Bist de Barde?«

Thim hielt die Laute noch ein wenig höher. Was als Schutzreaktion gedacht war, sah der Fischer als Antwort.

»Hey, spiel wa. Ich will wa hören!«, forderte er.

Thim zögerte, doch ein Gedanke kam instinktiv in ihm auf. Er willigte ein: »Gut, ich spiele dir ein Lied. Freilich nicht umsonst.«

»Was willst? Ein Bier? Ein paar Fische? Mehr hab' ich nicht.«

Als Beweis zog der Fischer die verschmierten Innentaschen seiner Hosen hervor und zeigte ihm die leeren, von Fischöl getränkten Hände.

»Für dich, mein Freund, reicht mir eine Auskunft«, gab Thim schnell zur Antwort.

»Nichts leichter als das, du hast Glück. Weiß über alles Bescheid, was in Unterdon läuft«, behauptete der andere stolz und streckte ihm die rechte Hand hin.

»Gut.« Thim schlug zögernd ein. »Welches Lied willst du hören.«

»Das vom verfluchten Prinzen?«

Thim jagte ein Schauer über den Rücken. Er räusperte sich krächzend. »A-also gut. Aber zuerst die Auskunft.«

Der Fischer schnäuzte in seinen Hemdsärmel. »Was willst wissen?«

Direkt nach Ciaran konnte er sich nicht erkundigen, aber der Gardist und seine schwarze Kutsche hatten gewiss für hinreichend Aufsehen gesorgt. Genau danach fragte Thim.

»Hast du heute früh eine Kutsche gesehen und einen Soldaten in schwarzer Rüstung?«

Der Fischer zögerte keinen Augenblick und gab gleich zur Antwort: »Ja, so einer ist hier vorbeigerauscht. Das Ungetüm steht bei der Taverne. Der Gardist? Am Pier.«

»Wo? Kannst du ihn mir zeigen?«

Der Fischer sah ihn zweifelnd an. »Willst du unbedingt? Sah nicht nach einem gemütlichen Zeitgenossen aus.«

Thim hob herausfordernd die Laute hoch. »Lied oder kein Lied?«

»Ist ja gut, Barde. Nur gut gemeint.«

Der Mann führte Thim die Straße entlang zum Pier. Mit einem Fingerzeig deutete er auf den Krieger in schwarzer Rüstung, der gerade die Reihe der Schiffe entlangstampfte.

»Und? Bekomm' ich jetzt mein Lied?«

Thim ignorierte den Fischer, weil seine Aufmerksamkeit auf etwas ganz anderes gelenkt wurde. Am Ende der Reihe lag ein Zweimaster mit einer islirithischen Flagge. Und auf dem Deck unterhielt sich ein junger Mann mit tiefschwarzen Haaren angeregt mit zwei Personen. Aus der Ferne war daran nichts ungewöhnlich. Aber der Barde erkannte die Statur seines Meisters überall – selbst wenn dieser in einer sackartigen Regenpelerine steckte.

Der Gardist ging direkt auf das Schiff zu und würde Ciaran nächstens entdecken.

Thim musste eingreifen!

»Was ist jetzt mit meinem Lied?«

Das war die Lösung! Thim küsste den verdatterten Fischer vor Freude auf die Stirn, umfasste die Laute mit beiden Händen und zog sie vor seinen Bauch. »Du bekommst dein Lied, guter Mann!«

So laut er konnte, schlug Thim die Saiten an und schrie die erste Strophe den Pier entlang.

»Von Sonne und Erde, von Wasser und Wind, ist er geboren ein verfluchtes Kind. So schwarz seine Seele, so rot sein Blick. Welch grausames Übel bringt er Hinias Geschick?«

Der Fischer klatschte und schien mit Thims enthusiastischer Darbietung mehr als zufrieden.

Doch der Gardist hatte sich nicht einmal umgedreht.

Thim hechtete weiter nach vorn auf den Pier und schmetterte das Crescendo hin zum Refrain.

»Oh! Verflucht und vergessen ist der schwarze Prinz. Verflucht und vergessen, verflucht und vergessen, verfluuu…«

Aus den Augenwinkeln gewahrte er eine Bewegung, sah auf und entkam gerade noch rechtzeitig dem Faustschlag des Gardisten, der sich innerhalb weniger Schritte genähert hatte.

Der Windstoß des Schlags zog an Thims Locken vorbei und ließ ihn vor Schreck den Akkord abwürgen.

»Hey!«, schrie der Fischer, aber der Gardist stieß diesen nur grob zur Seite und packte Thim an den Schultern.

Oder zumindest versuchte er es.

Der Barde hatte bereits damit gerechnet, duckte sich und huschte weiter klimpernd durch die Menschenmenge davon.

»Verflucht und vergessen, der Prinz ist nimmermehr!«

Thim schielte über seine Schulter und erkannte, dass der Gardist ihm folgte. Und weiter hinten stand Ciaran am Bug und sah Thim verdattert nach.

»Verflucht und vergessen, so fährt er übers Meer. Weg übers Meer!«

»Hey!« Der Fischer empörte sich laut. »Das ist nicht der richtige Text.«

Ciaran schien zu verstehen. Sein Kopf verschwand unter Deck, während sich die Segel über ihm aufbauschten.

Dem Gardisten war Thims Warnung offenbar nicht aufgefallen, denn der schwarze Krieger hing dem Barden noch immer dicht auf den Fersen.

Sein Geklimper eilte Thim voran. Das oder der Berg aus schwarzem Metall, der hinter ihm wie eine Dampfwalze durch die Straße preschte, ließ die Passanten erschrocken zurückfahren und den Weg freigeben. Was zuerst als Segen wirkte, da Thim rascher vorankam und die schützenden Schatten der Gassen in Sichtnähe auftauchten.

Auch der Gardist gewann merklich an Tempo und musste nun nicht mehr ins Leere greifen, sondern hatte Thim direkt vor der Nase.

Als der Barde das Keuchen des Metallenen schon im Nacken spürte, gab er sein Lautenspiel auf und nutzte jeden verbleibenden Atemzug, um weiterzusprinten.

Warum war der Kerl mit seinen Tonnen aus Stahl am Leib überhaupt so schnell?

Am Ende war es nicht die Geschwindigkeit, die Thim zum Verhängnis wurde. Sondern ein streunender Hund, der sich just im letzten Moment vor den Eingang einer Seitengasse stellte und den Troubadour mit einem halb hungrig-hechelnden, halb ungläubigen Blick ansah, als wäre ihm gerade der Donnergott Kaedhos leibhaftig erschienen.

Ein Krachen und Poltern erschütterte Unterdon, als Thim notgedrungen auswich, halb über den jaulenden Hund stolperte und in einem Haufen Kisten voller Fische landete.

Seinem Verfolger blieb nichts anderes mehr zu tun, als den vor Meerwasser triefenden Barden aus dem Chaos herauszuziehen.

»Na, wer ist mir denn da ins Netz geraten?«, knurrte der Gardist und hielt Thim mit seinen dicken Händen wie in einem Schraubstock gefangen.

Ihm schnürte es die Luft ab.

Allein der Gedanke trieb Thim die Tränen in die Augen – oder war es der fehlende Sauerstoff? –, aber es blieb ihm nur noch ein Ausweg. Mit seiner letzten verbliebenen Kraft hob Thim die an sich schon demolierte Laute und hieb sie dem Gardisten auf den Schädel. Scheppernd und mit einigen Misstönen zerbrach das Musikinstrument auf dem schwarz glänzenden Helm, in dem sich sein eigenes, angstverzerrtes Gesicht spiegelte.

Der Gardist grunzte und hielt Thim weiterhin fest im Klammergriff. »Der Fisch zappelt ja«, lachte sein Peiniger.

»Uagh! Pff!« Die Luft wurde allmählich knapp. Thims Lunge brannte. »Fffpt!«

»Was sagst du? Ich verstehe dich nicht?« Der Gardist leckte sich mit der Zunge über die trockenen Lippen, abgesehen von den Augen die einzige Körperstelle, die nicht von schwarzem Metall bedeckt war.

»Pfftütü!«

»Oh, du möchtest mir sagen, wo sich dein Herr befindet? Hervorragend!«

Der Barde nickte heftig und atmete erleichtert auf, als der Soldat ihn endlich losließ. Ein Metallhandschuh verharrte auf seiner Schulter und drückte so zu, dass die Botschaft unmissverständlich ankam. Thim sollte bloß keine Anstalten machen, erneut ein Fluchtmanöver zu starten.

»Also? Sprich!«

Thim schluckte leer. »M-mein Meister? Er ist … in der Taverne. Aber bitte tut ihm nichts!«

Hinter dem Augenschlitz konnte er die Pupillen des Gardisten sehen, die sich misstrauisch verengten. Die Drohung kam gepresst unter dem Helm hervor.

»Die Wahrheit, Bengel. Oder du endest wie dein Klimperkasten hier.« Zur Verdeutlichung trat der Gardist noch einmal nach und ließ das Holz der Laute unter seinen Stiefeln knacken.

Mitleid und Bedauern wogten in Thims Herzen auf, als er seinen treuen Begleiter in Spänen zu seinen Füßen betrachte. Wirklich keine schöne Perspektive.

»Gut, gut!«, gab sich Thim geschlagen. »Ich sage dir die Wahrheit. Meister Ciaran ist mit Hazel, unserer neuen Köchin, durchgebrannt und reist nach Islirith.«

Ohne Vorwarnung drückte der Gardist mit seiner Faust zu und quetschte Thims Schulter, bis sich gleißender Schmerz in dessen Knochen ausbreitete.

»Ah!«

»Die Wahrheit, Bengel!«, knurrte Menefers Häscher.

»Das ist die Wahrheit! Ich schwör's!«, heulte Thim auf.

In den boshaften Augen seines Gegenübers tat sich nichts.

Als Thim den Blick indes verzweifelt erwiderte, säte er offenbar Zweifel.

Ohne seinen Gefangenen loszulassen, wandte sich der Gardist zum Pier und sah sich um.

Der Zweimaster unter fremder Flagge hatte längst abgelegt und hisste die Segel. Das Krähennest wippte bereits dem Horizont entgegen.

»Du … du!« Dem Gardisten fehlten die Worte.

»Habe ich doch gesagt!«, wehrte sich dieser.

»Zu spät. Mitkommen, Barde.«

Als hätte Thim eine Wahl gehabt, zerrte der Gardist ihn direkt auf eines der Schiffe zu, mit dessen Schiffsführer der Soldat der Königin eben noch gesprochen hatte. Dieser schien wenig erfreut, den Mann in schwarzem Stahl erneut zu treffen.

Dem Händler blieb keine Chance, irgendetwas zu erwidern, ehe der Gardist laut forderte: »Das Schiff ist beschlagnahmt im Namen Ihrer Majestät, Menefer Whitehart. Der Blume von Hinia und Wächterin der Ordnung.«

»Das geht nicht!«

Der Gardist ignorierte den entrüsteten Mann und schleppte Thim an Deck, wo er sogleich die Befehle zum Ausschiffen erteilte und dabei den Schiffsführer in seine Schranken wies. Innerhalb weniger Minuten und mit einiger Verwirrung unter den Matrosen hatte das Schiff abgelegt. Erst als sie den Hafen von Unterdon hinter sich ließen, erlöste der Gardist Thim aus seinem Klammergriff.

Ächzend rieb sich der Barde die Schulter und blickte nervös aufs Meer hinaus.

Vom Zweimaster war keine Spur mehr zu entdecken.

»Verdammte Islirithaner«, fluchte der Gardist und wandte sich dem Schiffsführer zu.

Thim blieb unauffällig in der Nähe, um das Gespräch mitzubekommen.

»Habt ihr eine Brieftaube?«

»Ja, zwei. Aber nur für Notf…«

Der Gardist unterbrach grob: »Bringt mir Papier und Feder. Ihre Majestät muss darüber informiert werden, dass der Verräter das Land verlassen hat.«

»V-Verräter?«, stotterte Thim und konnte nicht auf der Zunge sitzen. »Er ist doch kein V…«

»Ruhe, Gefangener! Zu dir komme ich später.«

Thim verschluckte den Rest der Worte und überlegte sich, ob er von hier über die Reling ins Wasser springen und zurück ans Ufer schwimmen konnte, ehe der Gardist ihn wieder einholte.

Wäre ihn der Barde den Zeitverlust wert?

Oder würde der Gardist direkt Ciaran hinterherjagen?

Die Versuchung war groß, es auszuprobieren, gleichwohl war ein anderes Hindernis für Thim wesentlich entscheidender.

Jetzt, da das Schiff allmählich an Fahrt aufnahm und sich dem Treiben der Wellen hingab, drehte sich ihm auf einmal der Magen um. Thim würgte, presste den Handballen instinktiv auf seinen Mund und beugte sich taumelnd über die Reling. Was auch immer da aus seinem Körper rauswollte, blieb vorerst drin. Aber der Barde fühlte sich, als hätte ihn Kaedhos höchstpersönlich von innen nach außen gekehrt und mit seinen Blitzen gegrillt.

Thims Beine zitterten.

So hatte er sich sein erstes Abenteuer auf See nicht vorgestellt.

»Ui, ui, ui. Bist nicht seefest, was?«, bedauerte ihn der Gardist betont theatralisch und klopfte ihm auf den Rücken, was Thims Seekrankheit nicht besser machte.

Nun wollte raus, was rausmusste.

Die Gans in der Koje

Hazel

Sie wollte raus!

Hazel streckte ihre Beine und stieß mit den Füßen an die Holzpaneele, die ihre Koje rundum begrenzten.

Ciaran hatte sie gebeten, sich in seinem Zimmer ruhig und versteckt zu halten.

Aber sobald die letzten Sonnenstrahlen hinter dem leeren Horizont verschwunden waren, verwandelte sie sich zurück in einen Menschen. So war die Koje wirklich zu klein!

Wie konnte man in dieser Schuhschachtel schlafen?

Und das auch noch zu zweit.

Zumindest erwachte sie in ihren geborgten Kleidern.

Sie stupste Ciaran an, der sich wie ein nasser Lappen neben sie gelegt hatte und schnarchte, als gäbe es kein Morgen mehr.

Statt wie Hazel hier drin zu warten, hatte der Prinz auf dem Schiff mit anpacken müssen. Kapitänin Alarias Einführungsprogramm hatte es wohl in sich. Ciaran schlief den Schlaf der Toten.

»Kein Wunder auf einem Schiff voller Nekromanten«, murmelte Hazel missmutig und stupste Ciaran erneut an.

Sie erhielt keine Reaktion, außer einem kleinen Taktfehler im Rhythmus seines Schnarchstakkatos.

Der Krach rief die Kopfschmerzen zurück.

Dabei hatte sie gehofft, sich vom Unfall erholt zu haben.

Mit jeder Verwandlung schmerzte ihr Kopf weniger, die Übelkeit versiegte und der gebrochene Armknochen hatte sich wie von Geisterhand zusammengefügt.

Was blieb, war der Nebel zwischen ihren Gedanken, der diese wie Kleister aneinanderklebte und es unmöglich machte, sie richtig zu ordnen. Das Gefühl einer nahenden Bedrohung, die nur sie allein verhindern konnte, erleuchtete gelegentlich die unklaren Bilder in ihren Erinnerungen. Wobei vorwiegend der Name Denzell Rowe einiges hervorgeholt hatte und sie darin bestärkte, dass sie sich auf einer Mission befand.

Doch welche Rolle spielte der Prinz dabei?

Hazel wunderte sich ohnehin, was sie so an Ciaran fesselte. Seit sie in der Festung ihr Bewusstsein zurückerlangt hatte, führte sie ein innerer Drang unablässig in die Nähe des Prinzen.

Noch halb betäubt, mit stechenden Kopfschmerzen, ohne den Weg zu kennen, hatte sie sein Turmzimmer gefunden und war in sein Bett geklettert.

Als er den Brand legte und die Flucht ergriff, hatte Hazels ungutes Gefühl sie dazu bewogen, nach ihm zu sehen.

Nur dank ihrer Intuition hatten Thim und sie Ciarans Verschwinden frühzeitig entdeckt.

Und kaum hatte die Sonne sie zurück in eine Gans verwandelt, hatten ihre Flügel sie wie von selbst zu Ciaran getragen.

Warum hing sie so an ihm?

Sosehr sie sich auch zu erinnern versuchte, es verstärkte die Kopfschmerzen und ließ sie schwindelig werden.

»Geduld, Geduld«, flüsterte sie sich wohlwollend zu. Es würde ihr schon wieder einfallen, warum sie hier war und weshalb sie sich je nach Tageszeit verwandelte.

Und vor allem: was Ciaran mit dem Ganzen zu tun hatte.

Sie musterte ihn aufmerksam.

Im Schlaf hatte sich seine stets zu Sorgenfalten zusammengepresste Stirn geglättet und die dunklen Haare leuchteten im Mondschein kupfern.

Ihr Blick huschte über seine Wangenknochen, die schmale Nase, den Mund. Hazel ertappte sich dabei, wie sie viel zu lange auf seine Lippen starrte.

Widerwillig schüttelte sie den Kopf und verstärkte dadurch nur die Schmerzen.

Sie schimpfte sich innerlich eine Idiotin und beschloss, dass sie es hier drin keine weitere Sekunde aushielt.

Sie musste jetzt raus!

Raus an die frische Luft, an Deck, weit weg von Ciaran.

Zumindest so weit weg, damit sie jederzeit zu ihm zurückfand. Das hier – Leib an Leib aneinandergepresst – war ihr definitiv zu nah. Statt ihn zu wecken, würde sie sich eben ohne den Prinzen auf das Deck schleichen.

Hazel rollte sich über den Schlafenden, möglichst ohne ihn mehr als nötig zu berühren, doch die weite Hose, die ihr Thim geliehen hatte, klemmte unter Ciarans Hüfte fest. Sie ruckte vorsichtig daran, zog fester. Erst mit einigen heftigen Bewegungen konnte sie sich befreien.

Ciaran schnarchte empört auf und versank sogleich wieder in seinen Träumen.

Schlief der Prinz immer so tief und fest?

Nach einem Tag auf Deck und unter Alarias Fittichen?

Momentan konnte es Hazel nur recht sein.

So leise wie möglich öffnete sie die Kajütentür und trat in den Gang hinaus. Rasch drückte sie die Klinke zurück und blieb mit der Holztür in ihrem Rücken stehen.

Ihre Haut kribbelte vor Aufregung.

Sie war eine blinde Passagierin auf einem Piratenschiff!

Vermutlich nicht der beste Ort, um sich die Beine zu vertreten.

Da sie bei ihrer Ankunft unter Ciarans Pelerine gesteckt hatte, wusste Hazel nicht recht, in welche Richtung sie musste.

Hauptsache, nach oben.

Und dahin, wo es nach Salz, Wind und Abenteuer roch.

Jeder Schritt auf den gebohnerten Planken des Unterdecks knarzte verräterisch. Aber da das ganze Gefährt ohnehin schaukelte und ständig Geräusche von sich gab, schien niemand auf Hazel zu achten. Sie schaffte es tatsächlich unbemerkt an die frische Luft und schlich sich die Treppe hinauf, nur um dann rasch hinter einigen offenen Kisten voller Zitronen zu verschwinden.

Hatte sie jemand gesehen?

Vorsichtig versuchte sie, ihre Umgebung auszumachen.

Ein paar Männer hockten vorn am Bug. Ihr Lachen und Raunen trug die sanfte Meeresbrise bis an Hazels Ohr. Außerdem warfen die Fackeln ihre Umrisse an die Schiffswände.

Im Krähennest würde sicherlich auch jemand sitzen und das Meer im Auge behalten.

Und bestimmt war Kapitänin Alaria unterwegs oder schaute aus ihrer Kajüte.

Der vordere Teil schien kein guter Ort für eine blinde Passagierin.

Hazel entschied, vorerst hinter den Zitronenkisten in sicherer Deckung zu verharren.

Durch einen Spalt konnte sie die Wellen erspähen, die mit aller Macht gegen den Schiffsrumpf platschten und sich in tausend Wasserspritzern an den Planken brachen.

Selbstvergessen lauschte Hazel dem Klang der Wellen und genoss die Kühle der Nacht auf der Haut.

Sie wollte schon wieder runter in ihre Koje steigen, als sie Schritte ganz in der Nähe vernahm. Erschrocken duckte sie sich tiefer. Doch die Schritte kamen zielgerichtet auf sie zu und beschleunigten sogar.

Hazel machte sich bereit, um notfalls aufzuspringen und so schnell sie konnte wegzurennen.

Vielleicht vermochte sie, den Piraten in der Dunkelheit abzuhängen und dann heimlich zurück in ihre Kajüte zu schleichen. Ehe sie ihren Fluchtplan in die Tat umsetzen musste, erkannte sie den Schatten, der sich ihr näherte.

»Ciaran?«, hauchte sie überrascht und zog ihn hastig zwischen die Kisten.

Er hatte die Stirn in Sorgenfalten gelegt und wirkte alles andere als erfreut, sie zu sehen.

»Was machst du hier draußen?«, zischte er. »Du solltest die Koje nicht verlassen!«

»Ich brauchte frische Luft – und warum bist du überhaupt hier?«

Ciaran öffnete den Mund und setzte zu einer Antwort an, schnappte indes nur nach Atem und dachte sichtlich nach.

»I-ich weiß nicht«, gestand er nach einigen Lidschlägen. »Ich hatte das Gefühl, dass irgendwas passieren würde, und bin aufgewacht. Da warst du weg.«

»Du hattest ein Gefühl?«, wiederholte Hazel und dachte dabei an ihre eigene, so magische Intuition, die sie mit Ciaran zu verbinden schien. Spürte er es auch?

»Und ich hatte recht. Du bist kurz davor, mir Ärger einzuhandeln.«

»Bin ich n…«

»Du bist keine Gans mehr!«

»Ich will mich nicht die ganze Nacht verstecken!«

»Was soll ich Alaria erzählen, wenn dich die Piraten erwischen?«

Hazel stockte. Er hatte recht. Sie nickte geschlagen und flüsterte: »Gut. Lass uns zurückgehen. Aber ich will ein bisschen mehr Platz im Bett abbekommen, verstanden?«

»Sonst noch Wünsche, Frau Gans?«, gab er mit ernstem Tonfall zurück. Die Sorgenfalten hatten sich ein wenig geglättet und ein Lächeln zuckte um seine Mundwinkel.

Während sie zurückschlichen, blieb ihr Ciaran dicht auf den Fersen, so als wolle er sichergehen, dass sie ihm kein weiteres Mal entwischte.

Zurück in der Kajüte setzten sie sich auf je eine Seite der schmalen Pritsche.

Hazel zog die Beine an und umschloss sie mit den Armen, um sich etwas zu wärmen. Unsicher, was sie tun sollte, wandte sie sich zu Ciaran, der bloß dasaß und den Kopf gegen die Rückwand hatte fallen lassen, um an die Decke zu starren.

»Und jetzt?«, wollte sie wissen.

»Was und jetzt?«, erwiderte er gelangweilt.

»So kann ich unmöglich schlafen.«

»Schade. Ich schon.« Er schloss die Lider und atmete demonstrativ ein.

Doch Hazel hatte nicht vor, ihn wegdämmern zu lassen.

»Erzähl mir was«, bat sie. »Irgendwas. Ich werde hier drin sonst noch wahnsinnig.«

»Du bist dem falschen Mann hinterhergeflogen, Gänschen. Wenn du Geschichten lauschen willst, musst du zu Thim«, brummte er, ohne die Augen zu öffnen.

»Wie habt ihr euch kennengelernt? Ein Prinz und ein Barde?«

Er schnaubte durch die Nase. »Wie wohl. Am Hof natürlich. Thim war der Sohn des königlichen Hofarztes, den Vater von morgens bis abends um sich haben wollte. Also war Thim auch da, wo immer wir waren.«

»Wir?«

»Menefer und ich.« Seine Stimme klang bitter, als er den Namen seiner Schwester aussprach.

»Und wie … warum seid, nein, wart ihr zu zweit in dieser Festung?«

Endlich schlug er die Augen auf und sah sie mit festem Blick an. »Diese Geschichte werde ich nicht erzählen. Nicht heute. Und auch nicht an einem anderen Tag.«

Nervös strich sich Hazel mit dem Daumen über die Handfläche. »Entschuldige. Ich wollte nicht aufdringlich sein.«

»Bist du aber.«

Sie versuchte, seinem Starren standzuhalten. Unter einer Strähne des dunklen Haars glomm seine linke Iris rot hervor. Es war … gefährlich schön.

»Und … dein Fluch?«

Als hätte ihn eine Biene gestochen, wich Ciaran zurück und wandte sich von ihr ab. »Nein. Darüber werde nicht mit dir sprechen. Kein Wort mehr. Verstanden?«

»Du bist echt kein guter Geschichtenerzähler.«

Es sollte lustig klingen und die Situation entschärfen, die Enttäuschung in ihren Worten konnte Hazel allerdings nicht ganz verschleiern.

Er fauchte: »Und du bist eine schlechte Spionin. Glaubst du etwa, ich verrate dir einfach so all meine Geheimnisse? Breite mein Leben vor dir aus? Einer fremden Frau, die sich in eine Gans verwandeln kann und sich nackt in mein Bett geschlichen hat?«

Sie schnappte empört nach Luft. »Ich muss doch bitten. Ich bin keine Spionin!«

»Aha. Und was dann?«

Warme und kalte Schauer jagten über Hazels Rücken und ihre Nackenhaare stellten sich auf.

Was dann?

Wer war sie überhaupt?

»Ich … ich …«

»Du weißt es nicht? Lass dir eine bessere Ausrede einfallen«, patzte Ciaran sie an.

»Ich weiß es wirklich nicht«, schniefte Hazel und vergrub ihr Gesicht in ihren Armen. Wut und Frustration trieben ihr Tränen in die Augen – dabei wollte sie auf keinen Fall, dass er sie so sah.

Ein innerer Drang veranlasste sie dazu, ihre Gefühle zurückzukämpfen und niemals Schwäche zu zeigen.

Schwäche lähmt.

Schwäche tötet.

Möglichst gefasst erklärte sie: »Diese Kopfschmerzen machen mich wahnsinnig! Und ich lüge dich nicht an. Ich wünschte doch auch, ich wüsste mehr. Ich möchte mich erinnern.«

Irgendetwas, das sie gesagt hatte, schien ihn zu beruhigen.

Der Prinz setzte sich erneut aufrecht hin und meinte: »Entschuldige. Ich wollte dich nicht so anfahren. Manchmal … na ja. Meine Laune ist nicht immer die beste.«

»Das hat Thim auch schon gesagt«, rutschte ihr heraus.

»Ha! Das sieht ihm ähnlich, dem alten Klatschweib.«

Ein beklommenes Schweigen breitete sich zwischen ihnen aus.

Bis Ciaran die Initiative ergriff: »Du willst dich also erinnern?«

Sie nickte langsam, um die Kopfschmerzen nicht noch weiter zu provozieren.

Allein der Gedanke daran, ihre Erinnerungen wieder herzustellen, löste ein unangenehmes Pochen in ihrer Stirnhöhle aus.

»Vielleicht musst du das nicht.«

»Wie bitte?« Sie sah ihn erstaunt an.

»Ich meine«, begann er. »Du musst dich nicht zwingend erinnern, wenn wir so herausfinden, wer du bist.«

Hazel war skeptisch. »Und wie möchtest du das anstellen?«

»Indem wir logisch kombinieren, was wir bereits wissen.«

»Aha.« Hazel hob zweifelnd die Augenbrauen.

Er grinste. »Das klingt nicht sehr überzeugt. Aber warte, ich beweise dir, dass es funktioniert.«

Neugierig geworden ließ Hazel die Arme sinken und schob die Beine vom Bett, um aufrecht zu sitzen. »Gut. Dann beweise mal.«

»Das Offensichtliche: Du bist eine Gestaltwandlerin.«

»Oder verzaubert, sagt Thim.«

»Bleiben wir beim Wahrscheinlichsten«, winkte Ciaran ab. Neugier erleuchtete sein bleiches Gesicht. »Ich habe bislang von keinem Zauber gehört, der andere derart beeinflussen kann. Also: Gestaltwandlerin. Folglich: in Islirith geboren.«

Hazel zweifelte. »Ist das immer so? Werden in Hinia keine Gestaltwandler geboren? Und wird man überhaupt mit Magie geboren oder lernt man das?«

Noch während die Worte über ihre Zunge rollten, spürte sie den Nachhall, den sie in ihren Gedanken zurückließen.

Kannte sie die Antworten?

»Gute Frage. So sicher bin ich mir nicht«, dachte der Prinz laut nach und schien dabei nicht zu bemerken, was in Hazel vor sich ging. »Thim hätte sicherlich mehr gewusst, aber soviel ich über Magie weiß – und das ist erschreckend wenig dafür, selbst wenn ich verflucht bin – wird man mit der Gabe geboren.«

Sie nickte stumm und erinnerte sich an das Gespräch in der Küche von Helmhaim.

Auch der Barde war überzeugt gewesen, Hazel müsse aus den vereinigten Königreichen jenseits des Meeres stammen.

»Und Islirith?«, hakte sie deshalb nach.

»In Hinia hätte dich deine eigene Mutter im Wasser ertränkt, sobald sie gemerkt hätte, dass du dich in eine Gans verwandelst.«

Die Kaltblütigkeit in seiner Stimme ließ sie erschaudern.

»Das … ist nicht dein Ernst!«

Sie bekam keine Antwort. Was Antwort genug war.

»Islirith. Gestaltwandlerin.« Mit pochendem Herzen achtete sie darauf, wie ihr Körper auf die Worte reagierte.

Tatsächlich spürte sie ein leichtes Kribbeln über der Nasenwurzel. War das der Kopfschmerz oder gar ein Zeichen?

»Und was noch?«, flüsterte sie hoffnungsvoll.

»Deine Hände sind voller Schwielen.« Sein Blick auf ihren Händen war ihr etwas unangenehm. Sie strich sich verlegen über die Fingerknöchel. »Du hast gearbeitet. Oder gekämpft.«

»Also keine Prinzessin«, seufzte sie enttäuscht. »Kriegerprinzessin vielleicht?«

Er lächelte. Das erste Lächeln, das sie von ihm zu sehen bekam. Und es wärmte irgendetwas in ihr auf.

Etwas Verschlossenes, Kaltes.

Bevor sie das Gefühl zu fassen bekam, sprach Ciaran weiter. »Islirith hat etliche Königreiche, die alle in einem Bund vereint sind. Es wäre möglich, ja. Dennoch nach wie vor unwahrscheinlich, dass du von königlichem Geblüt bist.«

»Aha. Und was wäre wahrscheinlich?«

»Bäuerin? Oder Magd?«

»Wenig schmeichelhaft.«

»Nein, wieso? Du kannst stolz sein auf die Arbeit, die du getan hast. Es muss anstrengend gewesen sein«, sagte er sanft und berührte fast unmerklich ihre Finger.

Sie wollte panisch zurückweichen, aber die Berührung fühlte sich überraschend gut an. Sie mochte es, wie sich die Wärme seiner Haut auf ihre übertrug.

Der intime Moment war einen Lidschlag später wieder vorbei, als Ciaran anmerkte: »Du musst ein ziemlicher Tollpatsch sein. Hier, diese Narbe.«

Er fuhr über ihren Handrücken. Sie hatte bisher kaum darauf geachtet. Da war eine lange Narbe.

Bilder von sandigen Böden, Blut und schwitzenden Oberkörpern wogten in ihr Bewusstsein.

»Vielleicht habe ich sie mir ja im Kampf zugezogen?«, mutmaßte Hazel, um sich einen Reim aus den losen Erinnerungsfetzen zu machen.

»Du gibst nicht auf, was? Kriegerprinzessin?«

Der Prinz schüttelte den Kopf, sodass seine schwarzen Strähnen ihre Wange kitzelten.

Der Duft von Herdfeuer und Meerwasser stieg in ihre Nase.

Unsicherheit spülte in ihr hoch.

Um die Situation aufzulockern, lachte Hazel rasch auf. »Solange du mir nicht das Gegenteil beweist, bleibe ich eine Kriegerprinzessin.«

Er zog die Hand wieder zurück.

Nur um sogleich näher zu rücken und Hazels Gesicht in beide Hände zu nehmen. Sie schnappte unmerklich nach Luft und versuchte möglichst nicht zu atmen.

Sein Gesicht war so nah an ihrem.

Ciaran runzelte die Stirn und zog sich nach einer gefühlten, qualvollen Ewigkeit zurück. »Hmm.«

»Was meinst du mit Hmm?«, verlangte sie zu wissen.

»Hmm. Eben nichts. Nichts Ungewöhnliches«, dachte er laut nach. »Dein Gesicht verrät mir nichts.«

Ein wenig war sie enttäuscht.

War ihr Gesicht denn so nichtssagend? So banal für ihn?

In die Stille hinein meinte Ciaran: »Du hast mich gar nicht gefragt, warum ich nach Domhan Uaighe will.«

Hazel zuckte mit den Schultern. »Warum sollte ich? Ansel und seine Quest hast du dir doch ausgedacht, um schnellstmöglich wegzukommen.«

»Ja. Das war der Plan. Andererseits ist Domhan Uaighe gar nicht so schlecht.

»Warum?«

Sie hatte ein diffuses Bild im Kopf, wann immer sie den Namen des Königreichs hörte. Bislang konnte sie die losen Fetzen nicht richtig zusammensetzen. Das ungute, sich verknotende Gefühl in ihrem Magen gefiel ihr dabei hingegen nicht.

»Dort wird mich weder Menefer noch Denzell Rowe aufspüren.«

Erneut dieser Name.

Rowe.

Ihr Herz pochte alarmiert.

Nur nichts anmerken lassen.

Sie wiederholte laut: »Der Heerführer von Islirith. Warum sollte er dich finden wollen? Und warum wärst du ausgerechnet in seinem Reich sicher? Gehört Domhan Uaighe nicht zu Islirith?«

»Ganz schön viele Fragen«, warf er ihr vor. »Zu Letzterem: Ja. Zu Zweitem: Niemand ist dumm genug, freiwillig ins Reich der Nekromanten zu reisen. Besonders nicht Rowe. Es heißt, der Heerführer sei von seinen eigenen Verwandten aus Domhan Uaighe verbannt worden. Und sollte er jemals zurückkehren, würden sie ihm das Leben aussaugen und ihn zu einem Untoten machen.«

Hazel bezweifelte, dass sie die Geschichte aus dem Mund eines Hinianers, der gemäß eigener Aussage kaum etwas von Magie verstand, glauben sollte.

Aber statt ihn darauf festzunageln, forderte sie ihn auf: »Und weiter? Zu erstens? Warum er dich überhaupt finden will? Ich dachte, Menefer will dich gegen ihn in den Krieg schicken.« Sie wedelte ausladend mit den Armen und streifte dabei seine Schulter. »Entschuldige.« Sie räusperte sich und sprach weiter. »Rowe kann doch froh sein, wenn du untertauchst. Ein Gegner weniger.«

»Nett von dir, dass du denkst, ich wäre eine ernsthafte Bedrohung für den Blutgrafen.«

»Entzückender Spitzname«, gab Hazel mit genauso ironischem Tonfall zurück.

Ciaran schnaubte durch die Nase. »Und leider verdient.«

»Warum sollte Rowe dich jagen?«

»Weil ich eine Gefahr für Hinia bin«, antwortete er nach langem Zögern. »Und mehr werde ich dazu nicht sagen.«

»Du bist ein echt schlechter Geschichtenerzähler«, wiederholte sie anklagend und fragte sich stumm, ob ihr Gespräch erneut an Ciarans Vergangenheit gekratzt hatte.

»Lass uns schlafen«, schlug er vor und gähnte provokativ. »Ich bin echt müde.«

Sie fühlte sich kein bisschen schläfrig. Aber sie verstand, dass sie den Prinzen nicht die ganze Nacht wachhalten konnte und sie keine weiteren Erzählungen aus ihm herauspressen würde.

Also nickte Hazel und machte es sich, so gut es ging, in der schmalen Koje neben Ciaran bequem.

»Wehe, du schnarchst«, drohte sie noch, doch ihr Begleiter war bereits tief ins Land der Träume hinübergereist.

Und tat dies mit lautem Schnarchen kund.

Sie murrte. Und flüsterte leidgeprüft: »Gute Nacht, Ciaran.«

Vier Arten der Magie

Ciaran

Als sich der Prinz mit dem ersten Sonnenstrahl aus der Koje schälte, fühlte er sich schlapp und gerädert.

Hazel war pünktlicher als jeder Hahn.

Mit dem Anbruch des Tages hatte sie sich augenblicklich zurück in eine Gans verwandelt. Das fehlende Gewicht auf seinem Bein sowie das Kitzeln ihrer flauschigen Federn an seinem Ohr hatten ihn treffsicher geweckt.

Bevor Brog oder einer der anderen Piraten nach unten kam, um ihn wachzurütteln, nutzte Ciaran die Chance lieber, um schon nach oben zu gehen. Zuvor schärfte er der Gans ein, ihre Kajüte auf keinen Fall zu verlassen.

Hazel wippte missmutig mit dem Kopf. Was wohl so viel wie »Meinetwegen« oder »Hab' ich denn eine andere Wahl?« heißen sollte.

Er strich ihr tröstend über den Kopf und trat in den Gang, die Tür gut hinter sich verschließend.

Oben an Deck der Mauritio erwartete ihn Alaria. Die Kapitänin stand an der Reling und suchte den Horizont ab, aber drehte sich in einer fließenden Bewegung nach ihm um, als er sich ihr näherte.

Alaria grinste und zeigte ihm ihre blitzblanken Zähne. »Strenge Nacht gehabt, Ansel?«

Er blinzelte verwirrt.

Zu seinem Glück schien Alaria das auf seinen verschlafenen Zustand zu beziehen und nicht darauf, dass ihm sein Tarnname bereits entglitten war.

Ciaran nickte mit einiger Verzögerung.

»Die erste Nacht auf See ist immer hart.« Aufmunternd klopfte ihm die Kapitänin auf die Schultern und musste dazu auf den Schuhspitzen ihrer wadenhohen Stiefel balancieren. »Du gewöhnst dich ans Schaukeln, Kleiner. So und jetzt mach weiter, wo du gestern stehen geblieben bist.«

»Ich hab' das ganze Deck schon geputzt!«, entgegnete der Prinz entrüstet und erntete ein teuflisches Grinsen der Kapitänin.

»Eben. Mach weiter so. Hopp, hopp.«

Alaria wedelte auffordernd mit der linken Hand.

Missmutig schnappte sich Ciaran den Eimer voller Wasser, den sie ihm mit der Stiefelspitze zuschob, und entdeckte den Schrubber an der Wand zur Kombüse lehnen.

»Beeilung, Ansel! Wenn die Sonne erst mal am Firmament hängt, wird alles nur anstrengender.«

»Danke für die Warnung«, erwiderte er grummelig und machte sich daran, den Besen anzufeuchten.

Alaria sah ihm beinahe genüsslich dabei zu, wie er den Boden schrubbte. Nach einer Weile konzentrierte sie sich erneut auf die Wellen. Sie schien auf etwas zu warten.

Die Neugier erwachte in Ciaran. Statt die Kapitänin direkt anzusprechen, was ihm eine weitere Rüge eingebracht hätte, wienerte er indes fleißig weiter.

Als er das Deck bereits mit einer nassen, schaumigen Schicht Seifenwasser bedeckt hatte und die Sonne am Viertelhimmel stand, erwachten auch die anderen Piraten aus ihren trunkenen Träumen und nahmen ihre Posten ein.

»Ansel!«, rief ihm der Koloss namens Brog zu, der auf dem Schiff als Erster Maat die Truppe kommandierte. »Komm nachher rüber. Die Kanonen müssen sauber gemacht, gewartet und in Stellung gebracht werden.«

Ciarans Arme schmerzten bereits und er wollte sich nicht vorstellen, wie er die Kanonen bewegen und herumzerren sollte. Dennoch nickte er, wie es sich für einen guten Schiffsjungen gehörte, und wischte weiter in Richtung Alaria.

»Worauf wartest du?«, fragte er die Kapitänin möglichst ungezwungen.

»Hättest mich auch gleich fragen können, Bursche«, lachte sie und tippte ihm mit dem Finger gegen die Stirn. Die Kapitänin kletterte auf eines der Wasserfässer und deutete aufs Meer hinaus. »Ich warte auf Antworten.«

»Vom Meer? Sprichst du mit toten Fischen?«

Sie zog irritiert die Augenbrauen zusammen, dann verstand sie und lachte ihn laut schallend aus. »Ich bin keine Nekromantin, du dummer Junge! Und wäre ich eine, glaube mir, tote Fische führen keine interessanten Gespräche.«

»Ich dachte …«

»Ja, ja. Das denken alle Hinianer«, unterbrach sie ihn mit einer abweisenden Handbewegung. »Nur weil wir aus Islirith sind, sind nicht alle Zauberer. Und nicht jeder aus Domhan Uaighe kann mit den Toten sprechen. Du musst echt noch viel lernen, wenn du im Reich der Grabstättler überleben und deine Geliebte beeindrucken willst.«

»Ich höre.« Ciaran breitete auffordernd die Arme aus und erntete ein weiteres breites Lächeln der Kapitänin.

»Es gibt vier Arten der Magie. Das weißt du bestimmt.«

Er wusste es nicht, aber Ciaran wollte auch nicht als völliger Idiot dastehen.

»Nekromantie«, begann er aufzuzählen. »Gestaltwandeln.«

»Elementarmagie«, ergänzte Alaria und fuhr fort, ohne ihn weiter in Verlegenheit zu bringen. »Und Empathie.«

»Also wird man als Zauberer geboren?«

»Ja, als *Magi* wird man geboren. Obwohl … einige Gelehrte glauben, dass wir im Grunde alle Magie in uns tragen. Bei den *Imagi* sei sie zu schwach, um sich zu manifestieren.«

Alaria zuckte mit den Schultern. Ihr trauriger Gesichtsausdruck machte ihm bewusst, dass sie über sich selbst sprach.

Ciaran fragte sich, ob sich die Kapitänin wünschte, mit Magie geboren worden zu sein.

Eigenartig.

Seit er denken konnte, lebte Ciaran mit der Angst, irgendetwas in ihm sei magisch. Gefährlich.

Wie musste es umgekehrt sein, in einem Land aufzuwachsen, in dem Magie verehrt wurde, man selbst hingegen niemals würde daran teilhaben können?

»Magi können sich ihre Fähigkeit nicht aussuchen«, erklärte Alaria, den Blick unverändert starr auf das Meer gerichtet.

»Ob man sich in eine Maus oder in einen Tiger verwandeln kann?«, warf Ciaran ein und dachte dabei an die Gans in seiner Koje.

»Richtig.« Alaria nickte wohlwollend, korrigierte ihn aber umgehend: »Verwandeln ist das falsche Wort. Du schaffst nichts Neues, veränderst nichts. Du nährst, was schon da ist oder mal da war. Magie ist nichts anders als Manipulation. Beeinflussung.«

»Aha, Gestaltwandler lassen also ihr ›inneres Tier‹ raus?«

»Wenn du so willst. Im Grunde tauschen sie nur die Anordnung ihrer Kohlenstoffe, ihrer eigenen Zellen.«

»Das klingt alles andere als magisch. Eher chemisch.«

»Richtig! Alle Magi beeinflussen einen bestimmten Teil in dieser Welt. Nekromanten die Toten, Elementare die Natur, Gestaltwandler sich selbst und Empathen …«

»Die Gedanken anderer?«, erriet der Prinz.

»Richtig. Kluges Bürschchen. Sind Gedanken nicht auch eine Art Chemie? Eine Kombination von Nervenreaktionen?«

»Für eine Piratin philosophierst du ganz schön viel«, gab er zurück.

»Kein Wunder! Merkst du nicht, wie viel Zeit man auf dem Ozean mit Denken verbringt?« Die kleine Frau breitete die Arme aus, als wolle sie die Weite des unendlichen Blau umarmen.

Ciaran nickte verstehend.

Obwohl er hier auf dem Schiff weitaus weniger Zeit hatte, sich seinen dunklen Gedankenspiralen hinzugeben, als in Helmhaim, hatte er beim Anblick des Meers das Gefühl, so klar und frei zu denken wie noch nie.

»Oh! Genau rechtzeitig!« Ohne Vorwarnung klatschte Alaria in die Hände und deutete auf die Wellen.

Ciaran erkannte überhaupt nichts.

»Achtung! Aus dem Weg!«, schrie die Kapitänin, doch die Warnung kam für den Prinzen beinahe zu spät.

Wie aus dem Nichts schoss ein gigantischer Körper vor der Reling aus dem Wasser, klatschte an Deck und rutschte über die seifigen Planken hinweg.

Ein Schwall Salzwasser spritzte Ciaran von unten bis oben voll, als der riesige Fleischberg plötzlich eine Fontäne ausstieß.

Ein Wal?

Ciaran schüttelte sich und brachte den Mund vor Entsetzen kaum mehr zu.

Ein kleiner Buckelwal war einfach so auf den Segler gesprungen?

Während er seinen Augen kaum traute, schrumpfte das Tier, streifte die ölige Haut ab und verwandelte sich in einen schlaksigen jungen Mann mit strähnigem, kurzem Pferdeschwanz und Lederhosen. Seine schmale, abgemagerte Brust war nackt und glänzte im Sonnenlicht.

»Captain! Ich erstatte Bericht.« Der Fremde grinste Alaria an und strich sich die feuchten Haarsträhnen aus dem Gesicht.

»Du warst länger weg als gedacht, Cringles.« Besorgt klopfte Alaria auf seine Schulter. »Irgendwelche Patrouillen?«

»Ein paar hinianische Kriegsschiffe. Wie immer. Aber in etwa dreihundert Seemeilen folgt uns ein Handelsschiff. Es hängt an unseren Fersen, seit wir Unterdon verlassen haben.«

Ciaran zuckte zusammen.

Das konnte kein Zufall sein.

Hatte Thims Ablenkungsmanöver doch nicht funktioniert? War ihnen der Gardist auf den Fersen?

Alaria schien dasselbe zu denken. Sie knabberte auf ihrer trockenen Unterlippe herum und wandte sich ihrer Mannschaft zu. »Felsen. Tucker. Ich erwarte mehr Wind und Wellen, verstanden?«, befahl sie laut.

»Aye, aye, Captain!«, vernahm Ciaran ein zweistimmiges Rufen aus dem Krähennest.

Der Prinz hatte bisher kaum Gelegenheit gehabt, die Piraten näher kennenzulernen.

Er konnte sich an Tucker erinnern, die wortkarge, kurzhaarige Schiffsärztin. Bisher hatte sie keine Zeit gehabt und ihn immer wieder mit einem vehementen Kopfschütteln abgewiesen.

Der andere Pirat machte seinem Namen alle Ehre. Auf Felsens versteinerter Miene hatte er bislang keine Regung erkennen können. Der hagere Mann im mittleren Alter war so unscheinbar und flüchtig wie ein Schatten in einer glitzernden Tropfsteinhöhle.

Ciaran wusste nur, dass Felsen ein Windmagi war, weil dieser die Segel des Piratenschiffs unablässig mit seiner Elementarmagie füllte.

Alarias Stimme holte den Prinzen aus seinen Gedanken zurück zu den Geschehnissen an Deck.

»Noch was, Cringles?«, wollte die Kapitänin alarmiert wissen.

»Die Antiqua ist auf dem Weg hierher.«

Alarias Wangen erbleichten für einen kurzen Herzschlag, dann schien sich die Piratin wieder zu fangen. »Bist du sicher, Cringles?«, hakte sie nach.

»Auf jeden Fall. Ich bin eine Weile unter dem Schiff mitgeschwommen, was nicht einfach war. Du weißt, Rowe hat eigene Meeresgestaltwandler, die ihn begleiten.«

Rowe?

Denzell Rowe?

»Der Blutgraf steuert die Antiqua eindeutig auf die Mauritio zu. Von seinem Standort aus gäbe es eine viel direktere Route nach Domhan Uaighe. Aber er folgt uns«, berichtete der Gestaltwandler Cringles in einem Schwall ungebremster Worte.

Bei Helias Schleier!

Sie jagten ihn tatsächlich!

Wie hatte ihn Menefers Widersacher so schnell finden können? Warum wusste Rowe überhaupt, dass Ciaran Helmhaim verlassen hatte?

Plötzlich spürte Ciaran Alarias Blick auf sich brennen.

Ertappt zuckte er zusammen und fürchtete, die Kapitänin hätte seine wahre Identität erkannt. Doch die Piratin befahl stattdessen: »Ansel, mach dich nützlich. Die Kanonen! Wir brauchen sie.«

Als er den Schrubber sofort liegen ließ und zum Ersten Maat Brog hinübereilen wollte, fügte Alaria hinzu: »Und hol dir endlich bei der Schiffsärztin eine Augenklappe. Dein entzündetes Auge tut mir beim Anschauen weh.«

Barde über Bord

Thim

»Wenn ich dich anschaue, wird mir schon übel«, beschwerte sich der Gardist und rüttelte an den Gitterstäben, damit Thim ihn ansah. Sein Peiniger wirkte wie eine schwarze Krabbe, die lautstark mit ihren Scheren klapperte.

Der Barde fühlte sich indes wie ein weißes Laken, das schwer und nass in der Waschküche liegend vergessen wurde.

Zerknittert, kraftlos, stinkend, dünn.

Er war sich sicher, dass sein Körper kein bisschen Inhalt mehr herauswürgen konnte. Und doch hing da dieser üble, saure Geruch in seiner Kehle und sein Magen drehte sich, wann immer der Schiffsrumpf auf den Wellen wiegte.

Nachdem er sich über der Reling ausgekotzt hatte und beinahe heruntergefallen war, nur um vom Handelsschiff zu entkommen –

und weil ihm schlicht die Kraft in den Armen fehlte, um sich festzuhalten –, hatte ihn der Gardist in den einzigen Zwinger des Schiffes gepackt und die Gefängnistür hinter ihm verschlossen.

Scheißabenteuer.

Nach einer elenden Ewigkeit war der Soldat der Königin nun erneut zu ihm in die Hölle hinabgestiegen, um sich über ihn lustig zu machen.

»Erzähl mir alles«, forderte er mit forscher Stimme. »Was führt Ciaran Whitehart im Schilde?«

Statt einer Antwort würgte Thim den letzten Rest seiner Magensäure hoch und krümmte sich hustend.

Der Gardist seufzte und zog etwas aus seinem Beutel, den er am Waffengurt trug.

Thim konnte kaum sehen, was es war. Er spürte die kalten, behandschuhten Finger, die sich zwischen die Gitterstäbe schoben und ihm etwas in den Mund drückten.

»Kau. Kau schon!«

Unfähig, die nötige Gegenwehr aufzubringen, tat der Barde, was der Gardist von ihm verlangte, und begann auf dem Fremdkörper in seinem Mund herumzuknabbern.

Es war ein Kraut, bitter und erdig.

Zuerst drohte der Würgereiz wieder einzusetzen, doch dann fiel der Schwindel ganz sacht von ihm ab. Er fühlte sich weiterhin wie ein schwaches Leintuch. Wenigstens nicht mehr so, als würde er sich nächstens selbst auf seinem Totenbett bedecken müssen.

Was für ein komisches Bild.

Das ging nicht ganz auf, sagte ihm sein Verstand, der allmählich aus dem diffusen Nichts seiner Hirnwindungen zurückkam.

»Besser?«

Der Gardist hatte sich neben den Zwinger gesetzt und zog den Helm ab.

Was darunter zum Vorschein kam, erschien Thim wie eine Fiebervision. Er musste träumen.

»Du bist ja ein Mädchen«, kicherte er.

»Schlaumeier«, raunzte sie zurück mit der rauchigsten, tiefsten Stimme, die er je von einem weiblichen Wesen vernommen hatte. »Und du bist ein Waschlappen.«

»Das hab' ich auch gedacht«, prustete er und kaute auf dem Kraut herum. »Und wie heißt du? Oh, holde Maid?«

»Warum sollte ich dir das verraten? Ich bin Gardistin Ihrer Majestät. Das reicht«, erwiderte sie ungehalten und strich sich die kurzen roten Haarsträhnen aus der Stirn.

Thim lächelte dümmlich. »Willst du mir nicht mal deinen Namen verraten, obwohl wir uns so nahestehen? Du hast mich beinahe erwürgt!«

»Lass das Gelaber, Barde«, schimpfte die Gardistin. »Sag mir endlich, was Ciaran Whitehart plant!«

»Lediglich, wenn du mir deinen Namen verrätst«, rutschte ihm heraus.

Irgendetwas musste in diesem Kraut stecken, das ihn nicht nur seine Übelkeit vergessen ließ, sondern sogleich den Verstand ausschaltete.

»Okay«, lenkte sie ein und schien abzuwägen, ob es das wirklich wert war. »Mein Name, bitte schön. Katz.«

»Katz?«

»Einfach Katz.«

»Aha. Ich bin Thim.«

Sie seufzte verzweifelt und lautstark. »Warum muss ich mich eigentlich immer mit Trotteln abgeben.«

Thim kicherte erneut.

Katz fauchte: »Was ist so lustig?«

»Denk mal darüber nach … vielleicht sind ja nicht die anderen die Trottel.«

Sie trat wütend gegen die Gitterstäbe, was Thim einen harten Schlag durch die Wirbelsäule jagte, da er sich mit dem Rücken an die Zwingerwand lehnte.

»Aua! Was soll das?«, beschwerte er sich.

»Ich verlange Antworten, Barde!«

Bevor Thim zu einer albernen Erwiderung ansetzen konnte, ging ein Ruck durch den Schiffsrumpf.

Thims Körper rebellierte und er spuckte das Kraut aus dem Mund, während die abrupte Bewegung seinen Körper aus der Balance brachte und gegen die andere Wand aus Gitterstäben klatschte.

Selbst Katz verlor das Gleichgewicht und fiel mit ihrer tonnenschweren Rüstung gegen einen Haufen Vorratskisten.

Hätte der Barde nicht gerade Todesangst, hätte der Anblick riesige Schadenfreude in ihm ausgelöst.

Das Schiff schwenkte zurück in eine aufrechte Lage und die beiden wurden wieder herumgeworfen.

Katz schrie.

Vor Wut oder Schmerz, konnte Thim nicht erraten, denn er war mit sich selbst beschäftigt. Er kotzte auf seine Beinkleider und bedauerte, dass er Hazel seine Ersatzhose mitgegeben hatte.

»Verflucht, bei Kaedhos' Schwanz!«, schimpfte Katz undamenhaft. »Was ist da oben los?«

Einer der Matrosen schaute durch die Deckluke zu ihnen hinunter.

»Alles in Ordnung, Leutnant Katz?«, erkundigte er sich eingeschüchtert.

»Verflucht, nein! Was sollte das eben?«

»Wir … wissen es nicht. Aber da zieht ein Sturm auf und …«

Erneut wankte das Schiff.

Dieses Mal meinte Thim ganz genau zu hören, wie etwas Großes, Schweres gegen die linke Rumpfseite krachte und die Galeere ins Taumeln brachte.

Instinktiv hielt er sich an den Gitterstäben fest und wurde dieses Mal nicht herumgeworfen.

Auch Katz hatte verstanden, dass sie sich festhalten musste. Im Gegensatz zu Thim war sie nicht von fallenden Gegenständen geschützt, die auf sie niederprasselten.

»Verfluuuucht!« Wütend wischte sie sich getrockneten Fisch aus dem Haar.

Der Matrose kämpfte sich derweil an die Luke zurück und schrie nach unten. »Kommt hoch! Der Sturm wird immer schlimmer. Wir haben vielleicht ein Leck.«

Katz machte sich sofort an den Aufstieg, ohne sich noch einmal zu ihrem Gefangenen umzudrehen.

»Warte!«, rief er ihr panisch hinterher. »Lass mich nicht hier. Ich könnte ertrinken.«

»Ich lass' dich bestimmt nicht frei, damit du abhauen kannst.«

»Katz. Bitte.«

Sie blieb stehen und zögerte sichtlich.

»Ich kann gar nicht verschwinden. Mir geht's hundeelend!«

Der Matrose schien Thims Argumente bekräftigen zu wollen. Er wiederholte mit Nachdruck: »Kommt hoch! Da unten ist es nicht sicher.«

Katz knurrte unwirsch, wandte sich allerdings auf den Fersen um und nahm den Schlüsselbund von ihrem Hüftgurt. Mit deutlichem Widerwillen öffnete sie die Gefängnistür und schob sich den Helm erneut auf den Kopf, während sich der Troubadour wankend und taumelnd erhob.

»Beeil dich, Barde. Deinetwegen will ich nicht ersaufen.«

Er hätte zu gerne etwas Spitzfindiges erwidert, aber dafür war ihm die Lage doch zu ernst. »Danke«, war alles, was er hauchend hervorbrachte.

Katz tat, als hätte sie es nicht gehört. Die Gardistin packte ihn am Kragen und zog ihn grob die Stufen hoch, wo der Matrose bereits auf sie wartete.

»Haltet euch fest«, beschwor sie dieser. »Die See ist unberechenbar.«

Als hätte irgendeine fiese Meeresgottheit die Worte gehört, krachte es erneut gegen den Rumpf des Schiffes. Die Handelsgaleere kippte zur Seite und der junge Mann flog mit einem lauten Schrei übers Deck davon.

Glücklicherweise befand sich der Barde mitten auf der Treppe und wurde gegen die Holzbalken geschleudert, an denen er sich panisch festhielt.

Zudem umklammerte ihn Katz und hatte sich mit den Beinen innerhalb des Treppenrahmens eingekeilt.

»Du bleibst schön hier, Singdrossel«, schrie die Gardistin gegen das Heulen des Sturms an.

Thim traute sich, den Kopf in den Wind zu heben.

Regen, so kalt und spitz wie Eiszapfen, prasselte gegen seine Haut und stach ihm in die Augen. Als er die Lider zusammenpresste, konnte er seitlich unter ihnen den Rest der Mannschaft in ihren weißen Matrosenanzügen ausmachen.

Die Männer hockten auf der Reling und begannen, sich mit Seilen an der Balustrade fest zu vertäuen.

Der Barde hoffte, dass es der junge Matrose auch dorthin geschafft hatte und er nun nicht gegen die Wellen ankämpfen musste, die sich neben dem Schiff auftürmten.

Katz folgte seinem Blick. »Narren! Das nützt nichts, wenn wir allesamt untergehen«, fauchte sie. »Merkt ihr denn nicht! Das ist kein normaler Sturm! Umdrehen! Dreht sofort um!«

Niemand schien auf ihre Worte zu reagieren – vermutlich hörte sie auch niemand bei dem Lärm, den der Sturm verursachte.

»Alles muss man alleine machen!«

Sobald das Schiff in seine ursprüngliche Lage zurückgefallen war, packte Katz ihren Gefangenen um die Taille und hob ihn hoch.

Ihm wurde schwindeliger denn je. Er sah kaum, wie die Gardistin mit ihm über das Deck rannte und zum Steuerrad hochkletterte.

»Halt dich fest«, befahl sie ihm, als sie ihn wie einen nassen Sack neben dem Steuerblock abwarf. »Ich bringe uns wieder auf Kurs.«

»Die Segel …«, würgte Thim hervor und deutete zu den weißen Tüchern, die im Wind flatterten. »Du musst die Segel einholen.«

»Keine Zeit«, fuhr ihn die Gardistin an. »Da ist nichts mehr zu retten.«

Während er sich am Steuerblock festklammerte, löste Katz die Sperre. Das Rad drehte augenblicklich durch und hätte Thim beinahe am Kopf getroffen. Mit ungeheurer Kraft packte Katz das Steuer, zog es herum und brachte es in ihre Gewalt.

Sie zitterte und stemmte beide Beine fest auf die Planken.

Das konnte sie nicht lange durchhalten. Ein erneuter Stoß und Katz würde umkippen. Sie würden hier alle sterben.

Angst quoll in Thim hoch. Zum ersten Mal in seinem Leben spürte er, dass es mit ihm wirklich vorbei sein konnte.

»Oh, himmlische, herrliche Helia!«, begann er panisch zu singen, um die Angst in ihm zu betäuben. »Du Sommersonne, du …«

»Halt dein Maul!«, presste Katz zwischen den Zähnen hervor. »Verflucht.«

Etwas in ihrer Stimme ließ Thim aufhorchen.

Panik.

Katz hatte tatsächlich Panik.

Er verstummte und sah auf.

Die Gardistin starrte wie gebannt auf etwas inmitten des Sturms. Zwischen Wellen aus grauem Regen und Gischt bahnte sich ein dunkler Schatten seinen Weg. Fünf Masten und ein riesiger Rumpf.

»Die Antiqua«, hauchte Katz ehrfürchtig – mit Betonung auf *fürchtig*.

Thim glaubte, sich verhört zu haben.

Das Schiff von Denzell Rowe, dem Blutgrafen? Was hatte es mitten in hinianischen Gewässern zu suchen?

Bevor er seine Gedanken so verknüpfen konnte, um sich daraus einen Reim zu machen, wurde das Schiff erneut heftig gestoßen. Und dieses Mal vergaß Thim vor lauter Schreck über das Auftauchen der Antiqua, sich mit aller Kraft am Steuerblock festzukrallen.

Die Schwerkraft war stärker.

Thim spürte noch, wie er in die Tiefe fiel, die Wellen über seinem Gesicht zusammenschlugen und Katz' dunkle Gestalt vor ihm verschwand. Das Wasser drückte erbarmungslos gegen seinen Bauch, seine Lunge brannte und das Salz biss in seinen Augen. Der Schlag des Aufpralls war zu stark, als dass sich Thim gegen die Wucht wehren konnte, die ihn immer tiefer und tiefer in den Ozean hinabzog.

Etwas packte ihm am Knöchel.

Weich und glatt.

Panisch versuchte er, mit den Füßen danach zu stoßen, aber das trieb nur die letzten Luftblasen aus seinem Mund. Mit verschwimmender Sicht sah er den Blasen nach, wie sie im kalten, dunklen Wasser forttrieben.

Weiche Gliedmaßen hüllten ihn ein, umfassten seinen Bauch, hoben seinen Kopf hoch.

Der Barde war sich sicher, dass er den Verstand verlor und nun ins Land des Todes hinüberdriftete.

Es war weniger beängstigend, als er es sich vorgestellt hatte.

Im Gegenteil, er fühlte sich seltsam wohlig.

Geborgen.

Das Wasser fiel kalt von ihm ab und frische Luft strömte in seine Lungen zurück. Thim hustete und hing schwebend im Nichts.

Der Sturm war verstummt, der Regen versiegt.

Er spürte, wie dieses weiche, glatte Etwas ihn hochhob und ihn sanft auf feuchtem Holz ablegte.

Es roch nach Seife und Wachs.

»Der da ist mir ins Netz gegangen«, prahlte eine Stimme über ihm, als die Gliedmaßen mit einem ekligen Ploppgeräusch von ihm abglitten.

»Gut gemacht, Evina«, antwortete eine andere.

»Soll ich zurück? Das Schiff einholen? Versenken?«

Der andere verneinte. »Das reicht aus. Die Hinianer haben ihre Lektion gelernt.«

Thim vernahm laute Schritte von Stiefeln auf den Planken.

Hustend versuchte er, sich hochzuhieven und seinem Retter ins Gesicht zu schauen.

»Was für ein hübscher Fisch«, raunte dieser.

Thim erkannte braune Stiefelspitzen, eine rote Hose mit goldenen Nähten und zwei schmale, feingliedrige Hände, die sich auf den Knien abstützten.

»D-danke«, brachte der Barde schwach hervor und schaffte es endlich, den Kopf zu heben.

Er blickte in eisblaue Augen, so tief und kalt wie zwei tote Sterne.

Thim blinzelte erschrocken.

Gerade, lange Nase. Hohe Wangenknochen und dünne Brauen. Spitzes Kinn. Nachtschwarze Haare, die lässig zu einem Pferdeschwanz zusammengebunden waren.

Der Fremde lächelte nicht. Seine Miene schien wie aus Stein gemeißelt, als er erklärte: »Gut, du lebst noch.« Er erhob sich und strich die Hosenbeine glatt. »Ich hätte dich sonst von den Toten zurückholen müssen und das tue ich bei Hinianern wirklich nur ungern.«

»Wie bitte?«, murmelte Thim und zitterte vor Kälte.

Oder war es doch die Furcht, die sich erneut in seine Glieder schlich? Denn der anfängliche Nebel in seinem Kopf löste sich immer mehr. Die Gedanken wurden klarer.

Bei Helias Schleier.

»Du bist Rowe?«, sprach er laut aus, was ihm gerade in den Sinn kam.

»Für dich Blutgraf Denzell Rowe, verstanden?«, fauchte die junge Frau neben ihnen. Ihre Hand verwandelte sich aus einem grünen Tentakel zurück in menschliche Finger.

Das musste Evina sein. Eine Gestaltwandlerin?

Hatte sie Thim aus dem Wasser gefischt?

Der Blutgraf wandte sich ohne Kommentar um und befahl: »Bringt ihn in meine Kabine.«

Thim übergab sich.

Der Stoff für Balladen

Thim

Die Krakenfrau Evina hatte den Barden in einen gemütlich eingerichteten Raum voller Bücherregale, mahagonifarbener Möbel und Dokumentenstapel gezerrt und auf einem Hocker mit den Händen hinter der Stuhllehne gefesselt.

Warmes Licht strömte durch die verglasten Heckfenster, die so milchig waren, dass Thim nicht nach draußen sehen konnte.

Dennoch war er sich ziemlich sicher, dass sie bereits wieder auf den Wellen davonritten. Oder anders gesagt: Sein Magen war sich ziemlich sicher.

So hing der Barde nun in den Seilen und wartete darauf, dass sich auch der letzte Rest Salzwasser aus seinem Magen über den schönen Holzboden ergießen würde.

Stattdessen vernahm er hinter sich die Tür aufgehen und konnte Schritte herannahen hören.

»Armer Bursche«, bedauerte eine weitere Frauenstimme. »Was soll ich tun?«

Rowe antwortete: »Schau zu, dass er nicht mehr kotzt. Ich kann mich sonst nicht mit ihm unterhalten.« Der Blutgraf schob sich in sein Blickfeld, lehnte sich entspannt auf den Rand des Schreibtischs und deutete auf seine Begleiterin. »Matilda ist eine Empathin. Sie kann dir die Seekrankheit nehmen.«

Die blonde Schönheit mit der Stupsnase nickte und kniete sich sogleich neben Thim. Die Empathin legte ihm sanft die Hand auf die Stirn. »Keine Angst. Ich tu' dir nichts«, beruhigte sie ihn, als er erschrocken zurückwich. »Ich kann dich zu nichts zwingen, das nicht schon da ist.«

»Und du willst bestimmt nicht weiter kotzen, richtig?«, ergänzte Rowe.

Thim schwieg und ließ zu, dass Matilda ihre Handfläche stärker auf seine Stirn drückte. Sie schloss die Augen.

Der Barde spürte nichts. Seine Gedanken funktionierten normal, wie immer. Und da war auch nichts Fremdes, nichts, was sich in seinem Kopf ausbreitete.

Doch Matilda nickte nur, öffnete die Lider und nahm die Hand wieder fort.

»Noch übel?«, erkundigte sie sich.

Zu seiner eigenen Überraschung schüttelte Thim den Kopf. Der Schwindel war weg. Sein Magen und sein Hals fühlten sich befreiter an. »D-danke«, brachte er erstaunt hervor.

Matilda lächelte warm. »Keine Ursache. Ruf mich einfach, wenn du Hilfe brauchst.«

Thim bezweifelte, dass er weitere Gelegenheiten dazu bekommen würde.

Mit einer angedeuteten Verbeugung verabschiedete sich die Empathin und ließ Thim mit dem Blutgrafen, dem Schrecken Hinias, allein zurück.

»Also, Thim«, begann Rowe und lehnte sich mit dem Oberkörper nach vorne, damit der Barde seinem prüfenden Blick nicht ausweichen konnte.

Er war hochgewachsen und mit seinen sehnigen Muskeln, die sich deutlich unter der goldbraun glänzenden Haut hervorhoben, versprühte der Blutgraf eine bedrohliche Aura wie ein Tiger, der sich schwanzzuckend in Angriffsstellung gebracht hatte.

Ruhig und kalkulierend glitten die Worte in samtenem Tonfall aus seinem Mund. »Was kannst du mir über Ciaran Whitehart erzählen?«

»Woher kennst du meinen Namen?«, brachte Thim hervor.

Ein selbstgefälliges Kräuseln huschte über die von der Meeresgischt zerfurchten Lippen. »Woher auch nicht? Kennt nicht die ganze Welt den berühmten Barden, den besten Freund des verfluchten Prinzen?«

Thim schluckte schwer. Was wie ein Kompliment klang, erschien ihm eher wie eine Drohung.

»Warum interessieren sich eigentlich gerade alle für meinen Meister?«, wunderte er sich und versuchte so, die eigentliche Frage zu umgehen.

»Liegt das nicht auf der Hand?«, reagierte Rowe mit einer Gegenfrage. »Dein verfluchter Prinz hat das Potenzial, euer Königreich zu zerstören, Hinias Mauern der Tyrannei niederzureißen und das Abschlachten Unschuldiger endlich zu stoppen.« Ein unheimliches Feuer loderte in den eisigen Augen seines Gegenübers auf.

Der Troubadour biss sich auf die Lippen und entgegnete scharf: »Wir sind keine Monster.«

»Wirklich nicht?« Rowe beugte sich weiter vor, bis sein Atem über Thims Wangen strich. »Nennst du das etwa human, gnädig gar, wenn ihr eure Kinder tötet, sobald sich die Magie in ihnen zeigt?«

Nein. Das hatte Thim nie als gnädigen Akt gesehen.

Er wünschte, es wäre anders.

Er wünschte, seine eigene Schwester würde noch leben.

Aber er hatte zugesehen, wie sein Vater das Neugeborene erstickte. Und er hatte nicht geweint.

Weil Magie gefährlich war.

Weil sie das Chaos brachte.

Weil ein Menschenleben zu nehmen, viele andere retten konnte.

Thim schwieg.

Und Rowe las die Antwort in seinem Blick.

Verachtung, nein, Mitleid spiegelte sich im tiefen Eismeer seiner Iriden.

»Ihr wisst so wenig über Magie, ihr dummen Hinianer. So wenig«, hauchte der Blutgraf verächtlich und lehnte sich zurück.

Thim spürte die Wut in sich hochkochen. »Glaubst du etwa, ihr seid besser? Ihr zerrt die Toten aus dem Schlaf zurück, wie es euch beliebt«, spie er hervor. »Manipuliert, verändert die Welt, wie sie euch passt. Lasst alles in Flammen aufgehen, was euren Pfad kreuzt. Das ist nicht mehr menschlich.«

Der Blutgraf schlug ohne Vorwarnung heftig auf den Schreibtisch. Erschrocken zuckte Thim zusammen und wartete nur darauf, dass Rowe statt des Tischs als Nächstes sein Gesicht als Zielscheibe nutzte.

Aber als der Heerführer die Hand hob, lag darunter eine tote Fliege. Mit einem Fingerschnippen des Blutgrafen regte sie sich wieder. Die Flügel entknitterten sich, die Beinchen wurden gerade, der Körper hob sich leicht. Mit einem erfreuten Summen flog die Fliege weiter durch den Raum.

»Sieh genau hin, Hinianer«, befahl Rowe und deutete auf sein rechtes Auge. Ein einzelner Blutstropfen bildete sich am Augenlid, den sich Rowe sogleich mit der Hand wegstrich. Die Fliege summte hinter Thims Kopf vorbei.

Und verstummte.

»Der Zauber hält nicht lange an«, erklärte der Graf und zeigte ihm den blutigen Finger. »Und ich zahle jedes Mal einen Preis. Meine Lebensenergie, mein Blut.«

Ekel und Faszination zugleich kämpften in Thims Gedanken um die Oberhand. Er wusste, dass es falsch war, Magie zu nutzen. Und trotzdem war sie das größte Wunder, das gewaltigste Abenteuer, das er sich in seinen wildesten Träumen nicht ausmalen konnte.

Er wollte mehr davon.

Er wollte verstehen.

»Warum tut ihr es dann? Warum Magie nutzen, wenn sie was kostet?«, sprudelte es aus Thim heraus.

»Das ist die erste gute Frage, die du heute stellst. Ja, warum überhaupt?« Rowe setzte sich wieder vor ihm auf den Schreibtisch. »Warum atmen, wenn jeder Luftzug, jeder Herzschlag mich näher an den Tod bringt? Warum lieben, lachen, wenn der Schmerz des Verlusts uns in den Wahnsinn treibt?«

Der Blutgraf hob die Hand und strich mit seinem Finger eine Strähne von Thims Locken hinter sein Ohr. Die Hand blieb in der Luft schweben, der Handballen legte sich wie selbstverständlich auf Thims Wange.

Statt zurückzuschrecken, reagierte sein Körper ganz unerwartet. Blut wallte warm und siedend hoch und benebelte seine Sinne.

»Warum singen, wenn die Kehle heiser wird und jedes weitere Lied die Stimme raubt?«, flüsterte der Barde.

Rowe lächelte zum ersten Mal. Es war mehr die Andeutung eines Lächelns, ein schmaler Schimmer, ein Anschein.

Und doch brachte das Thims Herz noch stärker zum Pochen.

Allein der Anblick, diese verfluchte Nähe, löste Schwindel aus. Warum machte ihn Rowes Gegenwart so nervös?

Nervöser, als es die Furcht vor einem fremden Heerführer je könnte.

Ein seltsam warmes Kribbeln blieb auf seiner Wange zurück, als der Blutgraf die Hand langsam zurückzog.

»Magie ist Leben«, fuhr Rowe in seinem Monolog fort. »Magie sind wir. Du kannst es nicht verneinen, nicht verleugnen.«

»Das rechtfertigt nicht, dass man ganze Dörfer niederbrennt. Oder eine Armee von Toten anführt«, entgegnete Thim atemlos.

»Das ist es, was ihr Hinianer nicht versteht. Es gibt kein Schwarz oder Weiß. Sondern viele Graustufen. Was zählt, ist das Maß. Wie viel ist noch gut, wie viel zu viel?«

»Was hat das mit brennenden Dörfern zu tun?«

»Habe ich das nicht schon gesagt?« Rowe lehnte sich zurück und legte die Beine übereinander. »Magie hat ihren Preis. Und jeder Magi hat seine Grenzen. Feuerelementare, die über die Stränge schlagen, verlieren die Kontrolle. Und werden zu Staub. Wenn Nekromanten zu viel Lebensenergie abgeben, sterben sie selbst. Gestaltwandler vergessen, dass sie einst einen menschlichen Körper und Geist besaßen. Und Empathen können fremde Gedanken nicht mehr von ihren eigenen unterscheiden.«

»Magie ist gefährlich«, schlussfolgerte der Barde in rechthaberischem Ton, beinahe erleichtert darüber, dass alles, woran er geglaubt hatte, eben doch zutraf.

»Falsch«, zerstörte der Blutgraf seinen Seelenfrieden. »Der Mensch ist gefährlich. Magie ist lediglich so zerstörerisch, wie der Mensch, der sie kontrolliert.«

»Wie soll so eine Welt funktionieren? In der jeder selbst für sich verantwortlich ist? Wo jeder jeden gefährden könnte?«

»So eine Welt gibt es. Islirith.«

»Pff.« Schnaubend wandte Thim den Kopf ab.

Natürlich.

Hatte er geglaubt, es ginge hier um etwas anderes als Politik? Er wurde gerade vom Feind verhört, verdammt!

»Trotze nur, Barde. Fürchte dich vor dem, was du nicht kennst. Aber dein Prinz wird uns alle vom Gegenteil überzeugen. Er wird die neue Welt herbeiführen.«

Thim biss sich auf die Unterlippe und presste hervor: »Ich werde dir nicht sagen, wo er ist.«

Rowe zuckte mit den Schultern. »Das musst du nicht. Im Grunde weiß ich längst mehr als du.«

Er ging um den Stuhl herum, legte seine Arme auf Thims Schultern und strich daran hinunter bis zu den Fesseln seiner Hände.

Ein eisiger Schauer jagte dem Barden bis in den Nacken, als sich der Blutgraf zu ihm herunterbeugte und ihm ins Ohr flüsterte.

»Sei mein Gast, Thim. Zumindest bis wir deinen Prinzen eingeholt haben.«

Und mit völligem Unglauben bemerkte Thim, wie Denzell Rowe seine Fesseln löste.

Irritiert zog der Barde die Arme nach vorne, knetete seine Handgelenke und erhob sich wankend.

Rowe lächelte dünn. Schelmisch.

Und dann sah Thim auch, warum.

Gleich neben der Tür stand Matilda. Die Empathin hatte das Zimmer nie verlassen.

»Hast du was?«, erkundigte sich Rowe.

»Nein«, schüttelte die Blondine den Kopf. »Er weiß nichts Neues. Aber er steht auf dich, Boss.«

Thim spürte die Hitze in seinem Gesicht ansteigen und sah, wie ihm der Blutgraf einen Seitenblick zuwarf.

»Interessant. Darüber sollten wir ein anderes Mal sprechen, Barde. Vielleicht bei einem guten Rotwein? Heute Abend?«

Moment.

Hatte ihn eben der Heerführer der verfeindeten Magierreiche zu einer Verabredung eingeladen?

Was bei Helias Schleier passierte hier gerade?

»Du wirst nicht enttäuscht sein«, versprach Denzell Rowe. »Ich könnte dir genügend Stoff für Balladen liefern, mein Lieber.«

Zu Thims eigenem Entsetzen war das ein verlockendes Versprechen, das ihm die Knie erneut weich werden ließ.

Oh Helia, wohin sollte das noch führen?

Glücklicherweise klopfte es in diesem Moment an die Kabinentür.

»Ja?« Der Blutgraf wandte sich wieder von seinem Gefangenen ab.

Die Krakenfrau Evina streckte den Kopf ins Zimmer hinein. »Boss, wir holen auf. Das Schiff aus Domhan Uaighe kommt bald in Sichtweite.«

»Schade«, seufzte Rowe und verbeugte sich entschuldigend vor Thim. »Das heute Abend werden wir vertagen müssen. Aber die Pflicht ruft.«

Die drei Magier verließen den Raum, ohne Thims Antwort abzuwarten. Alles, was er hörte, war das Klicken des Schlosses, das einrastete. Und die schweren Stiefelschritte, die auf dem Gang verhallten.

Der Barde war erneut gefangen.

Auf einem anderen Schiff.

Mit einem anderen Wächter.

Und er wusste nicht, was er bevorzugte. Eine kratzbürstige Gardistin, die zumindest bereit war, ihm das Leben zu retten, oder ein blutrünstiger Nekromant, zu dem er sich unerklärlicherweise hingezogen fühlte.

Scheißabenteuer.

Feuer im Herzen

Ciaran

»Gründlicher«, brummte ihn Brog an. »Gründlicher. Hier und hier. Kein Korn darf drinbleiben, sonst geht alles bums!«

Ciaran packte die Bürste fester und schrubbte, wo immer der Erste Maat hindeutete. Mit seinen schmalen Händen kam Ciaran zum Glück in die hintersten Ritzen des Kanonenrohrs rein und bürstete die angekohlten Reste des Schießpulvers weg.

Die Sonne hatte den Zenit längst überschritten und der Prinz fragte sich, wann es etwas zu essen geben würde.

Und wie er Hazel etwas davon in die Koje schmuggeln konnte. Seit das Piratenschiff abgelegt hatte, hatte die Gans noch nichts in den Schnabel bekommen. Ciaran hoffte, dass sie sich nicht vor lauter Hunger aufmachte, die Mauritio nach etwas Essbarem zu durchforsten.

Bei der Arbeit schwieg Ciaran die meiste Zeit und dachte darüber nach, was Kapitänin Alaria ihm über Magi erzählt hatte.

Als er sich unter Brogs Aufsicht jedoch die letzte der rund Dutzend Kanonen vornahm, entschloss er sich, dass nun die Zeit gekommen war, um die dringendsten Fragen zu stellen.

»Diese …«, er durchforstete seinen Kopf nach dem Wort, »Elementare. Können sie alles in der Natur beeinflussen?«

Brog grummelte und schraubte das Kanonenrohr aus seiner Verankerung. »Frag nicht mich. Bin kein Elementar. Frag Faust.« Der stämmige Pirat deutete nach oben.

Ciaran sah hoch ins Krähennest, wo Alarias Elementare den Wind heraufbeschworen, um ihren geliebten Sturmfalken, wie sie die Mauritio nannten, schneller über das Wasser gleiten zu lassen. Vielleicht konnte er später beim Abendessen mit diesem Faust sprechen.

Doch das Glück war ihm früher hold.

Alaria kam zu ihnen rüber und hockte sich mit dem Rücken zum Meer auf die Reling, sodass ihre Beine über den Planken des Decks schaukelten.

»Sieht gut aus, deine Augenklappe, Ansel«, meinte sie und grinste den Prinzen an, indem sie ihm eine Reihe blendend weißer Zähne präsentierte.

Er rückte das Stück schwarzen Stoffs zurecht. Das Band um seinen Kopf juckte etwas, aber er fühlte sich seltsam beruhigt, dass niemand mehr auf seine rote Iris starren konnte.

Tucker, die wortkarge Schiffsärztin und Mädchen für alles auf der Mauritio, hatte sich sein Auge nicht einmal angesehen, sondern ihm einfach die Klappe gereicht.

»Der Kleine will wissen, was Elementare zaubern«, verriet Brog und nahm Ciaran damit die Frage ab.

Statt ihn zu verspotten, gab die Kapitänin bereitwillig Auskunft. »Alle vier Elemente, Dummerchen. Darum heißen sie Elementare. Wind, Wasser, Feuer und Erde.«

»Alle auf einmal?«

»Nein«, korrigierte Alaria. »Jeder Elementar hat nur eine Präferenz. Sie sind an sich schon eingebildet genug, da braucht es nicht noch mehr.«

Brog warf ein: »Außer Kaedhos!«

»Der Sturmgott?«

»Oh, ihr Hinianer betet zu denselben Göttern?« Alaria kratzte sich das Kinn. »Ja, Kaedhos war ein Elementar. Und konnte wohl alle Elemente gleichzeitig beschwören. Das heißt, je nachdem, wer dir die Geschichte erzählt.«

Der Prinz blinzelte verwirrt. »Du sprichst vom Sturmgott, als wäre er tot.«

»Sind die Götter nicht alle tot? Oder hast du schon einmal einen gesehen?«, entgegnete Alaria.

Ciaran schüttelte den Kopf, bezweifelte aber, dass der hinianische Götterglaube mehr mit jenem aus Islirith gemein hatte als ein paar Namen und göttliche Fähigkeiten.

In Hinia glaubte man, Helia habe ihren Widersacher Kaedhos in die Unterwelt gesperrt, nachdem er ihr vor Eifersucht auf ihr Werk den Garten der Welt verbrannte. Und seither wachte Helia am Firmament über jene Menschen, die ihrem aufrechten Beispiel folgten.

Seine Gedanken behielt er für sich. Nur wegen ein paar Göttern sollte man nicht streiten, war seine Devise.

»Und wie benutzt ein Elementar seine Kraft?«, fragte er stattdessen weiter.

»Überaus neugierig, Ansel.« Alaria lachte auf. »Typisch Hinianer. Kaum seht ihr, was die Welt noch zu bieten hat, und schon kann man euren Wissensdurst nicht mehr stoppen.«

»Und? Wie benutzen sie ihre Kraft?« Er ließ sich nicht ablenken.

»Indem sie ihr Element spüren. Die Verbindung zwischen ihnen nähren. Der Natur freien Lauf lassen.«

Ciaran beschwerte sich: »Das klingt etwas schwammig.«

»Ich bin ja auch keine Elementare.«

Er bedankte sich bei der Kapitänin und gab sich wieder seinen verworrenen Gedanken hin, während er das Kanonenrohr mit mehr Nachdruck schrubbte.

War er selbst vielleicht ein Feuermagi?

Der Verdacht war ihm schon länger gekommen. Die Flammen reagierten auf seine Stimmung, sie wuchsen an, wenn er wütend wurde, und versiegten, wenn er weinte.

Deshalb war es in den vergangenen Jahren einfacher gewesen, sich zu vergraben und der Traurigkeit hinzugeben.

Nur so hörte er das Feuer nicht.

Nur so konnte er sich einbilden, die Magie in ihm existiere nicht.

Doch hier auf dem Schiff inmitten der Menschen aus Islirith, die ihre Magie so frei und natürlich nutzten, zweifelte Ciaran allmählich daran, ob sein Weg der richtige gewesen war.

Vielleicht hätte er viel früher verreisen müssen.

Die Angst vor dem, was in ihm steckte, war noch da. Aber es hatte sich eine unbändige Neugier dazugesellt, die ihn dazu brachte, mehr über sich selbst in Erfahrung bringen zu wollen.

Alarias Worte rissen ihn aus seinen Gedanken. »Das Deck benötigt eine neue Schicht Seifenwasser.«

Statt sich zu beschweren, verstand der Prinz dieses Mal, was sie damit sagen wollte. »Kommt Cringles bald zurück?«

Die Kapitänin nickte. »Ich erwarte ihn jeden Moment. Also beeil dich.«

Ciaran stand auf und schnappte sich den Mopp. Gerade als er den Wassereimer an der Seilwinde mit Meereswasser auffüllen wollte, entdeckte er zwischen den Zitronenfässern etwas Weißes vorbeihuschen.

»Bei Kaedhos' Eiern!«, fluchte er und eilte hastig zu den Fässern, um die Gans zu erwischen.

Aber Hazel war bereits über das Deck weitergewatschelt und steuerte in Richtung Küche.

Ciaran warf einen Seitenblick auf die Piraten und sah, dass sich Alaria und Brog über die Kanone hinweg austauschten und tief ins Gespräch versunken schienen.

Aber wenn Ciaran nicht bald eingriff, würden sie Hazel sicherlich bemerken.

»Bleib hier, du dumme Gans«, zischte er zwischen den Zähnen hervor. »Der Koch macht sonst Frikassee aus dir.«

Die Drohung schien zu wirken.

Hazel blieb mitten auf dem Deck stehen und drehte ihren langen Hals zu ihm um. Der Prinz war mit ein paar Schritten bei ihr, packte die Gans am Unterleib und stopfte sie unsanft in den Eimer, damit sie niemand zu sehen bekam.

Hazel quakte protestierend.

»Leise!«, flüsterte er eindringlich auf sie ein. »Ich bringe dich jetzt nach unten und du wartest, bis ich mit Brot und Käse zurückkomme. Verstanden?«

»Bwak!«

Es klang nicht nach einem Ja.

»Bitte.«

»Bwaaak.«

Das schon eher.

Eine Wasserfontäne schoss vor der Mauritio aus dem Meer und spritzte Ciaran ohne Vorwarnung nass.

»Die Seife!«, hörte er die Kapitänin alarmiert rufen, als er sich das Wasser aus den Wimpern wischte. »Oder das Deck nimmt Schaden!«

Ciaran hatte keine Zeit, Hazel vorzuwarnen. Er stieß den Mopp neben ihr in den leeren Eimer, tat, als würde er ihn im Wasser drehen und schmiss ihn mit dem letzten Rest Seife, das in seinen Fasern klebte, auf die Planken. Zusammen mit den Spritzern der Fontäne gab es wenigstens ein bisschen Schaum, den er auf dem Deck verteilen konnte, ehe der Gestaltwandler Cringles mit einem lauten Patschen und viel Wasser auf eben jenen Planken landete.

Der Eimer wurde von der kleinen Welle, die mit dem Buckelwal auf das Schiff schwappte, fortgetrieben und schaukelte in Richtung Kombüse.

Hastig eilte Ciaran hinterher, bekam den Henkel zu fassen und drückte den Eimer mitsamt der missmutig quakenden Gans an sich.

Derweil verwandelte sich der Wal zurück. Cringles schien aufgebracht und rote Striemen schimmerten auf seinem nackten Oberkörper.

»Verfluchter Oktopus«, schimpfte er.

Alaria eilte sofort herbei und funkelte Cringles besorgt an, obwohl sie ihm kaum bis zur Hüfte reichte. »Haben sie dich erwischt?«

»Fast. Der Sturm hält die Antiqua nicht auf. Sie haben eigene Elementare dabei.«

»Davon mussten wir ausgehen«, bestätigte Alaria. »Das Schiff aus Hinia?«

»Abgetrieben. Die sind wir los.«

»Gut. Nur noch ein Gegner. Brog, mach die Kanonen klar.«

»Aye, aye, Captain.«

»Wie lange noch?«, wollte Alaria von Cringles wissen.

Dieser wiegte unsicher den Kopf. »Jeden Moment«, gestand er und deutete auf den Horizont hinter ihnen.

Dunkle Wolken wogten dahinter auf. Es sah aus, als würde ein riesiger Sturm auf sie zurasen.

»Faust! Rollo!«, schrie die Kapitänin nach oben. »Hört mit dem Sturm auf. Das bringt nichts. Felsen! Löse Faust ab. Alle Kraft in die Segel und den Rumpf, verstanden?«

»Aye, aye!«

»Holen sie uns ein?«, fragte Ciaran unsicher.

Alaria strich sich übers Kinn und richtete den Federhut auf ihrem Kopf. »Mach dich lieber kampfbereit, Ansel.«

»Hier.« Brog war gleich neben ihn getreten und drückte ihm eine frische Fackel in die Hand. »Anzünden, wenn ich es dir sage.«

»Womit?«

Seine Finger zitterten so sehr, dass er das Holz beinahe fallen ließ.

Brog deutete auf die Laternen vor der Kombüse. »Anzünden und dann die Kanonenlunten abfeuern. Sobald ich es sage.«

»Aye, aye!« Ciarans Knie waren vor Aufregung weich wie Wachs. Er stellte den Eimer ab und schob ihn sicherheitshalber hinter ein paar Kisten.

»Bleib da«, flüsterte er Hazel zu. Weil sich der Prinz jedoch Sorgen machte, beschwor er sie nachdrücklich: »Flieg weg, falls es nötig wird. Verstanden? Versprich mir, dass du dich rettest?«

»B-bwak?«

Er hatte keine Zeit, sich weiter mit ihr zu unterhalten.

Der Erste Maat packte ihn am Kragen und schob ihn in Richtung der Laternen, während plötzlich absolute Dunkelheit über die Mauritio hereinbrach.

Die Sturmwolken hatten sie eingeholt.

Und mit ihnen kam die Antiqua.

Das riesige Schlachtschiff ragte drohend aus der Dunkelheit hervor und raste ungebremst auf ihren Zweimaster zu.

Der Prinz sah, wie Alaria zurück ans Steuer rannte. Brog schrie gegen den Wind an und Ciaran reagierte, ohne ihn zu verstehen. Er öffnete den Verschluss einer Laterne und drückte die Fackel hinein. Doch das ölgetränkte Stoffstück war bereits klitschnass geworden und wollte sich nicht richtig entzünden lassen. Schwarzer Rauch bildete sich. Aber keine Flammen.

»Komm schon!«, bettelte der Prinz.

Die Mauritio erzitterte.

Etwas Hartes krachte gegen den Rumpf und brachte den Zweimaster ins Taumeln.

Ciaran hielt sich nur aufrecht, indem er sich an der Laterne festkrallte. Cringles Walkörper flog durch die Luft und landete im Meer.

War das ein Tentakel zwischen den Wellen?

Ein riesiger, mannsdicker Tentakel?

»Feuer! Zünd endlich die Lunten an!«

Brogs Rufen drang an sein Ohr und erinnerte ihn daran, was er eigentlich zu tun hatte. Ciaran konzentrierte sich auf die Fackel.

Er wusste, dass er es konnte.

Er wusste, dass es möglich war.

Er war ein Feuermagi.

Er konnte …

Flammen stiegen von der Fackel auf und Ciaran jauchzte. Ob nun Zufall oder doch seine Magie, war ihm ziemlich egal. Hauptsache das Feuer brannte und er konnte die Kanonen abfeuern.

Er durfte nicht zulassen, dass ihn der Blutgraf in die Finger bekam und gegen Menefer einsetzte.

Kaum lag das Schiff wieder aufrecht auf den Wellen, huschte Ciaran mit der Fackel in der Hand zu den Kanonen, die Brog bereits auf ihr Ziel ausrichtete.

»Feuer, los!«

Gehorsam zündete er eine Lunte nach der anderen an.

Flammenmeer

Ciaran

Die erste Kanone ging mit einem Knall ab, riss an den Ketten, die sie an der Reling hielt, und krachte mit dem Rückschlag zurück aufs Holz.

»Nachladen!«, schrie Brog, als die nächste Kanone losdonnerte. Zwei weitere Mannschaftmitglieder, Ärztin Tucker und der Feuermagi Faust, der vom Krähennest heruntersprang, kamen mit Schießpulver und Kanonenkugeln angerannt und stopften den Lauf der Waffe nach.

Ciaran sah angstvoll aufs Meer hinaus.

Die Kanonenkugeln flogen in weitem Bogen über die Wellen, nur um dann haarscharf vor der Antiqua ins Wasser zu klatschen.

»Ansel!«, schrie ihn der Erste Maat an. »Feuer, los!«

Während der Berg von einem Mann die Kanonen neu ausrichtete, entzündete Ciaran Lunte um Lunte.

Alarias Ruf warnte sie. »Wir gehen breitseits! Haltet euch fest!«

Brog packte Ciaran und schob ihn sicherheitshalber an die Reling, damit er sich festklammern konnte.

Die Fackel in seiner Hand zog einen Schweif aus teerschwarzem Rauch hinter sich her, als die Mauritio beinahe im rechten Winkel herumfuhr und nun in Richtung der Antiqua zusteuerte. Die Kanonen donnerten los und erwischten den Bug des Kriegsschiffs.

Holz splitterte.

Ciaran duckte sich hinter die Reling, damit er nicht von einem fliegenden Holzstück getroffen wurde. Als er den Kopf hob, blickte er direkt in die schwarzen Löcher der fremden Kanonenrohre. Es glühte unheimlich darin.

»Deckung«, schrie Brog und die Piraten aus Domhan Uaighe warfen sich auf Kommando zu Boden.

Ehe die Antiqua feuern konnte, war der Zweimaster an ihrem Rumpf vorbeigerauscht und sauste aus den Gewitterwolken hinaus.

Triumphierend schrie der Prinz auf und stimmte in das Johlen der Piraten ein.

Ein Problem hatten sie allerdings noch: Sie fuhren jetzt wieder in Richtung Hinia. Und die Antiqua versperrte den Weg nach Islirith.

Ciaran wusste nicht, was Alaria vorhatte. Doch sie schien sich ihrer Sache sicher zu sein. Die unerschrockene Piratin steuerte ihr Schiff seitwärts auf eine Inselgruppe zu.

Wollte sie das große Schlachtschiff zwischen den Klippen abhängen?

Weil er endlich etwas Luft zum Atmen bekam, streckte Ciaran die Schultern durch und sah sich nach dem Eimer um, den er vor der Kombüse platziert hatte.

Er war fort. Und mit ihm die Gans.

Verschwunden.

»Verflucht!«

»Träum nicht«, raunzte ihn Brog an. »Die geben nicht so leicht auf. An die Kanonen!«

Der Pirat würde recht behalten.

Kaum hatte sich der Prinz neben Brog gestellt, um eine der Kanonenrohre neu auszurichten, stürzte auf einmal etwas Schwarzes, Federiges aus dem Himmel herab und landete auf seiner Schulter. Scharfe Krallen gruben sich in sein Fleisch und jemand zerrte an seinen Haaren.

Brog packte den Angreifer und schleuderte den riesigen Vogel zu Boden.

Keuchend wich Ciaran zurück und beobachtete, wie der Adler sämtliche Farbe verlor, als der Erste Maat ihn niederdrückte. Es war, als würde die Lebenskraft aus dem Gestaltwandler direkt in den Piraten hinüber fließen.

Natürlich!

Brog war ein Nekromant!

Weitere Geflügelte stürzten auf sie herab und stießen Brog von ihrem Kameraden, der taumelnd davonsegelte und die Deckung suchte.

Oben im Krähennest jagten die Elementare Windböen durch das Gefieder der Tiere und von unten schleuderte der Magi Faust den Gestaltwandlern Flammenbälle hinterher.

Diese drehten sich im Schutz des Sturms um und landeten erneut auf dem Deck. Dieses Mal schlugen ihre menschlichen Füße auf, die Flügel wurden zu Armen, zu Degen und Pistolen.

Ciaran duckte sich unter einem heranstürmenden Schlag und parierte ihn mit seiner Fackel. Es war so lange her, seit er einen Duellkampf geführt hatte. Zu lange her.

Seine Muskeln oder sein Überlebenswille schienen von selbst zu reagieren. Der Prinz wich den Schlägen der Angreifer aus und bewegte sich in Brogs Richtung, um neben ihm Deckung zu suchen.

»Sie haben sich gedreht und aufgeholt!«, rief der Windmagier Rollo aus dem Krähennest, als auch schon die Gewitterwolken wie eine lebendige, klebrige Masse am Schiffsrumpf und den Masten der Mauritio entlangleckte.

Brog und die anderen Piraten hielten die Gestaltwandler in Schach und schafften es, ein paar von ihnen über Bord zu werfen. Einer wich mit brennendem Gefieder zurück und flog kreischend in den Sturm hinein.

Es waren so viele, dass Ciaran fürchtete, sie würden die Mauritio demnächst entern. Weitere Gegner kletterten über die Reling oder ließen sich über Taue aufs Deck fallen, als der monströse Schatten des Kriegsschiffs über ihnen drohend auftauchte.

Alaria hatte einen weiteren Plan. »Holt die Segel ein!«

Ciaran verstand nicht, was das bringen sollte, aber er sah auch, dass die Piraten keine Chance gegen die Überzahl von Rowes Leuten hatten. Also rannte er mit der brennenden Fackel zu einem Mast, steckte sie in eine der Halterungen und kletterte mit panisch klopfendem Herzen nach oben.

Er war noch nie so hoch geklettert.

Das hier war nicht vergleichbar mit der Küste rund um Helmhaim. Die Leiter des Masts wackelte ständig unter ihm. Der Wind zerrte an seinen Kleidern. Und kreischende Vögel sowie Flammenbälle sausten an ihm vorbei.

Mit zugekniffenen Augen konnte Ciaran sehen, wie die Windmagier Felsen und Rollo das Krähennest verließen, um die Segel des großen Masts einzuholen. Tucker rannte nach hinten zum Seitensegel. Doch auf dem kleineren Mast war Ciaran der Einzige, der sich gerade hochwagte. Alle anderen waren in Kämpfe verwickelt.

»Holt die Segel ein!«, schrie Alaria erneut und der Prinz kletterte schneller.

Als er endlich auf dem Querbalken angekommen war, schnappte er sich die Leinen und versuchte, sie bestmöglich zusammenzuraffen. Er hatte keine Ahnung, wie das gehen sollte. Felsen und Rollo waren wesentlich erfolgreicher und hatten das Großsegel bereits vertäut.

»Anker fallen lassen! Und festhalten!«

Jetzt verstand der Prinz, was die Kapitänin vorhatte.

Und fluchte.

Als Brog den Ankerkasten mit einem Hieb löste und der Anker rasselnd in die Tiefe sauste, ging ein Ruck durch das ganze Schiff.

Ciaran fiel beinahe vom Mast, konnte sich aber rechtzeitig an einer Leitersprosse halten und blickte dem Schatten der Antiqua nach, der flink an ihnen vorbeiglitt.

»Anker hoch! Segel setzen!«

Ciaran kletterte zurück, ließ das Leinen fallen und machte die Taue fest, während die Mauritio in irrsinnigem Tempo eine halbe Kreisbewegung über die Wellen vollzog.

Der Plan klappte!

Wären die fremden Gestaltwandler nur nicht so erfolgreich dabei, Alarias Mannschaft zu beschäftigen.

Von oben verfolgte der Prinz, wie sich das Unheil auf dem Schiffsdeck ausbreitete.

Brog blieben nicht genug Mannschaftmitglieder, um den Anker schnell genug hochzuziehen.

»Beeilung!« Alarias Rufen nützte nichts.

Am Mast hängend konnte Ciaran die Antiqua erkennen, die bereits zu einem weiten Wendekreis ausholte, um das Piratenschiff zu schnappen. Das Kriegsschiff hatte es geschafft, nicht auf die Klippen aufzulaufen. Wenn sich der Antiqua nichts in den Weg stellte, würde sie gleich wieder aufholen.

In den Weg stellen. Blockieren.

Ciaran hatte eine Idee.

Aber er konnte sie nicht alleine in die Tat umsetzen.

So rasch er konnte, kletterte er den Mast hinunter, schnappte sich die Fackel aus der Halterung und rannte auf Brog zu, der den Anker heraufzog.

»Öl! Wir brauchen Öl!«, schrie Ciaran schon von Weitem.

»Pack an, laber nicht«, knurrte ihn der Erste Maat an.

Der Prinz verlor schon den Mut, als plötzlich Alaria neben ihnen auftauchte. Sie hatte das Steuer blockiert, um Brog mit dem Anker zu helfen. Doch im Moment sah sie Ciaran neugierig an.

»Öl, Bursche? Was willst du damit?«

»Eine Feuerblockade auf dem Meer.«

»Verstehe. Nicht schlecht. Aber das wird knapp.« Alaria nickte anerkennend. »Brog, weiterziehen. Faust? Faaaust?«

Der Lärm war zu laut, der Feuermagi schien die Rufe der Kapitänin nicht zu hören.

Sie packte Ciarans Schulter und befahl: »Du gehst in die Kombüse. Da sollten noch zwei Fässer Fischöl stehen. Schnapp sie dir. Gregor soll dir helfen, der feige Hund. Und bring sie dann nach hinten zum Heck.«

Ciaran rannte los in die Kombüse, fand den verängstigten Koch unter dem Tisch und zerrte ihn hervor.

»Wo ist das Fischöl?«, herrschte er ihn an.

Gregor deutete in eine dunkle Ecke.

»Pack mit an. Oder wir alle sind gleich Fischfutter für den Blutgrafen.«

Die Drohung wirkte.

Zu zweit bugsierten sie die Fässer wie befohlen an den Bug. Die Mannschaft hielt ihnen die geflügelten Gestaltwandler vom Leib, während das Rasseln des hochgezogenen Ankers alles übertönte.

»Und jetzt?« Ciaran stand ratlos vor den Fässern. Wenn sie das Öl einfach auskippten, könnten sie die Mauritio in Flammen stecken. Sie mussten die Fässer weiter weg vom Schiff ins Wasser werfen.

Das Kriegsschiff des Blutgrafen wandte bereits den Bug in ihre Richtung und nahm drohend an Fahrt auf.

Ein schlaksiger Pirat tauchte neben ihnen auf.

Rollo, der Windmagi.

»Heb es hoch«, befahl er an Ciaran gerichtet und deutete auf das Fass.

Der Prinz stemmte die schwere Last nach oben und quiekte überrascht auf, als das Fass von einem Windstoß aus seinen Armen gerissen wurde und eine halbe Seemeile weit übers Meer sauste, ehe es auf dem Wasser zerschellte. Das Ganze wiederholte Rollo auch mit dem zweiten Fass.

Gregor, der Koch, sank in Ohnmacht.

»Wo bleibt Faust?«, wunderte sich Ciaran. Ohne den Feuermagier konnten sie das Öl nicht entzünden.

»Warte hier«, meinte Rollo und rannte zurück.

Die Neugier und das Gefühl der Dringlichkeit waren zu groß. Ciaran missachtete den Befehl und folgte dem Windmagi aufs Deck.

Das Bild hatte sich kaum verändert. Noch immer war der Kampf im Gange. Alaria fuhr mit ihrer Parierstange wie eine Berserkerin durch die Angreifer. Doch Brog hatte den Ankerbock verlassen und kniete über einem Körper am Boden.

Rollo schrie auf. »Ich hab ihm gesagt, er soll das nicht tun.«

Ciaran kam mit pochendem Herzen näher.

Faust wand sich unter Brogs Griff, die Augen nach innen gekehrt. Zuerst glaubte Ciaran, der Nekromant würde ihm irgendetwas antun, allerdings sah er die Finger des Feuermagi, die sich langsam in Staub verwandelten. Sie bröselten regelrecht weg. Von den Fingerkuppen und den Nägeln war schon nichts mehr übrig.

»Was …«

»Brog, nein!«, schrie der Windmagier Rollo wie außer sich. »Du darfst ihm deine Lebensenergie nicht geben. Faust ist zu weit gegangen.«

»Nur ein bisschen. Nur bis Tucker da ist.«

Der Prinz verstand nur die Hälfte von dem, was sich vor ihm abspielte. Aber er verstand das Wichtigste: Faust war nicht mehr imstande, die Feuerblockade zu legen.

Wenn jetzt nicht jemand etwas tat, waren sie verloren.

Ciaran dachte nicht nach.

Er rannte zu den Laternen, riss eine aus der Wandhalterung und eilte zurück zum Heck. Die Antiqua glitt kurz vor der Grenze aus Fischöl über das Wasser.

Ciaran blickte in die Flammen der Laterne.

Konzentrierte sich auf das Feuer in seinem Herzen.

Die Wut, die Furcht.

All die aufgestauten Gefühle, die er in Helmhaim nicht zugelassen hatte, wuchsen in ihm zu einem großen, hellen Feuer heran. Und mit einem lauten Schrei ließ Ciaran alles los, warf die Laterne ins Meer und mit ihr den Feuerschwall, der sich über den Ozean ergoss.

Der drohende Schatten der Antiqua verschwand hinter einer rotgelben Wand aus fauchenden Flammen.

Ciaran fiel taumelnd in die Knie. Sterne tanzten vor seinen Augen. Er hörte überraschtes Rufen hinter sich, Schritte. Jemand packte ihn an den Schultern und zog ihn zurück aufs Deck.

Alaria beugte sich über ihn. »Bravo, Bursche!«, lobte sie ihn – mit einem besorgten Ausdruck auf dem Gesicht.

»Bravo! Bravo tatsächlich.« Eine fremde Stimme erhob sich über die Stille, die sich auf einmal auf dem Deck ausbreitete. »Welch cleverer Schachzug.«

Ciaran versuchte, sich hochzuhieven, fühlte sich jedoch so endlos müde. Er konnte sich gerade noch mit dem Ellenbogen aufstützen, um den Fremden zu sehen, der in rostrotem Anzug und blank polierten Stiefeln über die Planken stolzierte.

Sein schwarzer Pferdeschwanz wehte im Wind, seine eiskalten Augen blitzten wie Schneeflocken.

»Bravo!«, wiederholte er und klatschte erneut theatralisch in die Hand.

»Aber das wird euch nichts nützen, Piraten aus Domhan Uaighe. Euer Heerführer ist da.« Der Fremde breitete die Arme aus. »Und er befiehlt euch, ihm den verfluchten Prinzen Hinias auszuhändigen.«

Ciaran schluckte schwer und kämpfte gegen die bleierne Müdigkeit an, die seinen Körper wie ein Anker nach unten zog.

Der Blutgraf Denzell Rowe hatte ihn gefunden.

»Wo ist Ciaran Whitehart?«

Gans sicher

Hazel

Kurz zuvor …

Flieg, hatte Ciaran gesagt. Flieg!

Als die Antiqua drohend über dem Piratenschiff auftauchte und der Himmel voller Federn und Feuerbälle stand, ergriff Hazel die Flucht nach vorn. Die Gans streckte den Kopf aus dem Eimer, kämpfte sich hüpfend aus ihrem Gefängnis und breitete die Flügel aus. Doch der Sturmwind war zu stark, als dass sie ihren Flug in irgendeiner Weise kontrollieren konnte. Eine Böe erfasste sie, warf sie aufs offene Meer und direkt auf die großen Heckfenster der Antiqua zu.

Ausgerechnet!

Mit einem lauten Patschen krachte Hazel gegen die Scheiben. Sie klammerte sich an den Fenstergittern fest, aber mit ihrem weichen Daunenbauch drohte sie abzurutschen und sich erneut dem Willen des Sturms zu unterwerfen.

Mist, Mist, Mist!

Eine erneute Gehirnerschütterung konnte sie nun wirklich nicht gebrauchen.

Sie strampelte hilflos mit den Gänsefüßen und pochte dabei lautstark gegen die Glasscheiben.

Plötzlich riss neben ihr ein Fenster auf. Eine Hand schoss daraus hervor, packte ihren Hals und zog sie ins Licht hinein, ohne dass ihr panisches Quaken etwas gegen die grobe Behandlung ausrichtete. Doch statt sie in den nächsten Suppentopf des Blutgrafen zu schmeißen, drückte sie ihr Häscher sanft gegen seine Brust.

»Hazel! Hazel!«

Sie quakte verwirrt. War das etwa …? Das Licht der Petroleumlampen blendete sie zu sehr.

»Bwak?«

»Ja, Hazel. Ich bin's. Thim! Dein Thim! Oh, kommst du mich retten, edle Prinzessin?«

Es war der Barde. Obwohl sie ihn nicht richtig ausmachen konnte, da er ihren Kopf fest an sich gepresst hielt, so war zumindest sein Redeschwall unverkennbar.

Trotzdem protestierte sie gegen seine überfürsorgliche Behandlung. »Bwakk!«

Als hätte Thim sie verstanden, stellte er sie zurück auf die Füßchen und strich ihr über den Kopf.

»Ich bin so froh, dich zu sehen, Hazel«, seufzte er. »Ist Ciaran bei dir? Ist er auf diesem anderen Schiff?«

»Bwak.«

»Wir müssen ihm helfen. Der Blutgraf ist auf dem Weg, das Schiff zu entern.«

Das hatte Hazel längst befürchtet. Dass Ciaran noch viel zu helfen war, bezweifelte sie.

Warum war Thim überhaupt hier? Auf dem Schiff von Denzell Rowe?

Sie sah ihn fragend an.

»Ich? Das ist eine lange Geschichte«, jammerte der Troubadour, als könnte er ihre stumme Gebärdensprache verstehen. »Und sollte ich lebend rauskommen, singe ich dir eine Ballade darüber. Aber jetzt … was ist dein Plan?«

»Bwak?«

»Du hast doch bestimmt eine Idee, wie wir rauskommen.«

»Bwaaak …«

»Wir müssen auf Ciarans Schiff rüber.« Thim ignorierte ihre Zweifel.

Draußen schallten Kanonenschüsse und das Rufen von Befehlen durch die Luft.

Thim hob sie auf. »Schnell, bevor der Kampf vorbei ist.«

Der Barde steuerte zurück in Richtung des offenen Fensters. »Bwaak!«

»Keine Angst, ich halte dich fest. Du wiegst nicht mehr als meine Laute. Ich schwör's, damit hab' ich Erfahrung.«

Thim riss an einem der Vorhänge, bis beinahe die Stange mit herunterfiel, knotete sich aus dem Stoff eine Tasche und band Hazel auf seinem Rücken fest.

»Bwaak!«, protestierte sie.

Nicht, weil das Ganze nicht bequem oder besonders gefährlich war. Sie wollte ihn warnen, da ihre Füße allmählich zu kribbeln begannen. Das hieß nur eines: Die letzten Sonnenstrahlen würden bald verschwinden. Und mit der Dämmerung kam der schlechteste Zeitpunkt überhaupt, um mit ihr huckepack aus einem Schiff zu klettern.

Thim interpretierte ihr aufgeregtes Quaken komplett falsch und plapperte beruhigend auf sie ein, während er das Fenster öffnete und ungelenk hinauskletterte. Vielleicht plapperte er auch, um sich selbst zu beruhigen.

Das Meer wogte einige Mannshöhen unter ihnen schwarz und bedrohlich, als der Wind an dem improvisierten Rucksack zerrte und den Gestank von Schießpulver und verkohlten Federn an sie herantrug.

Hazel musste lernen, dass auch Gänse so was wie einen empfindlichen Magen hatten. Doch das Unwohlsein nahm einen abrupten Stopp, als Thim ausrutschte und mit einem Arm an der Balustrade hing.

Hazels Herz pochte gefühlt in ihrer Kehle.

Panik.

Keine Zeit.

Überleben.

Die Gans strampelte sich halb frei, doch da verlor der Barde das Gleichgewicht und fiel in die Tiefe. An ihn gebunden sauste Hazel mit nach unten.

Das Wasser kam gefährlich nahe, als sich die heranrasende Schwärze auf einmal teilte und einem großen Blauweiß Platz machte.

Thim landete auf der Masse, wurde leicht zurückgeworfen und hielt sich fest, sodass Hazels Sturz ganz weich abgefedert wurde. Vor ihnen stieg eine Wasserfontäne in den Himmel und benetzte ihr Federkleid mit glitzernden Tropfen.

Ein Wal? Hatte Cringles sie gerade aufgefangen?

War ihr der Gestaltwandler etwa gefolgt?

Oder war es Zufall, dass er genau hier auftauchte?

Ihr menschlicher Begleiter wackelte herum und prustete ängstlich. Er krallte sich auf der rutschigen Oberfläche fest und suchte panisch nach Halt, als würde er nächstens in den Wellen versinken. Wenn der Barde so weitermachte, würde er sie beide ins Meer zurückwerfen.

»Bwaak! Bwaak!« Sie zupfte Thim an der Schulter und brachte ihn dazu, sich auf sie zu konzentrieren. So merkte er nicht, wie der Buckelwal langsam losschwamm und sie behutsam über dem Wasser hielt.

Erst als der Barde sich wieder umwandte, sah er, dass ihnen keine Gefahr drohte. »Bei Helias Schleier!«, hauchte er verwundert. »Ein Wal! Wir schwimmen auf einem Wal, Hazel!«

Bevor er zu einer triumphalen Hymne ansetzen konnte, pikste ihm Hazel in den Nacken. »Bwak!«

Er fuhr hoch und entdeckte eine andere Gefahr.

»Oktopus! Oktopus!«

Hazel glaubte, er mache Scherze. Doch der Barde hatte recht. Riesige Tentakel schossen aus dem Wasser hervor, um ihnen den Weg zu versperren.

Cringles prustete empört einen Luftschwall aus seinem Blasloch. Mit seiner halbmenschlichen Fracht konnte der Buckelwal nicht abtauchen und so dem feindlichen Angriff ausweichen.

Hazel strampelte sich endgültig aus der improvisierten Vorhang-Tragetasche hervor und hob flatternd in die Höhe ab. Als Gans hatte sie keinen spitzen Schnabel oder gefährliche Klauen, mit denen sie den Gegner angreifen konnte.

Aber sie hatte Gewicht.

Und sie war entschlossen, ihren ganzen Körper einzusetzen.

Außerdem blieb ihr nicht viel Zeit, die sie in der Luft verbringen konnte. Das Kribbeln hatte bereits die Knie erreicht. Wäre nicht der Sturm, der sämtliches Himmelslicht verdeckte, würde sie bestimmt die letzten Sonnenstrahlen beim Untertauchen beobachten.

Hazel schoss also in die Luft und ließ sich auf den Oktopus niederfallen, der mit dem grün-roten Kopf aus dem Wasser schaute, um seine Beute auszumachen. Härter als gedacht landete die Gans auf dem fremden Gestaltwandler.

Hatten Oktopusse ein Skelett? Waren sie nicht ein großer, fetter Haufen Weichteile? Warum tat ihr dann das gefederte Hinterteil so weh, nachdem sie mit dem Oktopus kollidiert war?

Sie wurde vom Aufprall herumgewirbelt und sauste wieder zurück in die Luft, noch ehe der Krake verstand, was gerade geschah. Die Ablenkung dauerte lange genug, damit Cringles den Tentakeln ausweichen und auf das offene Meer hinausschwimmen konnte.

Hazel wollte neben Thim landen, damit sie bei der Verwandlung nicht unverhofft ins Wasser fiel, als ein gigantischer Feuerstrahl durch den Sturm auf sie zugeschossen kam.

Ein Ziehen, ein Gefühl, das sie nur zu gut kannte, presste ihr Herz zusammen.

Ciaran.

Dieser Feuerstoß hatte irgendetwas mit Ciaran zu tun.

Sie spürte es genau.

»Bwaaak! Bwaaak!«

Hazel hoffte, Thim und der Buckelwal hörten ihre verzweifelten Rufe. Mitten in der Luft machte die Gans kehrt und entkam so knapp der Flammenwand, die sich plötzlich über dem Ozean auftat, als der Feuerstrahl auf das Wasser traf.

Der Buckelwal schwamm ratlos davor auf der Stelle.

Die Antiqua hatte derweil hinter ihnen gedreht, rauschte bedrohlich heran und drohte, Cringles einzuholen.

Es sah nicht gut aus: vor ihnen Feuer, hinter ihnen das Schiff des Blutgrafen und ein Oktopus, der zur Verfolgung ansetzte.

Von oben erkannte Hazel, wie der Buckelwal trotz seines Passagiers abtauchte und als dunkler Schatten unter der Feuerwand verschwand.

Das Gänsemädchen zögerte nicht lange und traf instinktiv eine Entscheidung.

Sie senkte den Schnabel abwärts und sauste mit aller Kraft auf das Wasser zu, um dem Feuer zu entkommen und gleichzeitig darunter hindurch zu tauchen. Ihre Patschfüße waren überraschend hilfreich, um schnell an die Oberfläche zu gelangen. Mit einigem Aufwand schaffte sie es, sich in den Wellen aufzurichten und entenkonform vorwärtszupaddeln.

Cringles blaue Flosse trieb nur einen Steinwurf von ihr entfernt. Und weiter vorn konnte Hazel die Silhouette des Zweimasters ausmachen, auf dem Ciaran wartete.

Je näher sie kam, desto mehr konnte sie auf dem Deck der Mauritio erspähen. Alaria und Brog standen nah beieinander, die Mannschaft und ein paar Gestaltwandler waren in einen Kampf verwickelt. Sicherlich würden die Piraten bald die Oberhand erlangen.

Alles konnte gut werden.

Alles schien sich zum Besseren zu wenden.

Wäre da nicht der Krake, der hinter Hazel unter der Feuerwand hindurchkroch. Und der Rotgewandete, der plötzlich auf dem Schiffsdeck auftauchte.

Hazel schwindelte es.

Sie kannte den Mann.

Sie durfte keine Zeit verlieren.

Als der Oktopus nach ihr greifen wollte, hob Hazel flügelschlagend aus dem Wasser ab, streifte Cringles Rücken und warnte ihre beiden Begleiter mit einem lauten Quaken vor der nahenden Gefahr hinter ihnen. Thim rief ihr nach, doch sie hörte ihn nicht mehr.

Sie hatte bloß Augen für das Geschehen auf Deck und flog so schnell, wie ihre Flügel sie trugen.

Denzell Rowe schlenderte durch die erstarrten Reihen der Piraten direkt auf Alaria und Brog zu. Und auf Ciaran.

Als Hazel näher kam, bemerkte sie die zwei Männer, die am Boden lagen. Einer davon war ein Pirat. Der andere Ciaran.

Bei Kaedhos! War ihm etwas passiert?

Ihre Hüfte kribbelte, ihre Flügelspitzen bebten!

Oh nein, nicht jetzt, schoss ihr durch den Kopf. Sie musste nur noch ein wenig weiterfliegen.

Ihre Flügel verwandelten sich in Arme, ihr Schwanz zog sich in ihren Rücken zurück und die schmalen Beine wuchsen und wurden länger.

Hazel fiel vom Himmel. Und landete gerade noch auf den Holzplanken der Mauritio, direkt zwischen dem Blutgrafen und dem Prinzen.

Sie hob schmerzverzerrt den Kopf und starrte direkt in eisige Augen.

Denzell Rowe sah sie entgeistert an. Und sagte ein einzelnes Wort. Ein Wort, das sie bis ins Mark erschütterte und Erinnerungen aus ihrem sicheren Gefängnis des Vergessens hervorzerrte, Mauern einriss, Gefühle verdrehte und Lügen strafte.

Hazel schnappte nach Luft.

»Niamh«, wiederholte der Blutgraf ruhig.

Für alle Umstehenden hatte das Wort keine Bedeutung. Doch für Hazel veränderte sich die Welt.

Geh weg!, flehte sie innerlich und hoffte, dass er ihren Blick richtig deuten konnte. *Komm mir nicht in die Quere!*

Noch während Denzell Rowe sie vollkommen entgeistert anstarrte, bemerkte Hazel eine Bewegung hinter sich.

Alaria und Brog hoben den regungslosen Leib von Ciaran hoch und trugen ihn zur Reling.

Entsetzt sah Hazel dabei zu, wie sie den Prinzen über Bord warfen.

Sie ignorierte den Blutgrafen und rannte zur Reling, schnappte nach Ciarans Kleidern, aber spürte bloß den Stoff zwischen ihren Fingern hindurchgleiten.

»Los!«, zischte ihr Alaria zu. »Fort mit dir, wir halten Rowe auf.« Hazel blinzelte verwirrt und reagierte im ersten Moment nicht, weshalb die Kapitänin sie mit Nachdruck beschwor. »Geh! Du musst den Prinzen in Sicherheit bringen.«

Die Piratin wusste also längst, wer ihr Passagier in Wahrheit war. Und sie wusste auch, dass Hazel zu ihm gehörte. Alaria hatte sie von Beginn an durchschaut.

»Geh schon, Gänsemädchen!«, schrie die kleine Frau mit einer Wucht, die keinen Widerspruch zuließ.

Hazel spürte schon Rowes Gegenwart in ihrem Nacken herannahen. Sie wollte den Blutgrafen nicht noch einmal ansehen. Sie wusste nicht, wie sie auf ihn reagieren sollte.

Also nickte Hazel der Kapitänin dankbar zu und hob die Arme. Jetzt, da sie endlich wieder sie selbst war, hielt sie kein fehlendes Sonnenlicht mehr auf. Innerhalb eines Lidschlags hatte sie sich zurück in ihre Tierform verwandelt und segelte mit den Gänseschwingen über den Ozean in Richtung des Buckelwals.

Auf dessen Rücken zog Thim gerade Ciarans Körper enger an sich, damit er nicht nach unten fiel. Sie hatten den Prinzen aufgefangen, als er vom Schiff geworfen wurde.

Er schien sich nicht zu wundern, warum Hazel erneut in ihrer Gänseform auftauchte, neben Thim landete und sich zurück in einen Menschen verwandelte.

Sie half dem Barden, den Prinzen sicher zu platzieren, und sah erst dann zurück zum Schiff.

Der Oktopus hatte sich halb aus dem Wasser erhoben und trug den Blutgrafen auf den Tentakeln davon.

Weg vom Schiff, weg vom Buckelwal zurück zur allmählich versiegenden Feuerwand und zur Antiqua.

Gut. Er hatte ihre stumme Botschaft verstanden.

Denzell Rowe zog sich zurück. Aber Hazel wusste, dass es nur ein vermeintlicher Sieg war. Auch wenn er sich frühzeitig aus einer Schlacht entfernte, den Krieg gewann der Blutgraf.

Immer.

Hazel sank stumm auf die Knie und ließ sich vom Buckelwal über das Meer tragen. Wie sollte sie nun weitermachen?

Ihr Blick fiel auf Ciaran, der aussah, als würde er schlafen. Sein Gesicht war fahl und kraftlos. Doch zum Glück hob sich seine Brust in stetigem Rhythmus.

Thim war außer sich und redete unablässig auf seinen reglosen Meister ein.

Hazel fehlte die Kraft, ihn zu beruhigen. Ihre Gedanken waren ganz bei Ciaran.

Noch vor wenigen Tagen hatte sie die Mission ohne Zögern ausgeführt. Jetzt fühlte es sich an wie Verrat, neben ihm zu sitzen, diese seltsame Vertrautheit zu spüren und zu wissen, dass sie ihn am Ende nur hintergehen konnte.

Und doch war es die einzige Möglichkeit.

Das rote Auge

Ciaran

Es fühlte sich an, als würde er aus einem langen Schlaf erwachen. Stück für Stück rückte sein Bewusstsein zurück ins Licht.

Die Sonne brannte auf sein Gesicht und bildete einen Heiligenschein am Firmament. Hazel und Thim ragten je von einer Seite in sein Sichtfeld und sahen ihn besorgt an.

»Meister!«, quiekte sein Freund und krallte sich in Ciarans Schulter fest, so als hätte er die Sorge, dass der Prinz gleich wieder wegrennen würde.

In Hazels braunen Augen las er so etwas wie Mitleid und schlechtes Gewissen. Oder bildete er sich das ein? Sie lächelte sanft und der Ausdruck verschwand aus ihrem Gesicht, wich einem warmen Gefühl von Verbundenheit.

»Geht es dir gut?«, wollte sie wissen.

Ciaran nickte, ohne nachzudenken. Dabei merkte er erst, wie steif sich sein Nacken anfühlte und wie kratzig und trocken seine Kehle war. »Habt ihr etwas Wasser?«

Thim huschte wie von der Tarantel gestochen weg und kam nach kurzer Zeit mit einem Wasserbeutel zurück, den er an Ciarans Lippen setzte.

Gierig trank er, bis eine andere Stimme sich einmischte.

»Nicht so viel! Ihr spart das Wasser besser auf, mehr habe ich nicht dabei.« Cringles, der Buckelwal, kam von der Seite heran und nahm ihm den Beutel aus der Hand.

Der Prinz blinzelte verwirrt und blickte sich um. Felsiger, karger Boden, einige steinige Hügel, kein Baum oder Haus oder ein anderes Lebenszeichen in Sicht. Vor ihnen brandeten die Wellen auf ein flaches Ufer, und das Meer lag kalt und dunkel unter dem sternenverhangenen Himmel.

»Wo sind wir?«

»Domhan Uaighe. Zumindest nah dran«, bestätigte Thim seine Vermutungen. »Der Walmann hat uns bis ans nächste Ufer gebracht.«

Cringles nickte. »Weiter kann ich euch leider nicht begleiten, ohne dass die Königlichen auf uns aufmerksam werden.«

»Die Königlichen?«, fragte Ciaran.

Es antwortete erneut Thim. »Die Wächter der Grabstättler-Königsfamilie. Sie lassen niemanden mehr ins Land rein, seit dem letzten Bürgerkrieg.«

»Aha. Woher weißt du das auf einmal?«

Der Troubadour zuckte mit den Schultern und erklärte: »Wir hatten reichlich Zeit zu reden, bis du wieder zu dir gekommen bist.«

»Es ist mein Ernst: Seid vorsichtig«, beschwor Cringles sie. »Niemand kommt ungesehen ins Königreich hinein. Selbst andere Stämme Isliriths müssen an der Grenze zu Domhan Uaighe umkehren.«

»Auch Grabstättler selbst? Piraten etwa?«, hakte Ciaran nach. Cringles Blick sagte ihm alles, weshalb er vermutete: »Ihr standet im Bürgerkrieg auf der falschen Seite, richtig? Alaria und die ganze Mannschaft?«

»Aye. Und der Blutgraf übrigens auch, wenn du es genau wissen willst«, ergänzte der Gestaltwandler schulterzuckend. »Es gab eine Zeit, da wären wir Denzell Rowe überallhin gefolgt. Selbst in den Tod.«

»Stimmt, er meinte …« Thim stockte und biss sich auf die Lippen. Doch Ciaran hatte es bemerkt.

»Er meinte?«, wiederholte der Prinz. »Du hast mit Denzell Rowe gesprochen? Warum überhaupt bist du hier? Ich sah dich doch in Unterdon wegrennen.«

»Das ist eine lange Geschichte.« Sein Freund wandte den Kopf beschämt zur Seite.

»Ich dachte, wir hätten Zeit?«, konterte Ciaran.

Seine drei Begleiter schüttelten einmütig die Köpfe.

»Ich muss zurück zur Mauritio. Nachsehen, ob das Schiff und die Mannschaft heil davongekommen sind«, erklärte Cringles. »Auf dem Land bin ich euch ohnehin keine große Hilfe.«

Ehe der Prinz etwas erwidern könnte, bedankte sich Hazel beim Gestaltwandler und fügte an Ciaran gerichtet hinzu: »Wir dürfen nicht bleiben. Wir benötigen ein besseres Versteck.«

Thim gab ihr recht. »Rowe ist bestimmt schon auf der Suche nach uns. Aber … wohin sollen wir überhaupt?«

Sein Freund sah Ciaran ratlos an und warf einen bedeutungsschwangeren Blick auf Hazel. »Ihr hättet euch echt einen besseren Plan ausdenken können, um durchzubrennen.«

»Wie bitte?« Ciaran verschluckte sich. »Was meinst du?«

Der Barde blinzelte verwirrt. »Bist du nicht deswegen mit Hazel abgehauen? Damit ihr zwei eure Ruhe habt?«

Hazel plusterte sich auf, obwohl sie längst keine Federn mehr trug. »Was … wir sind nicht … wir …«

»Lass gut sein, Hazel«, seufzte Ciaran.

Während ihres Gesprächs war Cringles bereits zum Ufer zurückgekehrt und winkte ihnen zum Abschied zu. »Lebt wohl! Und passt auf euch auf!«, rief er.

Die drei winkten zurück und dankten ihrem Retter überschwänglich, bis seine graublaue, massige Gestalt wieder im Meer verschwunden war.

In einer Kurzfassung brachten Hazel und Thim den Prinzen auf den neusten Stand, was geschehen war. Im Gegenzug sprang Ciaran über seinen Schatten und beichtete, dass er die Feuerwand gelegt hatte.

»Deshalb verlor ich das Bewusstsein«, beendete er seine Erzählung.

»Weil Magie ihren Preis hat«, hauchte Thim, als würde er etwas zitieren.

»Hat dir das auch Denzell Rowe gesagt?«, krittelte Ciaran und rieb sich die Nasenwurzel.

»Es war in besonderem Maße informativ, unser Gespräch, mit Verlaub«, wehrte sich der Barde. »Was jetzt?« Thim warf einen besorgten Blick auf den Wasserbeutel, den ihr Retter ihnen dagelassen hatte. »Damit kommen wir nicht weit.«

»Gehen wir zu der Siedlung in der Nähe, von der Cringles sprach?«, fragte Hazel.

Ciaran zuckte mit den Schultern. Andere Optionen hatten sie wohl nicht. »Was dann? Ich wollte nur untertauchen – aber statt bloß vor Menefer fortzulaufen, habe ich nun den Blutgrafen persönlich auf meine Fährte gesetzt.«

»Ich lasse nicht zu, dass er dich erwischt«, versprach Thim inbrünstig. »Er wird dich nicht zu seinem Werkzeug machen.«

»Wir benötigen ein Versteck, das niemand finden kann«, dachte der Prinz laut nach.

Hazel wiegte nachdenklich den Kopf. »Oder auch nicht. Wenn es keinen Grund mehr gibt, warum man dich jagen sollte, dann brauchst du dich auch nicht länger zu verstecken.«

»Wie meinst du das?« Ciaran gefiel das gefährliche Leuchten in ihren Pupillen nicht, aber der Gedanke, sich gänzlich frei zu bewegen, ohne zu fürchten, dass ihn gleich jeder als verfluchten Prinzen erkannte, schien verlockend.

»Du musst dein rotes Auge loswerden«, erklärte sie in vollem Ernst.

Thim zischte. »Bist du wahnsinnig? Wir schlitzen Ciaran sicher nicht auf!«

»So meinte ich das auch nicht«, beruhigte sie. »Ich meinte … Wir bringen das Auge zurück.«

»Zurück?«, wunderte sich Ciaran. »Hazel, wovon sprichst du?«

Das brachte sie sichtlich in Verlegenheit. Die Gestaltwandlerin biss sich auf die Lippen und senkte hastig den Blick. »I-ich … Um ehrlich zu sein, ich habe mich erinnert. Gerade auf dem Schiff. Zumindest ein wenig.«

»Du weißt wieder, wer du bist?«

»Nein«, erklärte sie mit hörbarem Bedauern. »Ich erinnerte mich bloß an die Geschichte von Kaedhos und Helia.« Als keine Reaktion kam, fügte sie an: »Wie sie wirklich war.«

»Du meinst, wie sich die Leute in Islirith die Geschichte erzählen?« Thim erkannte viel schneller als Ciaran, was sie damit sagen wollte.

»Genau. Also ihr wisst sicherlich, dass Kaedhos und Helia einen schrecklichen Streit hatten.«

»Oh Helia, gülden dein Haar, so ehrbar dein erhabenes Haupt«, trällerte Thim los, aber Ciaran und Hazel stoppten ihn mit einem lauten: »Ja, ja!«

Ciaran bestätigte: »Das scheinen unsere Geschichten wenigstens gemeinsam zu haben. War er wütend, weil sie die Sonne über das Firmament lenken durfte? Und sie, weil er ihren Garten zerstört hat?«

Hazel schüttelte den Kopf. »Was ist denn das für eine Geschichte? Nein, sie waren verlobt! Kaedhos war jedoch eifersüchtig auf den Mond, der mit Helia am Himmel thronte, und überflutete die Erde mit Wasser. In gerechtem Zorn entflammt riss Helia dem Sturmgott beide Augen aus und warf sie auf die Welt nieder. Wo sie hinfielen, brannte die Erde, vertrocknete zu Sand und war nie wieder fruchtbar.«

Ciaran ahnte, worauf Hazel hinauswollte. »Du glaubst, mein rotes Auge sei … von Kaedhos?«

Er zweifelte an der Geschichte, waren die Götter für ihn doch nie real gewesen. Glaube war einzig eine Fantasie machthungriger Männer und Frauen, die gutgläubige Seelen ausnutzen wollten. Leider hatte diese Fantasie sehr reale Konsequenzen.

Sanft drückte er mit der Hand gegen das Band, das seine rote Iris verbarg.

»Es wäre denkbar«, erklärte das Gänsemädchen.

»Aber wie soll Ciaran dazu gekommen sein? Er wurde damit geboren!«, warf Thim ein. »Ist das überhaupt möglich?«

»Wir müssen es herausfinden«, meinte Hazel.

Und da war es erneut: das abenteuerliche Funkeln in ihrem Blick. Was auch immer es war, es war ansteckend.

Thims Pupillen begannen ebenfalls zu leuchten. Er klatschte in die Hände und rief: »Wo? Wo finden wir das andere Stück?«

Hazel lachte auf. »Wo wohl?«

»Oh, bitte nicht«, seufzte Ciaran. »Sag mir nicht, es ist Domhan Uaighe.«

»Die Wüste inmitten des Grabstättler-Königreichs ist die größte Fläche verbrannter Erde. Nichts als Staub und Sand. Wenn Kaedhos' Augen existieren, liegen sie dort versteckt. Es gibt ein altes Heiligtum, in dem wir suchen sollten.«

»Und anschließend? Falls wir sie tatsächlich finden …« Ein Umstand, den Ciaran stark bezweifelte. »Was dann? Wir wissen nichts!«

»Vielleicht kannst du dein Auge zurückgeben«, dachte Thim laut nach. »Vielleicht will es der Sturmgott zurück?«

»Falls er denn zu Hause ist.«

Hazel legte ermunternd die Hand auf seine Schulter und sprach ihm Mut zu. »Es ist zumindest eine Chance. Ein Anhaltspunkt. Rowe oder Menefer werden uns in absehbarer Zeit aufspüren. Aber wenn wir diesen Ort finden, das Innerste des Heiligtums, und dein Auge zurückbringen, besteht vielleicht die Chance, dich zu retten.«

Der Prinz zögerte.

Es klang zu einfach.

Zu gut.

Und das störte ihn wahnsinnig. Bei allen Göttern, warum war er ausgerechnet am Ufer jenes Landes gestrandet, in dem die Rettung seines Fluchs verborgen lag?

Es konnte nicht richtig sein.

Thim schien seine Bedenken zu bemerken. Er beugte sich zu Ciaran herab und beschwor ihn. »Du musst es versuchen. Bitte. Nur dieses eine Mal vertrau auf andere. Lass uns dir helfen.«

Es lag solcher Schmerz in Thims Stimme, dass Ciarans Herz ein wenig enger wurde. Thim war immer für ihn da. Egal, was geschehen war, egal wie kalt und lieblos Ciaran ihn behandelt hatte.

Thim war bei ihm geblieben. Sein Freund wünschte sich das Beste für ihn.

Und umgekehrt wünschte sich der Prinz, sein Umfeld müsste nicht länger an seinem Fluch teilhaben und mitleiden.

Es sollte endlich vorbei sein!

»In Ordnung«, beschloss er. »Wir gehen in die Wüste.«

Hazel und Thim jubelten.

»Aber sobald es gefährlich wird, kehren wir um. Verstanden?«

Spur aus Gold

Ciaran

Geschmeidig wie eine Wildkatze sprang ihre Begleiterin auf die Hügelspitze, als wäre diese Einöde aus Stein und Hitze ihr natürlicher Lebensraum.

Hazel wischte sich den Schweiß von der Stirn und schien Ausschau zu halten.

»Was siehst du?«, rief Ciaran zu ihr hinauf, einfach froh darum, für einen Moment stehen zu bleiben und nach Luft zu ringen.

»Rauch!«, antwortete Hazel aufgeregt. »Da vorn am Horizont muss die Siedlung sein.«

»Ist das noch weit? Mir tun die Füße weh«, jammerte Thim und stützte sich ächzend auf den Oberschenkeln ab.

Der Prinz konnte sich ein Lachen nicht verkneifen. »Ich dachte, du willst ein Abenteuer erleben? Gibst du schon auf?«

»Niemals, Meister! Schmerz hält mich nicht auf!«, entrüstete sich der Troubadour und pochte mit der Faust auf seine linke Brust. »Ich wollte sicher sein, dass wir die Reise gut überstehen.«

»Wie nett von dir.«

Als hätte sie ihr Leben lang nichts anderes getan, als steile Felshänge herunterzuspringen, hüpfte ihre Freundin von einem Steinbrocken auf den nächsten und schlitterte die letzten Schritte auf dem Kies herab.

»Es ist nicht mehr weit«, beteuerte sie und klopfte sich den Staub von den Hosenbeinen. »Das muss eine der letzten Siedlungen von Tir an-t Oighear sein. Danach müssen wir uns in Acht nehmen, wenn wir den Königlichen aus dem Weg gehen wollen.«

»Tir an… was?«, versuchte Ciaran ihre Worte zu wiederholen, während sich Hazel bereits in Bewegung setzte.

»Ais. Man spricht es ›Tirr an't Ais‹ aus«, sagte sie über ihre Schulter hinweg, als würde sie einem Kind erklären, dass die Sonne gelb und das Meer blau ist.

»Das Land des ewigen Eises?«, horchte Thim auf und versuchte, mit Hazel Schritt zu halten. »Davon habe ich gelesen! Aber warum liegt dann kein Schnee?«

Mit gemischten Gefühlen trottete der Prinz hinter ihnen her. Er kam sich dumm und so fremd in seiner eigenen Haut vor. Alles wirkte so unwirklich.

»Weil wir gleich die Grenze zu Domhan Uaighe erreichen«, erklärte Hazel. Bei ihr klang der Name des Königreichs wie ein gehauchtes ›daum uah‹. »Die Landfläche besteht größtenteils aus Wüstengebieten und nur die Gebirge im Norden schirmen Tir an-t Oighear von der Hitze ab. Und umgekehrt gelangen die Eisstürme nicht bis in den Süden.«

»Du kennst dich aber gut aus«, murmelte Ciaran. Niemand schien ihn zu hören, weil sich der Barde gerade aufgeregt nach den Wüstenmonstern erkundigte, worüber er in einem Märchenband gelesen hatte.

Er gehörte hier nicht hin.

Er sollte nicht hier sein.

Ciarans Schritte wurden langsamer und er fiel leicht zurück.

Warum war er nicht in Helmhaim geblieben?

Gegenwärtig wünschte er sich nichts sehnlicher, als zurück in seinem Turmzimmer unter die Bettdecke zu kriechen und nie wieder aufzustehen.

Die Hoffnung, sein rotes Auge zu verlieren und ein ganz normales Leben zu führen, hatte ihn die vergangenen Stunden durch die Steinwüste getragen. Doch mit jedem Schritt, mit jedem Wort, die sich seine Freunde von ihm entfernten, musste sich der Prinz eingestehen, dass er einer Illusion entgegensteuerte.

Für ihn gab es kein gutes Ende.

Er konnte seinen Fluch nicht einfach loswerden.

Sicherlich nicht, indem er dem Hirngespinst einer ihm eigentlich fremden Gestaltwandlerin folgte.

Willst du wirklich schon aufgeben?

Seine eigene Stimme echote in seinen Gedanken.

Du bist müde und hungrig. Natürlich verlässt dich der Mut.

Ciaran hob den Blick von seinen verstaubten Schuhspitzen und beobachtete seine Gefährten, wie sie aufgeregt plaudernd vorangingen. Als Hazel lächelte, bildete sich ein kleines Grübchen in ihrer Wange, das ihm bisher nie aufgefallen war.

Sie bemerkte seinen Gesichtsausdruck und wandte sich freudestrahlend zu ihm um. »Wo bleibst du, Ciaran?«

Heftig nickend schüttelte er alle Zweifel ab und holte zu seinen Freunden auf, die ihn in ihre Mitte nahmen.

»Wusstest du, dass die Grabstättler von einem Fürsten regiert werden?«, begrüßte ihn Thim. »Sie nennen ihn Shah.«

Ciaran verneinte bloß. Dabei huschte eine Szenerie auf dem Deck der Mauritio durch seine Gedanken, die ihm bislang Rätsel aufgab. Vielleicht konnte Hazel mit ihren neu erwachten Erinnerungen weiterhelfen?

»Stehlen Nekromanten die Lebensenergie ihrer Gegner?«, wollte der Prinz unvermittelt wissen.

Die Gänsefrau blinzelte überrumpelt und strich sich verlegen die Haare ihres Pferdeschwanzes aus dem Nacken.

Thims Gesicht nahm derweil die Farbe von überreifem Käse an. »Sie tun was?«

»Es ist nicht verboten, aber … sagen wir … nicht gern gesehen«, korrigierte Hazel besänftigend. »Seit sich die Königreiche von Islirith zu einem Bund zusammengeschlossen haben, verzichten die Nekromanten darauf, Lebensenergie zu ziehen oder zu schenken. Außerdem ist es wahnsinnig gefährlich – nicht nur ihre Opfer, sondern auch die Nekromanten selbst können dabei sterben.«

»Brog, der Erste Maat, hat bei der Seeschlacht einen Gestaltwandler ausgesaugt. Und später wollte er seine Lebensenergie an den Feuermagi weitergeben«, schilderte Ciaran seine Beobachtungen.

Angewidert verzog Hazel das Gesicht. »Piraten. Kein Wunder. Alarias Mannschaft ist nicht Teil von Isliriths Heerscharen. Sie sind niemandem zur Rechenschaft verpflichtet.«

»Warum? Der Blutgraf selbst ist auch ein Nekromant«, hakte der Prinz nach.

»Und er würde niemals Lebensenergie eines Lebenden rauben«, beteuerte Hazel mit einer Inbrunst, die sich Ciaran nicht erklären konnte. »Die anderen Magi würden nicht mehr mit ihm zusammenarbeiten wollen.«

Sein bester Freund wollte gerade etwas einwenden, da zuckte Hazel zusammen und zischte: »Ruhig! Ich höre Stimmen.«

»Die Siedlung?«, flüsterte Ciaran.

»Nekromanten?«, bibberte Thim beinahe gleichzeitig.

Ihre Begleiterin blieb ihnen eine Antwort schuldig und erklärte bloß: »Ihr wartet hier. Ich gehe voraus und besorge uns Vorräte.«

Der Prinz war nicht überzeugt.

Er konnte keine Stimmen vernehmen und vor ihnen war nichts zu erkennen außer einer Biegung zwischen zwei Felsen.

»Was, wenn uns die Königlichen finden?« Er tastete nach dem Schwert an seinem Gürtel, mit dem er sich angesichts einer potenziellen Elitetruppe von Nekromanten gänzlich wehrlos fühlte.

»Vertraut mir.« Hazel legte ihm eine Hand auf die Schulter und drückte bestimmend zu, sodass er ihren Blick erwidern musste. In ihren Rehaugen leuchtete der Kampfeswille wie ein ungezähmtes Signalfeuer. »Vertraut mir«, wiederholte sie leise.

»Ich sagte, sobald es gefährlich wird, kehren wir um«, betonte der Prinz. »Ist es gefährlich?«

Er hörte, wie Thim neben ihnen nach Luft schnappte.

»Nein«, versicherte Hazel ruhig. »Es ist besser, dass du nicht in die Siedlung mitkommst. Es könnte dich jemand erkennen.« Sie deutete auf die Binde, die Ciarans verfluchte Iris bedeckte.

»Soll ich dich begleiten?«, fragte Thim mit hörbarer Unsicherheit in der Stimme.

Hazel schüttelte den Kopf, sodass ihre Haare Ciarans Wangen streiften. »Bleib bei unserem Prinzen und beschütz ihn.«

Fast hätte Ciaran gelacht. Ausgerechnet Thim sollte sein Leibwächter sein?

Ihre seltsame Freundin wollte schon aufbrechen, da griff Ciaran nach ihrem Unterarm und hielt sie zurück.

»Warte«, bat er. »Du brauchst doch etwas, um die Leute zu bezahlen.« Ungeschickt riss er an einem Knopf seines Hemds und löste ihn ab. Das Goldstück ließ er in Hazels offene Handflächen fallen, die zweifelnd die Brauen hob.

»Da ist eine Sonne drauf«, gab sie zu bedenken.

»Glaubst du, ein paar Siedler am Ende der Welt interessiert es, welches Wappen auf ihrem Geld angebracht ist?«, entgegnete er.

Sie schnalzte mit der Zunge. »Die Siedler nicht. Aber vielleicht die Königlichen oder den Blutgrafen, falls er unserer Spur folgt.«

»Das Risiko müssen wir eingehen, wenn wir nicht zu Dieben werden wollen.«

Hazel grinste. »Genau das hatte ich vor, mein Prinz. Nun gut. Wie du befiehlst …«

Sie schloss ihre vernarbten Finger um das Goldstück und huschte wie ein Schatten vor dem Licht davon.

Über die Grenze

Thim

Von wegen »Sobald es gefährlich wird, kehren wir um.« Thim hatte nicht vor, bereits aufzugeben. Jetzt, da das Abenteuer endlich einen guten Lauf zu nehmen schien.

Dank Ciarans Hemdknopf hatte Hazel einen kleinen Vorrat an Wasser und Trockenfleisch besorgt. Und während sie nun in Richtung Süden weiterzogen, immer näher an die Grenze zu Domhan Uaighe, erzählte der Barde seinen Weggefährten überschwänglich von seinen Erlebnissen mit der kratzbürstigen Gardistin und dem doch ziemlich attraktiven Blutgrafen.

»Du hast ernsthaft mit Denzell Rowe kokettiert?« Ciaran wirkte entsetzt.

»Er ist ein seeehr überzeugender Mann«, gab Thim zu bedenken. »Seeehr überzeugend.«

»Ich wusste nicht, dass du … Männer bevorzugst.«

»Nur die hübschen natürlich. Entschuldige, Meister.«

»Jetzt fühle ich mich doppelt beleidigt.«

Ciaran lachte und Thim, der für einen Moment fürchtete, seinen Freund vor den Kopf gestoßen zu haben, fiel erleichtert in das Lachen mit ein.

Wann hatte Ciaran überhaupt das letzte Mal gelacht? Es schien eine Ewigkeit her zu sein. In diesen Tagen tat er es zum wiederholten Male.

»Schade bloß, dass meine Laute bei dem Abenteuer draufging.«

»Was hast du damit gemacht?«, erkundigte sich Hazel.

»Der Gardistin um die Ohren geschlagen.«

»Du hast endlich einmal einen Treffer gelandet, Thim, gratuliere«, scherzte Ciaran trocken.

Dafür erntete der Prinz ein gequältes Lächeln.

Ciaran klopfte ihm tröstend auf die Schulter. »Wir besorgen dir eine neue.«

»Wirklich?«

»Wirklich«, bestätigte sein Meister und sah sich um. »Nur hier wird es gerade etwas schwierig, eine Laute aufzutreiben. Ich fürchte, du wirst die Wüste ohne Musikinstrument bewältigen müssen.«

»Kein Problem.« Thim winkte ab. »Ich habe noch meine engelsgleiche Stimme, um uns zu unterhalten.«

»Das habe ich befürchtet.«

Sie scherzten und kicherten, bis der Weg allmählich ihren Tribut forderte. Die Fußsohlen schmerzten, die Sonne brannte heiß in den Nacken, der vermeintlich rettende Proviant erschien ihnen jetzt wie eine schwere, unnötige Last.

Graue Steinhügel reihten sich aneinander, auf jeden kleinen erreichten Gipfel folgten drei weitere.

Thim versuchte, aus ihrer Abenteuerfahrt eine Ballade zu entwickeln, doch angesichts der kargen Gegend blieben selbst ihm die Lobeshymnen im Hals stecken. Steinkiesel hatten eine beschränkte Anziehungskraft, die sich kaum mit blumiger Sprache beschreiben ließ.

Ciaran hatte die Worte ›Prinz‹ und ›verflucht‹ längst per königlichem Befehl aus Thims Repertoire gestrichen und Hazel bestand darauf, dass er die Lobpreisungen ihrer Schönheit bitte lassen solle. Also waren auch seine unkooperativen Begleiter längst nicht mehr Gegenstand neuer Epen.

Warum dehnte sich ihr Weg auch so in die Länge?

Sollten sie nicht längst die Grenze zu Domhan Uaighe erreichen? Wie viele Male durfte man das Wort ›längst‹ verwenden, ehe es ebenfalls überflüssig wurde.

»Vielleicht gibt es keine sichtbare Grenze«, mutmaßte Hazel, als der Barde seinen Unmut laut kundtat. »Vielleicht stehen wir plötzlich auf dem Gebiet der Grabstättler, ehe wir es wissen.«

Das bezweifelte Thim stark.

Der Blauwal Cringles war sehr eindeutig gewesen.

Niemand kam ungesehen rein.

Denselben Gedanken schien auch der Prinz zu fassen, als er meinte: »Wir benötigen einen Plan B. Oder besser noch einen Plan A. Wir können nicht einfach so weitergehen, ohne uns einen Fluchtweg offen zu lassen.«

Ächzend blieb Thim stehen. Das war genau das, was er hören wollte. »Bei Helia! Ich hatte schon gefürchtet, wir würden nicht mehr rasten. Die Pause brauche ich dringend.«

»In der Sonne werden wir lebendig gegrillt«, gab ihre Begleiterin zu bedenken und zupfte sich imaginäre Federn von der Schulter.

»Solange wir nicht wie die da enden.«

Sein Freund deutete auf einen weißen Schienbeinknochen, der aus einem Sandhaufen ragte. Daneben schimmerten weitere undefinierbare Knochenteile unter den Kieseln hervor.

Thim schluckte nur.

»Sehr gastfreundlich«, versuchte es Ciaran mit schwarzem Humor. »Er winkt uns zu.«

Der Barde sah genauer hin.

Im ersten Moment hatte auch er gedacht, eine Brise hätte den Knochen bewegt. Doch Wind war nicht so stark, dass er einen so schweren Gegenstand ins Wanken brachte.

»Meister!«, schrie Thim, doch seine Warnung kam zu spät.

Als Ciaran an dem Haufen vorbeiging, stob der Sand zur Seite und der Knochen sprang unvermittelt in die Höhe.

»Vorsicht!«, schrie der Barde erneut und packte seinen Meister an den Schultern, um ihn zur Seite und sich beschützend vor ihn zu ziehen.

Ciaran hatte den fliegenden Knochen bereits bemerkt und wich ihm geschickt aus, sodass Thim an ihm vorbeitaumelte.

Klappernd setzte sich der Schienbeinknochen mit den anderen losen Knochenstücken zusammen, bildete ein Bein, dann eine Hüfte. Die drei Reisenden beobachteten entgeistert, wie vor ihnen ein komplettes Skelett aus dem Staub auferstand. Zum Schluss setzte sich der Knochentorso einen Schädel auf, nachdem er ihn aus der Erde hochhob und fein säuberlich vom Sand befreite.

»Jungs«, flüsterte Hazel. »Ich glaube, wir sollten abhauen. Jetzt!«

Das Skelett sah das offenbar ganz anders. Mit ausgebreiteten Armen und klapperndem Gebiss stellte es sich mitten auf den Pfad und versperrte ihnen den Weg.

Hinter ihnen schepperte es ebenfalls bedrohlich.

Thim wagte kaum, sich umzudrehen, warf allerdings einen panischen Seitenblick zurück.

Weitere Skelette kletterten aus dem Sand und versperrten ihnen den Rückweg.

»Das dürfte wohl die Grenzwache sein«, mutmaßte Ciaran angespannt. An den ersten Untoten gerichtet erklärte er: »Wir sind nur Reisende und führen nichts Böses im Schilde.«

»Verstehen diese Königlichen uns überhaupt?«, flüsterte die Gänsefrau.

Weitaus weniger gefasst kämpfte der Barde gegen die aufsteigende Panik an. »Meister, wir benötigen deine Magie. Sofort!«

»Nein, wir regeln das fried…« Der Prinz verstummte mitten im Satz, als der Skelettmann ohne Vorwarnung vorpreschte und ihn an der Gurgel packte.

Thims Beine schlotterten schlimmer als die Zähne des Untoten, doch als sein Meister so in Bedrängnis geriet, jagte ein Quäntchen des so langersehnten Mutes durch seinen Körper und er eilte Ciaran zu Hilfe.

Der Prinz schaffte es, das Skelett mit Armen und Beinen von sich zu stoßen und Thim stellte instinktiv den Fuß nach vorn, über den das Klappergestell rücklings stürzte und in den Sand fiel.

»Lauft!« Hazel sprintete an ihnen vorbei, ohne ihnen gegen die herannahende Skelettarmee zur Hand zu gehen.

Thim und Ciaran setzten ihr nach, der erste Untote hatte sich indes von seinem Fall bereits erholt und fasste dieses Mal den Barden ins Auge – äh, in die Augenhöhle.

Ach, das war jetzt auch egal.

Thim quiekte erschrocken und duckte sich unter den klammen Fingerknöcheln, die plötzlich nach seinem Hals schnappten.

Neben sich hörte er das metallene Scharren von Ciarans Schwert, das der Prinz instinktiv aus der Scheide zog.

»Hilfe! Meister!« Mehr brachte der Troubadour nicht mehr heraus, weil das Skelett soeben seinen Hals erwischte und drohte, ihm das Wichtigste zu nehmen: seine engelsgleiche Bardenstimme.

Und sein Leben vermutlich auch.

Der Prinz stieß zu.

Das Schwert rutschte bloß durch die Rippen hindurch und pikste beinahe Thim auf.

Er wollte aufschreien, doch es klang wie ein verärgertes Blubbern. Die Luft wurde weniger, der enorme Druck auf seinen Hals immer heftiger. Sternchen tanzten vor Thims Blick. All seine Tritte und Hiebe gingen ins Leere.

Er sah verschwommen, wie Ciaran das Skelett packen wollte, doch da waren bereits dessen Kumpane herangeeilt und umzingelten den Prinzen.

»Magie!«, wollte er ihm zurufen. »Nutz die Magie!«

Aber alles, was er herausbrachte, war ein »Brllrl!«

Und wo blieb Hazel? War sie geflüchtet, ohne sich nach ihren Freunden umzusehen?

»Hier ist kein Feuer!«, antwortete Ciaran gehetzt.

Die Erleichterung darüber, dass sein Kauderwelsch nicht umsonst gewesen war, wurde von einer Welle der Hoffnungslosigkeit weggespült. Selbst wenn sein Meister tatsächlich ein Magi war, konnte dieser bloß verstärken und nutzen, was bereits existierte.

Verdammte Hühnerkacke!

Das war's wohl.

Mit schwindendem Bewusstsein verabschiedete sich Thim innerlich von seinem Leben. Von seinen Eltern, der Musik, Ciaran und auch von Hazel, so kurz er sie auch nur kannte. Und da er schon mal dabei war, dann auch von Denzell Rowe, den er unter anderen Umständen gerne bei einem Gläschen Wein und einem guten Abendessen besser kennengelernt hätte.

Ein eigenartiges Knacken und Klappern ließ Thim die Augen wieder aufsperren.

Der Schädel des Untoten hing direkt vor seiner eigenen Nase, aber nicht für lange. Der Knochen knackte.

Riss.

Splitterte.

Der Druck auf seinen Hals ließ nach und Thim atmete erleichtert auf.

»Erfreut mich zu sehen, Hübscher?«

Denzell Rowe stand in seinem roten Anzug und wehendem Mantel inmitten der Kieswüste und kam schlendernd auf ihn zu. Gelber Sand hing in den schwarzen Haaren, die sich in losen Strähnen aus dem Pferdeschwanz lösten und im makellosen Gesicht klebten, als wäre er leibhaftig dem Gemälde eines heroischen Recken entstiegen, der nach siegreicher Schlacht zurückkehrt, um seine Auserwählte zu empfangen.

Träumte Thim derart?

Hatte die fehlende Luftzufuhr sein Gehirn beschädigt?

Rowe streckte die Hände aus und die Skelette krachten eines um das andere auf den Boden, fielen auseinander und versanken zurück im Sand. Blutstropfen bildeten sich an Rowes Augenlider und eine schmale Spur glitt an seiner Wange herab.

Es sah unheimlich aus.

Unheimlich anziehend.

Der Blutgraf hatte sie gerettet.

»Macht mein Anblick dich so sprachlos?«, hauchte Rowe, als er nur noch eine Armlänge von Thim entfernt war.

Die Stimme seines Meisters rief nach ihm.

»Thim! Los, renn! Wir können …«

Rowe streckte eine Hand in Richtung des Prinzen.

Dieser fuhr schreiend zusammen und hielt sich den Unterarm.

»Argh! Was soll das? Du bist ein Nekromant! Und ich bin nicht tot.«

»Nicht mehr lange, Prinz, wenn Ihr Euch nicht beruhigt und brav mit mir mitkommt«, drohte Rowe.

Verängstigt beobachtete Thim, wie die Blutstropfen an Rowes Wangen anschwollen und eine weitere Spur über die Haut hinabglitt.

Wollte er etwa Ciarans Lebensenergie aussagen?

Hazel hatte doch gesagt, der Blutgraf würde niemals so weit gehen.

Die Worte, die der Heerführer grollend hinzufügte, ließ ihm das Blut in den Adern gefrieren. »Oder soll ich meine Wut zuerst an Eurem Barden auslassen, bevor Ihr Euch benehmt.«

Thim schluckte schwer und tauschte einen gehetzten Blick mit Ciaran.

Dieser schien etwas zu suchen.

Feuer.

Ein Funke.

Irgendwas.

Der Barde hob bedeutungsschwanger die Augenbraue und versuchte, seinen Meister auf das Offensichtliche hinzuweisen.

Rowe entdeckte sein Mienenspiel und verstand es falsch. Er beugte sich tief zu Thim herab und flüsterte ihm ins Ohr: »Keine Sorge, mein Hübscher. Ich würde dir nie ein Haar krümmen. Aber ein wenig muss ich schon damit drohen. Schrei mal wie am Spieß.«

»Ahh?«, gurgelte Thim halbherzig.

»Mistkerl«, schimpfte Ciaran. »Lass meinen Barden in Ruhe!«

Der Blutgraf lächelte Thim süffisant an und wandte sich zum Prinzen um. »Werdet Ihr jetzt handzahm, Eure Hoheit?«

Thim nutzte die Gelegenheit und deutete hinter Rowes Rücken in den Himmel hinauf. Sah Ciaran die Sonne denn nicht?

Das war doch Feuer genug, oder etwa nicht?

Sein Freund verstand offensichtlich nicht.

Thim hüpfte noch mehr in die Höhe.

»Was soll das Gehoppel?«, entfuhr es seinen Meister, was Rowe dazu brachte, sich wieder dem Barden zuzuwenden.

Im Gegensatz zum Prinzen verstand der Blutgraf sogleich, was Thim sagen wollte.

»Die Sonne? Kaum. Zu weit weg. Ich kenne keinen Elementaren, der sich daraus Feuermagie ziehen könnte.« Rowe seufzte lautstark und verlor die Geduld. »Beeilt Euch und kommt mit mir zurück zum Schiff. Ansonsten haben wir bald andere Probleme.«

»Ach wirklich?«, fauchte Ciaran zurück. »Was könnte schlimmer sein, als vom Blutgrafen auf sein Schiff verschleppt zu werden?«

»Es war gar nicht so ungemütlich«, musste Thim einwenden und erntete einen bösen Blick seines Meisters.

Denzell Rowe deutete auf die auf dem Boden verstreuten Knochen. »Sie zittern bereits. Ihre Beschwörer sind gewarnt und jetzt auf dem Weg hierher. Die Skelette werden demnächst auferstehen.«

»Ha!« Ciaran verschränkte die Arme vor der Brust. »Sehr gut. Dann warten wir. Mal schauen, wen die Grabstättler wohl eher über ihre Grenze lassen. Ihren verbannten Prinzen oder einen anderen verfluchten Prinzen.«

»Gut.« Auch Rowe verschränkte die Arme vor der Brust. »Im Gefängnis können wir uns ja darüber unterhalten, wer von uns prinzenhafter ist.«

»Ich schlage vor, wir verschwinden hier.« Auf Thims Vorschlag hörte niemand.

Rowe und Ciaran starrten sich beide an, als wären sie mitten in der Wüste schockgefroren.

»Bwak!«

»Hazel!«, rief Thim erfreut, als die Gans plötzlich neben ihn gewatschelt kam. »Wo bist du gewesen?«

»Bwaaak! Bwaak!«

Sie quakte den Blutgrafen an. Und dieser betrachtete sie mit verengten Lidern, so als wäre er nicht sicher, ob er die Gans nun treten oder doch lieber in den Arm zum Streicheln nehmen sollte.

»Hazel?«, wunderte sich der Barde. Was wollte sie ihnen sagen?

Rowe fasste ihn unvermittelt am Arm und stieß ihn von sich. »Lauft!«

»Bwaak!«

»Was soll das?« Irritiert starrte Thim seinen vermeintlichen Feind an, der ihn soeben zur Flucht animierte.

»Lauft!«, wiederholte der Blutgraf panisch.

Alarmiert stolperte Thim an Ciarans Seite, während sich Rowe breitbeinig vor sie hinstellte, so als würde er sie vor einer Bedrohung abschirmen wollen.

Die Knochen zitterten in einem warnenden Stakkato.

Hazel flatterte nervös mit den Flügeln und drängte sie quakend rückwärts tiefer in die Wüste hinein.

»Wartet«, bat Thim. »Wir können ihn doch nicht zurücklassen.«

»Den Blutgrafen? Oh, ganz bestimmt können wir das.« Ciaran hob Hazel auf, drückte die Gans an seine Brust und begann zu rennen.

Der Troubadour war hin- und hergerissen. Er durfte Ciaran nicht sich selbst überlassen. Am Ende landete dieser erneut auf einem Piratenschiff oder schloss sich einer Räuberbande an. Andererseits fühlte es sich nicht richtig an, den Blutgrafen einem ihnen noch unbekannten Gegner zu überlassen.

Thim blieb unentschlossen stehen, als die Knochen um sie herum immer stärker vibrierten.

Einen Herzschlag lang, der Ewigkeiten zu dauern schien, passierte nichts. Dann brach der Hügel zu ihrer Seite plötzlich auseinander. Staub und Dreck regnete auf Rowe hinab.

Hinter dem graugelben Schleier erspähte Thim das weitaus schlimmere Übel, das sich aus dem Hügel anbahnte. Ein riesiges, zweibeiniges Skelett mit langem Hals, kurzen Armen und verdammt spitzen Zähen walzte sich durch den Geröllhaufen.

Thim folgte seinem Bauchgefühl – oder war es sein Herz? – und rannte direkt auf das Untier zu.

Er musste Rowe helfen.

Dieser hatte sich eben umgedreht und rannte an ihm vorbei.

»Lauf! Lauf!«, schrie er.

Das musste er Thim nicht zweimal sagen. Er hechtete an Rowes Seite und versuchte, mit ihm Schritt zu halten. Der Blutgraf war ein ziemlich schneller Läufer, wenn es um seine eigene Haut ging.

»Was ist das?«, keuchte Thim.

Rowe zischte atemlos. »Ein Urtier. Längst tot. Dennoch ziemlich intakt.«

»Kannst du ihn nicht … wie sagt man das … entbeschwören.«

»Zu groß. Dafür braucht man fünf Nekromanten.«

»Du bist der Blutgraf!«

»Lauf oder wir sind bald nur noch Monsterfutter!«

Das Ding war ihnen dicht auf den Fersen. Mit jedem lauten Auftreten der Krallen vibrierte der Boden unter ihnen.

Es waren verdammt enorme Krallen.

Und es brüllte.

So hungrig, als hätte es seit Jahrmillionen nichts mehr zwischen die Rippenknochen bekommen.

Die Todesangst, die sich in Thims Bauch ausbreitete, spornte an. In kurzer Zeit hatten er und sein unfreiwilliger Begleiter ihre anderen Reisegefährten eingeholt und ächzten und keuchten nebeneinander, während sich die Gans in Ciarans Regenmantel versteckte.

Das Urtier ließ sich nicht abschütteln.

Sein Meister schrie vor Wut. »Ich bin es echt leid. Ich kann nicht mehr! Hört endlich auf, mich zu jagen!«

Thim beobachtete aus den Augenwinkeln, wie Ciaran auf der Stelle stehen blieb und sich hinsetzte.

Erschrocken machte der Barde ebenfalls kehrt, doch spürte, wie ihn Rowe am Ärmel packte und zurückzuhalten versuchte.

Was dann geschah, konnte er sich im Nachhinein nicht erklären.

Sandkörner hoben sich in die Luft, die Erde sackte ab.

Im nächsten Moment verschluckte Schwärze ihre Körper und zog sie hinab in die ewige Wüste.

Reminiszenzen

Ciaran

War er das gerade gewesen? Hatte er die Erde dazu gebracht, sich aufzutun und sie alle zu verschlucken?

Während er halb blind auf seinem Hinterteil in die Tiefe rutschte, fragte er sich, warum ihm in all der Panik nicht etwas Besseres eingefallen war, als dass sich der Boden unter ihnen öffnete.

Ein riesiger Steingolem zum Beispiel.

Oder eine Mauer aus Lehm.

Alles wäre besser gewesen als das hier.

Seine Füße trafen auf einen Widerstand, Schmerz jagte blitzartig durch seine Schenkel und die Fahrt ins Nichts stoppte abrupt.

Ciaran hustete und wischte sich den Sand aus den Augen. Es war zu dunkel, um irgendetwas sehen zu können. Aber zumindest konnte er atmen. Und das Trampeln sowie Brüllen des Urtiers waren nicht mehr zu vernehmen. Ciaran nahm das als gutes Zeichen.

Wo blieben Thim und dieser elende Blutgraf? Er konnte nur hoffen, dass sich sein Freund in Sicherheit befand.

»Ich glaube, wir sind entkommen«, flüsterte er und griff in seine Pelerine, um Hazel hervorzuholen.

Die Gans quakte unleidig und schüttelte sich den Sand aus dem Gefieder, ehe sie sich zurück in eine Frau verwandelte.

Der Prinz blickte schnell weg. Er empfand den Wechsel als etwas zu intim.

Es wunderte ihn ohnehin, dass der Tag- und Nachtwechsel keinen Einfluss auf Hazels Gestalt mehr zu haben schien.

»Warum warst du vorher in der Wüste zuerst ein Mensch und gleich darauf eine Gans? Kannst du dich frei verwandeln?«, wollte er wissen.

Hazels Gesicht lief bis zum Haaransatz rot an, als hätte er sie bei etwas ertappt. »Ich … wollte nichts sagen. Weil … ich bin mir nicht sicher …«, gestand sie stockend.

»Aber?«, hakte er nach.

»Mit den wenigen Erinnerungen ist wohl auch meine Magie wiederhergestellt.«

»Das ist doch gut. Warum wolltest du das uns nicht sagen?«

»Ich wollte nicht, dass ihr euch auf mich verlasst – und es am Ende nicht klappt.«

Ciaran seufzte und lehnte sich an die Erdwand in seinem Rücken. »Das kenne ich. Das Gefühl, immer nur enttäuschen zu können.«

»Du hast niemanden enttäuscht.« Nachdruck schwang in ihrer Stimme mit, die den Prinzen überraschte.

»Doch«, widersprach er. »Gerade eben habe ich uns in ein Erdloch mitten in der Wüste katapultiert.«

»Du hast uns gerettet.«

»Hazel, das ist ja lieb gemeint. Aber meine Magie ist gefährlich.«

»Unsinn!«, empörte sie sich und hockte sich in der Dunkelheit demonstrativ neben ihn. »Keine Magie ist gefährlich. Bloß der Mensch, der sie nutzt.«

»Ich weiß nicht, wie mich das jetzt trösten soll. Nennst du mich einen schlechten Menschen?« Ciaran wusste, dass er unfair reagierte. Er hatte derzeit keine Kraft, etwas anderes als schnippisch zu sein.

»Nein, niemals. Ein schlechter Mensch hätte aus mir eine Suppengans gemacht.«

Mit der Antwort hatte er nicht gerechnet.

»Die Versuchung war groß. Das weißt du.«

Sie lachte leise.

»Was jetzt?«, raunte er in die Dunkelheit hinein. »Meinst du, das Ding ist noch da draußen und sucht uns?«

»Lass uns kurz abwarten«, schlug die Gänsefrau vor.

Da keiner von ihnen ein weiteres Wort sprach und sie bloß in die Dunkelheit starrten, hatte Hazel wohl das Gefühl, die Stille mit etwas füllen zu müssen. »Deine Magie ist etwas Gutes, Ciaran«, flüsterte sie. »Sie ist ein Geschenk.«

»Wie kann das ein Geschenk sein? Ich hätte euch töten können. Und … verflucht. Hoffentlich ist Thim nichts passiert.«

Der Gedanke an seinen Freund jagte eine weitere Welle der Panik durch seinen Körper.

Er spürte Hazels warme Finger, die sich beruhigend um seinen Unterarm schlossen. »Er ist bei Denzell, der wird schon auf ihn achtgeben.«

Ciaran fragte sich, woher sie diese Bestimmtheit nahm. »Sicher in der Gesellschaft des Blutgrafen?«

»Er scheint einen Narren an Thim gefressen haben«, erwiderte sie mit einem hörbaren Schmunzeln.

»Der Barde wird zum Narren. Das passt ja.«

Hazel umfasste seinen Unterarm fester. »Nein, im Ernst. Deine Magie ist außergewöhnlich.«

»Unsinn.«

»Doch. Du ahnst nicht, was du eben getan hast, oder? Erde manipuliert!«

»Ist das besonders schwer oder so?« Die Euphorie der Gestaltwandlerin regte seine Neugier an.

»Für einen Feuermagi? Unmöglich!«

Allmählich verstand er, worauf sie hinauswollte. »Du meinst, ein Elementar beherrscht nur ein Element?«

»Ja.«

»Wie konnte ich dann …«, wunderte sich der Prinz, ohne seinen Gedanken zu Ende zu führen.

»Ich weiß es nicht. Aber es war großartig!«

»Vielleicht war nicht *ich* es«, gab er zu bedenken.

»Wer denn sonst? Ich bin eine Gestaltwandlerin, Denzell Rowe ein Nekromant. Bleiben nur Thim und du.«

»Thim?« Ciaran schüttelte den Kopf. »Nein, das hätte ich bemerkt. Obwohl …«

»Thim war es nicht«, betonte Hazel. »Ich war dicht bei dir und die Erde ist genau unter dir aufgebrochen. Du bist der Magier, Ciaran. Du beherrschst zwei Elemente.«

Matt sank der Prinz etwas tiefer zurück, so tief, als könnte er in der Erde verschwinden.

Er wollte das nicht.

Er wollte nicht außergewöhnlich sein.

Warum verstand das denn niemand?

»Du musst dich nicht davor fürchten«, beschwichtigte ihn Hazel. »Magie ist ein Geschenk.«

»Das sagst du schon zum zweiten Mal. Und nein, ist sie nicht …«

»Aber …«

»Nein, Hazel! Lass mich verdammt noch mal in Ruhe.«

Sie ließ ihn los und wich zurück.

Er konnte das Rascheln ihrer Bluse hören. Ciaran war froh, ihr Gesicht im Dunkeln nicht sehen zu müssen. Die Schuldgefühle hätten ihn sonst zerfressen.

Doch noch gab Hazel nicht auf. Sie forderte: »Erzähl es mir.«

»Was?«

»Erzähl mir endlich, was damals geschehen ist. Warum du nach Helmhaim musstest. Warum du deine Magie so sehr fürchtest.«

»Da gibt es nichts zu erzählen.«

»Lügner.«

»Hazel, lass mich ...«

»Nein!«, unterbrach sie ihn. »Jetzt wirst du dich nicht verkriechen und meinen Fragen ausweichen. Hier drin kannst du nicht weg. Andererseits kann dir auch niemand etwas antun. Also: Der perfekte Ort, um endlich mit der Sprache herauszurücken.«

Er zögerte. »Ich kann nicht.«

»Du kannst. Mir kannst du es erzählen.«

Ciaran starrte in die Dunkelheit. Wenn er sich einbildete, dass niemand bei ihm war, fühlte er sich seltsam unbeobachtet.

Verloren.

Allein.

Und doch wie zu Hause.

Wie in Helmhaim.

»Erzähl es mir.«

Ciaran tastete nach ihrer Hand und drückte sie fest. »Gut«, gab er nach. »Ich erzähle es dir. Aber lass mich dabei bitte nicht allein. Bitte.«

»Niemals.«

»Gut.«

Seine Schwester Menefer und er spielten im Garten. Es war ein bewölkter Tag und eigentlich bereits viel zu kühl. Allerdings hatte Menefer die Kindermädchen mit ihrer Autorität als Neunjährige dazu gebracht, sie noch eine weitere Stunde im Garten zu lassen und nicht genau nachzusehen, falls doch Gewitterwolken aufzogen.

Thim, der ansonsten wie ein Schatten an Ciaran klebte, hatte ein paar Vögel entdeckt und war zwischen den Büschen verschwunden.

Menefer kommandierte derweil eine Armee aus Zinnsoldaten durch die Landkarte, die Ciaran ihr aus Sand und Erdklumpen hatte bauen müssen.

»Du bist der Drache«, erklärte sie und schob ihn an den Rand des Spielfelds. »Du wartest hier, bis ich dich besiege.«

»Das will ich nicht spielen«, maulte der Sechsjährige.

»Du tust, was ich dir sage, Bruder.«

»Ich …«, setzte Ciaran an und verschluckte die Widerrede, als er hinten an der Gartenmauer Katara erspähte.

Das Kindermädchen war die Einzige, die sich mit Ciaran ehrlich unterhielt und ihn mit echter Aufmerksamkeit betrachtete.

Alle andere hatten wahnsinnige Angst vor seinem roten Auge und taten nur, was man ihnen befahl. Waschen, kämmen, füttern, betten. Für sie hätte Ciaran genauso gut ein gefährliches Tier sein können. Und kein kleiner Junge.

Aber Katara war anders.

Sie kümmerte sich um Ciaran, hörte ihm zu und hatte immer eine witzige Geschichte parat, wenn sie ihn morgens weckte und das Frühstück zubereitete.

Statt Menefers sinnlosen Drachen zu spielen, wollte er lieber mit Katara im Garten spazieren. Bestimmt hatte sie bereits eine neue Geschichte für ihn.

Als Menefer gerade nicht hinsah, schlich sich Ciaran davon und ging auf Katara zu, die hinter einem der großen Ginsterbüsche an der Palastmauer verschwand.

Er folgte ihr und hörte auf einmal eine fremde Stimme flüstern.

»Nein, wir müssen es heute tun. Jetzt.«

»Das ist Wahnsinn«, entgegnete Katara gehetzt. In ihrer Stimme lag Angst. »Sie werden dich erwischen.«

In seiner kindlichen Unbekümmertheit ließ sich Ciaran nicht von den Geräuschen abhalten, sondern verspürte vielmehr den Drang, seinem Lieblingskindermädchen zu Hilfe zu eilen.

»Katara! Katara!« Er kam auf sie zu und streckte die Arme zur Umarmung aus.

»Ciaran?« Sie sah ihn verdutzt an und versuchte, ihn vom Fremden abzuschirmen. Dieser jedoch hatte ihn bemerkt und trat an sie heran.

»Ist das der Prinz?«

»Tu ihm nichts«, bat Katara und schob Ciaran hinter ihre Röcke, sodass er den Fremden nicht richtig sehen konnte. »Er ist einer von uns.«

»Er trägt Verräterblut in sich, Katara. Er ist nicht wie wir.«

Der Mann kam näher. Ciaran starrte auf die schweren schwarzen Stiefel. Der Fremde roch nach Qualm und Rauch.

Nach Dreck.

Und etwas, das der Prinz erst viele Jahre später richtig einordnen konnte: Blut.

»Die Prinzessin wäre das bessere Druckmittel, der Junge wird den Zweck allerdings auch erfüllen.«

»Nein!«, wehrte sich Katara. »Nicht er. Er wird unsere Rettung sein. Unsere Bestimmung.«

»Wenn du darauf bestehst. Dann hole ich mir jetzt die Prinzessin. Und keine Widerrede mehr.«

Der Mann verschwand in den Büschen. Katara versuchte noch, Ciaran bei sich zu behalten, doch er entschlüpfte ihren Armen und folgte dem Fremden.

Er durfte Menefer nicht wehtun!

Als Ciaran auf die Wiese zurückkehrte, hatte der Fremde sich bereits Menefer geschnappt, drückte ihr die Hand auf den Mund und hob sie hoch. Ciarans Schwester strampelte und trat wild um sich, aber der Mann war so viel größer und stärker als sie.

Der kleine Junge rannte los und sah sich dabei nach einem Erwachsenen um, der helfen konnte.

Es war niemand da.

Einzig Thim kroch unter einem Busch hervor, in beiden Händen eine Amsel festhaltend und bis über beide Ohren grinsend vor Glück.

Würde der Fremde auch seinen Freund Thim mitnehmen, wenn Ciaran nichts unternahm?

Mit aller Kraft, die er als Dreikäsehoch aufbringen konnte, rammte Ciaran die Schulter in die Hüfte des Mannes und stieß ihn zur Seite. Der Fremde taumelte leicht, mehr vor Überraschung denn wegen echter Wucht. Direkt hinter ihm stand eine der Laternen, die bereits für die nahende Dämmerung angezündet worden waren. Der Lampenpfahl kippte um, die Kohleschale rutschte herunter und übergoss den Fremden mit knisterndem Feuer. Schreiend bewegte er sich fort, ließ aber Menefer nicht los, die weinte und wimmerte.

Katara rauschte mit wehenden Röcken an Ciaran vorbei und versuchte, das Feuer aus den Kleidern des Fremden zu klopfen.

Irgendetwas brach in Ciaran.

Er dachte nicht nach.

Im Nachhinein konnte er sich auch nicht mehr erinnern, was es war, das ihn so derart aus der Fassung brachte.

Doch das Feuer glühte in diesem Moment auch in ihm, loderte hell und bedrohlich, verschlang den Fremden, verschlang selbst Katara.

Menefer entkam.

Wie genau, daran konnte sich Ciaran bis heute nicht erinnern.

Seine Schwester erzählte später, Ciaran habe das Feuer gelegt und damit den Wachmann und das Kindermädchen getötet, um sie, Menefer, zu verletzen.

Warum sie das tat?

Warum sie solche Lügen erzählte?

Ciaran hatte darauf bloß eine Antwort gefunden.

Menefer hatte seit diesem Tag schreckliche Angst vor ihm.

Vor seinem Feuer.

Vor der Magie.

Thim war der Einzige, der die Wahrheit kannte. Aber wer glaubte schon dem Sohn des Hofarztes, wenn die Prinzessin selbst das Gegenteil behauptete?

Ihre Eltern, das Königspaar, hatten nur einen Ausweg gesehen. Der Junge mit dem roten Auge musste fort. Weit weg, ans Ende des Königreichs, wo er die Ordnung nicht mehr stören konnte.

Und so kam Ciaran als Sechsjähriger mit Thim und ein paar Bediensteten, die auf ihn aufpassen sollten, nach Helmhaim.

Der verfluchte Prinz schwor sich, dass er das Feuer niemals wieder rufen durfte.

Niemals.

»Du wolltest Menefer schützen«, meinte Hazel und drückte seine Finger stärker. »Wie kann das falsch sein?«

»Ich habe zwei Menschen getötet.«

»Sie planten die Entführung eines Kindes, Ciaran! Sie wollten Menefer mitnehmen.«

»Spielt das eine Rolle? Kann Mord das rechtfertigen?« Der Prinz schniefte und kämpfte zum ersten Mal seit Jahren gegen die Tränen an.

»Nein, aber … du warst ein Kind. Und niemand hat dir gezeigt, wie du deine Magie im Zaum hältst.«

»Ich hätte das nicht tun dürfen.«

»Sei nicht so hart zu dir selbst.« Er war sich sicher, dass sie ihn in der Dunkelheit anlächelte. »Diese Leute waren Rebellen. Sie wollten Kinder für ihre Zwecke ausnutzen.«

»Gleichwohl hatten sie recht, oder?«, flüsterte Ciaran. »Je mehr ich über die Magie und über Magi erfahre, desto mehr denke ich: Sie hatten recht. Was meine Eltern taten, was Menefer jetzt tut, ist falsch. Die Magie zu unterdrücken, Neugeborene zu töten, Magiebegabte zu jagen und zu verbrennen. Das ist nicht richtig.«

»Nein. Das ist es nicht«, murmelte Hazel leise.

Eine einvernehmliche Stille breitete sich zwischen ihnen aus, bis seine Freundin erklärte: »Du kannst die Vergangenheit nicht ändern, Ciaran. Und du kannst nicht verhindern, dass sie sich wiederholt, nur weil du dich verkriechst. Du selbst musst dafür sorgen, dass die Zukunft anders wird.«

Ciaran fühlte sich schwach, nichtsnutzig.

Hazel hatte natürlich recht.

Aber das hieß nicht, dass er sich stark genug dazu fühlte, die Verantwortung zu übernehmen. Im Gegenteil. Es war einfach zu viel. Warum gerade er?

Warum?

Obwohl er nichts erwiderte, schien Hazel zu merken, was ihn beschäftigte. »Du bist so viel stärker, als du glaubst«, sprach sie aus voller Überzeugung.

Er konnte darauf nicht antworten. Sobald er den Mund öffnete, würde die unsichtbare Barriere in ihm gebrochen.

Er konnte jetzt nicht weinen.

Wollte nicht.

Es war genug, einfach Hazels Hand zu halten und ihre Nähe zu spüren. Das war genug.

Wie lange sie in der Dunkelheit saßen, konnte er nicht einschätzen. Irgendwann fragte er: »Und du? Woran kannst du dich erinnern?«

Im ersten Moment schien es, als wolle Hazel ihre Hand instinktiv zurückziehen. Doch dann blieben ihre Finger geradezu demonstrativ ruhig in seinen liegen.

»Abgesehen von viel unnützem Wissen nicht viel Persönliches«, flüsterte sie. »Ich kann ein Dorf sehen, ein paar Leute. Eine alte Frau, die möglicherweise meine Großmutter war. Ja, … Nana.«

»Mehr nicht? Nur ein paar Fetzen?«

»Wenn ich weitergehe, werden die Kopfschmerzen schlimmer.«

»Dich hat es ganz schön erwischt«, stellte Ciaran fest.

»Ich benötige wohl etwas Geduld«, entschuldigte sich Hazel. »Schneller macht's nicht immer besser.«

»Das stimmt«, sagte Ciaran und dachte dabei an sich selbst. Er konnte zwar versuchen, rascher mit seinen Schuldgefühlen klarzukommen. Gleichwohl würde das nicht funktionieren. Nicht auf Dauer.

Er brauchte Zeit.

Das erinnerte ihn wieder an ihre Lage.

»Was glaubst du, wo Thim und der Blutgraf sind?«

»Vielleicht sollten wir allmählich nach ihnen suchen«, gestand auch Hazel ein.

»Kommen wir überhaupt weiter? Siehst du was?«

»Nein«, schüttelte die Gänsefrau hörbar den Kopf. »Aber dort vorn könnte ein Tunnel sein. Es zieht ein wenig.«

»Ich könnte Feuer machen«, schlug der Prinz mehr zum Scherz vor, doch Hazel drückte bestätigend seine Hand.

»Gute Idee. Wir brauchen nur einen Funken.«

»Wie? Hier ist nichts.«

»Hast du einen großen Stein auf deiner Seite?«

Ciaran tastete mit der rechten Hand über den Boden und erspürte bloß Sand und Kies. Ein kleiner Kiesel geriet ihm zwischen den Finger.

»Reicht das?«, erkundigte er sich und schob das Steinchen in ihre Handfläche.

Hazel antwortete nicht, aber ließ seine Finger los.

Das Geräusch von schlagenden Steinen durchbrach die Stille.

»Schau genau hin«, bat sie. »Ich habe kein Zündmaterial. Der Funke wird nur kurz sichtbar sein.«

Ciaran starrte in die Dunkelheit. Als es plötzlich grellgelb leuchtete, nutzte er die Chance.

Mit seinem ganzen Herzen stellte er sich vor, wie der Funken wuchs, zur Flamme wurde und in der Luft schwebte.

»Ha!«, rief Hazel aus.

Ciaran blickte auf seine Hand.

Ein kreisrunder Feuerball schwebte darin und erleuchtete den Pfad vor ihnen. Das Feuer fühlte sich warm und angenehm an, ohne seine Haut zu verbrennen. Er hatte die Flammen unter Kontrolle.

Unfassbare Freude stieg in Ciaran hoch.

Er hatte die Flammen unter Kontrolle!

Hazel lächelte ihn stolz an und nickte aufmunternd. »Lass uns die anderen suchen gehen.«

Feindliche Übernahme

Thim

Rowe hielt ihn fest und zog ihn beschützend an sich, während sie in die Tiefe fielen. Sie drehten sich ein paar Mal.

Thim fühlte den harten Widerstand der Erde an seinem Rücken und das Kitzeln der Sandkörner auf seinen Wangen. Dann kam die ganze Bewegung schleichend zum Stehen. Der Barde spürte nur noch das Gewicht des Blutgrafen auf seinem Körper.

Hustend und ächzend öffnete Thim die Augen. Vor ihm war nichts als Schwärze, aber er bemerkte Rowes warmen Atem auf seiner Stirn und roch das Leder seines Mantels.

»Alles in Ordnung?«, fragte der Blutgraf besorgt.

Thim nickte, ehe ihm einfiel, dass ihn sein Gegenüber gar nicht sehen konnte. »Ja. Alles in Ordnung. Denke ich. Sind wir dem Urtier entkommen?«

»Sieht so aus«, grummelte Rowe und jedes seiner Worte jagte einen Lufthauch durch Thims Haare.

»Wo sind wir?«

Sein Herz schlug schneller, als er Rowes Herzschlag an seiner eigenen Brust spürte.

»Muss ein alter Fluchttunnel sein«, stellte der Blutgraf völlig ungerührt fest. »Davon gibt es in Domhan Uaighe einige. Nach dem Bürgerkrieg haben sich die Separatisten länger hier unten verschanzt.«

»Und du warst einer davon?«, mutmaßte Thim

»Ich war ihr Anführer«, hörte er Rowe nicht ohne Stolz in der Stimme sagen.

»Warum … warum Separatisten? Was habt ihr gewollt?«

»Freiheit? Offene Grenzen? Umsturz, vor allem. Da waren wir uns nicht immer so einig.«

»Ich dachte, du warst ihr Anführer. Oder Prinz? Hättest du da nicht einfach bestimmen können, wo es langgeht.«

Rowe lachte leise. »Ihr Hinianer. Ihr könnt euch schlicht keine Herrschaft vorstellen, in der mehr als nur einer das Sagen hat, richtig?«

»Natürlich. Jemand muss am Ende die Entscheidung treffen«, antwortete Thim überzeugt.

»Schon mal was von Mehrheitsentscheid gehört?«

»Nein. Was soll das sein?«

»Bei Kaedhos, deine Unschuld macht mich wahnsinnig.«

Thim zuckte zusammen. Hätte Rowe ihn naiv genannt, hätte er sich beleidigt gefühlt. Das Wort Unschuld traf hingegen einen anderen Kern in seinem Inneren. Einen, der stark damit zu tun hatte, dass Rowe auf ihm lag und ihn mit seinem Gewicht nach unten drückte.

Thim atmete schwer.

»Oh, entschuldige.« Der Blutgraf schien zu bemerken, was in ihm vorging. »Soll ich runter?«

»Ja, bitte.«

Rowe rührte sich kein Stück, sondern rückte sogar ein wenig näher heran. Seine Lippen streiften Thims Haaransatz, glitten zu seinem Ohr hinab. »Was meinst du mit ›Ja, bitte‹?«, raunte Rowe.

Thim ächzte.

Er sollte Rowe von sich stoßen, ihm Einhalt gebieten. Aber sein Wille war zu schwach, das Verlangen größer. Thims Herz schlug ihm bis in die Kehle vor Aufregung.

Seufzend ergab er sich der feindlichen Übernahme, wandte den Kopf und presste seine Lippen auf Rowes. Es schmeckte süß und eisern, weich und hart.

Der Blutgraf schien trotz seiner Avancen überrascht über Thims Reaktion, doch nach dem ersten zögerlichen Moment erwiderte er den Kuss, krallte seine Hände in seine Locken und zog ihn näher an sich.

»Warte.« Thim schob ihn von sich. »Warte, ich bekomme keine Luft.«

»Du bist so unschuldig«, murmelte Rowe nur und setzte erneut zum Kuss an. Länger, tiefer, intensiver.

Der Barde schnappte nach Luft.

Ein Schauer glitt durch seinen Körper, als Rowe von seinen Lippen abließ und stattdessen den Hals liebkoste.

Thim spürte, wie die Hand des Blutgrafen an seinen Hemdknöpfen nestelte. Kalte Finger tasteten über seine Brust.

»Warte!«, wiederholte Thim. »Das sollten wir nicht tun.«

Rowe murrte, ließ aber dennoch von ihm ab und lehnte sich leicht zurück, sodass Thim besser atmen konnte.

»Warum nicht?«, fragte Rowe ehrlich besorgt.

»Du bist der Feind.«

»Wirklich? Das macht dir Sorgen?« Rowe hüstelte. »Du kannst deinem Prinzen erzählen, ich hätte dich gegen deinen Willen genommen. Er würde es glauben.«

»Nein!«, warf Thim entsetzt ein. »Ich kann nicht.«

»Was kannst du nicht?«

»Dir vertrauen«, gestand Thim. »Wie soll ich dir vertrauen, wenn ich dich kaum kenne?«

»Dann lerne mich kennen«, hauchte Rowe anrüchig und setzte zum erneuten Kuss an.

Thim hielt ihn mit beiden Händen zurück.

Vor lauter Lust war er kaum mehr bei Sinnen, aber sein Verstand warnte ihn davor, jetzt jede Vorsicht über Bord zu werfen.

Das hier ging zu schnell.

»Ich kenne dich kaum. Ich will keine deiner Bettgeschichten werden«, forderte er.

Erneut lachte Rowe. »Du glaubst, ich hätte Bettgeschichten? Ich?«

»Du stellst dich ziemlich geschickt an«, erklärte Thim. »Mit deinem Charme hast du bestimmt etliche Männer in dein Bett gelockt.«

»Du hältst mich also für attraktiv?« Rowe streichelte sanft seine Wange. »Hör zu, Thim. Ich bin kein Mann für eine einzige Nacht.«

»Dann sollten wir das auch nicht tun«, wiederholte er.

Rowe legte seine Finger auf Thims entblößte Brust. »Spürst du es denn nicht auch? Dieses Kribbeln zwischen uns? Seit Evina dich aus dem Wasser gefischt hat, gehst du mir nicht mehr aus dem Kopf. Ich will wissen, warum.«

Der Barde schluckte. »Bei Kaedhos. Du kennst mich kaum.«

»Das ist keine Antwort. Spürst du es?«

Das Schlimme war, Thim spürte es auch. Sein Herz pochte laut, sobald Rowe in seiner Nähe war. Sein Körper sehnte sich nach ihm.

Das konnte doch nicht alles sein? Liebe war mehr als reine Körperlichkeit.

»Ich will mehr«, erklärte er. »Ich wünsche mir mehr als nur körperliches Vergnügen. Ich will dich. Mit Herz und Seele.«

Rowe zitterte. »Ich auch.«

»Zeig mir, wer du bist, unter dieser attraktiven Fassade. Wer ist der Blutgraf wirklich? Wie hast du uns überhaupt gefunden?«

»Ich bin wortwörtlich der Spur aus Gold gefolgt, was nicht sonderlich schwer war.« Rowe zog sich zurück und nahm dabei Thims Hände in seine. »Gut. Ich zeige dir, wer ich bin. Aber nur, wenn du mich auch mitnimmst auf eurer Reise.«

»Das wird Ciaran nicht zulassen.«

»Das wird er. Ich bin der Blutgraf, schon vergessen?«

Das hatte Thim ganz und gar nicht.

»Du hast Ciaran verletzt«, warf er ihm vor.

»Das mit seinem Arm?« Rowe prustete abschätzig. »Das war bloß ein Trick. Nekromanten können nichts Lebendiges verletzen.«

»Lüg nicht! Hast du seine Lebensenergie geraubt?«

Der Barde spürte, wie der Blutgraf seine Hand abweisend fallen ließ. Seine Stimme klang verletzt, als er sich verteidigte.

»Niemals. Diese Grenze überschreite ich nicht.«

»Was ist passiert?«

Rowe schmunzelte hörbar. »Das ist unser erstes Geheimnis zwischen dir und mir. Sag es nur nicht weiter.«

Erleichtert stellte Thim fest, dass der Blutgraf wieder zum Scherzen aufgelegt war und keinen langen Groll hegte.

»Niemals. Also erzähl!«, versprach er.

»Ich hab die toten Zellen seiner Haut dazu gebracht, sich zu bewegen. Ein abartiges Gefühl, das sag ich dir.«

»Das geht?«

»Soll ich es dir zeigen?«

»Danke.« Thim winkte ab. »Ich passe.«

»Dann können wir weitermachen, wo wir aufgehört haben?« Hoffnung lag in Rowes Stimme.

Thim war versucht, dieser Hoffnung nachzugeben.

Aber in diesem Augenblick flackerte ein Lichtschein über sie hinweg und Stimmen näherten sich.

Das mussten Ciaran und Hazel sein.

Voller Scham fiel ihm auf, dass er sich keinen Moment lang Sorgen um seinen Meister gemacht hatte. Ertappt wich Thim zurück und versuchte, sich unter Rowe zu befreien.

»Hast du Angst, dass sie uns so sehen?«, flüsterte Rowe in sein Ohr. Es klang enttäuscht.

»Tut mir leid«, hauchte Thim zurück. »Das ist das zweite Geheimnis zwischen dir und mir. Bitte.«

Rowe murrte. Aber ohne ein weiteres Wort schob er sich von Thim herunter und streckte ihm die Hand hin, um ihn hochzuziehen.

Stumm nahm Thim die Hilfe an und strich sich gerade den Sand aus den Kleidern, als zwei Gestalten um die Ecke bogen. Die Feuerkugel in ihrer Mitte warf einen hellen Lichtschein auf den Erdkorridor.

»Da sind sie!«, rief Hazel erleichtert.

Ciaran schien alarmiert und stellte sich beschützend neben Thim. Staunend betrachtete dieser den Flammenball, der in Ciarans Hand leuchtete.

»Hat er dir etwas getan?«, wollte der Prinz besorgt wissen.

Thim schüttelte den Kopf. »Nein. Im Gegenteil. Wir … haben uns gut unterhalten.«

»Unterhalten, aha«, wiederholte Hazel zweifelnd und warf Rowe einen geringschätzigen Blick zu.

»Und«, fügte Thim hastig an, »er wird uns begleiten.«

»Wird er nicht«, entgegnete Ciaran scharf.

»Wird *er* wohl«, gab der Blutgraf zurück und lächelte triumphierend. »Denn *er* kennt als Einziger den Weg raus.«

»Das stimmt«, bestätigte Thim. »Seine Leute haben diese Tunnel gebaut.«

»Richtig.«

»Glaub ihm nicht alles, Thim«, bat Ciaran. »Er könnte uns in die Irre führen.«

»Damit ich mit euch hier unten verhungere? Nein danke.« Lächelnd fuhr der Blutgraf mit den Fingern seiner rechten Hand durch die staubigen Haare auf seiner Stirn.

»Wir haben Käse und Brot und …«, zählte Thim auf.

»Hatten«, erinnerte Hazel. »Oder siehst du deinen Rucksack irgendwo?«

Mist! Den musste er auf der Flucht panisch weggeworfen haben.

Sie standen wieder ohne irgendwelchen Proviant da.

Ciaran schien das ganz und gar nicht zu gefallen. Der Prinz verzog sein Gesicht, als würde Menefer gleich Helmhaim zu ihrem Stammsitz erklären und ihren Bruder für immer an die Felsen ketten.

»Das bedeutet, ihr braucht mich«, sprach Rowe das Unvermeidliche aus.

»Vorerst«, presste Ciaran widerwillig zwischen den Zähnen hervor. »Führ uns raus.«

»Euer Wunsch ist mir Befehl, Eure Hoheit.«

Rowe verbeugte sich tief.

»Keine Dummheiten«, warnte Ciaran und ließ den Feuerball in seinen Fingern herumwirbeln.

»Gesprochen wie ein echter Magi«, lobte der Blutgraf und vollführte eine komplizierte Bewegung mit dem Arm, um Ciaran den

Weg zu weisen. »Geht nur und leuchtet uns den Pfad. Ich werde Euch geleiten.«

Ciaran ging zögernd voran. Hazel folgte ihm dichtauf.

Als sich Thim seinen Freunden anschloss, berührte er heimlich Rowes Arm.

Ein Zeichen.

Ein Einverständnis.

Der Magier lächelte sanft und ließ Thim den Vortritt.

Die Mission

Hazel

Während Ciaran und Thim in ein Gespräch vertieft waren, ließ sich Hazel absichtlich zurückfallen. Als das Licht des Feuerballs hinter einer Biegung verschwand, packte sie sich Denzell Rowe und drückte ihn mit dem Ellenbogen gegen seinen Hals an die Erdwand.

»Was soll das?«, zischte sie. »Was machst du hier?«

»Hallo, Niamh«, presste er ungerührt hervor. »Schön, dass du offenbar wieder zurück bist.«

»Hazel«, entgegnete sie scharf. »Mein Name ist Hazel, verstanden? Du gefährdest die Mission.«

»Oh, tu ich das?«

Sie nahm den Druck aus ihrem Arm, damit er verständlicher sprechen konnte. Sie wollte ihn nicht gleich umbringen.

Nur, wenn es absolut nötig wurde.

»Meine liebe Nichte«, säuselte der Blutgraf. »Ich glaube, *du* gefährdest die Mission. Du scheinst ziemlich vertraulich mit dem Prinzen zu sein. Kannst du ihm noch immer ein Messer in den Rücken rammen?«

»Sei still!«, fauchte Hazel. »Ich bin völlig in der Lage, die Mission auszuführen. Du hättest uns nicht folgen müssen.«

Rowe zuckte mit den Schultern. »Ich hörte, es gab Komplikationen bei deiner Ankunft. Also wollte ich nachsehen, ob der Prinz auch wirklich unterwegs ist.«

»Ich habe alles im Griff«, betonte sie.

Insgeheim war sie froh, dass Ciaran auch ohne ihre Einmischung nach Domhan Uaighe aufgebrochen war. Obwohl sie sich mit der Gehirnerschütterung kein bisschen an die Details ihrer Mission hatte erinnern können, war genau das eingetreten, was geplant gewesen war. Und jetzt würde sie dafür sorgen, dass auch der Rest des Plans funktionierte.

»Du magst ihn«, neckte der Blutgraf.

»Ciaran?« Sie lachte gekünstelt. »Unsinn.«

Sie mochte ihn aufrichtig.

Wenn sie sich unter anderen Umständen getroffen hätten, er kein Prinz und sie keine Auftragsmörderin wäre, wie anders sähe ihre Zukunft aus? Bevor ihre Gedanken sich allzu schmerzliche Szenarien ausmalen konnten, drängte Hazel sie zurück.

»Und was soll das mit Thim?«, ging sie zum Gegenangriff über, um von ihren Gefühlen abzulenken. »Glaubst du auch nur im Geringsten, der Barde hielte noch zu dir, sobald er von unserem Verrat erfährt?«

»Er wird es verstehen.«

»Sicher?« Hazel schüttelte den Kopf. »Dann kennst du Thim wirklich schlecht. Frag ihn doch mal, warum er bei Ciaran geblieben ist. All die Jahre.«

Zweifel schimmerte in Rowes kalten Augen auf. »Das werde ich«, erklärte er. »Ich werde ihn fragen.«

»Und danach haust du ab, versprochen?«

»Falls ich es für nötig halte, ja. Ich werde mich zurückziehen, falls mein Bleiben die Mission gefährdet.«

»Gut.« Hazel nickte zufrieden. »Lass uns weitergehen, bevor sie etwas merken.«

»Gewiss, Hazel.« Wie er ihren Namen aussprach, klang es wie eine Beleidigung.

»Kennst du wirklich den Weg hier raus?«

»Ich bin mir ziemlich sicher, ja.«

»Beweise, dass du es draufhast, Onkelchen.«

Rowe knurrte erbost.

Schweigend, so als hätten sie einen einvernehmlichen Waffenstillstand beschlossen, schlossen sie wieder zu Ciaran und Thim auf.

Beide wandten sich nicht nach Hazel und Rowe um.

Beide hatten nichts bemerkt.

Die Mission war gerettet. Vorerst.

Es gab eine Geschichte in Domhan Uaighe, die jedes Kind schon einmal gehört hatte. Die Geschichte vom Prinzen mit der roten Iris, der in einem fremden Land geboren wurde und eines Tages die Ruhestätte des Sturmgottes besuchte, um ein neues Zeitalter einzuläuten.

Es würde ein Zeitalter werden, in dem die Magie herrschte. In dem sich Magi in allen Königreichen und Ländern frei bewegen konnten.

Die Geschichte war von Ohr zu Ohr, von Feuer zu Feuer weitererzählt worden, bis sie nicht nur die Grabstättler, sondern ganz Islirith kannte. Selbst in Hinia, dem gesegneten Reich der Gestirnsgöttin, munkelte man über das Unglück, das ein verfluchter Prinz einst dem Reich bringen würde.

Was all die Großmütter, Geschichtenerzähler und Gaukler nicht wussten?

Wie grausam die Geschichte ihr Ende nehmen würde.

Einzig die Sichel, der geheime Orden unter Kaedhos' Anhängern, kannte die Wahrheit.

Damit der Sturmgott sein geraubtes Auge zurückerhielt und die Herrschaft der Magie erneut errichten konnte, musste der Prinz sterben.

Hazel ging hinter Ciaran den Tunnel entlang und rieb sich die Handinnenflächen. Die Schwielen und rauen Stellen erinnerten sie an ihr Training. Der Prinz hielt ihre Hände für die einer Magd. Und im Grunde hatte sie ihm damals in der Koje bereits verraten, was sie tatsächlich war: eine Kriegerin, eine Mörderin.

In dem Jahr, in dem Niamh auf die Welt kam, war der Bürgerkrieg in Domhan Uaighe in vollem Gange. Denzell Rowe kämpfte gemeinsam mit den Separatisten gegen einen Emporkömmling um die Krone des Landes. Ihre Mutter hatte längst einen Prinzen aus dem Reich des ewigen Eises, Tir an-t Oighear, geheiratet und den Sand und die Hitze hinter sich gelassen.

Niamh wurde bei einem Ritual gezeugt, um den Sturmgott milde zu stimmen und Tir an-t Oighear vor dem Krieg zu schützen, der Domhan Uaighe überrollte. Also erschien es Niamhs Mutter nur logisch, ihre erstgeborene Tochter an die Sichel zu übergeben, um Kaedhos' Willen zu erfüllen.

Niamh hatte gelernt, steinhart zu sein.

Niemals hungrig, niemals durstig.

Immer tödlich.

Denn ihre Stunde würde kommen, der Moment, für den die Sichel seit Jahrhunderten junge Mädchen und Buben ausbildete. Den rotäugigen Prinzen zu finden, ihn zu Kaedhos zu bringen und ihn dann zu töten, das war ihre Mission.

Hazel, die ihren neuen Namen mochte, blickte auf Ciarans weißen Nacken, der vor ihr im Schein des Feuerballs schimmerte.

Es wäre so leicht, ihn jetzt zu töten.

Sie bemerkte die Erleichterung in sich hochsteigen, da sie die Mission bislang nicht vollenden musste. Es war noch zu früh.

Und zugleich war diese Erleichterung auch ein verräterisches Gefühl. Sie sollte, durfte so nicht empfinden. Sie durfte kein Mitleid mit dem notwendigen Opfer haben. Durfte ihn nicht dafür bewundern, welche Herzlichkeit unter all dem abweisenden, groben Gebaren steckte. Welche Verletzlichkeit sie in ihm gesehen hatte.

Ciaran war wie sie.

Ein Kind, das keine Wahl hatte.

Sie wünschte, es wäre anders. Sie wünschte es sich so sehr.

Hazel streckte die Schultern durch und atmete tief ein.

Sie durfte nicht an der Mission zweifeln. Sie musste steinhart sein.

»Links!«, rief Rowe hinter ihr und erinnerte sie daran, auf den Weg zu achten.

Ciaran, an den die Weisung eigentlich gerichtet war, ging nach links. Thim blieb an seiner Seite kleben, als fürchtete er, seinen Meister im Stich zu lassen.

»Bist du nicht müde, Meister? Der Feuerball? Überanstrenge dich nicht.«

»Ich werde nicht zu Staub zerfallen, wenn du das meinst.«

Rowe rief über Hazels Kopf hinweg: »Damit solltet Ihr nicht scherzen. Überschreitet nie die eigenen Grenzen.«

»Und wann soll das sein?«, gab Ciaran zurück.

»Das spürt man, ganz einfach.«

»Aha.«

Bevor die beiden einen erneuten Streit vom Zaun brechen konnten, endete der Gang abrupt vor ihnen.

Thim deutete verängstigt auf die Wand aus gestampfter Erde. »Und jetzt?«

Vorwurfsvoll starrte Hazel den Blutgrafen an. »Von wegen: Ich kenne mich aus«, beschwerte sie sich.

Rowe schnalzte mit der Zunge. »Glaubst du etwa, die Separatisten hätten keine Sicherheitstüren eingebaut? Da hätte einfach jeder durch die Geheimgänge stolzieren können.«

Der Blutgraf drängte sich an ihnen vorbei und fuhr mit der Hand über die Erde. Er schien gewisse Punkte anzusteuern, drückte ohne erkennbaren Grund hier und da, bis sich die Erdwand auf einmal quietschend zur Seite bewegte und einen weiteren Gang offenbarte.

»Bitte schön!«

»Geht doch«, seufzte Ciaran und ging erneut voran.

Der Tunnel führte sie ohne eine einzige weitere Wendung direkt an die Oberfläche. Staunend und vorsichtig zugleich traten die Abenteurer aus der Felsenöffnung, die sich hinter einem kleinen Hügel verbarg. Die Dämmerung setzte bereits ein und der Sand unter ihren Füßen glühte noch heiß, während der Wüstenwind längst auffrischte.

»Wohin jetzt?«, wollte der Prinz wissen und sah Hazel an.

Sie versuchte, die Orientierung zurückzugewinnen. Aber der Wüstenabschnitt ähnelte jeder anderen Dünenlandschaft.

Rowe bot die helfende Rettung an. Er pfiff laut mit den Fingern im Mund und im nächsten Moment trotteten zwei Pferde hinter dem Hügel hervor.

»Wo kommen die denn her?«, wunderte sich Hazel.

»Brrr. Brav.« Rowe schnappte sich das Halfter der braunen Stute, streichelte ihre Nüstern und zog die Zügel über die Ohren, um diese Hazel hinzustrecken.

»Woher?«, wiederholte sie und nahm die Zügel dankbar entgegen.

»Matilda«, erklärte der Blutgraf wie selbstverständlich und streichelte das zweite Pferd, eine Fuchsstute. »Meine Empathin. Sie hat die Tiere dazu gebracht, hierherzulaufen und zu warten.«

»Woher wusstest du, dass wir durch die Stollen kommen würden?«, fragte Thim.

»Weil ihr den Grenzwächtern nicht anders hättet entkommen können.«

»Also hast du die Erde unter uns geöffnet?«, fragte Ciaran.

Hazel sah, wie Erleichterung und Bedauern gleichermaßen in seinen Augen aufleuchteten.

»Nein, das wart ganz allein Ihr, Prinz.«

Ciaran machte eine Miene, die sich schwer deuten ließ, als würde sich erneut die ganze Last der Welt auf seinen Schultern ablegen.

»Gehen wir?« Rowe richtete seinen Blick direkt auf Thim.

Der Barde schien hin- und hergerissen.

Daher nahm ihm Hazel die Entscheidung ab und streckte Ciaran die Zügel ihrer Stute hin. »Willst du oder soll ich?«

»Es ist ziemlich lange her, seit ich …« Der Prinz zögerte. »Kannst du reiten?«

»Ich denke schon«, meinte sie vage. In Wahrheit war sie eine hervorragende Reiterin. Sie konnte einen Tag und eine Nacht ununterbrochen auf dem Pferderücken zubringen, traf jedes Ziel mit ihrem Dolch aus dem Sattel heraus und schaffte es sogar, auf ein rennendes Pferd aufzusteigen, wenn es nötig war.

Die Erinnerung brachte ihr ins Gedächtnis zurück, dass sie sich eine Waffe besorgen musste. Sie hatte weder Schwert noch Kleidung mit sich getragen, als sie als Gans über den Ozean geflogen war, um im Notfall nicht als Spionin enttarnt zu werden.

Nachdenklich betrachtete sie den Schwertknauf, der aus Ciarans Gürtel ragte. Sie würde ihm die Waffe entwenden müssen.

Oder Rowe hatte einen Dolch unter seinem Mantel versteckt, den sie nutzen konnte. Doch sie bezweifelte, dass der Blutgraf auf solch banale Gegenstände wie Waffen zurückgriff, solange seine Magie alles regelte. Sie würde ihn danach fragen müssen.

Um sich nichts anmerken zu lassen, stieg Hazel in den Sattel und half Ciaran, sich hinter sie zu setzen.

Der Barde und der Blutgraf bestiegen das zweite Reittier.

»Lass uns reiten, solange der Sand noch warm ist«, schlug sie vor und trieb die Stute mit ihren Fersen sanft an.

Ciaran klammerte sich an ihrem Bauch fest.

Bald jagten sie über die Dünen in die Nacht davon.

Erst Stunden später rasteten sie und Ciaran entzündete ein Feuer, das die Wölfe und Wildhunde fernhalten sollte. Während sich Hazel ein improvisiertes Nachtlager aus Sand baute, legte sich der Prinz nur eine Handbreit entfernt neben sie.

»Ich bin froh, dass du da bist, Hazel«, raunte er schläfrig.

Sie sah ihm dabei zu, wie er die Augen schloss.

Auf der anderen Seite des Feuers legten Thim und Rowe heimlich die Hände ineinander.

Hazel starrte in den Himmel und versuchte, nichts zu fühlen.

Wüstenflüstern

Denzell

Der hinianische Prinz wälzte sich stöhnend im Schlaf. Denzell beobachtete ihn durch die leise knisternden Flammen hindurch, die sein Gesicht mit wabernden Schatten zeichneten.

Welche Geister suchten Whitehart wohl in den Träumen heim? Der Blutgraf empfand wenig Mitleid mit einem Sprössling der feindlichen Königsfamilie, dennoch wünschte er niemandem solche Albträume. Er kannte die Pein vergangener Gespenster, die ihn verfolgten.

Denzell wandte den Kopf und starrte in den klaren Sternenhimmel hinauf, um die Geräusche des gequälten Prinzen auszublenden und sich stattdessen auf das Lied der Wüste zu konzentrieren.

Ein falsches Rascheln, das verräterische Rieseln eines Sandkorns oder eine Veränderung des eisigen Nachtwindes konnten ihm das Leben retten. Schließlich drohte ihm auf diesem Flecken Erde noch immer die Todesstrafe, sollte er sich von den Königlichen und ihrem Hund von einem Anführer erwischen lassen.

Bei dem Gedanken musste er unwillkürlich den Körper angespannt haben, denn die warmen Finger in seiner Hand zuckten plötzlich unruhig.

Thims leises Schnarchen stoppte.

Zärtlich strich Denzell mit dem Daumen über die Handinnenfläche des Barden. Als er sich zu ihm umdrehte, gähnte Thim gerade herzhaft und blinzelte verschlafen.

Statt Denzells Blick zu begegnen, hafteten sich Thims Pupillen auf das Geschehen jenseits des Feuers.

Ein unangenehmes Kribbeln im Hals, das er als Eifersucht erkannte, machte sich breit. Erbost schluckte der Blutgraf das Gefühl herunter.

»Kommt das öfter vor?«, erkundigte er sich flüsternd.

Thim nickte bloß und die Stille machte ihm klar, dass der Barde nicht in der Nähe der anderen sprechen wollte.

Denzell deutete mit dem Kinn zur Seite, die Dünen hinauf. Als er sich so leise wie möglich erhob und nach oben schlich, folgte ihm der Troubadour wortlos.

Sie setzten sich auf der Kuppe in den kühlen Sand, sodass sich ihre Oberschenkel berührten. Thim fröstelte merklich, da der Lichtkegel und damit die Wärme des Feuers hinter ihnen versiegte. Besorgt zog Denzell seinen Mantel aus und legte ihn dem Barden um die Schultern.

»Und du?«, wehrte sich dieser. »Frierst du nicht?«

Die blonden Locken fielen ihm dabei ins Gesicht und Denzell widerstand dem Drang, sie hinter sein Ohr zu schieben.

Er wollte instinktiv antworten, dass er nächtelang in der Wüste überlebt hatte und ihm die Kälte kaum was ausmachte. Auch wenn es der Wahrheit entsprach, kam es ihm indes prahlerisch vor. Außerdem wollte er die Gelegenheit nicht verstreichen lassen, dem Barden näherzukommen.

»Er ist groß genug für uns beide«, antwortete er und holte sein anzüglichstes Grinsen hervor, woraufhin ein zartes Rosa auf den Wangen des Barden aufglühte.

Gemeinsam kuschelten sie sich unter dem Mantel aneinander und blickten in den eisblauen Himmel hinauf, wo die Sternbilder um die Wette funkelten.

Thim nahm die Unterhaltung flüsternd wieder auf. »In letzter Zeit war es nicht mehr so schlimm. Ich dachte, es würde dem Prinzen besser gehen.« Er seufzte leise und schüttelte dann den Kopf, so als würde er damit die trüben Gedanken herausschleudern können. »Aber mehr werde ich dir nicht sagen«, betonte er. »Das ist Ciarans Angelegenheit und mir steht es nicht zu, darüber zu sprechen.« Als Thim ihm das Gesicht zuwandte, breitete sich ein strahlendes Lächeln darauf aus. »Ich dachte, wir könnten uns doch jetzt besser kennenlernen.«

Denzell schmunzelte innerlich. Wie schaffte es dieser Mann nur, so positiv zu bleiben? Seit ihrer ersten Begegnung fragte er sich, was ihn an Thim derart faszinierte. Nun erkannte er es.

Dieses Leuchten in seinen Augen, der bedingungslose Optimismus, die Freude am Leben.

Dieses Gefühl in Denzells Innerem hatte der Schmerz der Vergangenheit längst mit Bergen aus Leichen zugeschüttet. Doch sobald er Thim ansah, spürte er einen leisen Hoffnungsschimmer aufflackern, so zart und zerbrechlich wie einen Schmetterling.

»Erzähl mir von dir«, raunte er völlig verzaubert.

Das ließ sich der Barde nicht zweimal sagen und begann, von seinen Liedern zu berichten, von den Geschichten aus Islirith, die ihn faszinierten, und von den Streichen, die er dem jungen Prinzen in Helmhaim gespielt hatte, um etwas Freude in die düsteren Hallen der Festung zu holen.

»Warst du die ganze Zeit alleine mit Whitehart?«, wunderte sich der Blutgraf. Er kannte zwar die Erzählungen über den verfluchten Prinzen Hinias, der in einem Turm eingesperrt wurde, aber im Traum wäre ihm nie eingefallen, dass ein Unschuldiger wie Thim dasselbe Schicksal fristen musste. »Wo war deine Familie?«

Der Barde biss sich auf die Unterlippe und senkte den Blick. »Mein Vater ist Hofarzt und begleitete das ehemalige Königspaar in ihre Residenz, als sie abdankten«, erklärte er so leise, dass Denzell seine Worte kaum verstand. »Meine Mutter starb und …«

»Und?« Er wollte nicht unhöflich sein und sein Gegenüber zu sehr drängen, aber er musste kein Empath sein, um zu spüren, dass hinter diesem einen Wort mehr steckte, als Thim preisgeben wollte.

Der Troubadour schwieg und hielt den Kopf abgewandt. Denzell erspähte nur dessen linke Hand, die sich neben seinen Füßen in den Sand grub und nach Halt suchte. Die Körner rieselten unkontrolliert zwischen den Fingern herab.

Wenn er Thims Geheimnis ergründen wollte, musste Denzell als Erster das Eis brechen. Räuspernd setzte er dazu an, seine eigenen Wunden aufzureißen, um jene des Barden zu heilen.

»Ich hatte zwei Brüder, wusstest du das?«, hauchte er.

Thim blickte ihn irritiert an. »Nein.«

»Der Bürgerkrieg hat sie mir geraubt.« Er starrte auf das Meer der Dünen hinaus, auf denen sich das Mondlicht wie auf Wellen glitzernd brach. »Als der Emporkömmling mithilfe der Königlichen meine Eltern abschlachtete, wollte ich meinen jüngsten Bruder in Sicherheit bringen.«

Er schluckte schwer und blinzelte, damit die Bilder von damals – all das Blut in den Gängen, die Schreie und der blitzende Stahl – nicht an die Oberfläche drängen konnten.

»Ich habe ihn gehalten und nicht mehr losgelassen.« Denzell drückte Thims Finger fester. »Dabei habe ich das Vermeintliche nur hinausgezögert.«

Der Barde erwiderte den Druck sanft, sodass er sich stark genug für die kommenden Worte fühlte.

»Ich hätte damals nicht fliehen dürfen. Ich hätte meinem ältesten Bruder, dem Kronprinzen, beistehen müssen. Vielleicht wäre dann alles nie geschehen.«

Thim schüttelte den Kopf. »Dann wärst du auch gestorben.«

»Ich habe mich nicht für die Pflicht, sondern für mein Herz entschieden«, erklärte Denzell voller Gram und ignorierte Thims Einwand. »Und obwohl ich mich den Rebellen anschloss, gegen den neuen Shah ankämpfte und meinen Bruder beschützte, konnte ich es nicht mehr rückgängig machen. Meine Eltern und Sloan waren tot. Und dann starb auch Eljin, weil ich einen Moment nicht aufgepasst habe.«

»Du hast getan, was du konntest«, versicherte ihm Thim und lehnte sich an seine Schulter, sodass die Locken seinen Hals kitzelten.

»Es war nicht genug.« Denzell war sich nicht sicher, ob die Worte seine Lippen verließen. Sie steckten tief in seinem Hals fest, klebrig und schwer.

Er hatte sich geschworen, sein Herz nie wieder vor der Pflicht zu wählen. Es durfte keine weiteren Tode geben, die er hätte verhindern können.

»Meine Mutter«, setzte der Barde flüsternd an, »starb kurz nach der Geburt meiner Schwester. Sie … sie …« Thim schniefte kurz und kräftig. »Meine Schwester beschwor Wasser.«

Denzell verstand nicht gleich, was der Barde damit sagen wollte, bis ihm die Erkenntnis eiskalt den Rücken hinunterrann. Er fühlte sich ihm so nah, dass er in den vergangenen Stunden völlig verdrängt hatte, dass Thim Hinianer war. Der Feind.

Hinianer ermordeten ihre magiebegabten Kinder.

Instinktiv wollte er seine Hand zurückziehen, mit der er Thims Finger umschloss, als er in die feuchten Augen des Barden blickte.

Da war keine Bosheit, keine Mordlust zu sehen. Im Gegenteil.

So unterschiedlich ihre Leben waren, so ähnlich war ihr Leid.

Sie hatten sich gegenseitig die schlimmsten Erinnerungen entblößt und in das Innerste des anderen hineingesehen.

Sein heißer Atem strich über Denzells Kiefer und der Blutgraf verlor sich im Moment. Haltsuchend beugte er sich nach vorn, umschloss Thim mit den Armen und drückte ihn mit dem Oberkörper in den Sand.

Schmerz jagte abrupt durch seine rechte Hand bis in den Oberarm und ließ Denzell zischend zurückweichen.

Erschrocken fuhr Thim auf. »Was ist?«

Stöhnend presste der Blutgraf die Faust gegen seine Brust und erspähte den Übeltäter hinter dem Barden die Düne hochkrabbeln.

»Vorsicht!«, warnte er und griff nach dem Mantel, mit dem er den braunen Skorpion zur Seite wischte und über die Kuppe kullern ließ.

»Bei Helia!«, rief der Troubadour aufgebracht und tastete nach Denzells Handgelenk. »Hat er dich gestochen? Wo?«

»Keine Sorge, es tut schon gar nicht mehr weh«, versuchte er zu beschwichtigen, aber Thim schien Feuer und Flamme für seinen medizinischen Sondereinsatz.

So ließ ihn der Blutgraf gewähren und sah amüsiert dabei zu, wie der Barde seine Hand behutsam in die seinen nahm, nach der Wunde suchte und diese dann mangels anderer Optionen kurzerhand mit seinen Lippen umschloss.

Thim musste seinen verblüfften Gesichtsausdruck bemerkt haben, denn er stoppte mitten in der Bewegung. »Ich muss das Gift aussaugen«, erklärte er ernst.

Denzell verkniff sich das Lachen und setzte eine möglichst tapfere Miene auf, während er das Gefühl des zarten Mundes auf seiner Haut genoss.

Erst als Thim das vermeintliche Gift ausspuckte und sich erschöpft zur Seite plumpsen ließ, eröffnete er ihm die Wahrheit. »Diese Art Spinnentier ist absolut ungefährlich für Menschen.«

»Und das sagst du mir erst jetzt?« Mit weit aufgerissenen Augen starrte ihn Thim entgeistert an.

»Wenigstens kannst du darüber eine heroische Hymne verfassen«, neckte er.

Der Barde hob drohend den Zeigefinger. »Pass auf! Sonst mache ich daraus ein Spottlied.«

Denzell lachte nur und half Thim beim Aufstehen.

So magisch der Moment unter dem klaren Sternenhimmel auch gewesen war, die Episode mit dem Skorpion hatte den Bann gebrochen.

Thim fröstelte sichtlich und der Mond stand bereits auf der Hälfte des Firmaments. Es wurde Zeit, zum Feuer zurückzukehren.

Wortlos wie sie gekommen waren, stiegen die beiden Männer die Düne hinab, die Finger fest ineinander verschränkt.

Kurz bevor sie den kleiner gewordenen Lichtkegel des Lagers betraten, fiel Denzells Blick auf den schlafenden Prinzen, der nun ruhig dalag. In einer Kuhle daneben kauerte seine Nichte und starrte ihn fassungslos an. Niamhs Warnung blubberte an die Oberfläche seiner Gedanken.

»Glaubst du auch nur im Geringsten, der Barde hielte noch zu dir, sobald er von unserem Verrat erfährt?«

Thim schien nicht zu bemerken, wie Denzells Schritt stockte. Er hielt den Barden zurück und zog ihn sanft zu sich, noch ehe er in das Licht des Feuers trat.

»Warum bist du eigentlich bei Whitehart geblieben? All die Jahre?«, erkundigte er sich möglichst beiläufig und wiederholte so die Frage, die ihm Niamh aufgetragen hatte.

Thim grinste breit. »Weil er mich braucht«, antwortete er. »Und weil Ciaran ein besserer Mensch ist, als er es selbst glaubt. Er verdient einen Freund.«

Diese Nacht machte der Blutgraf kein Auge mehr zu. Er spielte schon mit dem Gedanken, die Reisegruppe vor dem Morgen zu verlassen und sein Versprechen einzuhalten, Niamhs Mission nicht zu gefährden.

Aber er konnte nicht gehen.

Er konnte nicht.

Selbst wenn Ciaran Whitehearts Tod unabdingbar war, um die Welt der Magier zu retten.

Selbst wenn Thim ihn hassen würde.

Denzell Rowe konnte nicht gehen und dem grausigen Schicksal den Rücken zuwenden.

Dieses Mal würde er bleiben und zumindest an Thims Seite stehen, während alles zu Ende ging.

Der Blutgraf tastete nach dem Messer, das er in der Innentasche seines Mantels für Notfälle versteckt hielt. Er wusste, dass er Niamh die Waffe geben musste. Und er würde keinen Moment zögern.

Kaedhos' Palast

Ciaran

Sie brachen beim Morgengrauen auf, bevor die Sonne heiß am Firmament stand und eine Weiterreise unmöglich wurde. Die Reisenden sprachen kein Wort, während sich der Prinz an Hazels Rücken festklammerte und sie das Reittier über die Dünen jagte.

Kurz bevor die Sonne die Mitte des Himmels erreicht hatte und sie zwang, eine Rast einzulegen, erblickte Ciaran vor ihnen eine breite Felsformation.

»Dort ist es«, schrie Rowe gegen den Wind an, als er die Fuchsstute neben sie lenkte. »Kaedhos' Palast erwartet uns dort vorn.«

Thim lehnte sich totenbleich an dessen Rücken und sah ziemlich reisekrank aus.

»Es ist bald vorbei, Thim«, versprach Ciaran und sah Rowe an. »Kann man da nichts machen?«

Der Blutgraf schüttelte bedauernd den Kopf. »Ich bin kein Empath.«

Ciaran seufzte und dachte bei sich, wie ironisch es war, dass ausgerechnet ihr selbsterklärter Abenteurer und Barde keine Seereise vertrug und auch auf dem Pferderücken nicht zurechtkam. Schöner Abenteurer.

Tatsächlich hatten die Pferde die kurze Strecke bis zu den Felsen schnell hinter sich gebracht. Schon von Weitem konnte Ciaran die Säulen und Tore erkennen, die in den Stein gehauen worden waren. Oder waren sie gewachsen? Es schien nicht so, als hätten sich menschliche Werkzeuge am Felsen zu schaffen gemacht. Viel eher wirkte es organisch, makellos und unglaublich symmetrisch. Von der Sonne ausgebleichtes, trockenes Moos hing an den Steinen wie ein Muster aus Schmuckornamenten. In der Mitte der Anlage befand sich ein offenes Tor ohne Flügel. Der Bogen war so hoch, Ciaran hätte dreimal hineingepasst.

»Seid vorsichtig«, warnte Rowe, als sie abstiegen und die Pferde an einer der Säulen festbanden. »Drinnen lauern unzählige Fallen.«

»Gut. Du solltest jetzt besser draußen warten«, verfügte Ciaran. »Wir können nicht riskieren, dass du uns plötzlich in den Rücken fällst.«

»Ihr werdet mich brauchen«, widersprach der Blutgraf. »Ein paar vermeintlich tote Wächter wird es sicherlich geben.«

»Da hat er recht«, versuchte Thim, ihn zu beschwichtigen. »Wir können einen Nekromanten gebrauchen.«

Ciaran zog Thim näher an sich heran und drückte ihm verschwörerisch die Schulter, ehe er ihm zuflüsterte: »Dann bleib du hier. Jemand sollte draußen bleiben, falls wir Hilfe benötigen.«

Sein Freund sah ihn mit hochgezogenen Augenbrauen an. Natürlich verstand er sogleich, dass Ciaran ihn bloß vor der Gefahr schützen wollte.

»Ich komme mit«, erklärte der Troubadour tapfer, obwohl ihn das Zittern in seiner Stimme verriet.

»Wir bleiben zusammen«, bestätigte Hazel.

Ciaran seufzte. »Also gut. Wie ihr wollt. Bringen wir das hinter uns.«

Erwartungsvoll trat der Prinz unter dem Torbogen hindurch. Doch statt einer überraschenden Falltür, einem Schwingpendel oder einer Armee von Untoten erwartete ihn dahinter nichts. Nur Dunkelheit, Staub und Moder lagen vor ihm. Er wartete, bis Thim und Hazel an seine Seite traten.

»Licht?«, fragte sein Freund.

Ciaran nickte und stupste Hazel an.

Sie wusste schon, was er wollte, und zog die beiden Kieselsteine aus ihrer Tasche. Mit ein, zwei Schlägen brachte sie einen Funken zustande, den Ciaran in seiner rechten Hand zu einem Feuerball formte. Warmes Licht breitete sich auf den Steinplatten aus, die von dicken Wurzeln überwuchert waren. Dahinter konnte der Prinz nur schemenhaft weiteres Wurzelwerk erahnen.

Sie würden klettern müssen, um über die Äste zu gelangen.

»Der Blutgraf?«, fragte er in die Stille hinein.

»Direkt hinter euch«, kam die Antwort.

Vorsichtig wagten sie sich in die Palastruinen hinein. Das flackernde Licht des Feuerballs trieb die Schatten an den Wänden vorwärts.

Ciaran war, als würde etwas mit ihnen mit huschen, sie beobachten. Er versuchte, die Gemälde an den Wänden auszumachen, ihren Sinn zu verstehen und die Geschichten zu erfassen, die sie erzählten. Doch die Motive entzogen sich ihm ganz. Es waren nicht mehr als schemenhafte Figuren, abgeblätterte Flecken von Farbe.

Um nicht über die Wurzeln zu stolpern, richtete er seine Aufmerksamkeit wieder auf den Boden. Ein dicker Ast versperrte ihnen den Weg. Ciaran blickte sich nach einem Ort um, an dem er den Feuerball gefahrlos platzieren konnte, damit er beide Hände freibekam.

Thim war bereits vorausgeklettert und streckte ihm die Hand entgegen.

»Meister! Ich helfe dir hoch.«

Dankend nahm der Prinz an und ließ sich von seinem Freund einhändig in die Höhe ziehen. Ciaran leuchtete ihnen, während sich Hazel elegant und der Blutgraf weitaus weniger geübt, aber dennoch erfolgreich, hinaufhievten. Sie rutschten den Ast hinunter und sahen vor sich bereits das nächste Hindernis.

Dieses Mal war es eine ganze Wand aus Ästen und Wurzeln.

»Meint ihr, wir können uns irgendwo durchquetschen?«, dachte Ciaran laut nach und ließ das Feuer ein wenig heller brennen, damit er jedes Schlupfloch und jede Ecke sehen konnte.

Seine drei Begleiter schüttelten den Kopf.

Auch sie konnten keinen Durchgang entdecken.

Thim trat an seine Seite und meinte: »Kaedhos war doch ein Feuermagi?« Rowe und Hazel bejahten. »Vielleicht kann man seinen Palast nur mit Feuer betreten.«

Ciaran hatte ein ungutes Gefühl dabei. »Ich soll das Ganze abfackeln?«

»Einen Versuch ist es wert«, erklärte Rowe und nickte Thim anerkennend zu.

Unsicher spielte der Prinz mit dem Feuerball zwischen seinen Fingern. Ein letzter Funken von Respekt hinderte ihn daran, die Flammen einfach so loszulassen.

Was, wenn er sie nicht mehr unter Kontrolle bekam?

Hazel bemerkte sein Zögern und raunte ihm zu: »Du schaffst das. Und wir sind bei dir.«

Tief durchatmend streckte Ciaran die Hand von sich und ließ die Flammen nach den Wurzeln lecken. Kaum hatte das Feuer sie erreicht, rauschte ein Luftzug von hinten an sie heran, drückte sie gegen die hölzerne Barriere und blies sein Feuer aus.

Er konnte nicht einmal erschrocken aufkeuchen, ehe der zweite Angriff ihn überrumpelte.

Eine Schlinge wand sich um seinen ausgestreckten Arm, drückte in sein Fleisch und zog mit so enormer Kraft, dass Ciaran hochgehoben wurde und gegen die Wurzeln krachte. Eine zweite und eine dritte Schlinge packten seinen Arm und ein Bein.

»Vorsicht!«, konnte er seine Freunde warnen. Doch die hatten die Wurzelstränge bereits selbst entdeckt und kämpften dagegen an.

Thim wurde mit den Füßen voran über den Boden geschleift und hing innerhalb eines Lidschlags neben Ciaran in der Luft. Rowe schaffte es, eine Schlinge mit einem Dolch zu kappen, er konnte sich jedoch nicht gegen einen weiteren Ast wehren, der sich um seinen Bauch schlang.

Wie durch ein Wunder entkam Hazel allen Attacken, sprang und hüpfte und schlug Räder, um sich nicht erwischen zu lassen.

»Entschuldige!«, keuchte Thim kopfüber hängend. In der Dunkelheit konnte Ciaran bloß seinen Umriss ausmachen. »Das mit dem Feuer war doch nicht so eine gute Idee.«

»Die Wurzeln sind ziemlich wütend«, stellte der Prinz fest und versuchte, sich nicht zu sehr zu bewegen. Er hatte das Gefühl, dass sich der Druck um seine Glieder mit jedem Atemzug verstärkte.

»Erde!«, schrie Hazel zwischen ihren Hüpfern.

Ciaran verstand nicht sogleich.

Erst als Thim vor sich hin murmelte, verstand er. »Bäume sind organisch. Erde.«

Er hatte die Wüste unter sich einsinken lassen.

Er war ein Erdmagi.

Vielleicht.

Zumindest war es das, was Hazel glaubte.

Mit zitternden Fingern, zu Helia betend, dass er ihre Lage nicht noch verschlimmern würde, tastete Ciaran nach der Pflanze. Er packte die Schlingen, die ihn hielten, spürte, wie sie sich bewegten, wie sie lebten.

Wann immer er Feuer wandelte, entließ er seine Wut, legte all seine Gefühle offen. In der Wüste hatte er nur gehofft, einen Ausweg zu finden.

Hoffnung.

Rettung.

Ciaran lächelte.

Er vergrößerte das warme Gefühl in seiner Brust und schloss konzentriert die Augen. Allmählich konnte er spüren, wie der Druck nachließ und sich die Schlingen zurückzogen. Seine Füße sanken sanft auf den Erdboden. Gleitend und rutschend verzogen sich die Wurzeln und gaben den Weg frei.

Ciaran öffnete die Lider wieder und sah sich um. Über ihnen hatten die Wurzeln verzierte Deckenfenster freigegeben, aus denen milchig gelber Sonnenschein strahlenförmig auf sie niederfiel. Der Gang lag offen vor ihnen.

»Es hat funktioniert«, stellte Thim überrascht fest.

Der Prinz konnte es kaum glauben.

Er war auch ein Erdmagi.

Und es war ihm erschreckend leichtgefallen, die Wurzeln zu befehligen, so als wäre die Magie schon immer Teil von ihm gewesen.

»Lasst uns weitergehen und sehen, was Kaedhos noch so für uns bereithält«, unterbrach Rowe seine Gedanken.

»Ich habe solch eine Befürchtung«, sprach Ciaran laut aus, was ihn beschäftigte. »Wasser, Luft und Feuer.«

»Du meinst, es wird für jedes Element eine Prüfung kommen?«, hakte Hazel nach.

»Oder für jede Art der Magie eine Aufgabe«, ergänzte Rowe. »So werden wir nicht weit kommen. Außer unser Thim hier entpuppt sich als Empath.«

»Vielleicht lässt sich das Hindernis ja von meiner engelsgleichen Stimme erbarmen«, frohlockte der Barde.

Hazel und Ciaran seufzten lautstark.

Für einen Moment genoss es der Prinz, mit seinen Gefährten zu scherzen. Aber kaum gingen sie weiter, verflog der kurze Augenblick. Er fürchtete, dass Rowe recht behalten würde.

Was, wenn sie umkehren mussten?

Dann wäre die ganze Reise umsonst gewesen.

Thim nahm einen Schritt über eine leicht übersehbare Schwelle. Die Luft im Gang gurgelte, zischte.

Alarmiert packte Ciaran seinen Freund am Kragen und zog ihn zurück, gerade rechtzeitig, ehe eine Wand aus Flammen aus dem Boden stieg und ihnen den Weg blockierte.

»Da wären wir «, seufzte Ciaran. »Feuer.«

»Damit war zu rechnen«, meinte Rowe und strich Thim wie beiläufig über die Schultern, als wolle er sich vergewissern, dass dem Barden nichts geschehen war.

»Ciaran?« Hazel sah ihn auffordernd an.

Er zögerte. Es konnte eine Falle sein.

Wer sagte ihm, dass die Lösung dieselbe war wie zuvor? Vielleicht war es dieses Mal doch das gegenteilige Element, das ihnen weiterhalf?

Wasser?

Ciaran schob seine Bedenken beiseite. Ihm war nur eine Option möglich. Also sollte er es mit Feuer versuchen.

Tief einatmend streckte der Prinz beide Hände aus und dachte nach. Er konnte die Wut nicht freilassen, ansonsten würde er das Feuer bloß vergrößern. Er musste den Ärger, die Hassgefühle eindämmen, beschwichtigen.

Die Flammen zuckten nach seinen Fingern.

»Nimm es auf, ertrag es«, flüsterte er zu sich selbst.

All der Hass, all der Zorn.

Ciaran fürchtete, daran zu ersticken, als die Flammen über seine Haut züngelten, fauchend und beißend zu Rauch wurden. Ihm schwindelte. Doch ehe er glaubte, keinen Moment länger auszuhalten, versiegte das Feuer.

Ciaran bemerkte Thims stützende Hände auf seinem Rücken.

Hazel griff nach seinem Unterarm, als er zur Seite taumelte.

»Gut gemacht«, lobte sie leise.

Er hatte keine Kraft, ihr zu antworten. Mit einem Fingerzeig bedeutete er ihnen, dass er sich hinsetzen musste.

Wie lange er dalag, den Rücken gegen die kalte Palastwand, den Kopf an eine Steinsäule gelehnt, vermochte er nicht zu fassen. Erst als das Schwächegefühl nachließ, nahm er seine Umgebung wieder wahr.

Ciaran versuchte aufzustehen, aber Thim drückte ihn sanft zurück. »Übernimm dich nicht, Meister. Ich möchte vermeiden, dass du zu Staub zerfällst.«

»Unsinn. Mir geht es gut«, krächzte er.

Thim sah ihn zweifelnd an.

»Schaffst du es weiter?«, erkundigte sich Hazel besorgt. »Du hast ziemlich viel Magie verbraucht. Und die nächsten Fallen könnten …« Sie stockte.

»Schlimmer sein?«, vervollständigte Ciaran ihren Satz. »Das wissen wir erst, wenn es so weit ist.« Ob sie überhaupt weiterkamen, würde sich zeigen.

»Hier.« Der Blutgraf ging reihum und bot ihnen getrocknete Fruchtschalen an. »Das hat Matilda für uns in den Satteltaschen platziert.«

Dankbar biss Ciaran hinein. Er hatte schrecklichen Hunger. Das Trockenfleisch aus der Siedlung hatten sie verloren, bevor sie rasten konnten.

Wann hatte er das letzte Mal etwas gegessen? In der ersten Nacht auf der Mauritio? Seither schien eine Ewigkeit vergangen zu sein.

Als Rowe auch noch einen Trinkschlauch aus seinem Mantel zauberte, hätte er ihn küssen können.

Bald darauf standen sie auf und wagten sich weiter.

Bei jedem Schritt erwartete Ciaran eine neue Überraschung.

Sie schlichen in Alarmbereitschaft durch die menschenleeren Hallen und Gänge, bis sich vor ihnen plötzlich ein riesiges Becken auftat. Tiefblaues Wasser schimmerte darin, das sich in der Mitte zu einem schwarzen Sog verdichtete. Rund um das Becken standen die Palastwände schmucklos und weiß gekachelt. Nichts deutete darauf hin, wo sich der weitere Weg ins Innere zu Kaedhos' Heiligtum befand.

Ratlos sahen sich die vier Reisenden um.

Ciaran starrte ins Wasser und fragte sich, ob er es zum Verschwinden bringen musste, so wie er es mit der Flammenwand getan hatte.

Um Hilfe suchend schaute er sich nach Hazel um, die an einer der Säulen stand und nachdenklich über eine der Kritzeleien strich.

»Was ist das?«, wollte er wissen.

Ertappt zuckte Hazel zusammen. »Ah, nichts. Ich habe mich gewundert, was das hier soll.« Sie zog die Finger zurück und gab den Blick frei auf ein sichelförmiges Symbol.

Der Prinz hatte es nie zuvor gesehen.

Oder etwa doch?

Er wandte sich um. Das Becken hatte die gleiche Form. Wenn man bloß die blauen Kacheln beachtete und die weißen ignorierte, bildeten sie eine Sichel.

Hatte das irgendwas mit der Lösung des Rätsels zu tun?

Ciaran teilte seinen Verdacht mit den anderen.

»Nein, ich glaube nicht«, sagte Hazel überraschend bestimmt. »Die Sichel ist Kaedhos' Zeichen. Nicht wahr?«

Rowe stockte, aber nickte dann vehement: »Ja, ja genau.«

»Wirklich?« Thim näherte sich. »Davon habe ich noch nie gelesen. Ich dachte, Kaedhos' Zeichen sei die Hornmaske.«

Ehe die anderen weiter diskutieren konnten, beschloss Ciaran, sich das Wasser selbst genauer anzusehen.

Symbole hin oder her, das Rätsel ließ sich bestimmt allein mit Magie lösen. Und er war der Elementar in der Gruppe. Also musste er es zuerst versuchen.

Vorsichtig streckte er die Hände ins Becken. Thims erschrockenes Keuchen verstummte, als Ciaran die Hände unversehrt aus dem Wasser zog. Nichts. Es war nur Wasser. Und nicht mal besonders kalt oder warm.

»Müssen wir hindurchschwimmen?«, fragte sich Hazel und deutete auf den schwarzen Strom in der Mitte des Beckens.

»Was bewahrt uns davor, nicht zu ertrinken?«, gab der Prinz zu bedenken. »Magie muss die Lösung sein.«

Er streckte die Hände zurück ins kühle Nass, spürte das sanfte Schlagen der kleinen Wellen auf seiner Haut, die er durch sein Eindringen auslöste.

Ciaran schloss die Augen und versuchte, seine Gefühle zu ordnen.

Etwas zu spüren.

Nichts.

Nichts.

Einfach nichts.

Verärgert öffnete er die Lider und zog die Hände wieder zurück. »Welche Gefühle verbindet ihr mit Wasser?«, fragte er seine Begleiter.

Sie sahen ihn an, als würde er eine andere Sprache sprechen.

»Gefühle?«

»Ja! Beim Feuer spüre ich Wut, bei Erde Hoffnung. Bei Wasser?«

»Wir sind keine Elementare«, entschuldigte sich Rowe.

»Aber du hattest Wassermagier auf deinem Schiff?«

»Ja, natürlich.«

»Wie sind sie so?«, wollte Ciaran wissen. »Wie ist ihr Wesen? Ihr Charakter?«

Rowe lachte. »Wild. Unbändig. Selbstsicher.«

Das klang ziemlich nach dem Gegenteil von allem, was Ciaran über sich selbst dachte. Er war nicht wild. Und sein Selbstvertrauen war in etwa so groß wie das Herz einer Maus.

Höchstens.

Ciaran streckte die Hände zurück ins Wasser.

Wartete.

Er versuchte sich vorzustellen, wie er sich fühlte ohne seine Selbstzweifel, ohne die Unsicherheit, mit der er durchs Leben ging.

Es klappte nicht.

Er dachte bloß daran, wie schwach er war.

Wie wenig er bewirken konnte.

Thim setzte sich neben ihn und streckte ebenfalls die Hände aus. Seine Finger verharrten über der Oberfläche.

»Es beißt nicht«, versicherte Ciaran.

Der Barde schloss die Augen und ließ die Hände vorsichtig hineingleiten. Als nichts geschah, öffnete er verdattert die Lider und begegnete Ciarans Blick.

»Dachtest du etwa, nur ich kann es berühren? Es ist lediglich Wasser«, erklärte er.

»Bis jetzt hast du uns immer gerettet, Ciaran«, entgegnete Thim. »Aber …« Er stockte und sah versonnen auf seine Finger, die sich unter Wasser hin und her bewegten. »Vielleicht musst du nicht alles alleine schaffen. Wir sind für dich da, wenn du uns brauchst. Ich schwör's.«

Ciaran nickte und dachte an Hazels Worte, die sie ihm im Tunnel ins Ohr geflüstert hatte. »Du bist stärker, als du glaubst.«

Hazel glaubte an ihn.

Thim glaubte an ihn.

Und diese fiese, gemeine Stimme in seinem Innern wollte ihm weismachen, dass er ihr Vertrauen bloß enttäuschen konnte.

Dass er ihren Erwartungen niemals gerecht werden konnte.

Dabei war alles, was ihn davon abhielt, mutiger, wilder, selbstbewusster zu werden, einzig er allein.

Nur Ciaran stand sich selbst im Weg.

»Meister!« Thim schrie euphorisch auf und stupste ihn mit der Schulter an, um Ciaran auf die kreisförmigen Wellen aufmerksam zu machen, die plötzlich von seinen Armen und Händen ausgingen.

Die Wellen waren größer und breiter, als sie natürlicherweise sein sollten, wenn er die Finger bewegte. Das hier war Magie.

»Du bist ein Wassermagi!«

Euphorie stieg flatternd in Ciarans Brust hoch.

Er schaffte es.

Er konnte es.

Er war die Lösung für das Rätsel.

Voll im Element

Thim

Der Prinz lachte überschwänglich und ließ die Wellen höher und höher werden, bis sie eine Handbreit über der Oberfläche zur Mitte des Sees davontrieben. Sein verfluchtes Auge leuchtete unter der Augenklappe. Thim konnte den Umriss der Iris erkennen, wie sie in einem wabernden, bedrohlichen Rot glühte.

Ohne Vorwarnung fiel Ciaran. Er plumpste regelrecht vornüber, klatschte mit dem Gesicht ins Wasser und versank, ehe Thim reagieren konnte.

»Meister!« Für einen kurzen Moment ließ ihn die Erinnerung an die Reise auf dem Buckelwal zögern. Wasser war nicht Thims liebstes Element. Aber Ciaran benötigte seine Hilfe.

Jetzt!

Ungelenk sprang Thim hinterher und erwischte gerade noch Ciarans linkes Fußgelenk, ehe sein Meister in der Tiefe verschwand und Thim mit unnatürlichem Tempo mit sich zog. Sie sausten in Richtung der Seemitte, während die verzweifelten Rufe ihrer Freunde hinter ihnen zurückblieben.

Vor lauter Schreck vergaß Thim, die Luft anzuhalten.

Erst zwei Herzschläge zu spät sah er die Blasen an seinem Gesicht vorbeitreiben, die der Wasserdruck aus seinen Lungen presste, und behielt den Rest der lebenswichtigen Luft mit zusammengepressten Lippen in seinem Mund.

Das Wasser brannte in seinen Augen und er schaffte es nicht, die Lider offen zu halten. Was nicht weiter tragisch erschien, denn vor sich erkannte er ohnehin nur Ciarans Körper und dunkles, trübes Nichts.

Erst als er glaubte, seine Lunge müsste zerspringen, zwang Thim seine Augen wieder auf. Gerade früh genug, um mitzubekommen, wie Ciaran in komplette Dunkelheit eintauchte und verschwand. Und Thim mit ihm.

Auf der anderen Seite erwarteten sie schummrig grünes Licht und ein unbequem harter Erdboden, auf dem beide unsanft landeten.

Thim stöhnte laut, rieb sich den Kopf und ließ Ciarans Fußknöchel endlich los. Seine Finger fühlten sich steif an.

»Wo sind wir?«, murmelte er, noch ehe er sich genau umsehen konnte. Der Prinz war bereits aufgestanden und drehte sich um seine eigene Achse.

»Unterhalb des Wasserbeckens«, vermutete sein Meister. »Wir sind mitten hindurchgefallen. Und wir sind offenbar nicht die Einzigen.«

»Wie?« Der Barde blinzelte und versuchte, sich an das dämmerige, fluoreszierende Licht zu gewöhnen, das von den mit Moos und Pilzen überwachsenen Wänden abstrahlte.

Taumelnd hievte er sich in die Höhe.

Er erkannte die anderen unglücklichen Reisenden erst, als er direkt eine Handlänge vor einem Schädel zu stehen kam, der ihn aus seinen leeren Augenhöhlen anstarrte.

»Oh.«

»Ja, oh«, erwiderte Ciaran und sah sich die Skelette genauer an, die sich in dem Raum stapelten.

Es waren vier. Und alle trugen ähnliche Kleidung, lange, beige Gewänder, und keine Waffen. Die Wüstenhitze hatte nicht viel von ihnen übrig gelassen. Es waren bloß blanke Gerippe, die sich sitzend an die Steinwände lehnten. Thim musste unweigerlich an die Worte von Denzell Rowe denken.

»Glaubst du«, begann er, »das ist auch eine Prüfung? Nekromantie?«

»Vielleicht.« Ciaran klang unschlüssig.

Er untersuchte den Toten in seiner Nähe und zog ihm einen Handreif vom Unterarmknochen, den er Thim hinstreckte. »Sieh mal. Da ist dieses Zeichen wieder.«

»Die Sichel?« Thim versuchte, das Symbol zu erkennen. Es war verdreckt und sandig, aber dennoch dem Zeichen oben auf den Säulen vor dem Becken nicht unähnlich.

Ciaran schien von der Ähnlichkeit überzeugt. »Ganz genau. Und da sind noch mehr. Schau!« Er deutete auf die anderen Skelette. »Da auf dem Mantel, da der Ring, ja, selbst auf dem Dolch hier. Überall ist die Sichel zu sehen.«

Thim wunderte sich. »Wer waren diese Leute?«

»Keine Ahnung«, musste Ciaran seufzend eingestehen. »Sie steckten offenbar fest.«

Der Barde folgte dem Blick seines Meisters zur anderen Seite des Raumes, wo eine große, torähnliche Öffnung in einen weiteren Gang führte. Doch statt mit Torflügeln war der Eingang durch zischende Fontänen aus Luft versperrt. Seine Finger wollte Thim da nicht hineinhalten. Und schon gar nicht den Rest seines Körpers.

Unter und neben der Tür lagen weitere Knochenstücke in bemitleidenswertem Zustand.

»Das ist die nächste Prüfung«, schlussfolgerte Ciaran. »Und unsere Vorgänger sind alle daran gescheitert, weil sie als Wassermagier alleine nicht weiterkonnten.«

»Sie haben ihre Gefährten draußen zurückgelassen?«

»Genau. Hättest du mich nicht festgehalten, wäre ich jetzt auch auf mich gestellt.«

»Wir sollten Hazel und Rowe dazu holen«, schlug Thim vor. »Der Blutgraf könnte die Skelette zum Sprechen bringen.«

Der Prinz schien darüber nachzudenken. »Ich … bin mir nicht sicher.«

»Was?«

»Hast du nicht das Gefühl, dass irgendwas nicht stimmt? Sie verheimlichen uns was.«

»Hazel und Rowe?«

Ciaran nickte.

»Dass du dem Blutgrafen misstraust, verstehe ich ja«, gab Thim zu. »Er ist immer noch unser Feind, auch wenn … du weißt schon.« Er grinste vielsagend. »Aber Hazel? Ich dachte, ihr zwei hättet etwas Besonderes. Euch verbindet etwas.«

Der Prinz ging darauf nicht ein, sondern erklärte nur: »Sie verhält sich komisch. Ich glaube, sie weiß, was diese Sichel bedeutet. Warum erzählt sie es mir nicht?«

»Um dich zu schützen?«, riet Thim, ohne nachzudenken. Es war in diesem Moment die einzig logische Erklärung.

Ciaran hielt sich vage. »Mag sein. So oder so. Wir wissen nicht, ob wir die zwei überhaupt zu uns holen können.«

Thim blickte zum Loch über ihnen hoch. Für einen Menschen war es unmöglich, da hochzuklettern. Für zwei vielleicht doch. Und: Als Wassermagier konnte Ciaran die Flüssigkeit doch sicher manipulieren.

Er teilte seine Beobachtungen mit seinem Meister, der nach langem Zögern schließlich einwilligte, Hazel und Rowe von der anderen Seite des Beckens abzuholen.

»Du wirst hier warten müssen«, warnte ihn sein Meister. »Werde ja nicht panisch, okay?«

»Ich schwör's, ich bin die Ruhe selbst.«

Ein mulmiges Gefühl beschlich ihn, als er Ciaran per Räuberleiter hochhob, dieser im blauen Nichts verschwand und Thim allein zurückließ. Was, wenn Ciaran nie mehr zurückkam? Der Barde würde enden wie die anderen Kameraden hier.

»Kein Ende, das man für Balladen verwenden kann, was?«, unterhielt er sich mit dem Schädel, der ihn immer noch anglotzte. »Du hast bestimmt auch eine wahnsinnige Geschichte zu erzählen, mein Freund. Warst du ein Krieger? Ein berühmter Magier?«

Thim erhielt keine Antwort. Stattdessen vernahm er hinter sich ein lautes Plumpsgeräusch, das Fallen von schweren Gegenständen und Hazels Aufschrei. »Au! Pass doch auf!«

Erleichtert stieß Thim einen Atemzug aus und wandte sich zu seinen Freunden um.

Ciaran war erneut auf beiden Beinen, während Rowe der Gänsedame entschuldigend hochhalf. Thim war einfach nur froh, sie alle lebendig zu sehen. Nass, aber lebendig.

Der Prinz erklärte ohne Umschweife, welche Spuren sie bei den Toten gefunden hatten, und wandte sich an Denzell Rowe: »Kannst du sie zum Sprechen bringen?«

Der Blutgraf schüttelte bloß den Kopf. »Ich kann sie wieder aufrichten. Ohne Zunge sind sie allerdings nicht besonders gesprächig.«

Thim wunderte sich im Stillen. Laufen konnten die Toten auch ohne ihre Bänder und Sehnen. Warum also nicht sprechen?

Vielleicht wäre das ein gutes Thema für ihr zweites, gemütliches Zusammensein. So als unverfänglicher Eisbrecher?

»Schade, aber … es spielt im Moment keine Rolle«, bestimmte Ciaran. »Machen wir uns an die nächste Prüfung.«

»Luft«, erkannte Hazel und trat näher an das Tor heran. »Was für ein Gefühl bedarf man für Luft?«

»Wenn ich das wüsste«, seufzte Ciaran.

Thim näherte sich zögernd und warnte: »Steck deine Finger besser noch nicht rein. Das endet sonst nicht gut.«

»Ich will die Finger auch noch ein wenig behalten, danke«, gab Ciaran trocken zurück.

Sein Meister starrte die zischenden Luftsäulen an und Thim wagte nicht, ihn dabei zu stören. Also unterdrückte er den Impuls, seine Gedanken in ein neues Lied zu verpacken, auch wenn ihm die Melodie dazu schon auf den Lippen lag.

Dramatisch, pointiert.

Es wäre eine seiner besten Darbietungen geworden, bestimmt.

Doch Thims Liebe zu Ciaran war größer als sein eigenes Ego.

Sein Meister benötigte jede ruhige Minute, die er bekommen konnte, ansonsten würden sie hier alle verrotten.

Zugegeben, vielleicht war es weniger Liebe und mehr Überlebenswille. Aber liegt das in seltenen Momenten nicht ohnehin nah beieinander?

»Du kannst fliegen, Hazel«, sprach Ciaran plötzlich. »Wie fühlt sich das an?«

»Hmm.« Sie biss auf ihrer Unterlippe herum. »Befreiend, denke ich. Erleichternd. So, als könntest du endlich du selbst sein.«

Eigenartig. Thim stolperte über Hazels Wortwahl. War sie denn sonst nicht sie selbst? Verflixt! Ciarans Misstrauen hatte sich nun auch in ihm festgesetzt.

Seinem Meister schienen die Worte zumindest zu helfen. Er schloss die Augen und suchte nach seinem inneren Ich.

Es dauerte lange.

Viel länger als zuvor beim Becken.

Doch plötzlich leuchtete Ciarans Iris unter seinem Augendeckel auf – und Thim wusste, dass sein Meister erfolgreich war. Mit geschlossenen Lidern ging der Prinz auf das Tor zu, streckte die

Hände ohne Zögern aus, berührte die Luft, ließ sie um seine Finger gleiten und schließlich verschwinden. Wie weiße, striemenförmige Drachen sausten die kleinen Orkane in die Höhe des Raumes davon.

Ciaran lächelte seine Gefährten an, als er die Augen wieder öffnete. Er wirkte stolz.

Zufrieden.

Thim hätte ihn normalerweise mit Lob und Begeisterung überhäuft. Sein in sich ruhendes Lächeln veranlasste Thim jedoch, seinem Meister die Hand auf die Schultern zu legen und vertrauensvoll zu drücken. Für seine Gefühle brauchte es ausnahmsweise keine Worte.

Wie eine verschworene Einheit traten die vier durch das offene Tor in die Dunkelheit des Gangs.

Hazel holte die Feuersteine hervor, die aufgrund des Wassers etwas länger benötigten, bis sie einen Funken zustande brachten.

Ciaran fachte den Feuerball in seiner Hand an und wies ihnen damit den Weg.

Thim spürte, dass sie gerade Geschichte schrieben.

Noch nie hatte er von einem Magi gehört, der alle vier Elemente beherrschte.

Ciaran hatte es geschafft. Er war etwas Besonderes. Nicht gefährlich, nicht verabscheuungswürdig.

Besonders. Einzigartig.

Manch anderer wäre eifersüchtig geworden, aber der Barde war bloß froh, dass er seinen Freund bis hierher hatte begleiten dürfen. Dadurch fühlte er sich, als wäre auch er Teil dieser herausragenden Geschichte. Das Lied des verfluchten Prinzen würde endlich ein gerechtes und glückliches Ende finden.

VERRAT

Thim

»Seht euch das an«, hauchte Ciaran und ließ den Feuerball in seiner Hand höher steigen.

Das warme, flackernde Licht ergoss sich über blutrote Marmorwände, die sich wie Blütenblätter aus der inneren Kuppel herabbogen. Dazwischen trugen ikonische Säulen das Gewicht der massigen Steindecke und streckten sich wie Blütenstängel nach oben. Vor ihnen, inmitten des rauen, ungeschliffenen Felsenbodens, erhob sich ein brusthohes Podest, von dessen Spitze ein bedrohliches Glühen ausging.

»Ist das …«, begann Thim und verschluckte sich, als in seinem Hals gleich mehrere Lobgesänge und Hymnen an die Oberfläche hervorbrechen wollten.

Ciarans Aufmerksamkeit richtete sich einzig auf das Objekt auf dem Podest.

»Ja, es ist die Hornmaske des Sturmgotts«, hauchte sein Freund ehrfürchtig.

Aus den Knochen eines Blutochsen geschnitten, reflektierte die rote Flügelmaske das Flackern der Flammen.

Jede Unze rund um die zwei großen Augenpartien war mit feinen Schnitzereien verziert, und an den Seiten bohrten sich zwei imposante Hörner in die Höhe. Links, unter der Partie, die über das rechte Auge gestülpt war, glühte es rot.

Thim warf einen alarmierten Blick auf seinen Meister. Dessen verfluchte Iris leuchtete stärker und stärker, ohne dass Ciaran seine Magie einsetzte.

»Was wirst du jetzt tun?«, flüsterte Thim und konnte seine Sorge nicht ganz verbergen.

Sie hatten einzig über die Rückgabe gesprochen. Nicht darüber, wie das geschehen sollte. Der Barde wollte nicht, dass sich Ciaran selbst verletzen musste.

»Ich …« Der Prinz trat nach vorn und beendete seinen Satz nicht. Stattdessen steuerte er direkt auf die Hornmaske zu. Thim erschien es, als würde sein Meister von einer unsichtbaren Hand gelenkt und sei nicht mehr Herr seiner selbst.

Ciaran schwankte.

Streckte beide Hände aus.

Thim trat einige Schritte an ihn heran, um ihn an den Schultern zurückzureißen.

Das hier fühlte sich so falsch an.

So gefährlich.

Doch Thim kam nicht einmal in die Nähe seines Meisters.

Denzell Rowe stellte sich ihm in den Weg.

»Nicht«, raunte dieser. »Gib ihm etwas Zeit.«

So harmlos und beruhigend die Worte auch klangen, der leicht nervöse Unterton machte den Barden misstrauisch. Er wagte es, Ciaran für einen Moment aus den Augen zu lassen und betrachtete stattdessen Rowe aufmerksam. Blut … zwei, nein, drei Ströme tropften aus seinen Unterlidern und hatten bereits den Kragen seines weißen Hemds benetzt.

Entsetzt wich Thim zurück. »Was? Was hast du getan?«

Rowe streckte entwarnend die Hände aus, aber Thim trat noch einen weiteren Schritt rückwärts.

»Was hast du getan?«, verlangte er erneut zu wissen.

Rowes eisblaue Iriden verwandelten sich in einen See aus Blut. »Es tut mir leid«, vernahm Thim aus Rowes Mund. Die Worte kamen indes zäh, klebrig. Für irgendetwas benutzte der Blutgraf eine große Menge an Lebensenergie.

Panisch sah Thim nach Ciaran, doch sein Meister stand noch immer wie in Trance vor der Hornmaske, die Arme starr davor ausgestreckt.

Hazel war bei Ciaran.

Sie näherte sich ihm langsam.

Thims Blick huschte hilfesuchend umher und da erspähte er sie im Durchgang, durch dessen Torseite sie eben hindurchgekommen waren: die Skelette der toten Wassermagier. Sie hatten sich auf Rowes Geheiß hin erhoben und torkelten wie eine geschlossene Phalanx auf sie zu.

Thim konnte nicht mehr fort.

Hinter ihm nahten die Untoten, vor ihm hatte sich der Nekromant aufgebaut.

»Was soll das?«, schrie er Rowe an. Und als das nichts nützte, rief er nach seinem Meister. »Ciaran! Ciaran, wach auf!«

Doch sein Freund reagierte nicht.

Der Blutgraf packte seine Schulter. Thim wollte seine Hand schütteln, allerdings konnte er den Griff nicht öffnen. Rowes Finger gruben sich schmerzhaft in seine Haut.

»Es tut mir leid«, ächzte der Nekromant erneut. »Es muss sein, versteh bitte.«

Thim quiekte. »Es muss sein? Was? Wovon sprichst du?«

»Ich muss dich hierbehalten. Zu deinem eigenen Besten. Entschuldige …« Rowe drückte Thim an sich, quetschte die Arme um seinen Rücken. In einem anderen Moment hätte der Barde die Berührung genossen. Jetzt durchfuhr ihn blanke Angst.

Nur mit Mühe konnte Thim über die Schultern des Blutgrafen spähen und sah das Glitzern des Dolchs, der sich hinter Ciarans Rücken in die Höhe hob.

»Ci…«

Rowe presste ihm die Hand auf den Mund. Thim schrie gegen den Knebel an, aber die Laute hätten Ciaran selbst nicht erreicht, wenn sie deutlich zu hören gewesen wären.

Der Prinz ließ mit einem lauten Seufzer die Hände herabsinken, berührte die Hornmaske und hob sie an sein Gesicht. Das Leuchten der beiden Augen wuchs zu einem Strahlen an, das Thim mehr blendete als der direkte Blick in die Sonne. Von Schmerzen gequält wandte er sich ab und konnte bloß am Rande seines Gesichtsfelds erahnen, wie Ciaran die Maske auf sein Gesicht legte.

War das richtig?

Falls Ciaran das zweite Auge des Sturmgottes für sich beanspruchte, was geschah dann?

Würde er selbst zum Gott werden?

Zerstörte er sich selbst?

Oder war es das, was längst für seinen Meister vorherbestimmt gewesen war?

Thim wusste keinen Rat. In all den Geschichten, die er erlernt und gesungen hatte, war nie eine derartige Situation auch nur annähernd beschrieben worden.

Ciaran lachte.

Es war sein Lachen.

Befreit, erholt, zufrieden.

Und doch war da eine zweite Stimme, die unter Ciarans Tonlage lag: bedrohlich wie ein Erdbeben und massig wie die unterirdischen Gebirge des großen Ozeans.

Kaedhos.

Aus Ciarans Mund erklang die Stimme des Sturmgottes.

Hazels Dolch stürzte herab und zielte auf Ciarans Nacken, um die Schulterblätter von oben zu durchfahren und von hinten ins Herz vorzustoßen.

Thim schrie und wand sich in Rowes Umarmung. Tränen der Verzweiflung tropften auf den Mantel und versickerten ungesehen im roten Stoff.

Statt die Haut, Muskeln und Sehnen zu durchtrennen, rutschte der Dolch auf Ciarans Rücken ab, glitt aus Hazels Händen und schlitterte über den Felsboden davon.

Der Prinz drehte sich um. Rote Glutaugen funkelten die Attentäterin an, als könnten sie ihre Existenz mit einem Lidschlag allein verbrennen.

»Verrat?«, keuchte Ciaran mit seiner eigenartigen doppelten Stimme. »Du verrätst mich, Hazel?«

»Ich will dich nicht töten, Ciaran.« Die Gänsedame weinte zu Thims Überraschung. »Allerdings bleibt mir keine Wahl. Wir müssen Kaedhos befreien, um die neue Welt der Magier zu errichten.«

»Das war dein Ziel?« Ciaran drehte sich leicht ab. Auch wenn er in ihre Richtung sah, schien er Thim und Rowe gar nicht wahrzunehmen. »Mich hierher zu bringen, Kaedhos wiederzuerwecken und mich anschließend zu töten? War das von Anfang an dein Ziel?«

»Nein!«, wehrte sich Hazel. »Doch. Ich … wollte nicht. Ich hatte mein Gedächtnis wirklich verloren, aber … aber du, du bist mir ans Herz gewachsen.«

»Warum tust du es dann? Warum verrätst du mich?«

»Weil uns keine andere Wahl bleibt. Weil du die Welt sonst zerstören wirst.«

Ciaran starrte auf seine Hände. Flammen loderten darin. Wind bildete sich unter seinen Füßen und hob ihn hoch. Aus der Luft formten sich Eiskristalle um seinen Körper, die ihn wie einen Schutzpanzer umgaben.

»Du hast mich verraten«, wiederholte der verfluchte Prinz. Mit jedem seiner Worte wackelten und krachten die blutroten Marmorsäulen, und seine glühenden Iriden reflektierten das Feuer.

Rowe drückte Thim mit aller Kraft zur Seite, sodass dieser Ciaran aus den Augen verlor und nur noch die Skelette sah, die zu leblosen Statuen erstarrt im Torbogen stehen blieben.

Die Wände bebten unkontrolliert, der Boden bockte unter Thims Füßen und er wäre haltlos hingefallen, hätte ihn Rowe nicht so fest im Klammergriff gehalten. Weniger gut erging es den toten Wassermagiern. Brocken roten Marmors brachen aus den blütenförmigen Wänden, stürzten herab und begruben die Gerippe knirschend unter sich.

»Ich bringe dich raus«, versprach der Blutgraf und nahm endlich seine Hand von Thims Mund.

Er nutzte die Chance. »Ciaran! Ciaran! Ich bin hier. Ich bin's, Thim!« Seine Worte konnten den Meister nicht mehr erreichen.

Während Rowe ihn mit sich in Richtung des Tors zerrte, sah Thim zu, wie Ciarans Körper immer weiter und weiter nach oben zur Kuppel stieg.

»Niamh! Beeil dich!«

Thim verstand gar nicht, wen der Blutgraf damit meinte. Doch Hazel setzte sich sogleich in Bewegung und sprintete an ihre Seite.

»Wir können ihn nicht entkommen lassen«, keuchte sie.

»Uns bleibt keine Wahl«, erklärte Rowe. »Er ist zu mächtig für uns.«

»Nein! Das ist meine Mission. Und ich werde sie abschließen.«

»Niamh! Nicht!«

Hazel hörte nicht auf ihn. Innerhalb eines Lidschlags hatte sie sich zurück in die Gans verwandelt und flog mit wehenden, schneeweißen Federn zur Kuppel hinauf. Thim konnte noch erkennen, wie sie in der roten Wolke aus Eiskristallen und Feuer verschwand, die Ciaran umgab. Doch dann stürzte die Welt auf sie herab.

Denzell Rowe warf seinen Körper schützend über den seinen. Trotzdem traf etwas Hartes seinen Kopf. Vor Thims Blickfeld flammte der Schmerz in tausend kleinen Sternen auf. Er spürte, wie Rowe von ihm abließ, und stieß mit seinem Rücken gegen Felsen. Sand und Blut vermengten sich in seinen Augen. Taumelnd und blind fiel Thim auf die Knie und tastete sich vorwärts.

Luft!

Da war ein frischer, warmer Luftstrom, der über seine Handgelenke und Beine strich.

Ächzend kämpfte sich Thim weiter, ignorierte das Klingeln in seinen Ohren, das Rauschen seines eigenen Blutes und die Schmerzen in seinen aufgekratzten Knien. Endlich fiel weiches Sonnenlicht auf seine Stirn.

Der Barde hustete erleichtert, wischte sich mit dem Ärmel den Dreck aus dem Gesicht und sah auf.

Er war zurück in der Wüste.

Irgendwie hatte er es aus dem Palast rausgeschafft.

Ein Schatten verdunkelte die Sonne.

»Wen haben wir denn da?«

Thim konnte nicht mehr als einen menschlichen Schemen erkennen. Instinktiv flehte er um Hilfe. »Schnell, bitte! Da drin sind noch drei andere. Helft ihnen raus!«

Sein Gegenüber ignorierte ihn.

»Du befindest dich auf geweihtem Boden, Fremder«, erklärte der andere. »Du bist hier in Domhan Uaighe eingedrungen. Darauf steht die Todesstrafe.«

»Wie? Ich, nein …«, stotterte Thim und erkannte seinen schrecklichen Fehler. Vor ihm stand mindestens ein halbes Dutzend Soldaten in langen, grauen Gewändern. An ihren Gürtelschlaufen hingen Wimpel in blendendem Blau, auf denen ein Dolch eine Eichel durchstieß.

Die Königlichen, die Soldaten von Domhan Uaighe, hatten ihn erwischt.

Schuld und Blut

Denzell

Thim entglitt seinem Griff. Die Wärme seines Körpers rann wie Sand durch Denzells Finger, als er erschrocken nach dem Barden tastete, ihn aber nicht mehr zu fassen bekam. Staub und Bruchwerk rieselten auf den Blutgrafen herab und verschleierten seine Sicht.

»Thim!«

Sein Schrei verging ungehört. Keuchend lehnte er sich gegen den Felsbrocken auf, der ihn zu Boden drückte, und kämpfte sich an die Oberfläche frei.

Der Schatten der nahen Felsen schützte seine verengten Augen vor der unerbittlichen Strahlkraft der Sonne, und Denzell brauchte bloß den Sand aus den Wimpern zu wischen, um sich umzusehen.

Nichts.

Die Wüste breitete sich stumm vor ihm aus.

Keine Spur von Thim.

Wo war der Barde hin? War er in Sicherheit oder unter einem der Felsbrocken begraben und hoffte auf Denzells Hilfe?

Panisch blickte der Blutgraf zurück in das Loch, aus dem er sich freigegraben hatte.

Er wollte gerade zur Rettungsaktion ansetzen, als ihn Geräusche aufhorchen ließen.

Schuhleder knirschte auf warmem Sand.

Rasselnder Pferdeatem und klirrende Sperrriemen.

Das dumpfe Schlagen eines Handschuhs auf einen Schwertgriff.

Denzell hatte all die Jahre als Anführer der Separatisten nur deshalb überlebt, weil er lernte, diese Geräusche früh genug einzuordnen und das Weite zu suchen. Die Königlichen waren nur eine Düne von ihm entfernt.

Der Blutgraf hatte nicht geglaubt, noch einmal die Kontrolle zu verlieren. Die Ruhe zu bewahren und schnell zu handeln, das war seine Spezialität, sein Geheimnis für den Erfolg als Heerführer. Doch in diesem Moment rollte eine ihm längst fremd gewordene Angst durch seine Glieder, die jeden seiner Schritte lähmte.

Die Königlichen waren hier.

Und Thim vielleicht in Gefahr.

Denzell unterdrückte einen wütenden Aufschrei und biss sich fest auf die Unterlippe, bis er den Geschmack von Eisen auf der Zunge wahrnahm.

Ihm blieb keine Wahl. Bereits vor Jahren hatte der Shah ein Todesurteil über ihn verhängt, sollte er jemals einen Fuß auf das Gebiet von Domhan Uaighe setzen. Er durfte den Königlichen nicht in die Hände fallen oder sein Leben war für immer verwirkt. Mit seinem Scheitern würde auch der Befreiungskampf der hinianischen Magier und der Armee von Islirith ins Stocken kommen. Das durfte er nicht zulassen. Niemals.

Denzell schob die Gedanken an Thim zur Seite, vergrub sie tief in seinem Bewusstsein und schüttete einen Haufen hoffnungsvoller Überzeugungen darauf.

Thim ist bestimmt in Sicherheit.

Er hat es rausgeschafft und ist entkommen.

Unablässig wiederholte er die Sätze in seinem Kopf und rannte im Schatten der Felsen in jene Richtung, in der er den Haupteingang des Palastes vermutete. Sobald er außer Hörweite der Königlichen war, pfiff er auf den Fingern nach den Pferden.

Nur wenige Herzschläge später tauchte die braune Stute zwischen den Dünen auf. Das gutmütige Tier trottete beschwingt auf ihn zu und platzierte seine Flanke so, dass er rennend nach dem Sattelknauf greifen und sich auf den Pferderücken hochziehen konnte.

»Braves Mädchen«, murmelte Denzell dankbar und strich dem Tier über den stoppeligen Hals. Mit leichtem Fersendruck wechselte die Stute in den Galopp und ließ sich in die Weite der Wüste lenken.

Gerade als Denzell einen Blick über seine Schulter warf, barst ein gigantischer Feuerorb durch die zerstörte und halb im Sand versunkene Kuppel des Palastes und schoss wie eine Kanonenkugel in die Höhe. Schallwellen vibrierten in der Luft und wirbelten Wolken aus gelbem Sand auf, durch die seine Stute zum Glück todesmutig hindurchritt. Abnorme Hitze brannte in seinem Nacken, als die Feuerkugel über ihm in südwestlicher Richtung davonzischte.

Dieser verdammte Prinz!

Was hatte Ciaran nur getan, um nun wie ein Meteor aus Kaedhos' Palast aufzusteigen und über das Firmament zu rasen?

Denzell blinzelte Schweiß aus seinen Augenlidern und verlagerte sein Gewicht nach vorn, um das Pferd zu beschleunigen.

Natürlich war ihm bewusst, dass er den Prinzen niemals einholen konnte. Aber vielleicht vermochte er es, Matilda oder Evina zu erreichen, sobald die Landesgrenzen hinter ihm lagen.

Seine Verbündeten in Tir an't Oighear und Gwendynn mussten informiert werden. Als seine Gedanken bei Cnock-na-Dealgan und dem Orden der Sichel ankamen, stöhnte Denzell hörbar auf.

Verdammte Mission.

Der Orden missgönnte ihm seine Position als Heerführer Isliriths schon seit seiner Ernennung. Das Chaos, das Niamh angerichtet hatte, war die perfekte Vorlage für den Orden, Denzell endgültig aus seinem Amt zu verdrängen. Er wollte sich gar nicht erst ausmalen, was passierte, wenn dieser durchgedrehte Feuerball den Eispalast seines Schwagers abfackelte oder das mächtige Magierreich Gwendynn in Asche verwandelte.

Wütend starrte er dem brennenden Orb hinterher, als sich plötzlich ein schwarzes Objekt, einer Sternschnuppe gleich, davon löste und zur Erde herabfiel.

Instinktiv ahnte Denzell, was er da gerade beobachtete. Die Sorge um seine Nichte überwältigte die Wut in seinem Innern und ließ ihn die Stute in Richtung des fallenden Schemens lenken.

Er fand sie ein halbes Dutzend Dünen weiter, halb begraben unter dem Sand, den sie beim Aufprall aufgewirbelt hatte. Ihre Haut war schwarz und warf rote, eitrige Brandblasen. Von den Haaren und ihren Gewändern waren nur noch Fetzen übrig.

Als sich Denzell mit angehaltenem Atem vom Sattel fallen ließ, bemerkte er die verkohlten Gänsefedern, die neben ihrem verdrehten Körper lagen.

Niamh musste sich erst kurz vor dem Erdboden zurückverwandelt haben, was den Sturz hoffentlich gebremst hatte.

Mit zitternden Fingern ging der Blutgraf neben seiner Nichte in die Hocke und tastete nach ihrem Gesicht. Feuriger Atem entwich kaum spürbar ihrem Mund. Er wollte nach ihren Schultern greifen, zögerte aber, als seine Hand über den Brandwunden verharrte.

»Verwandle dich, Niamh«, flehte er und hoffte inbrünstig, dass sie ihn hören konnte. »Nutze deine Kräfte!«

Sie rührte sich nicht.

»Niamh!«

Bis zu einem gewissen Maß konnten sich Gestaltwandler selbst heilen, solange sie ihre Zellen immer wieder neu anordneten. Seiner Nichte schien jedoch jegliche Kraft zu fehlen, in ihren Gänsekörper zurückzukehren. Sie war nahezu tot.

Denzell schluckte leer.

Seine Finger schwebten über ihrer Haut.

Es wäre so einfach.

Er hatte zwar geschworen, niemals Lebensenergie von Lebenden zu entziehen oder ihnen seine eigene zu spenden, aber nun spürte er regelrecht, wie die Seele aus seiner Nichte herausfloss. Blieb es ein Verbrechen, wenn er eine Halbtote zurück ins Leben holte?

Denzell wusste von den tragischen Geschichten, in denen Nekromanten versucht hatten, ihre Liebsten wiederzubeleben. Und er hatte selbst mitansehen müssen, wie gute Männer und Frauen den Verstand und ihr eigenes Dasein verloren, als sie ihre Lebensenergie zu freizügig einsetzten.

Selbst im Falle von Niamhs Tod durfte er diese Grenze niemals überschreiten. Eine physische Markierung zwischen zwei Ländern hingegen schon.

Jenseits von Domhan Uaighe war kaltes Wasser kein seltenes Gut, das man mit Gold aufzuwiegen vermochte.

»Solange es eine andere Möglichkeit gibt«, flüsterte er vor sich hin und griff beherzt unter den Leib seiner Nichte, um sie auf beiden Armen tragend hochzuheben.

Noch während er Niamh an sich presste und vorsichtig auf den Rücken der Stute zurückstieg, versuchte Denzell, sich an die schnellste Route zu erinnern.

Folgte er dem Flammenball, würde er zwar früher oder später die gwendynnische Grenze überschreiten, doch dafür müsste er den Großteil der Wüste durchqueren.

So viel Zeit hatte Niamh nicht. Und falls er sich nördlich hielt, würde es ihn Tage kosten, das Gebirge nach Tir an't Oighear zu überwinden. Zurück ans Meeresufer schien die einzige Option zu sein, wenn ihm bloß die Königlichen nicht auf den Fersen wären.

Der Blutgraf lenkte die Stute in einem leichten Trab die Düne hinunter und blickte unschlüssig in die Ferne.

Wo fand er Wasser inmitten der Wüste?

Die wenigen Oasen und Tropfsteinhöhlen waren während des Bürgerkriegs allesamt in die Hände der Königlichen gefallen und wurden vermutlich noch heute stark bewacht.

Am Horizont verschwand die rote Feuerkugel und hinterließ ein Wolkenmeer aus grauer Asche. Gleich daneben streckten sich die Gebirgsspitzen wie verfaulte Zähne in den glühenden Himmel. Der Schnee auf den Kuppen glitzerte im Schein der fernen Flammen.

Aus einer Eingebung heraus trieb Denzell sein Pferd nach Norden. Schnee bedeutete Wasser.

Mit etwas Glück hatte sich einer der seltenen Gebirgsbäche gebildet, die nur wenige Tage im Jahr wie ein Gottesgeschenk auf der Ostseite der Berge ins Wüstengebiet hinabflossen.

»Halte durch!«, flehte er mehr zu sich selbst, drückte seine sterbende Nichte an die Brust und jagte durch die Wüste.

Bis in die Nacht hinein trieb er die Stute unerbittlich an und gönnte sich oder dem Tier keine Pause. Denzell fürchtete schon, das Pferd zuschanden geritten zu haben, als es immer öfter schwankte und entkräftet nach Luft schnappte. Bevor es unter seinem Körper zusammensacken konnte, vernahm er plötzlich das rettende, gurgelnde Plätschern in der Nähe.

Erleichtert zügelte er die Stute und ließ sich mit zitternden Beinen vom Sattel gleiten. Seine Arme hielten Niamh weiterhin verkrampft an sich gepresst, doch er wagte es nicht, sie anzusehen.

Stattdessen verdrängte er das Gefühl, eine Tote zu tragen, und versuchte, sich in der Dunkelheit zu orientieren.

Felswände bauten sich drohend vor dem Sternenhimmel auf und der Duft von Tannenbäumen stach ihm in die Nase.

Halb blind kletterte Denzell über eine mit Moos bewachsene Erhebung und rutschte auf der anderen Seite in die Tiefe, bis seine Stiefelspitzen in kaltem Nass landeten. Die Wasserspritzer, die seine Hosenbeine benetzten, fraßen sich eisig in seine Haut. Zuversichtlich richtete sich der Blutgraf auf und legte den Körper seiner Nichte vorsichtig ins niedrige Bachbett.

Anfangs hielt er ihren Kopf mit der Hand im Nacken nach oben, doch als er merkte, dass das Wasser kaum über ihre Schulter schwappte, ließ er ihn auf einem flachen Stein ruhen. Mit beiden Händen schöpfte er das Bachwasser auf ihre Brandwunden.

»Niamh?«

Sie rührte sich nicht.

Selbst die Kälte des Baches weckte sie nicht auf.

Das Schlimmste befürchtend beugte sich Denzell über ihren Mund und horchte auf ein Lebenszeichen.

Das laute Plätschern, das sie beide umhüllte, übertönte alles.

Unsicher, ob er ihren Atem einfach nicht hören konnte oder ob seine Nichte längst tot war, umarmte er ihren klammen Leib und drückte sie weinend an sich.

»Was tust du da, Bruder?«

Blinzelnd hob Denzell den Kopf und starrte ungläubig in das Gesicht seiner Schwester. Haselnussbraune Locken umrahmten ihre bronzenen Wangen, die so rosig wirkten, als sei sie keinen Tag gealtert, seit er sich vor über einem Jahrzehnt von ihr verabschiedet hatte.

»Ailla?«, hauchte er. »Bist du das wirklich?«

Sie ignorierte seine Fragen und bedachte ihn mit einem mitleidigen Blick. »Du hast mich schon wieder enttäuscht.«

»Wie meinst du das?«

Denzell konnte sich nicht erinnern, seiner Schwester jemals einen Anlass zum Kummer gegeben zu haben. Er hatte nur getan, was man von ihm verlangt hatte.

Eine durchscheinende Hand erhob sich aus dem Licht, aus dem ihm seine Schwester entgegenblickte. Die Finger deuteten auf Denzells Herz.

Irritiert sah er an sich hinab und erkannte, dass er Niamhs Kopf an seine Brust gedrückt hielt. Ihr Gesicht war noch immer eine einzige Maske aus verkohltem Fleisch.

Erschrocken zuckte Denzell zusammen.

»Du hast versprochen, sie zu beschützen«, klagte Ailla.

»Es t-tut mir leid«, presste er schuldbewusst heraus. »Ich wollte das nicht. Es tut mir so leid.«

»Leid? Ist das alles?«, mischte sich eine andere Stimme ein, deren Klang seine Nackenhaare zu Berge stehen ließ.

Ailla veränderte sich, als wischte eine unsichtbare Hand über ihre Gesichtszüge und diese zerronnen wie feuchte Farbe zu einem neuen Antlitz. Volle Wangen, ein Mund, der ansonsten lächelte und nun zu einem enttäuschten Strich verzogen war, umrahmt von blonden Krauslocken, bildeten sich heraus.

In Thims Augen schimmerten Tränen. »Du hast mich im Stich gelassen«, schluchzte er. »Tut dir das etwa auch *leid*?«

Denzell biss sich auf die Lippen und presste die Lider fest zu. Er hatte Thim nie schaden wollen. Doch ein Teil von ihm hatte von Anfang an gewusst, dass er den Barden hintergehen und enttäuschen musste.

»Es stimmt«, murmelte der Blutgraf mehr zu sich selbst. »Ich habe dich im Stich gelassen, ohne mir einen Moment Gedanken darüber zu machen, was ich dir antue.«

Es war töricht von ihm gewesen, sich auf den Flirt mit einem Hinianer einzulassen. Denn am Ende musste Denzell immer Islirith wählen, egal, wie sehr er den fremden Mann in sein Herz schloss und die Nähe zu ihm genoss.

Der Blutgraf hatte unaufhörlich gedient.

Zuerst seiner Familie und seinem Land.

Dann seinen Mitstreitern.

Und nun allen Unterdrückten, die sich gegen Hinia auflehnten.

Er hatte geschworen, die Verantwortung zu übernehmen.

Folglich musste er auch die Schuld tragen, die mit dieser Verantwortung einherging.

Denzell schluchzte leise, während die Stimmen seiner Schwester und des Mannes, den er so gerne geliebt hätte, auf ihn einprasselten und er sie allmählich aus seinem Bewusstsein verdrängte.

Er würde mit der Schuld leben, sobald Islirith gesiegt hatte. Vorher blickte er besser nicht auf die Spur aus Blut zurück, die seinen Weg säumte.

Als der Blutgraf erneut die Augen öffnete, schreckte er keuchend aus dem Schlaf hoch.

Das kleinere Übel

Denzell

Niamhs Finger zuckten. Die Kälte hatte sich so sehr in seine Glieder gefressen, dass er es zuerst kaum bemerkte und stattdessen damit beschäftigt war, seine Nichte und sich selbst ans trockene Ufer zu tragen.

»Niamh?«, flüsterte Denzell hoffnungsvoll. »Hörst du mich? Verwandle dich! Hörst du? Verwandle dich!«

Ein schmerzverzerrtes Hauchen öffnete ihren Mund und im nächsten Augenblick knacksten ihre Knochen. In seinen Armen verwandelte sich Niamh innerhalb weniger Herzschläge in eine Gans. Erschöpft quakend baumelte ihr Kopf an seinem Bein herab.

»Halt durch«, beschwor er sie und beeilte sich, den kleinen Hügel zu überwinden und die Stute zu finden.

Das Tier lag im Windschatten einer Fichte schwer atmend auf dem Bauch.

Reiten war keine Option, also wickelte er die Gans in einer Decke um seinen Leib, griff nach dem Zaumzeug und half der Stute hoch, sodass sie neben ihm hertrotten konnte.

Noch versteckte sich die Sonne hinter der Gebirgskette, aber einzelne leuchtende Strahlen drängten sich bereits ihren Weg durch den stahlblauen Nachthimmel.

In der Hoffnung, vor Tagesanbruch über die Grenze zu gelangen, folgte Denzell dem Bachlauf südwärts.

Er war erst wenige Schritte unterwegs, als sich die Gans in ihrer Tragedecke regte. Niamh strampelte mit den Füßen, bis er sie vorsichtig mit beiden Händen herausholte. Sie quakte und deutete mit der Schnabelspitze auf den Boden.

»Du möchtest dich verwandeln«, erkannte er und sah dabei zu, wie sie ihre Flügel ausbreitete. Je öfter sie den Vorgang wiederholte, umso stärker setzte die Heilung ein.

Allerdings gab es da ein Problem.

Denzell kam die Erkenntnis zu spät. Er wollte sie warnend aufhalten, als sich Niamhs Körper bereits zurückgebildet hatte – und damit die Verbrennungen und der Schmerz zurückkehrten.

Stöhnend brach seine Nichte zusammen.

»Verwandle dich!«, schrie Denzell noch, aber da hatte sich Niamhs Bewusstsein schon verabschiedet.

Fluchend griff er nach der Wasserflasche an seinem Gürtel, um sie mit einem Spritzer ins Gesicht aufzuwecken. Als der Versuch kläglich scheiterte, schulterte er die Schwerverletzte auf seinen Rücken, gurtete die Decke um sich und kämpfte sich weiter.

Er benötigte Hilfe und zwar schnell.

Fieberhaft suchte Denzell seine Umgebung ab, während er in Einklang mit seinem Pferd schnaufend einen Schritt vor den nächsten setzte.

Da!

Die Götter schienen sich seiner zu erbarmen.

Unterhalb einer umgeknickten Föhre lag der Kadaver einer Steppenlerche, den bislang kein Raubtier zerrissen hatte.

Vorsichtig legte er Niamh neben seiner Stute auf den Boden und betrachtete die Lerche aus der Nähe. Warum der Vogel tot dalag, war Denzell in diesem Augenblick völlig gleichgültig. Hauptsache, er würde fliegen können.

Der Blutgraf berührte das beige Gefieder des Tiers mit den Fingern und ließ seine Lebensenergie in den kleinen Leib strömen. Das vertraute Knistern und Kribbeln jagte durch seine Blutbahnen, als der Vogel allmählich ins Leben zurückkehrte.

Wie weit würde die Lerche fliegen müssen, um Evina und Matilda zu finden und beide zu ihm zu führen?

Obwohl das Kribbeln längst in ein unheilvolles Jucken überging und warme Blutstropfen aus seinen Augenwinkeln hervortropften, leitete Denzell noch etwas mehr Energie in den Vogelkörper. Als die Erschöpfung drohend heranrollte, zog er die Finger erschrocken zurück und trennte die Verbindung.

»Flieg!«, hauchte er, während er die Lerche per Gedanken in die Luft steuerte. Flatternd hob sie ab.

Hätten ihn die Flucht und die Nacht im eiskalten Bach nicht derart ermüdet, könnte er durch die Augen der Steppenlerche nach seiner Mannschaft suchen. So aber verschloss er seinen Geist, kaum dass das Tier an Höhe gewonnen hatte, und hoffte, die Lerche würde auch so seinen Befehlen gehorchen.

Denzell wischte sich müde mit dem Unterarm über die Stirn, strich das Blut aus dem Gesicht und schulterte seine schwere Last erneut.

Die Sonne stand annähernd im Zenit, als Denzell endlich das Rattern von Wagenrädern hörte, das lautstark auf sie zukam. Seine Erleichterung wandelte sich in bodenlose Enttäuschung, als er auf dem grob gezimmerten Zweiachser nur eine Person in einer blassgrünen Tunika entdeckte. Auf der Brust des Fremden befand sich ein gestickter Kristall.

Was machte ein Erdmagier aus Cnock-na-Dealgan so weit im Norden? Hatte der Orden der Sichel ihn geschickt?

Denzells Vermutung erhärtete sich, als er das Zugtier genauer betrachtete. Gezogen wurde der Wagen von einem grimmigen Braunbären in einem Kettenpanzer.

Der Gestaltwandler grollte bedrohlich, als er Denzells Blick auf sich spürte, und erhob sich auf seine Hinterläufe. Innerhalb eines Lidschlags verwandelte er sich in einen stämmigen Mann, der die Deichseln des Karrens auf den Schultern trug.

»Schau mal, Beril!«, brummte der Bär seinem Gefährten auf dem Karren zu. »Da ist sie ja, die ausgebüxte Gans.«

Der Blutgraf streckte den Rücken durch und machte sich auf eine Konfrontation gefasst. Offenbar suchten die zwei Niamh.

»Ihr da!«, rief er ihnen zu. »Wer seid ihr und was wollt ihr?«

Der drahtige Erdmagier hob abwehrend beide Hände. »Keine Sorge, Heerführer. Wir führen bloß Befehle aus.«

»Wessen Befehle?«

Der Bär übernahm abermals das Sprechen. »Der Zerfresser will Niamh sehen.«

Denzell unterdrückte ein Aufstöhnen. Obwohl der Orden der Sichel von einem Rat befehligt wurde, galt der Zerfresser, ein mächtiger Luftmagier mit einer widerwärtigen Vorliebe für Blutopfer, als ihr eigentlicher Anführer.

Seine persönliche Abneigung gegen den Greis war weitaus weniger schlimm als der perfide interne Machtkampf, den der Zerfresser seit Jahren gegen den Blutgrafen führte, um Denzell als Heerführer Isliriths abzusetzen. Und ausgerechnet Männer des Zerfressers hatten ihn nun in dieser misslichen Lage aufgespürt.

Als Denzell nicht antwortete, zuckte der Erdmagier mit den Schultern. »Ihr könnt dagegen nichts tun, Heerführer«, erklärte dieser selbstgefällig. »Der Orden hat ein Kopfgeld auf Niamh tir an-t Oighear ausgesetzt. Besser, Ihr lasst sie uns sicher nach Cnock-na-Dealgan bringen, bevor Euch ein paar geldhungrige Wegelagerer überfallen.«

»Falsch«, entgegnete Denzell scharf. »Ihr untersteht meinem Befehl. Und ihr werdet Niamh und mich zur Academeia bringen.«

»Der Zauberturm brennt lichterloh«, grunzte der Bär und klatschte sich lachend auf die Schenkel. »Da wird die Gans zu einem Grillhähnchen geröstet!«

»Die Academeia brennt?«, wiederholte der Blutgraf ungläubig. Die Schule in der Hauptstadt von Gwendynn gehörte zu den gesichertsten Orten in ganz Islirith und war magisch geschützt, weil die Auszubildenden darin öfter die Kontrolle über ihre Magie verloren, ehe sie lernten, damit umzugehen.

Wie konnte die Academeia in Flammen aufgehen?

»Habt Ihr es nicht gehört, Heerführer?«, zischelte der Erdmagier. »Dieser rotäugige Prinz hat sich in einen Feuerball verwandelt und verteilt Feuer und Unwetter über Islirith. Man nennt ihn schon den Flammengeist.«

Innerlich fluchte der Blutgraf und glaubte, sich verhört zu haben, als der Bär mit einem weiteren Kommentar alles bloß schlimmer machte. »Die vereinte Armee rennt rum wie eine Schar blinder Hühner. So ohne Kopf.«

Denzell war der Kopf.

Der Blutgraf müsste bei seinen Leuten sein.

Niamhs Körper lag auf einmal tonnenschwer auf seinen Schultern. Unruhig knabberte Denzell auf seiner Unterlippe und dachte nach. Wenn er der Armee helfen wollte, wenn er Niamh rasch zu einem Arzt bringen wollte, wenn er verdammt noch mal schnell aus der Wüste rauswollte, gab es nur einen Weg. Und dieser gefiel ihm ganz und gar nicht.

»Schwört ihr, Niamh nichts anzutun? Ihr bringt sie umgehend zur nächsten Festung des Ordens und lasst sie verarzten«, verlangte er von den Magiern, die beide nickten. Das schiefe Grinsen des Tunikaträgers gefiel Denzell gar nicht, aber ihm blieb kaum eine andere Möglichkeit.

Der Blutgraf achtete aufmerksam darauf, dass die beiden Niamhs bewusstlosen Körper vorsichtig hinten in den Wagen aufluden, deckte sie zu und befahl erneut, seiner Nichte kein Haar zu krümmen. Dann untersuchte er die Stute und stieg in den Sattel, als er sicher war, dass sie ihn bei leichtem Galopp tragen konnte.

Schweren Herzens wählte Denzell erneut die Pflicht statt seines Gewissens und ritt in den Süden.

Die Steppenlerche führte Evina und Matilda wenige Stunden später zu ihm. Seine engen Vertrauten brachten bereits schlechte Nachrichten aus Gwendynn. Die Allianz der verbündeten Reiche bröckelte unter den Angriffen des Flammengeistes, selbst unbeteiligte Königreiche drohten damit, aus dem Bündnis auszusteigen.

Es war höchste Zeit, dass der Blutgraf zurückkehrte.

Dem Tode geweiht

Hazel

Drei Monate später

Die Zellentür schlug hinter Hazels Rücken zu.

»Von mir aus kannst du hier verrotten, Verräterin«, zischte ihre Wache, drehte den Schlüssel um und ließ Hazel in der Dunkelheit mit ihren Schuldgefühlen allein.

Sie fand die kleine Ecke mit der Pritsche auf Anhieb. Die vier Wände, jeder Stein waren ihr in den vergangenen Wochen so vertraut geworden, als hätte ihre Welt nie aus mehr bestanden als drei Schritten seitwärts, zwei vorwärts. Hazel wünschte nur, sie hätte ein Fenster in ihrer Zelle, um das Tageslicht zu sehen. Das dumpfe Leuchten der Fackeln auf dem Gang drang kaum durch die Ritzen ihrer Gefängnistür hindurch.

In der ersten Zeit ihrer Gefangenschaft hatte sie die Dunkelheit wie eine Verbündete willkommen geheißen. Noch immer geblendet von Ciarans Flammen war das schwarze Nichts eine Wohltat für ihre Pupillen gewesen. Doch kaum war der physische Schmerz mitsamt ihrer verbrannten Haut und den verkohlten Haaren verheilt, erinnerte sie die Schwärze konstant an ihre Niederlage, an ihr Versagen. Hazel hatte es nicht geschafft, Ciaran aufzuhalten.

Die Mission war gescheitert.

Und alles war ihre Schuld.

»Psst! Niiiiiiamh!« Ein Paar Augen tauchte hinter dem Sichtschlitz in der Tür auf.

Sie gehörten zu Agat, ihrer einzigen Gefährtin, die noch zu ihr hielt. Seit Hazel in ihrem ersten Ausbildungsjahr zufällig Agat davor bewahrt hatte, von einem Mitkameraden geschändet zu werden, verband sie eine stumme Übereinkunft, der jeweils anderen in der Not beizustehen.

»Was hast du herausgefunden?«, fragte Hazel ohne Begrüßung. Agat würde es ihr angesichts ihrer Lage nicht übelnehmen.

»Nichts Gutes«, zischte Agat. »Der Zerfresser hält dich für schuldig.«

»Ich wollte meine Mission erfüllen. Ich habe den Orden nicht verraten!«

»Ich weiß«, seufzte ihre Gefährtin. »Aber für den Zerfresser zählt nur das Resultat, Niamh. Und du bist gescheitert.«

Stundenlang hatte sie dem Gericht der Sichel Rede und Antwort gestanden. Sollte das alles nichts gebracht haben?

»Und der Rest? Was sagen die anderen Ältesten des Ordens?«

»Das weißt du doch, Niamh. Keiner wird es wagen, dem Zerfresser zu widersprechen.«

Hazel fluchte leise und ließ sich mit dem Rücken gegen die Steinwand ihrer Zelle fallen.

Agats Augen huschten gehetzt zur Seite. »Hör zu«, flüsterte sie. »Mir bleibt nicht viel Zeit, bis die Wache zurück ist.«

Hazel nickte, auch wenn Agat die Bewegung wohl kaum sehen konnte.

»Der Flammengeist ist verschwunden.« Agats Nachricht kam unerwartet.

»Verschwunden? Was meinst du damit?«

»Es gibt keine neuen Berichte von Feuer, Stürmen, Erdbeben oder von Überschwemmungen. Es ist seit einiger Zeit ziemlich ruhig in Islirith.«

»Das ist … gut?«, meinte Hazel zögernd.

»Es scheint so. Aber wo ist er denn hin, dein Prinz? Wenn er nicht mehr als Flammengeist durch die Lande zieht und alles verwüstet?«

»Er ist nicht mein Prinz«, murmelte Hazel automatisch.

Die Erinnerung an Ciaran schmerzte noch immer. Sie war nicht nur daran schuld, dass er sich in ein Monster verwandelt hatte und nun die Länder von Islirith verwüstete, sie trug auch die Verantwortung für all die Opfer, die seinen Weg pflasterten.

Sie hatte Ciaran nicht verraten wollen – und trotzdem hatte sie es getan. Und jetzt wurde sie genau für diesen Verrat verurteilt, weil ihr niemand glaubte, dass sie ohne Absicht versagt hatte.

Nein, der Zerfresser war überzeugt davon, sie habe Ciaran aus Mitleid leben lassen.

In all den Tagen und Nächten in der Dunkelheit fragte sie sich unablässig: Steckte ein kleines Stücken Wahrheit in dem Verdacht? Hatte sie Ciaran gar nicht stoppen können – weil sie es insgeheim nicht wollte?

»Irgendwas ist passiert.« Agats Stimme riss sie aus ihren Gedanken. »Vielleicht dreht sich das Rad zu deinen Gunsten, Niamh, da der Flammengeist nun fort ist.«

»Danke«, hauchte Hazel. Sie hatte bemerkt, wie Agat ihr Mut machen wollte, auch wenn die Umstände nicht gut für sie aussahen.

Agat blinzelte wohlwollend. »Ich komme wieder, sobald ich mehr herausgefunden habe.«

Und dann war sie fort und ließ Hazel mit ihren Gedanken allein.

Sie kauerte sich auf ihre Pritsche, schlang die Arme um ihre Beine und träumte von der Zeit, als sie noch eine Mission, eine Aufgabe gehabt hatte.

Schnee fiel vom Himmel, als sich ihre Mutter von Niamh verabschiedete. Sie drückte das kleine Mädchen an sich, rückte ihre Fellmütze zurecht und gab ihr einen letzten Kuss auf die Stirn.

»Sei gehorsam und fleißig«, flüsterte sie ihr in die Ohren.

Niamhs Mutter tauschte einen kurzen Blick mit ihrem Bruder, ehe sie ihre Tochter in seine Obhut gab. Denzell Rowe nahm Niamh an der Hand und setzte sie hinten auf sein Pferd.

Sie ritten stundenlang, bis die Bergfestung ihrer Eltern längst außer Sicht war, bis die Schneekuppen auf den Fichten schmolzen und schließlich Pinien ihren Weg flankierten.

»Warum schickt Mama mich fort?«, fragte Niamh ihren Onkel. Sie hatte die Frage bereits ihren Eltern gestellt, doch keine klare Antwort erhalten.

»Du bist ein Geschenk«, antwortete Rowe.

»Für wen?«

»Kaedhos, den Sturmgott.«

»Aber warum?« Sie verstand die Logik dahinter nicht wirklich. Warum sollte sie, ein Kind, für einen Gott wichtig sein?

Rowe rutschte unruhig auf dem Sattel hin und her und seufzte laut, sodass Niamh schon fürchtete, auch von ihm bloß eine vage Antwort zu erhalten.

»Als deine Eltern …«, er räusperte sich laut, »zusammenkamen. Genau. Zusammenkamen. Da feierte man hier in Tir an-t Oighear den Tag des Sturmgotts, der die Elemente zähmt. Kaedhos schützte die Lande des ewigen Eises vor einem verheerenden Sturm. Aus

Dank für ihr Glück versprachen deine Eltern, dass sie ihr erstes Kind dem Sturmgott als Geschenk darbringen wollten.«

Niamh war weiterhin nicht überzeugt. »Aber warum muss ich dann nach Cnock-na-Dealgan?«

»Der Orden der Sichel wird dich aufnehmen und dich zu einer Dienerin Kaedhos' ausbilden. Damit du den Willen des Sturmgotts auf Erden erfüllen kannst.«

Niamh schwieg und dachte darüber nach, wie schwer und bedeutungsvoll Rowes Worte klangen. Erst nach einer Weile fragte sie: »Du meinst, meine Aufgabe ist wichtig?«

»Oh ja! Sehr wichtig!«

Und mit dieser Antwort war Niamh zufrieden. Sie hielt sich an der Überzeugung fest, das Richtige zu tun, etwas Bedeutsames zu tun, selbst als das Training des Ordens sie jeden Tag erschöpft und blutend ins Bett kriechen ließ. Selbst als sie ihren Gefährten in der Ausbildung nicht mehr länger trauen konnte und sie mehr verabscheute als alle anderen Menschen auf der Welt. Als sie selbst zum ersten Mal tötete, weil der Orden es von ihr verlangte, glaubte sie an ihre Aufgabe.

Sie tat das Richtige. Und ihr Blut, ihr Schmerz, ihre Tränen waren es wert, weil sie – und nur sie – am Ende Kaedhos zurück auf die Erde holen und ihn aus seinem Gefängnis befreien würde.

Dann schlug sie mit ihrem Kopf an den Felsen von Helmhaim an und traf Ciaran. Und aus Niamh, die Attentäterin, wurde Hazel. Thims Freundin. Ciarans Stütze.

Jetzt wusste sie nicht mehr, wer sie wirklich war.

»Du bist ein Geschenk.« Rowes Stimme geisterte noch in ihren Erinnerungen, als sie allmählich aus ihrem Traum zurückkehrte. Wie so oft hatte sie sich im Halbschlaf in die Form einer Gans zurückverwandelt. In den Federn ihrer Flügel eingekuschelt, ließ sich die Kälte besser ertragen.

Der Gedanke, einfach in ihrer Gänseform zu verharren, bis sich ihr Selbst auflöste und Niamh nicht mehr existierte, war ihr schon öfter gekommen. Nur die Vorstellung, dass sie als Bratgans in einem Suppeneintopf enden könnte, hielt sie davon ab, aufzugeben.

Ein Knarzen störte sie. Das war wohl das Geräusch, das sie aus ihrem Schlaf geholt hatte. Es kam direkt hinter ihr aus der Wand. Hazel streckte die Flügel durch und flatterte hastig in die andere Ecke, wo sie die Pritsche misstrauisch beäugte. Als Gans konnte sie nicht viel erkennen, also verwandelte sie sich widerwillig zurück, auch wenn ihr die Kälte sogleich in die Glieder und bis in die Knochen schlich.

Ein Pochen.

Ein Schlagen.

Kratzen.

Irgendjemand oder irgendetwas machte sich draußen an der Wand zu schaffen. Hazel blickte irritiert zur Tür, doch hinter dem Sichtschlitz rührte sich nichts. Staub rieselte aus den Fugen der Wand. Verputz blätterte ab.

»Hallo?«, flüsterte Hazel. »Wer ist da?«

Sie bekam keine Antwort.

Stattdessen brach ein Mauerziegel heraus und stürzte krachend auf ihre Pritsche. Erschrocken presste sich Hazel in die gegenüberliegende Ecke und tastete automatisch nach ihrem Gürtel, wo ihr Dolch längst nicht mehr hing.

Kaum war sie schwer verletzt nach Cnock-na-Dealgan zurückgereist, hatte man sie bereits mit Fesseln empfangen und ihr die Waffen abgenommen.

Sie biss sich auf die Unterlippe und überlegte sich, ob sie schreien und die Wache alarmieren sollte.

War das, was da durch die Wand kam, ihre Rettung oder ihr Untergang?

Ein zweiter Stein krachte neben den anderen.

Ein dritter folgte.

Vier, fünf.

Geblendet von den Sonnenstrahlen, die durch das Loch hereinfielen, konnte Hazel nicht erkennen, wer sich da an der Wand zu schaffen machte.

Der Lärm hatte jedoch endgültig die Wache alarmiert. Zwei Augen schimmerten hinter dem Schlitz auf.

»Was …«, begann die Wache mit wütendem Unterton, aber verstummte sogleich, als sie das Licht erkannte. Der Schlüssel knackte ins Schloss und drehte sich.

»Bleib, wo du bist«, warnte der Soldat und stieß die Tür auf.

Hazel sah einen Schatten hinter der gepanzerten Wache auftauchen.

Mit lautem »Bong!« schlug die Laute auf den Hinterkopf. Der Mann verdrehte die Augen und kippte vornüber.

»Ach herrje«, jammerte eine ihr bekannte Stimme. »Jetzt ist die schon wieder hinüber.«

»Thim? Thim!«

Der Barde drängte sich durch die Tür und grinste sie an. In der Hand hielt er die geborstene Laute, deren Hals hilflos herabbaumelte.

»Entschuldige, es hat länger gedauert.« Thim zuckte mit den Schultern, sodass seine Locken wild umher hüpften.

Hazel lachte unkontrolliert, weil sie nicht wusste, wohin mit ihren Gefühlen. Sie war erleichtert, erschrocken und panisch zugleich. Wenn Thim da war, um sie zu retten, hieß das, auch Ciaran war bei Verstand und zu ihr gekommen?

Würde alles gut werden?

»Vorsicht!«, hörte sie von draußen jemanden rufen.

Hazel huschte aus der Ecke auf Thim zu und versteckte sich mit ihm im Türrahmen.

Die Gefängniswand explodierte. Mehrere Ziegel flogen gleichzeitig durch die Luft und ein Loch tat sich auf, das groß genug war, um hindurchzuschlüpfen.

»Wie bist du überhaupt hierhergekommen?«, wollte Hazel wissen und drückte Thim dankbar an sich.

Er deutete hinter sich in die Dunkelheit. »Bedanke dich bei deiner Kollegin.«

»Agat?«

Ihre Freundin lächelte nervös. »Ich habe ihn aus Zufall entdeckt, als ich rausging. Er wollte sich hineinschleichen.«

»Ich bin Barde, kein Dieb«, entschuldigte sich Thim.

Hazel war nur froh, dass ihr Fluchtversuch bislang geklappt hatte. Auch Agat umarmte sie überschwänglich.

Diese warnte sie sogleich. »Beeil dich und verlass Cnock-na-Dealgan sofort. Der Zerfresser hat gerade dein Todesurteil verkünden lassen.«

»Bei Kaedhos' Eiern!«

Agat schob sie in Richtung des Lochs. »Beeilt euch.«

»Und du?«, sorgte sich Hazel. »Wenn sie herausfinden, dass du uns geholfen hast?«

»Keine Sorge. Ich halte mich bedeckt. Und deine Freunde werden schon genug Trubel veranstalten, um für eine ordentliche Ablenkung zu sorgen.«

Hazel fragte sich, was Agat damit meinte. Aber sie verstand, jetzt war nicht der richtige Moment für lange Gespräche. Sie verabschiedete sich hastig und stieg hinter Thim durch das Loch.

Auf der anderen Seite wartete Rollo, der Windmagier und Pirat.

»Schnell! Alaria wartet weiter unten«, spornte er sie zur Eile an und half ihr, über den Haufen Schutt zu steigen, den die Explosion aus der Wand gerissen hatte.

Rollo deutete die Felsen hinab, auf denen die Festung des Ordens thronte.

Unten breitete sich ein Pinienwald aus, der die Stadt Cnock-na-Dealgan meilenweit umspannte. Von einem Meer war weit und breit nichts zu sehen.

Der Pirat drückte ihnen ein Segeltuch in die Hand und schnürte sich selbst eines über den Rücken.

»Bist du sicher?«, erkundigte sich Thim. »Du hast schon die Wand gesprengt.«

»Dafür wird meine Kraft noch reichen.«

Hazel erkannte, was ihre Retter vorhatten, und schlug eine Alternative vor. »Ich fliege selbst.«

Sie wollte das Segeltuch bereits zurückgeben, als ihr Agat in den Sinn kam. Sie kroch hastig durchs Loch zurück und wollte ihre Freundin bitten, mit ihnen zu kommen. Doch Agat war bereits verschwunden.

»Hazel! Beeil dich!«, rief Thim. »Brog kann den Orden der Sichel nicht ewig ablenken.«

»Was macht er?«

»Oh, nur ein wenig Nekromantenzeug. Du kannst es dir bestimmt vorstellen.«

Hazel lauschte. Doch der Wind trieb keine Geräusche aus der Stadt zu ihr herüber. Keine Schreie, keine klappernden Gerippe. »Schnell jetzt!«, drängte Rollo erneut. »Bereit?«

Der Magi blies Wind in Thims und sein Segel und ließ sie hochsteigen. Hazel verwandelte sich zurück in eine Gans und flog flatternd neben ihnen her. Rollo steuerte die Windböen, um ihnen Auftrieb zu verschaffen.

Hinter ihnen sah Hazel die Türme von Cnock-na-Dealgan immer kleiner werden.

Noch schien niemand ihre Flucht zu bemerken. Sie glaubte, einige Gestalten in den Farben des Ordens auf dem Friedhof zu sehen. Genaueres konnte sie jedoch nicht ausmachen.

Brogs Ablenkung kam gerade erst in die Gänge.

»Wohin gehen wir?«, wollte Hazel wissen, doch als Gans konnte sie nur laut quaken.

Zum Glück verstand Thim sie direkt. Er deutete auf die Spitzen der Pinien unter ihnen. »Da! Da kommt die Mauritio.«

Das Schiff? Inmitten des Waldes?

Hazel zweifelte an Thims Verstand, bis plötzlich das Krähennest mitsamt den zwei Masten aus dem Baummeer auftauchte. Das ganze Piratenschiff hing an den riesigen Segeln, die zu großen Luftballonen aufgebläht worden waren. Unten an Deck erhitzte der Feuermagier Faust mit gezielten Feuerbällen die Luft und feuerte so den Auftrieb an.

Die Gans flog auf das Schiff zu und konnte ihr Glück kaum fassen. Sie waren hier! Alarias Mannschaft war absichtlich ihretwegen so weit ins Landesinnere gereist, um sie abzuholen.

»Achtung!«, schrie Rollo.

Hitze schlug unerwartet hinter ihr in die Wälder ein. Flammen brachen aus und hüllten die Baumkronen ein.

Hazel wandte ihren Gänsehals herum und sah Feuer auf den Zinnen der Burg. Die Wachen von Cnock-na-Dealgan zündeten die Kanonen an und zielten auf die entflohene Gefangene.

Weit hinter ihnen radelte Brog auf einem seltsamen Holzgefährt mit Segeln durch die Luft und versuchte, seine Verfolger abzuhängen, die auf ihn schossen.

»Sie haben uns entdeckt!«, sprach Thim das Offensichtliche an.

»Vorwärts, Männer!« Alarias Befehle zerrissen die Luft. Die Mauritio schwenkte herum und kam waagrecht vor Hazel und ihren Befreiern in der Luft zum Stehen. »An die Kanonen!«

»Oh, oh!«, jauchzte der Barde.

Er und Rollo steuerten die Segel nach oben und hoben sich in Sicherheit.

»Feuer!«, schallte der Befehl von Deck.

Hazel folgte ihren Begleitern instinktiv und schoss gerade noch rechtzeitig in die Höhe, ehe die Kanonenkugeln an ihnen vorbeisausten und die Festungsmauer trafen.

»Kommt an Bord!«, schrie Alaria zu ihnen hinauf.

Hazel ließ sich das nicht zweimal sagen und sauste im Sturzflug hinab. Sie landete auf ihren zwei menschlichen Füßen auf dem Deck und wurde von Cringles aufgefangen, der stützend ihre Arme hielt. »Hallo zurück, kleine Gans.«

»Hallo, Cringles.« Sie lächelte zurück und sah sich neugierig auf dem Schiff um.

War er hier?

War Ciaran hier?

Thim und Rollo landeten neben ihr und streiften die Segeltücher ab.

Alaria kam auf sie zu. »Schön, dich wieder zu sehen, Prinzesschen.«

»Du … kennst mich?«, wunderte sich Hazel.

Die Piratin lachte und klopfte ihr auf die Schulter. »Natürlich! Dachtest du, ich hätte dich unter Ciarans Regenmantel nicht gesehen? Ich hab ihm ein paar mehr Knöpfe abgeluchst, als ich für eine Person berechnet hätte. Aber ich wusste ja, wer er war. Und wenn der verfluchte Prinz eine Gestaltwandlerin auf mein Schiff schmuggelt, dann soll es mir recht sein.«

»Ich hätte ihn beinahe getötet«, gab Hazel schuldbewusst zu. »Und euch habe ich in Gefahr gebracht. Der Blutgraf war meinetwegen so schnell auf unserer Spur.«

»Wir alle machen Fehler, Kindchen.«

»Aber ich …«

»Keine Widerrede! Wir haben dich aus dem Todestrakt rausgeholt, also lass gut sein.«

»Brog hat Schwierigkeiten«, informierte Rollo seine Kapitänin.

Alaria wandte sich ab und trat an die Reling.

Hazel war unsicher, was sie von der Reaktion der Kapitänin halten sollte, und suchte bei Thim Halt. Der Barde nahm sie wie selbstverständlich in die Arme.

»Wo ist Ciaran?», flüsterte sie mit flatterndem Herzen.

Er zuckte schuldbewusst zusammen. »Hazel, er …«

»Was?», unterbrach sie ihn scharf. »Ist er tot, ist er verletzt …?«

»Nein. Er ist nur nicht so gut auf dich zu sprechen.«

»Oh.«

Thim knetete seine Hände. »Um ehrlich zu sein, musste ich ihn überreden, dich aus dem Gefängnis rauszuholen.«

»Oh.» Die Freude über Ciarans Rückkehr trübte sich. Es wäre zu einfach gewesen. Sie durfte wohl kaum erwarten, dass er ihr ohne Weiteres vergeben konnte.

»Wo ist er?«

Thim deutete zurück zur Burg.

Hazel sah einen Schatten heranfliegen, der die Feuerbälle des Ordens abwehrte und zurückschleuderte. Der Schatten stieß Brogs Gefährt vorwärts, schnappte sich den Nekromanten, als das Segel doch noch von einem Streifschuss getroffen wurde und flog mitsamt dem Hünen zurück aufs Schiff.

Als sich der Schatten erhob und den schwarzen Mantel von den Schultern streifte, blickte Hazel direkt in zwei rot glühende Augen.

»Hallo, Hazel.«

Seine Stimme war wieder normal. Der gefährliche Unterton des Gottes war fort. Aber sie spürte keine Freundlichkeit in seinen Worten.

»Hallo, Ciaran«, erwiderte sie leise.

»Oder sollte ich besser Niamh sagen?«

Hazel schüttelte den Kopf und beteuerte: »Niamh gibt es nicht mehr.«

»Ist das so?«

Ein dunkler Schemen huschte über seine Pupillen, während die Miene des Prinzen ansonsten keinerlei Regung zeigte.

Dennoch glaubte sie, seinen Hass regelrecht in der Luft zu spüren. Er hing wie eine undurchdringliche Wand zwischen ihnen.

»Bitte glaub mir«, flehte sie und presste die Fäuste auf ihre Brust, als könnte sie damit ihren rasenden Herzschlag beruhigen.

»Das fällt mir schwer, Hazel.«

»I-ich verstehe.«

Sie starrten sich wortlos an, als die Mauritio durch die Lüfte floh und die Burg des Ordens weit hinter sich ließ.

Sein Blick verfolgte sie noch bis in die Nacht.

Anklagend, enttäuscht, traurig.

Und sie hatte es verdient.

Das wusste sie.

Am nächsten Morgen, als Rollo und Faust das Schiff nicht mehr länger in der Luft halten konnten und die Mauritio in den Pinienwäldern notlanden musste, traute sie sich erneut, mit Ciaran zu sprechen. Der Prinz lehnte sich gegen die Reling und starrte in die Leere des Waldes.

»Was ist passiert? N-nachdem … du weißt schon«, begann sie.

»Nachdem du mich ermorden wolltest?«, entgegnete er scharf, wandte ihr den Rücken zu und ignorierte sie.

Hazel sah ihm hilflos nach, während er auf Alaria zuging.

»Ich übernehme das Fliegen«, hörte sie ihn sagen. »Ich kann die Mauritio alleine durch die Luft steuern.«

»Natürlich könntest du das, Prinz«, antwortete Alaria. »Aber bist du sicher, dass du deine Kraft dafür aufopfern willst?«

Ciaran schwieg.

Alaria schüttelte den Kopf und deutete auf Hazel. »Erzähl ihr alles«, bat die Kapitänin. »Du kannst es nicht ewig mit dir rumschleppen. Sie muss wissen, was du getan hast.«

»Ich? Ich getan?«

Flammen knisterten um Ciarans Kleidung auf.

»Ciaran«, warnte Alaria. »Gib ihm nicht noch mehr Macht.«

Er seufzte, ließ die Schultern fallen und das Knistern der Flammen hörte abrupt auf. Ciaran wandte sich wieder zu ihr um, suchte ihren Blick und forderte nur: »Komm. Lass uns reden.«

Göttlicher Zorn

Ciaran

Einen Monat zuvor

Das Podest stand noch. Inmitten der Trümmer, den eingestürzten Pfeilern und den blutroten Marmorstücken streckte sich das Podest wie ein erhobener Mahnfinger aus der Wüste in die Höhe.

Ciaran hatte nicht mehr damit gerechnet, es unversehrt vorzufinden. Eine dunkle Wolke aus Wut hatte sich seines Bewusstseins bemächtigt, nachdem er die Maske aufgesetzt hatte. Die Erinnerungen entflohen seinem direkten Zugriff und formten ein Mosaik aus Bilderfetzen.

Feuer.

Blut.

Sturm.

Göttlicher Zorn brodelte in seinen Eingeweiden.

Selbst jetzt war er nicht Herr seiner Gefühle. Sie schienen zwar seine eigenen zu sein. Aber nur fast. Es fühlte sich nicht echt an.

Das hatte Ciaran erst erkannt, als er vor der Küste von Helmhaim ankam. Tobend und verwüstend war er über die Lande gezogen, bloß um am Ende vor der Grenze zu Hinia beim Anblick seiner alten Heimat zu erstarren. Traurigkeit und das Gefühl der Leere stiegen in ihm hoch.

Und da erkannte er: Ja, das waren seine Gefühle.

Sein eigenes Ich.

Nicht die Wut, nicht der Zorn.

Und schon gar nicht diese unerschöpfliche Macht.

Das war nicht er, sondern der Sturmgott, der sich seiner bemächtigte.

Also kehrte er zurück in den Wüstenpalast, um Kaedhos loszuwerden und endlich wieder er selbst zu sein.

Ciaran schwebte nach unten und setzte sanft auf den Felsbrocken auf. Der Sturmwind, der ihn stets begleitete, wirbelte den Sand in die Höhe und rüttelte an den Knochen der toten Wassermagi, deren Skelette in der Sonne verblichen.

Schwer wog die Maske auf seinem Gesicht und wurde mit jedem Schritt in Richtung Podest noch schwerer, so, als wolle der Sturmgott um jeden Preis verhindern, dass Ciaran ihn zurückbrachte.

Eine Stimme kam aus dem Nichts.

»Da bist du ja. Ich habe auf dich gewartet.«

Irgendetwas in ihm erinnerte sich. Wut kochte hoch, doch Ciaran erkannte sogleich, dass es nur Kaedhos war, der in ihm rebellierte.

»Wer bist du?«, fragte er deshalb laut und kam näher zum Podest.

»Ich.«

Ein Schemen trat hinter dem Podest hervor. Ganz in Weiß gehüllt und mit einem schimmernden Schleier vor dem Gesicht konnte er die Frau nicht erkennen. Aber er wusste dennoch, wer sie war.

»Was verschafft mir die Ehre?«

Die Göttin streifte mit den leuchtenden Fingern an der Säule entlang und schwebte auf ihn zu.

»Kannst du es dir nicht denken, Prinz?«, säuselte sie.

»Willst du mich aufhalten?«

Sie kicherte. »Keinesfalls. Im Gegenteil. Ich biete dir meine Hilfe an.«

»Hilfe? Warum?«

Sie hob den Zeigefinger und deutete auf sein Herz. »Weil er es nicht zulassen wird, dass du ihn loswirst.«

Genau das hatte Ciaran befürchtet.

»Und wie willst du mir helfen?«

»Ich biete dir die Wahrheit an.«

»Die Wahrheit?«

Die Göttin nickte. »Was damals wirklich geschehen ist, zwischen ihm und mir.«

»Gut.« Ciaran verschränkte die Arme vor der Brust. »Dann erzähl.«

»Nicht so schnell, Sterblicher. Es gibt eine Bedingung.«

»Natürlich gibt es die«, seufzte Ciaran. »Was soll ich tun?«

»Tun? Nein, nein.« Die Göttin wandte sich ab und wanderte um das Podest herum. »Ihr Sterblichen denkt immer, wir Götter könnten euch zwingen, Dinge zu tun. Aber so ist das nicht.«

»Nein?«

»Nein. Es mag für euch unverständlich sein, doch ihr seid selbst verantwortlich für eure Taten.«

»Warum gibt es dann Götter, wenn sie nicht eingreifen können? Wenn sie nicht die Welt nach ihren Vorstellungen formen können?«

»Du denkst aus der falschen Perspektive, Prinz.«

Die Stimme kam plötzlich aus einer anderen Richtung.

Ciaran drehte sich um und sah die Göttin über die Trümmer des Palastes wandeln.

»Die Frage ist: Warum benötigen Menschen Götter überhaupt? Warum habt ihr uns erschaffen?«

Der Prinz hatte sich diese Frage als Zweifler schon oft gestellt. »Weil wir Halt benötigen, denke ich. Hoffnung.«

»Dein Herz ist gut, Prinz. Zu gut.« Die Göttin war nah bei ihm, strich ihm über die Schulter und sah ihn durch den Schleier hindurch an. »Nicht alle denken so. Viele brauchen uns, um ihre Taten zu rechtfertigen. Um nicht darüber nachdenken zu müssen, was gut oder böse, was gerecht oder unfair ist. Sie tauschen ihre Menschlichkeit gegen eine vermeintlich fremde Macht, die sie kontrolliert.«

»Und was hat das mit Kaedhos und mir zu tun?«

»Oh, sehr viel. Kaedhos ist geboren aus solchen Gedanken. Der Wut, dem gerechten Zorn der Menschen. Ich entstand aus dem Wunsch nach Ordnung, dem Verlangen nach Sicherheit.«

»Und dennoch: Ihr seid euch sehr ähnlich«, erkannte Ciaran und dachte an Hazels Worte über die Verfolgung der Magier in Hinia. Es war nicht richtig – und doch hatte er es nie infrage gestellt, weil er nichts anderes in seinem Leben kannte. »Auch der Wunsch nach Ordnung kann unfair sein.«

»Welch wahre Worte, Prinz.« Sie stützte sich auf dem Podest ab. »Ordnung kann wahrlich zerstörerisch sein. Genauso sehr wie Wut. Weißt du, was das entscheidende Element ist?«

Er musste nicht lange darüber nachdenken. Er hatte es längst begriffen, als er Helmhaim wiedergesehen hatte. »Der Mensch. Ich. Ich entscheide, wie ich mit dem Zorn in mir umgehe. Ich entscheide, wie ich handle.«

Helia nickte zufrieden. »Sehr gut. Du hast es verstanden.«

Statt Stolz erfüllte ihn Unsicherheit.

Noch war ihm so vieles unklar. Vor allem fragte er sich, was die Göttin eigentlich von ihm wollte. Sie schien seine Gedanken zu hören.

»Für meine Hilfe verlange ich nur eines«, erklärte sie. »Du sollst ein Geheimnis erfahren und dann selbst entscheiden, was du mit dem Wissen machst.«

»Ein Geheimnis?«

»Es wird alles verändern, woran du bisher geglaubt hast.«

»Und dafür hilfst du mir, Kaedhos loszuwerden?«

Die Göttin nickte erneut.

Der Prinz zögerte. Es klang verlockend – und gleichzeitig nach einer Falle. Wie gefährlich konnte ein einzelnes Geheimnis schon sein?

Ciaran willigte ein. Die Göttin beugte sich nach vorn und flüsterte ihm vier Worte ins Ohr.

»Das ist wahr?«, keuchte Ciaran.

»Es ist so.«

»D-dann … habe ich noch eine Frage«, stotterte er. »Wenn ich die Maske abnehme und zurücklege, verliere ich meine Kräfte?«

»Ja. Es waren nie deine eigenen.«

Ciaran atmete schwer. »Bedeutet das, ich bin eigentlich ein Imagi?«

Helia neigte leicht den Kopf zur Seite, sodass ihr Schleier raschelnd über das Steinpodest streifte. »Mit der roten Iris hat dir Kaedhos seine Magie eingepflanzt – ohne die Maske und ohne die Augen verlierst du alles.«

Das war genau das, was er sich bis vor Kurzem gewünscht hatte. Er hätte damals im Turmzimmer sein Leben dafür gegeben, seine Magie loszuwerden. Doch jetzt …

Jetzt fühlte es sich an, als gehörte die Magie zu ihm.

Endlich war er als Magi nützlich.

Mächtig.

»Deshalb wirst du sie abgeben müssen«, erklärte die Göttin erneut. »Macht ist ein schwieriges Werkzeug, das nicht viele Menschen einsetzen können. Hast du nicht gesehen, was es aus dir gemacht hat? Wie viele Opfer deine Macht forderte.«

Erinnerungsfetzen von verbrannten Dörfern, weinenden Kindern und überfluteten Feldern zuckten vor seinem inneren Auge auf. Helia hatte recht, dachte er sich. Er war nicht stark genug für Kaedhos' Macht.

Die Göttin widersprach: »Du hast es geschafft, dich ganz allein gegen seinen Willen zu wehren. Du bist nicht schwach, Ciaran. Du bist stark.«

»Du bist stärker, als du denkst«, hatte ihm Hazel gesagt.

Der Gedanke an seine einstige Weggefährtin schmerzte und vermischte sich mit dem Bild, das ganz tief in seinem Kopf verankert war. Hazel, mit panisch weit geöffneten Augen, die sich über ihn beugte, den silbernen Dolch drohend über ihm erhoben.

»Ich sehe, dass du dich bislang nicht selbst gefunden hast«, meinte die Göttin. »Du benötigst vielleicht wirklich noch etwas Zeit.«

»Zeit habe ich nicht, wenn dein Geheimnis wahr ist«, entgegnete er scharf.

»So? Eilt es denn so sehr?«

»Ja. Ich hätte längst etwas unternehmen sollen.«

»Gut. Dann erzähle ich dir jetzt die wahre Geschichte – und du entscheidest, was du tun wirst.«

Die Göttin bat Ciaran mit einem Fingerzeig, näher heranzutreten, und umschloss seine Hände mit den eigenen, als sie sich am Podest gegenüberstanden.

»Die Geschichte, die sich die Magi erzählen, kommt der Wahrheit am nächsten. Kaedhos und ich stritten uns darüber, ob wir uns den

Menschen offenbaren sollten. Er wollte Macht, er wollte seinen gerechten Zorn über die Menschen ausgießen und Einfluss auf sie nehmen. Ich wollte das nicht.«

»Ich dachte, ihr Götter könnt gar nichts tun? Wie wollte Kaedhos Einfluss nehmen?«, hakte Ciaran nach.

»Indem er ein Mensch werden wollte. Er opferte eines seiner Augen und schenkte es einem Menschen.«

»Mir?«

Die Göttin schüttelte den Kopf. »Deinem Großvater. Ugbert, König von Hinia. Damals versank das Königreich in Kleinkriegen zwischen den verfeindeten Stämmen.«

»Ja, ich weiß. Großvater hat sie an einen Tisch gezwungen und unter seiner Krone vereint.«

»Wusstest du auch, dass erst mit Ugbert die Magierpogrome begannen? Kaedhos fürchtete, die Magier könnten seinen Plan vereiteln.«

»Und mein Großvater hat mitgemacht?«

»Er wollte Macht. Wie so viele vor ihm.«

All die neugeborenen Kinder, die starben für die vermeintlich große Ordnung, hatte sein Großvater geopfert? Und das nur für die Machtlust eines Einzelnen?

»Wussten meine Eltern davon?«

Die Göttin seufzte. »Sie hielten sich an das Prinzip der Ordnung. Der Befriedung. Aber auch sie konnten sich Kaedhos' Einflussnahme nicht mehr erwehren und drehten mein Prinzip ins Unmenschliche. Um zu verhindern, dass jemand wie dein Großvater jemals wieder auf Erden wandelte.«

Doch genau das war geschehen. Seine Eltern hatten Ciarans rote Iris gleich bei seiner Geburt wiedererkannt.

»Dasselbe Auge, mit dem dein Großvater wenige Tage zuvor verstorben war«, erklärte die Göttin.

»Und du? Was hast du getan?«

»Das, was in meiner Macht stand. Ich sprach mit Kaedhos. Im Streit riss er meinen Schleier herab und mein Blick blendete ihn so sehr, dass ich ihn in seiner Maske gefangen nehmen konnte. Zum Glück gelang es mir, bevor er deinen Großvater ganz eingenommen und ihm dessen menschlichen Körper geraubt hatte.«

»Aber das Auge hat mich hierhergeführt?«

»Ja. All deine Entscheidungen haben dich näher zu Kaedhos' Gefängnis gebracht. Und hättest du es nicht selbst getan, hätte der Orden der Sichel dafür gesorgt. Menschen, die auf Kaedhos' Rückkehr hoffen. Er konnte sie überzeugen, dass er ihnen unendliche Stärke schenken wird.«

Das Symbol an den Wänden, an den Kleidern der Toten und auf dem Dolch, den Hazel auf ihn niederstieß, fielen ihm ein. Hazel war eine von ihnen. Sie gehörte zum Orden der Sichel.

Die Göttin schob seine Hände auf die Mulde des Podests, in der die Maske geruht hatte.

»Leg sie ab. Und sperre Kaedhos zurück in sein Verlies.«

»Ich …« Er zögerte.

Es schien das einzig Richtige zu sein. Und er fragte sich, ob der Widerwille in ihm bloß Teil von Kaedhos war, der gegen seine erneute Inhaftierung rebellierte. Dennoch: Ciaran wurde das Gefühl nicht los, dass er seine Magie noch benötigte. Zumindest so lange, bis alles vorüber war.

»Ist das möglich?«, fragte er die Göttin. »Kann ich die Maske niederlegen und meine Magie behalten?«

»Du wirst gegen Kaedhos kämpfen müssen. Ihm widerstehen. Er wird versuchen, deiner habhaft zu werden«, warnte sie.

»Du sagtest, ich sei stark.«

»Das bist du.« Die Göttin dachte nach und verkündete dann: »Eine Möglichkeit gibt es. Wenn du die Maske niederlegst und

Kaedhos' Augen behältst, lässt du den Gott hier zurück und nimmst seine Kraft mit. Kaedhos wird dich zwangsläufig austricksen und von innen heraus zerstören. Seine Macht korrumpiert selbst den Friedfertigsten. Aber sobald du die Iriden frühzeitig verlierst – sozusagen nur auf Zeit behältst – können wir das Unheil stoppen.«

»Und wie sorgen wir dafür, dass ich die Augen verliere?«

»Indem ich den größten Teil von Kaedhos' Macht ebenfalls in der Maske verschließe und du bloß einen Bruchteil mit dir nimmst. Gerade so viel, wie du benötigst. Hast du diese Kraft aufgebraucht, ehe Kaedhos deinen Körper an sich reißt, bist du wieder ein normaler Mensch. Und Kaedhos bleibt für immer verschlossen.«

»Das klingt riskant.«

»Du entscheidest, Prinz.«

Ciaran musste nicht lange darüber nachdenken.

Die Göttin nickte, ohne dass er ein Wort sprach, und ließ seine Hände los.

»Leg die Maske ab und sieh mich an«, bat sie und öffnete die Schlaufen ihres Schleiers. Zentnerschwer wog die Hornmaske, als er sie mit beiden Händen von seinem Gesicht riss und wie etwas Lebendiges, Verrottendes angeekelt auf dem Podest ablegte. Er sah hoch und blickte ins Licht. Schmerz breitete sich in seinen Augen aus. Die Göttin raubte ihm die Kraft.

Als Ciaran erwachte, war Helia fort. Und mit ihr war auch der Palast verschwunden. Unter ihm befand sich nur Wüstensand.

Ihre Worte klangen noch nach und schwebten wie Nebelschwaden über den Dünen davon.

»Setze deine Magie mit Bedacht ein. Denn sie hat ein Ende.«

»Wohin soll ich gehen?«, rief er ihr nach, aber die Göttin war längst fort.

Der Prinz zog sich die Kapuze seines Mantels über den Kopf, um sich vor den Sonnenstrahlen zu schützen.

Er zögerte.

Sollte er seine Magie verwenden, um aus der Wüste zu fliegen?

Und dann …

Ja, was dann?

Die einzige Konsequenz, das einzig logische Ziel erschien Menefer. Er musste mit seiner Schwester sprechen. Würde sie ihn überhaupt anhören? Würde sie verstehen, was er ihr zu sagen hatte?

Ciaran benötigte Verstärkung, wollte er sich der Konfrontation mit Menefer stellen. Und es gab nur einen Gefährten, dessen Begleitung er sich in diesem Moment mehr als alles andere wünschte. Er musste Thim finden.

Um nachzudenken, suchte sich Ciaran ein schattiges Plätzchen nahe der Felswand, in welcher der Eingang zum Palast unter dem Schutt ansatzweise erkennbar war.

Wo befand sich Thim? War er beim Blutgrafen geblieben?

Oder war er zurück nach Helmhaim gereist?

Das alles wirkte so untypisch. Er konnte sich Thim einzig an einem Ort vorstellen: bei ihm, in seiner Nähe.

Der Barde hätte sicherlich versucht, ihn aufzuspüren und ihm zu folgen, selbst wenn Ciaran in seinem Wahn kaum aufzuhalten gewesen war. Doch Thim hätte es bestimmt geschafft. Warum war er dennoch nicht hier? Etwas, jemand, musste ihn gefangen halten.

Der Einsturz des Palastes war zu lange her, um irgendwelchen Spuren zu folgen. Der Wüstenwind hatte die Dünen längst blank gefegt. Ciaran kam eine Idee.

Es war riskant – und würde ihn sicherlich eine große Menge an Kraft kosten. Aber es war der einzige Strohhalm, der sich ihm präsentierte.

Nervös kletterte der Prinz zurück zur Stelle, wo zuvor die eingebrochene Kuppel gelegen hatte.

Damit der Zauber wirkte, musste er seine Zweifel loswerden. Er durfte für keinen Moment an sein Scheitern denken. Es gab nur ihn, die Freiheit der Wüste, den Wind und das Wissen, dass der Erfolg auf ihn wartete.

Ciaran schloss die Augen und ließ die sanften Böen um seine Finger streichen. Er stellte sich vor, wie sie den Sand aufwirbelten und alte Spuren wieder zutage förderten. Als er die Augen öffnete, war er überzeugt, gleich vor sich Fußabdrücke oder Schleifspuren zu sehen. Stattdessen übertraf die Windmagie seine Erwartungen.

Feine Sandkörner schwebten in der Luft und formten Arme, Hände, Köpfe. Rund um ihn herum entfaltete der gelbe Sand ein Schauspiel, das dramatischer nicht sein konnte.

Ein Schemen, der sich aus der Erde erhob, stand mehreren Soldaten gegenüber. Ciaran konnte nicht erkennen, wer sie waren. Eine Vermutung hatte er jedoch und daher verfolgte er das Geschehen weiter aufmerksam, als die Soldaten den knienden Körper packten und hochhoben.

Für einen kurzen Moment glaubte Ciaran, Thims Gesicht im Sand zu erkennen. Die Fremden führten ihn ab und gingen tiefer in die Wüste hinein. Pferde bildeten sich aus dem Sand, die auf die Soldaten warteten. Auf ihren Sätteln glaubte Ciaran, ein Wappen zu erkennen. Eine Eichel und ein Dolch.

Grabstättler. Es waren Grabstättler.

Denzell Rowes unliebsame Verwandten hatten sich Thim geschnappt.

Mit einer Handbewegung ließ der Prinz den Wind verstummen und den Sand nach unten fallen. Er wollte nicht länger unnötig viel Magie einsetzen.

Wenn er Thim aus den Fängen der Grabstättler befreien musste, brauchte er jedes bisschen Kraft, das ihm blieb.

Müde, aber entschlossen machte sich Ciaran auf den Weg durch die Wüste. Er würde so lange und so weit wandern, wie ihn seine Füße trugen. So lange, bis seine Kehle zu trocken und seine Beine zu schwach waren. Erst dann wollte er die Magie einsetzen, um die elende Wüste der Grabstättler hinter sich zu lassen.

Totentänze

Thim

Ebenfalls einen Monat zuvor

Wenigstens hatte er wieder eine Laute. Das war aber auch das einzig Gute in seiner Situation. Thim klimperte eine möglichst unverfängliche Melodie und sah sich im Ballsaal um.

Am Hofe von Domhan Uaighe kam er sich vor wie in einer Schlangengrube – und nicht auf einem marmornen, schimmernden Plattenboden, der das Licht der Tausenden von Kerzenleuchtern einem Sternenhimmel gleich widerspiegelte. Damen in samtenen Schuhen und wallenden Gewändern glitten darüber hinweg, in den Armen geführt von edlen Herren mit bleichen Totenkopfmasken. Neben dem Barden saßen adrett gekleidete Musikanten, die Flöten und Geigen im Anschlag und nur darauf wartend, dass er die Eröffnung fertig gespielt hatte, damit sie in die erste Strophe einsteigen konnten.

Thim brach der Schweiß im Rücken aus und das weiße Hemd klebte unangenehm an seiner Haut, als er Schritte auf dem Gang vernahm.

Oben auf der Balustrade öffneten sich die weiten Flügeltüren aus weißem Onyx, die so schwer waren, dass je drei Höflinge die Türen zur Seite ziehen mussten. Pompös, mit wallendem Mantel, Schulterpolstern und einer Frisur, die beinahe nicht durch den Türbogen passte, betrat der Shah den Ballsaal.

Mitten im Takt verharrten die Tanzenden und auch Thim hielt die Saiten ruhig, wie es von ihm erwartet wurde. Erst nachdem der Shah mit wedelnden Händen an die Balustrade trat und forderte: »So spielt doch! So spielt doch auf!«, musste Thim vortäuschen, er würde aus einer Trance gerissen, und eilig weiterspielen.

Der ganze Auftritt war albern. Aber Thim wollte seine Finger behalten, also spielte er mit.

Die Lektion hatte er früh gelernt, als die Soldaten ihn als Gefangenen an den Hof des Shahs gebracht hatten.

Zum Glück nicht am eigenen Leib.

Doch während der Fürst von Domhan Uaighe ihn über die Geschehnisse in Kaedhos' Palast und Ciarans Absichten verhörte – die Thim ohne Umschweife preisgab, da er Ciaran damit nicht schaden konnte –, stimmte der Hofbarde eine klassische Melodie an, die Thim nur zu gut kannte.

Es war die Ballade des verfluchten Prinzen.

Das gefiel dem Shah so gar nicht.

Und nachdem man den Hofbarden an einem der Kerzenleuchter erhängt hatte, drückte einer der Soldaten Thim die Laute des Toten in die Hände.

So kam Thim zu seinem unseligen neuen Arrangement. Nacht für Nacht spielte er Totentänze und wusste nie, ob er der Nächste war, den die tödlichen Launen des Shahs trafen.

Als der selbst ernannte gerechte Herrscher mit seiner Entourage an der Kapelle vorbeischwebte, klimperte Thim die letzten Töne, ehe die anderen Musikanten übernahmen.

Erleichtert ließ er die Laute hängen. Zumindest ein wenig. Er musste jederzeit bereit sein, die spontanen Wünsche des Shahs erfüllen zu können. Und bald schon würde er im Refrain mit einsteigen.

Die wenigen Herzschläge, die Thim bis dahin blieben, blickte er sich im Ballsaal um, sah den Pärchen nach und bestaunte die üppig gedeckten Tische, von denen er nie speisen würde.

Nicht so wie der dicke Graf in seinem krebsroten Wams, der sich gerade an einer Pastete gütlich tat.

Moment.

Thim sah genauer hin.

Unter der Ebermaske war das Gesicht nicht zu erkennen, doch Thim meinte, den Grafen schon einmal gesehen zu haben.

Als der Barde blinzelte, querte ein tanzendes Pärchen sein Gesichtsfeld. War die Frau im Ballkleid nicht ein Mann? Unter dem Rand ihrer Maske blitzten Barthaare hervor.

Panisch sah er sich um und blieb bei einer Dame am anderen Ende des Ballsaals hängen, die ihm laszive Blicke zuwarf und vehement mit dem Fächer vor ihrem Gesicht wedelte.

Thim verengte die Augen und betrachtete sie eingehender.

Etwas schien mit ihrem Kleid nicht zu stimmen. Ein Arm hing leblos an ihr herab, als wäre er mit Watte ausgestopft.

Sein Angstschweiß auf seinem Nacken gefror zu brennenden Eistropfen. Ehe ihn die Panik endgültig übermannte, stupste ihn der Geiger hinter ihm mit dem Knie an und rettete Thim davor, seinen Einsatz zu verpassen und damit den kläglichen Rest seines ihm sehr lieb gewordenen Lebens zu verwirken.

Ein prüfender Seitenblick zum Thron hinauf ließ ihn erleichtert aufseufzen. Der Shah schien von seinem Aussetzer nichts gemerkt zu haben, sondern naschte angeregt von einem Teller Süßgebäck.

Thims Erleichterung schlug in blanke Angst um, als er hinter sich ein Raunen vernahm.

»Keinen Mucks. Lass dir nichts anmerken.«

Sein Blut pochte so laut in seinen Ohren, dass er beinahe aus dem Takt fiel. Er kannte die Stimme.

»Alaria?«, flüsterte er ungläubig.

»Psst! Keinen Mucks, sagte ich.«

Thim presste gehorsam die Lippen aufeinander und spielte sich mit noch mehr Inbrunst durch den Refrain, während er sich wunderte, wie die Piratenkapitänin an den Platz des Geigers gelangt war und jetzt gänzlich fehlerfrei mit dem Bogen über die Saiten strich, als hätte sie jahrelang nichts anderes getan.

Hoffnung keimte in Thim auf, als er beobachtete, wie sich der rot gewandete Graf am Buffet in Richtung Thron durcharbeitete. Das tanzende Pärchen bewegte sich mit mehreren Pirouetten ebenfalls in dieselbe Richtung und die kokettierende Dame hatte sich inzwischen mit dem bewegungslosen Arm bei einer Freundin untergehakt, um der Wache des Shahs schöne Augen zu machen.

»Ruhig bleiben!«, zischte Alaria, die seine Nervosität bemerkte. »Wir holen dich hier raus, kapiert?«

So wie sich die Piraten auf den Thron zubewegten, war dem Barden klar, dass seine Rettung Nebensache und der Tod des Shahs das eigentliche Ziel war. Die einstigen Revolutionäre waren zurückgekehrt, um den Tyrannen zu vernichten. Er hatte das Glück – oder Pech? –, mitten in dieses Abenteuer geraten zu sein.

Thim konnte seinen Blick kaum vom Geschehen wegreißen, obwohl sein Starren die Aktion von Alarias Mannschaft verdächtiger machte.

Gerade als er sich zwang, die Augen wieder stur auf das Saitenbrett seiner Laute zu richten, stolperte der rote Graf gegen das Tischbein.

Scheppernd und klirrend verteilte sich das Tischgedeck aus Porzellan mitsamt den siedend heißen Speisen auf dem Marmorboden. Und noch etwas funkelte zwischen den Kristallgläsern und blank polierten Silberlöffeln hervor: ein Dolch, der dem Grafen aus dem Hosenbein glitt und sich um die eigene Achse drehend durch die goldgelbe Sauce béarnaise schlitterte.

Die Köpfe der gesamten Ballgesellschaft wandten sich zum Buffet, die Tänzer stockten. Instinktiv änderte Thim das Tempo und wechselte zu Moll. Er musste die Aufmerksamkeit des Shahs von Alarias Mannschaft ablenken. Egal, was es kostete.

Mit heiserer Stimme begann er zu singen. »Von Sonne und Erde, von Wasser und Wind, ist er geboren ein verfluchtes Kind.«

Ein erschrockenes Raunen ging durch den Saal. Der Flötist neben Thim verschluckte sich und hustete. Der Kopf des Shahs hob und drehte sich in ihre Richtung.

Aus den Augenwinkeln sah Thim, wie der rote Graf nach dem Dolch schnappte und diesen in seinem Ärmel verschwinden ließ. Soße tropfte von seinen Fingern auf den Boden.

Der Barde zwang sich zum Weitermachen.

»So schwarz seine Seele, so rot sein Blick.«

Hinter ihm stimmte Alarias Geige ein und gab ihm Rückendeckung.

Mit zornesrotem Gesicht erhob sich der Shah, die Wangen vor Empörung mit Luft gefüllt, die er voller Inbrunst in einem Befehl entlud. »Hängt ihn! Hängt den Barden!«

Thim sang keuchend weiter. »Welch grausames Übel bringt er Hinias Geschick?«

Die Wachen des Shahs stürmten auf die Musiker zu, während die Tanzgesellschaft schreiend zur Seite wich.

Ein einziges Pärchen blieb stehen und zog Pistolen aus ihren Kleidern.

Der rote Graf war nur noch ein paar Schritte vom Thron entfernt.

»Oh! Verflucht und vergessen ist der schwarze Prinz.«

Alarias Geigenspiel brach ab.

Thim vernahm hinter sich stattdessen ein scharrendes Geräusch und metallenes Klirren. Der Lauf einer Waffe schob sich in sein Gesichtsfeld. Hatte Alaria die Pistole in der Geige versteckt?

Die Piratenkapitänin veränderte den Liedtext, indem sie lauthals in den Ballsaal hineinschrie. »Verflucht und vergessen! Tod dem Tyrannen!«

»Verflucht und vergessen, verflucht und vergessen, verflucht und …«, trällerte Thim mit zitternder Stimme und kam ins Stocken, als lederne Handschuhe nach seiner Schulter griffen und ihn packten.

Einen Herzschlag später fiel der Soldat gurgelnd neben ihm zu Boden, als Alaria der Wache mit der freien Hand einen Dolch in den Nacken stieß und gleichzeitig mit der Pistole auf den Shah zielte.

Dieser duckte sich und versuchte, hinter seinen Thron zu fliehen, während seine Soldaten von den bis an die Zähne bewaffneten Piraten überrascht und im Weiterkommen behindert wurden.

»Verflucht und vergessen, der Shah ist nimmermehr!«

Alaria flüsterte nur. Aber die Worte jagten Thim einen Schauer über den Rücken.

Ein Klicken.

Ein Knall.

Rauch vernebelte seinen Blick und seine Ohren klingelten.

Schwefel stach in seine Nase.

War es das? War der Shah tot? Und Thim frei?

Die Musiker flohen in alle Himmelsrichtungen. Der Barde presste die Laute an seinen Bauch und stand auf, um mehr zu erkennen.

Kaum lichtete sich der graue Rauch, erhob sich eine Gestalt hinter dem Thron. Der Shah lachte überdreht.

»Verräter! Hängt sie! Hängt sie alle!«

Thims Mut sank, als noch mehr Soldaten durch die Seitentüren hereinstürmten und die Piraten einkesselten. Es knallte erneut, die Luft stank nach Schwarzpulver und Feuer.

Hustend wich Thim zurück.

Klingen kreuzten sich klirrend.

»Durch die Tür!«, rief ihm Alaria zu. »Bring dich in Sicherheit, Barde.«

Thim schluckte schwer und zwang die Worte aus sich hervor. »Nein! Ich kämpfe mit euch. Ich …« Das eisige Geräusch von zerberstendem Glas übertönte seine Antwort.

Wie aus dem Nichts brach ein Schatten durch die Kuppel des Ballsaals und landete inmitten eines fliegenden Scherbenhaufens direkt vor dem Thron. Rotglühender Wind umhüllte die Gestalt des Fremden, doch Thim erkannte ihn sofort.

»Das war nicht geplant …«, murmelte Alaria verdutzt.

»Wo ist er?«, schrie Ciaran wütend, ehe mehr als seine beiden roten Augen im Wind zu sehen waren. »Wo ist mein Barde?«

»Er meint mich!« Tränen der Rührung benetzten Thims Wangen.

Ciaran war gekommen, um ihn zu retten!

»Verhaftet diesen Mann!« Der Shah tauchte nicht einmal hinter dem schützenden Thron auf, sondern kreischte nur wild. »Wer glaubt er eigentlich, wer er ist?«

Ciaran lachte böse, während er die Soldaten komplett ignorierte, die auf ihn zustürmten. Der Wind um ihn bildete eine unsichtbare Wand, die kein Schwert und keine Kugel zu durchdringen vermochte. Die ganze Aufmerksamkeit der Wachen richtete sich nun auf ihn, sodass sich die Piraten rasch zu Alaria zurückzogen.

Thim wollte ihnen entgegen und zu seinem Meister eilen, aber die Kapitänin hielt ihn an der Schulter gepackt.

»Warte«, flüsterte sie. »Du weißt nicht, ob er noch bei Sinnen ist.«

»Bei Sinnen?«

»Hast du nichts davon gehört?«

Das Kreischen der Soldaten wurde lauter, als diese weiterhin nicht gegen Ciarans Schutzwand ankamen.

Einer brüllte panisch. »Es ist der Flammengeist! Der Flammengeist ist da!«

»Narren!« Der Shah verlor die Geduld. »Alles muss man selbst erledigen!« Mit hochrotem Gesicht und verrutschter Perücke kam er hervorgestürmt, schnappte sich einen brennenden Kerzenleuchter und hieb damit auf Ciarans Rücken.

»Meister!«, entwich Thim ein Warnschrei.

Ciarans Blick begegnete dem seinen. In den komplett roten, seelenlosen Augen spiegelte sich keine Freude, aber die Lippen verzogen sich zu einem Lächeln.

»Meister! Vorsicht!«, wiederholte der Barde panisch, als sein Freund nicht zu bemerken schien, dass sich der metallene Kerzenleuchter bereits über seinem Haupt befand. Der Shah schlug zu – und der Kerzenleuchter prallte an der magischen Barriere ab, warf den Fürsten nach hinten.

Ciaran wandte sich zu seinem Angreifer um.

Thim konnte nicht sehen, was geschah, doch er beobachtete das Gesicht des Shahs, das sich von einem erzürnten Rot zu sterbensbleichem Weiß eines Ertrinkenden verwandelte.

»Der verfluchte Prinz!«

»Nein«, erwiderte dieser und streckte die Arme mit nach vorn geöffneten Handflächen weit von sich. Ein rotes Glühen legte sich wie ein Schleier über den Ballsaal, sämtliche Kelche wackelten, und Wein stieg in großen Tropfen aus ihnen hervor.

»Ich bin Ciaran. Ciaran Whitehart.«

Mehr und mehr Wein sammelte sich über ihren Köpfen. Selbst die Marmorplatten unter ihren Füßen zitterten bedrohlich.

»Und niemand sonst.«

Der Prinz senkte die Arme abrupt und mit der Bewegung stürzte der Wein auf den Shah herab und riss ihn mit sich.

Die Bodenplatten brachen.

Flut der Freiheit

Thim

Noch mehr Flüssigkeit, dieses Mal reines, klares Wasser, sprudelte nach oben und überflutete den Ballsaal.

Thim wurde von einer Welle getroffen und rutschte aus. Ehe er überhaupt nach Luft schnappen konnte, packte ihn eine Hand und zog ihn hoch.

»Halt dich fest!«, verlangte eine kurzhaarige Dame, die einen Säbel in das Mieder ihres zerrissenen Ballkleids gesteckt hatte. Sie schob Thims Hände an die Kante eines Tisches, den sie als Floß benutzte.

»Tucker!« Die Piratin hob den Kopf in Richtung Alaria, die nach ihr gerufen hatte. »Behalt den Barden im Auge. Wir kümmern uns um den Prinzen.«

»Aye, aye, Captain!« Tucker stieß sich und den Tisch von einer Säule ab und versuchte, in den immer weiter steigenden Wassermassen zur Haupttür zu gelangen.

In unmittelbarer Nähe des Ausgangs wehrte sich Thim. »Ich muss zu meinem Meister. Er ist meinetwegen hier!«

Seine Retterin schüttelte den Kopf. »Dein Prinz verliert die Kontrolle. Du kannst nichts machen. Alaria regelt das schon.«

Erschrocken zog sich der Barde aufrecht hoch und versuchte, nach hinten zu blicken.

Nur ein unheimlich rotes Leuchten war inmitten der Fluten zu erkennen.

»Da stimmt etwas nicht! Bitte, er wird sich sonst umbringen!«

»Scheiße! Spürst du das nicht? Das ist keine menschliche Magie«, zischte ihn Tucker an. »Wir müssen raus. Sofort!«

Keine menschliche Magie?

Kontrolle verloren?

Das konnte nur bedeuten, dass der Sturmgott Kaedhos gerade die Macht über Ciaran übernahm. Thim dachte keinen Moment länger nach, sondern ließ die Tischkante instinktiv los und stürzte haltlos ins Wasser zurück.

Er hatte kaum schwimmen gelernt, dazu hatte ihm einfach die Gelegenheit gefehlt. Aber er schaffte es mit einigem Strampeln und bloßer Willenskraft zurück an die Oberfläche.

Ciaran brauchte ihn.

»Du Sturkopf!« Die Piratin tauchte fluchend neben ihm auf und hob sich scheinbar schwerelos aus dem Wasser. Mit einer drehenden Handbewegung brachte sie die Wellen dazu, den Barden ebenfalls aufsteigen zu lassen. »Du bist eine Wassermagi!«, stellte er überrascht fest.

»Und du bist schuld, falls ich meine Energie verbrauche.« Tucker seufzte. »Du willst zu deinem Prinzen? Gut. Nur mit mir, verstanden?«

Thim nickte enthusiastisch.

»Dieses Dreckschwein hat verdammt viel Wasser unter dem Palast gehortet«, stellte Tucker verärgert fest, während sie sich und Thim gegen den Sog der Wellen zurück in die Mitte des Saals lenkte.

Derweil versuchten Alarias Piraten, in überlebensgroße Luftblasen gehüllt, an Ciaran heranzukommen.

Die Wassermagi fluchte erneut und murmelte: »Das halten Rollo und Felsen nicht mehr lange durch. Wieder mal bleibt alles an mir hängen.«

Thim folgte ihrem Blick und ahnte, ihm blühte nichts Gutes. Eine massive Welle näherte sich ihnen, die Tucker mit einer Drehung des Arms direkt unter Thim beförderte und ihn damit nach vorne katapultierte.

»Bring deinen Prinzen zur Vernunft, verstanden? Ich muss meine Mannschaft aus dem Wasser fischen, diese Idioten«, rief sie ihm hinterher, während der Barde spitz aufschreiend durch die Luft segelte und auf die harte Oberfläche des Wassers stieß.

Der Prinz hatte die Schutzwand bislang nicht abgebaut.

Thim verschluckte sich, schnappte nach Luft und versuchte, im Wirbel des Sogs, der Ciaran umgab, aufrecht zu schwimmen.

Irgendwie musste er an seinen Freund herankommen. Doch wie bloß?

Physisch war da kein Durchkommen. Aber vielleicht würden es Thims Worte schaffen?

»Meister? Meister? Hörst du mich?«, brüllte er, so laut er konnte.

Nichts. Das Glühen war das einzige Lebenszeichen in der dunklen tiefblauen Masse.

Thim spürte, wie die Schwäche, der Hauch der Hoffnungslosigkeit in seine müden Glieder kroch. Aber er durfte nicht aufgeben. Noch musste er kämpfen.

Rot und Blau.

Die ganze Welt schien nur aus diesen Farben zu bestehen und erinnerten ihn an den Moment, als er und Ciaran im Palast des Sturmgotts durch das Wasserbecken nach unten getaucht waren.

Was hatte er zu Ciaran damals gesagt?

Thim gab das letzte bisschen Luft in seinen Lungen auf, um seine Gefühle herauszuschreien.

»Du musst nicht alles alleine schaffen, Ciaran! Wir sind für dich da. Ich schwör's.«

Das Glühen vibrierte, pulsierte.

Und hörte augenblicklich auf.

Thim brach durch die unsichtbare Wand hindurch, bekam Ciarans Körper zu fassen und wurde vom Sog des Wassers mitgerissen, das sich auf einmal in alle Himmelsrichtungen zerstreute.

Blind um sich greifend bekam er ein Stück Holz zu fassen und hielt sich daran fest. Der Barde klammerte sich an seinen Meister, spürte dessen Herzschlag an seiner Brust und versuchte, den Kopf nicht anzuschlagen, als sie wie ein Wyrm auf den Wellen reitend aus dem Ballsaal schossen und in die Gassen der Stadt gespült wurden.

Alarias Mannschaft holte sie ein, bevor das Wasser ganz versiegte und in den ausgetrockneten Ritzen des Wüstenbodens versickerte. Glühend heißer Dampf stieg in den Himmel hinauf, wo das Wasser nicht schnell genug abfloss.

Das Holzstück, an dem Thim sich festgekrallt hatte, war seine Laute. Der Barde lachte ungläubig. Das würde ihm niemals jemand glauben, wenn er es in einer Ballade erwähnte.

»Du hast uns gerettet«, lobte ihn die Piratenkapitänin und schlug ihm dankbar auf die Schultern, ehe Thim sich ganz erhoben hatte. »Wir wussten gar nicht, dass dich der Shah erwischt hatte. Aber die Götter haben uns wohl zu dir geführt. Und den Prinzen ebenso.«

Ciaran wog gefühlt Zentner und war nicht mehr ansprechbar.

»Helft mir, bitte«, keuchte Thim. »Ich kann ihn doch nicht liegen lassen.«

Tucker kniete sich neben ihn und nahm ihm den Prinzen aus den Armen. Mit geübten Handgriffen tastete sie dessen Gesicht ab, hob die Lider an und legte die Finger auf den Puls am Hals.

»Alles in Ordnung«, verkündete sie. »Er schläft nur. Der Prinz hat ziemlich viel Magie verbraucht. Ein Wunder, dass er noch da und nicht zu Staub zerfallen ist.«

Thim konnte sich denken, dass Kaedhos hier seine Finger im Spiel hatte. Er sprach es aber nicht laut aus, sondern war bloß froh, dass Ciaran bald wieder aufwachen würde.

Ciaran schlief drei Tage ununterbrochen.

Thim machte sich schon Sorgen, sein Freund würde verdursten, und flößte ihm Wasser in den Mund, was sich als äußerst schwierig erwies. Tag und Nacht wachte er neben dessen Koje, als er endlich Ciarans kratzige Stimme hörte.

»Wo bin ich?«

»Bei Helias Schleier! Meister!« Thim sprang auf, öffnete die Tür und umarmte den halb aufgerichteten Prinzen ohne Vorwarnung. »Meister, du musst trinken!«, befahl er und griff automatisch nach dem Schlauch, der neben dem Bett hing.

»Wasser?« Ciaran rümpfte die Nase, als Thim den Schlauch an seine Lippen setzte. Benommen drehte er den Kopf weg. »Ich will kein Wasser mehr sehen.«

»Du musst«, insistierte der Barde und zwang ihn, ein paar Schlucke zu nehmen.

»Wo sind wir?«, wiederholte Ciaran seine Frage. »Ist das die Mauritio?«

Thim nickte und begann zu erklären. »Alaria hatte das Boot am Hafen von Trega versteckt. Bei dem ganzen Tumult um das plötzlich aufgetauchte Wasser konnten wir ungehindert abhauen.«

»Das seh ich selbst«, grummelte Ciaran. »Aber wo sind wir?«

»Irgendwo auf dem Meer, schätze ich.«

»Wie weit ist Hinia entfernt?«

»Hinia? Willst du etwa zurück, Meister?«

Das wunderte Thim doch sehr. Die ganze Zeit waren sie vor Menefer geflohen, nur um jetzt zurückzukehren?

»Ich muss Menefer sprechen. Mir bleibt nicht viel Zeit.« Der Prinz hielt sich mit schmerzverzerrtem Gesicht den Kopf.

»Warum? Ich verstehe nicht. Ich dachte, wir retten Hazel und dann …«

»Hazel?«, unterbrach ihn Ciaran grob. »Nein.«

Thim seufzte. »Ich weiß, sie hat uns verraten und so. Aber … ich glaube, dass sie es in Wahrheit nicht wollte. Sie wurde bestimmt dazu gezwungen! Hazel ist keine eiskalte Mörderin. Sie hat ein gutes Herz.«

»Du kennst sie kaum, Thim. Sei nicht albern.«

»Ich bin mir sicher, ich schwör's.«

»Nein«, entschied der Prinz erneut. »Wir müssen Menefer aufhalten, bevor ich die Kontrolle über Kaedhos verliere. Beinahe hätte er mich erwischt. Ich kann nicht mehr viel länger gegen ihn ankämpfen.«

Mit immer größer werdendem Schrecken hörte Thim zu, wie Ciaran von seiner Begegnung mit der Göttin und seinem Plan, Kaedhos' Macht für sich zu nutzen, erzählte.

»Ich habe die Wassermagie schon verloren«, endete Ciaran und streckte zur Verdeutlichung die Hände nach dem Schlauch aus. Nichts rührte sich.

Kein Wassertropfen stieg aus der Öffnung hervor.

»Verstehst du jetzt, Thim? Die Zeit drängt!«

Der Barde schüttelte den Kopf. »Genau deshalb brauchen wir Hazel«, beharrte er. »Sie tut dir gut.«

»Unsinn. Was ist das denn für ein Argument?«

»Kein Argument, sondern die Wahrheit. Sie tut dir gut.«

»Sei nicht töricht, Barde. Die Welt ist in Gefahr und du willst, dass ich eine mörderische Gans suche?«

»Du kannst Kaedhos nicht alleine besiegen. Dieses Mal war ich da. Aber was ist, wenn du das nächste Mal die Kontrolle verlierst?«

»Das wird nicht passieren.«

»Du brauchst Hazel.«

Thim stand auf, als hätte er alles gesagt. Ohne ein weiteres Wort ließ er Ciaran zurück und ging nach oben an Deck, um bei Gregor in der Kombüse nach etwas Essbarem für seinen Meister zu suchen. Vielleicht würde er Thims Beweggründe eher verstehen, wenn er etwas im Magen hatte.

Ein Happen würde bestimmt nicht schaden, schließlich hatte das ganze Abenteuer stark an seinen eigenen Fettreserven gezehrt. Der Barde fühlte sich, als wäre er nur noch Haut und Knochen. Und im Gegensatz zu seinem Meister war ihm dieser Zustand nicht egal.

Doch so weit kam es gar nicht.

Beim Rückweg erwartete ihn Ciaran an der Reling und war in ein Gespräch mit Alaria vertieft.

Dankbar nickend nahm er Thim das Stück Brot aus der Hand und begann zu kauen.

»Wir sind kurz vor der Küste von Islirith. Cnock-na-Dealgan, die Stadt des Sichelordens, ist nur eine Woche Fußmarsch entfernt«, erläuterte Alaria gerade.

Ciaran sah nicht erfreut aus.

Die Kapitänin versuchte zu erklären. »Wir dachten, du willst bestimmt deine Freundin retten, sobald du aufwachst.«

»Warum glaubt ihr alle, ich würde Hazel retten wollen?«

Alaria sah ihn tadelnd an. »Sie ist deinetwegen in Gefangenschaft geraten, Ciaran. Der Orden der Sichel hat sie als Verräterin verhaftet und wird sie zum Tode verurteilen. Es gibt in den Schenken aller Häfen von Islirith kein anderes Gesprächsthema.«

»Aber sie wollte *mich* töten!«

»Spring über deinen Schatten, Prinz«, mahnte Alaria.

Und zu Thims Verwunderung schwieg Ciaran lange, statt der Kapitänin eine gehässige Antwort entgegenzuschleudern.

Erst nach einigen Herzschlägen verkündete er seine Entscheidung.

»In Ordnung. Eine Woche hin. Eine Woche zurück. Mehr Zeit haben wir nicht.«

»Geht es denn nicht schneller?«, mischte sich Thim ein.

Alaria blickte den Möwen nach, die über ihren Köpfen dahinzogen, und lachte. »Dazu müssten wir schon fliegen können.«

Dem Barden kam eine Idee.

Er suchte Ciarans Blick.

Sein Meister schien zu verstehen und nickte.

An Alaria gewandt fragte Thim: »Wie viel Segeltuch habt ihr an Bord?«

Abbitte

Ciaran

Gegenwart – (Fast) zwei Wochen später

»… und so haben wir uns in die Stadt geschlichen, auf den richtigen Moment gewartet und dich herausgeholt«, schloss Thim seine Erzählung mit einer zugreifenden Handbewegung. Die geballte Faust zog er demonstrativ zurück an sein Herz und grinste Hazel breit an. »Den Rest kennst du.«

Aus Angst vor einem direkten Gespräch mit der Assassinin hatte Ciaran dafür gesorgt, dass sein Freund bei der Unterhaltung dabei war. Außerdem gab ihm dies die Gelegenheit, ihre Reaktion im Auge zu behalten. Als die befreite Gans ihren Retter gebührend lobte, beobachtete Ciaran sie genau.

Das Lächeln schien echt.

Ja, selbst das Leuchten in ihren Augen wirkte natürlich.

Doch dem Prinzen kam sie wie eine Fremde vor. Er musste sich eingestehen, dass er so wenig über Hazel wusste wie zuvor, als sie aus dem Sturmhimmel mitten in seine Arme gefallen war.

Während der Reise hatte Alaria ihm so einiges über den Orden der Sichel erzählt. Sie zwangen Kinder in ihre Dienste und formten sie zu gefühlskalten Tötungsmaschinen.

Aber die junge Frau, die sie Hazel genannt hatten, war nie kalt oder gefühllos gewesen. In der Wüste hatte er sogar geglaubt, er bedeute ihr etwas.

War das alles Teil des Plans, der Mission?

Hazel bemerkte seinen Blick und schenkte ihm ein trauriges Lächeln. »Ich wollte dich nicht anlügen«, flüsterte sie so leise, dass die Worte beinahe im Knacken und Knistern der Feuerstelle untergingen.

Bei Anbruch der Nacht hatte Alaria das Schiff nach unten gelenkt und auf einem See gewassert, um der Mannschaft nach der gelungenen Rettungsaktion etwas Entspannung zu gönnen. Nun feierten die Piraten lautstark johlend und mit Krügen voller Rum anstoßend rund um die verschiedenen Feuer, die Koch Gregor in mehreren Kesseln angefacht hatte.

Der Duft von gegrilltem Fleisch und vor allem die Anonymität inmitten der Feiernden lockten Ciaran heran. Am liebsten wäre er aufgestanden und zu den Piraten gegangen, um in ihrer Mitte seine eigenen düsteren Gedanken zu betäuben.

Obwohl er Hazels Entschuldigung nicht hören wollte, weil die Erinnerung an ihren Verrat zu sehr schmerzte, blieb er sitzen. Tief in seinem Innern wünschte sich Ciaran, an ihre Unschuld zu glauben.

»Ich hätte es dir sagen sollen, sobald die Erinnerungen zurückkamen«, fuhr Hazel fort, als der Prinz kein Wort erwiderte. »Anfangs wusste ich nur, ich durfte dich nicht aus den Augen verlieren. Und als wir Denzell auf der Mauritio begegneten, da …« Sie schüttelte den Kopf und räusperte sich. »Ich hatte wahnsinnige Angst, Ciaran. Dass ich das Falsche tat. Dass ich die Mission, alles, für das ich gelebt und gelitten habe, gefährdete. Aber ich wollte dich auch nicht verlieren. Verstehst du? Ich war so verunsichert. Wie sollte dein Tod das Ende der Welt verhindern?«

Thim legte tröstend eine Hand auf Hazels Schulter, doch die Gestaltwandlerin streifte sie sanft ab.

»Nein. Ich verdiene dein Mitleid nicht«, hauchte sie und suchte Ciarans erstarrten Blick.

Er wusste noch immer nicht, wie er reagieren sollte. Sein Innerstes wurde mit jedem ihrer Worte durcheinandergewirbelt wie ein Orkan.

»Keine Lügen mehr.« Hazel atmete tief durch, ehe sie mit klarer Stimme fortfuhr. »Ich wurde als Niamh Tir an-t Oighear geboren und als Assassine des Ordens der Sichel ausgebildet. Der Orden schickte mich, seine beste Kriegerin, in Feindesland aus, um den verfluchten Prinzen zu töten.« Hazel presste die Lippen zusammen und starrte Ciaran an, als erwartete sie irgendeine Antwort.

Diese konnte er ihr nicht geben.

In ihren Augen flackerte ein trauriges Schimmern auf.

»Ich bin aber auch Hazel«, flehte sie. »Die Gans, die gegen die Felsen von Helmhaim schlug. Die mit euch kochte, reiste, kämpfte. Manchmal glaube ich, dass ich meine Erinnerung verlieren wollte. Vielleicht wollte ich einfach nicht mehr zurück. Denn ich war gerne ein Teil von euch.«

Der Prinz schwieg eisern.

Mit brechender Stimme schwor sie ihm und zerknüllte dabei mit der rechten Hand den Saum ihres Hemds, als müsse sie sich irgendwo festkrallen, um nicht den Halt zu verlieren. »Das ist die Wahrheit. Das hier! Und nicht das Leben davor. Alles davor war eine einzige große Lüge, die mich gefangen hielt, seit ich Cnock-na-Dealgan das erste Mal betrat.« Sie streckte die Hand nach ihm aus. »Bitte, Ciaran. Glaub mir bitte. Du bedeutest mir viel.«

Ein Teil von ihm wollte nach der Hand greifen wie nach einem Rettungsring. Doch Ciaran fühlte hauptsächlich Wut, unbändige, zornige, brodelnde Wut.

Und nicht jedes Quäntchen davon konnte er auf Kaedhos' Einfluss schieben.

Der Prinz ballte die Hände zu Fäusten und zwang sich, ihrem Blick standzuhalten. So beherrscht wie nur möglich antwortete er ihr. »Du bist auf diesem Schiff, weil Thim meinte, dass ich dich bräuchte. Nicht, weil ich dich retten wollte.«

Hazel zuckte zusammen und schien zu zögern, aber nickte verständnisvoll. »Du hast mich gerettet«, erklärte sie. »Das Warum ist mir gleichgültig.«

Ciarans Fingernägel gruben sich ins Fleisch seiner Handballen. Verstand sie denn nicht, dass er ihr nie mehr vertrauen konnte? Dass er sie nicht bei sich wollte? Oder wollte er doch?

Ein roter, pulsierender Schleier legte sich über sein Sichtfeld.

Es wummerte in seinen Ohren.

Schwindelnd fasste er nach der Holzbank und klammerte sich daran fest.

»Ciaran?« Thims Stimme klang alarmiert.

Der Prinz atmete tief durch, ließ die Wut für einen Moment zu, schätzte sie ab und schob sie dann zur Seite.

Nicht für immer. Zumindest für den Augenblick.

»Kaedhos wird mich in absehbarer Zeit überwältigen«, beichtete er. »Er ist schon jetzt Teil meiner Gefühle – und eines Tages wird er auch weitaus mehr meines Körpers besitzen als nur meine Iris.« Ciaran seufzte und rieb sich die Nasenwurzel. »Deshalb wollte ich mit euch sprechen.«

Seine beiden Begleiter rutschten wie auf ein stummes Kommando näher an ihn heran.

Hazel erklärte ernst: »Ich werde dich nicht töten, falls du es von mir verlangst.«

Der Gedanke war Ciaran nicht einmal gekommen.

Es lag jedoch ein Funken Wahrheit darin, den er nicht mehr aus seinem Kopf verbannen konnte. Wenn Kaedhos am Ende siegte und durch Ciarans Körper eine menschliche Form erlangte, dann blieb seinen Gefährten vielleicht keine andere Wahl mehr.

Hazel würde zumindest die Welt retten, indem sie Ciaran – nein, einen Gott in Ciarans Körper – tötete. Welch absurde Ironie des Schicksals, dass der Plan des Ordens auf Umwegen noch Wirklichkeit werden könnte.

»Nein!« Mit Nachdruck schüttelte die Gestaltwandlerin den Kopf.

Und Thim warf ein: »Es muss einen anderen Weg geben, dir zu helfen. Nicht wahr?«

Der Prinz nickte müde. »Meine Kräfte sind nicht von Dauer. Wenn ich sie schnell genug aufbrauche, hat Kaedhos keine Macht mehr über mich.«

»Ha!« Thim klatschte in die Hände. »Das klingt einfach. Worauf warten wir? Wo ist der nächste Berg, den du versetzen kannst?«

»Thim. Das ist nicht alles.«

»Okay, ich höre ja zu«, gab der Troubadour kleinlaut zurück.

»Die Göttin hat mir ein Geheimnis verraten.«

»Helia?« Der Teil war für Hazel neu, also fasste er kurz zusammen, was er seinem Jugendfreund bereits erzählt hatte.

»Und das Geheimnis?«, wollten am Ende beide unisono wissen.

Ciaran räusperte sich und beugte sich nach vorn. Das laute Lachen und Johlen der feiernden Piraten passte so gar nicht zu dem, was er gleich sagen wollte. Zum ersten Mal sprach er es laut aus.

»Menefer ist eine Empathin.«

Für einen Moment reagierten seine Gefährten kein bisschen, so als hätten sie ihn nicht richtig verstanden. Dann wurde Thims Gesicht aschfahl und der Barde sackte betroffen in sich zusammen.

»Weiß sie es?«, hauchte er.

»Keine Ahnung«, erwiderte Ciaran. »Ich denke, nicht.«

»Moment, Moment!«, verlangte Hazel und hob beide Hände. »Ich verstehe nicht. Menefer ist doch deine Schwester, richtig?«

»Und Königin von Hinia«, ergänzte Thim.

»Na und?«

Ciaran zischte wütend: »Sie hat uns alle betrogen!«

Hazel schien noch immer nicht zu verstehen, denn sie korrigierte ihn umgehend. »Empathen können dich zu nichts zwingen.«

»Aber Menschen folgen den schlimmsten Befehlen, solange sie glauben, das Richtige zu tun«, flüsterte Thim und wandte sich ab, damit Ciaran sein Gesicht nicht sehen konnte.

Dessen aufkeimender Zorn auf Menefer und Hazel versickerte, als das Leid seines Freundes ihn übermannte. Der Tod – nein, der Mord – an seiner neugeborenen Schwester lastete schwer auf dem Barden. Die Schuldgefühle mussten sich noch verstärkt haben, seit sie auf ihrer Reise erlebt hatten, dass Magie kein unbändiges Monster, sondern ein facettenreiches Werkzeug war. Der Prinz wusste nicht, wie er ihn trösten sollte, also legte er nur seine offene Hand neben Thims Beine auf die Holzbank, sodass sich ihre Finger berührten. Dankbar griff Thim danach und drückte seine Hand kurz.

Ciaran beobachtete, wie sich Hazels Augenbrauen betrübt zusammenzogen.

Zuerst dachte er, sie sei eifersüchtig, weil er Thim gegenüber mehr Vertrauen zeigte als ihr. Ihre Antwort machte ihm allerdings klar, dass er in die vollkommen falsche Richtung dachte.

»Das stimmt. Menschen werden zu Monstern, wenn sie sich im Recht glauben.« Laut seufzend lehnte sich die Gestaltwandlerin zurück und sah Ciaran gezielt an. »Was willst du jetzt tun?«

»Diesen Unsinn beenden. Das hätte ich schon lange tun sollen.«

»Wie meinst du das?« Besorgt suchte Thim seinen Blick. »Willst du dich gegen Menefer auflehnen?«

Ciaran schüttelte instinktiv den Kopf. »Ich will sie nicht vom Thron stürzen, bei Helias Schleier! Ich will, dass die Magierpogrome aufhören – und Kaedhos' Einfluss auf unsere Familie ein für alle Mal vorbei ist.«

Nervös strich sich Hazel über die Fingerkuppen. »Das wird wohl kaum ohne Widerstand klappen. Du weißt, du machst dich damit zum Verbündeten von Rowe und zum Feind deiner Schwester?«

»Weder noch«, widersprach Ciaran voller Überzeugung. »Wir müssen Menefer überzeugen, dass der Krieg sinnlos ist. Sie ist eine Empathin – sie wird fühlen, wie ernst ich es meine.«

Seine Gefährten starrten unsicher ins flackernde Feuer.

»Wir schaffen das«, versicherte Ciaran.

Ehe Thim zu einer Antwort ansetzen konnte, kam der Erste Maat Brog schaukelnd in ihren Kreis gewankt und ließ sich neben dem Barden auf der Holzbank fallen, wodurch dieser von der Wucht beinahe nach oben katapultiert worden wäre.

»Kommt sssschon! F-Feiert!«, gurgelte Brog zwischen zwei Schlucken aus dem großen Becher in seiner Hand. »Sssing uns was, Barde!«

»Meine Laute ist defekt«, versuchte Thim kleinlaut, sich aus der Affäre zu ziehen.

Als Antwort schob ihm der Nekromant nur den Becher an den Mund und zwang ihn, daraus zu trinken.

»Komm schon, öle deine K-keeehle!«

»Ein anständig gesungenes Lied wäre eine schöne Abwechslung.« Alaria stand wie so oft ohne Vorwarnung neben Ciaran und schmunzelte.

Der Prinz schnaubte und erklärte: »Dann solltest du besser nicht Thim darum bitten.«

Prustend und röchelnd befreite sich der Barde und gab beleidigt zurück: »Wie bitte? Du liebst meine Lieder!«

»Wohl kaum. Die Reise durch die Wüste war unerträglich, Thim. Wenn ich noch einmal solche Qualen erleiden muss, entlasse ich dich.«

Thim grinste übers ganze Gesicht und feixte: »Du kannst mich gar nicht entlassen. Man reiche mir eine Schüssel! Oder sonst ein adäquates Behältnis, das sich als Trommel eignet.«

»Trommel?«, fragten Brog und Hazel gleichzeitig. Letztere weitaus weniger begeistert.

»Ich arbeite an einem Lied, das die wunderbaren Menschen dieses Schiffes und ihre Abenteuer beschreibt. Das geht nicht ohne Trommeln.«

Während Brog lostaumelte, um Thims Wunsch zu erfüllen, und der Barde trällernd die Tonleiter rauf- und runterrutschte, wandte sich Ciaran an Alaria.

»Kannst du uns zu Menefer bringen?«

Die Piratin schnalzte mit der Zunge. »Bis zur Grenze auf jeden Fall. Danach seid ihr auf euch gestellt.«

»Verstehe«, antwortete Ciaran und malte sich in Gedanken aus, wie Hinias Soldaten das fliegende Schiff aus dem Himmel schießen würden, kaum dass sie Islirith verließen. Notfalls würde er eine weitere Elementarkraft aufbrauchen müssen, um zur Hauptstadt zu gelangen.

Wortlos streckte ihm Alaria einen Becher hin, nach dem er instinktiv griff. Der starke Geruch des Alkohols brannte sich in seine Nase.

Die Kapitänin lächelte verschmitzt und nickte auffordernd. »Morgen ist auch noch ein Tag, Kleiner. Jetzt wird erst einmal gefeiert!«

»Na dann, Prost«, seufzte Ciaran und nahm einen Schluck, den er sogleich bereute.

Verdammt, war das Zeug beißend scharf!

Alarias Lachen verfolgte ihn eine Weile, bis es von lautem Poltern übertönt wurde, das Thim mit den krummen Töpfen des Schiffskochs fabrizierte – und die Frechheit besaß, es *Musik* zu nennen.

»Von wackeren Piraten, Nekromanten und anderen Arten«, johlte der Barde und sprang auf die Holzbank, einen Topf an seinen Bauch gedrückt und einen anderen unter seinen Fuß drapiert. »Hey, ho, hey!«

Bei jedem Wort trat er heftig auf den bemitleidenswerten Topf.

Angelockt vom Lärm und von Brogs frenetischem Klatschen versammelte sich die ganze Mannschaft um Ciarans Feuer und stieg in den Refrain ein.

»Hey, ho, hey!«

»Vergessene Helden erwarten wir wenig. Doch! Hey, ho, hey!«

»Hey, ho, hey!«, brüllte das Publikum.

»Doch! Warte nur auf den Sturmfalken und seine Piraten!«

»Hey, ho, hey! Hey, ho, hey!«

Thim war nicht mehr zu bremsen. »Die Jäger der Lüfte, die Wyrmtöter der See! Nimm dich in Acht vor Alarias Mannschaft!«

»Das reimt sich gar nicht«, kicherte Hazel und setzte sich beschwipst neben Ciaran.

Er erstarrte kurz und überlegte, wie er reagieren sollte. Sein Zögern ging im Trommelwirbel unter.

»Hey, ho, hey! Hey, ho, hey!«

Verlegen nahm der Prinz einen erneuten Schluck Rum.

Vielleicht sollte er für heute Abend nicht mehr viel denken, sondern einfach die Gesellschaft seiner Freunde genießen. Morgen konnte er sich immer noch darüber den Kopf zerbrechen, ob er Hazel jemals vergeben wollte oder nicht.

Stumm saßen sie Schulter an Schulter da, tranken und beobachteten Thim und die Piraten, bis keiner mehr so genau wusste, was zuerst aufhörte: die Nacht oder Thims Fähigkeit, einen geraden Ton hervorzubringen.

Im Aufwind

Ciaran

Lose Gänsefedern kitzelten seine Wangen. Es roch nach Stroh, verschüttetem Rum und Kohle.

Ciaran nieste und schob sich schläfrig hoch.

Thim schnarchte zu seinen Füßen, Hazel hockte mit an den Leib gezogenen Flügeln auf der Holzbank und hatte ihren Schnabel unter das weiche Federkleid gesteckt.

Feiner, grauer Rauch schwebte vor ihm in den Himmel, doch ansonsten war nicht mehr viel vom Feuer und dem nächtlichen Gelage übrig.

Von den Piraten fehlte auf den ersten Blick jede Spur.

Besorgt sah sich Ciaran um und entdeckte Brogs massige Gestalt zwischen den Kanonen liegen, wo er seinen Rausch auszuschlafen schien. In der Kombüse und in Tuckers Krankenzimmer brannten Petroleumlampen.

Also alles in Ordnung.

Erleichtert wischte sich der Prinz die verklebten Augen frei, gähnte und fuhr erschrocken auf, als ihn ein Geräusch überraschte.

Feurig, fauchend, tosend.

Ciaran tastete nach seinem Schwertknauf und ließ die Hand sogleich wieder fallen, als er das große Segeltuch erspähte, das hinten am Bug in die Höhe stieg.

Die Piraten machten sich für den Abflug bereit.

Warum war er heute nur so schreckhaft?

Unruhig stand Ciaran auf und ging zur Reling, um der Mannschaft zur Hand zu gehen. Das Geräusch der Flammen, die die Luft erhitzten und den Ballon füllten, wurde lauter.

Mit den Fingern fuhr er vorsichtig über das zersplitterte Holz der Reling und hielt sich wie ein Ertrinkender daran fest.

Wenn Ciaran die Augen schloss, sah er den Palastgarten vor sich, das fauchende Feuer, das Katara verschlang.

Und Menefer, die ihn angst- und hasserfüllt betrachtete.

War es das? Machte ihn das baldige Wiedersehen mit seiner Schwester so nervös?

Der Prinz atmete tief ein und suchte Ruhe beim Anblick des Morgennebels, der sich träge über dem See bildete.

Der Impuls, in seine Koje zu gehen und den Tag in schützender Dunkelheit zu verbringen, war zurück.

Da beobachtete Ciaran drei Reiher, die vom Lärm des Ballons aufgeschreckt über den See flohen. Die Spitzen ihrer langen Flügel berührten das Wasser, als sie endlich abhoben und als graue Schemen am Horizont verschwanden.

Das könnten sie sein.

Ciaran, Thim, Hazel.

Sie waren geflohen – und doch hatte es nichts gebracht. Weil der Ballon, vor dem sie aufgeschreckt waren, sich gar nicht für die Reiher interessierte.

Natürlich konnten sie sich einen anderen schönen See suchen. Aber das änderte nichts daran, dass ihre Heimat weiterhin gestört wurde.

Ciaran schluckte leer und wandte sich ab.

Es wurde Zeit, dass er sich seinen Problemen stellte, statt sie zu ignorieren.

Hinten am Heck feuerte der Feuermagi Faust einhändig den Kessel an, der den Segeltuchballon mit heißer Luft füllen sollte. Der Windelementar Rollo wich nicht von seiner Seite und beschwor ihn fortwährend: »Sei vorsichtig! Du darfst dich nicht verausgaben.«

»Ich weiß, ich weiß.«

»Du willst deinen anderen Arm doch nicht auch noch verlieren! Sei nicht so rücksichtslos.«

Fausts Brauen verzogen sich zu wütenden Strichen, als ihn Rollo vom Kessel wegziehen wollte.

Ciaran schaltete sich ein und bot an: »Ich kann das übernehmen.«

»Keine Sorge, Prinz«, lehnte Faust ab. »Ich bin ausgeruht und gestärkt. Behandelt mich bitte nicht wie ein Kind, ihr beide.«

Bedrückt gab der Windmagi nach und beschränkte sich darauf, die warme Luft mit seiner Magie schneller hinein ins Segeltuch zu lenken.

Der Prinz konnte ihm ansehen, dass die Diskussion für ihn nicht beendet war. Rollo ließ Fausts für immer versengte Fingerkuppen an der verbliebenen Hand und den amputierten Arm nicht aus den Augen.

Um zu helfen, stellte sich Ciaran neben Faust und ahmte dessen Handbewegungen nach.

Knisternd bildeten sich Funken unter seinen Fingern und heizten das Feuer im Kessel an. Die Hitze kroch über seine Arme, aber von der Wut in seinem Herzen spürte er nichts. Überrascht sah er Faust an, der ihn stolz angrinste.

»Hab ich entdeckt, als mich Alaria zwei Wochen lang nicht mehr aus dem Krankenzimmer ließ«, erklärte der Feuermagi. »Irgendwie musste ich meine Wut loswerden, ohne gleich das ganze Schiff abzufackeln.«

»Wie funktioniert das?«, wunderte sich der Prinz.

Faust zuckte mit den Schultern. »Keine Ahnung. Es funktioniert. Vielleicht, weil es den Kopf ablenkt.«

Konzentriert schaute Ciaran Faust zu, imitierte die wellenförmigen Bewegungen seiner Finger, so als würde er Klavier spielen. Eine wohlige Wärme legte sich über seinen Körper.

»Aber Rollo hat recht«, gab der Feuermagier plötzlich zu. »Deine Kraft mag scheinbar grenzenlos sein, dennoch solltest du auf deinen Körper hören.«

»Meine Kraft ist anders. Endlich. Sie versiegt.«

»Umso mehr ein Grund, auf dich achtzugeben«, meinte auch Rollo und schenkte Faust ein dankbares Lächeln. »Es wäre schön, noch einen zweiten Feuermagi an Bord zu haben. Dann könntet Faust und du euch abwechseln, so wie Felsen und ich.«

Ciaran lächelte pflichtschuldig, auch wenn er ahnte, dass er niemals mehr einen Fuß auf die Mauritio setzen würde.

Sobald er Menefer gegenüberstand, gab es nur wenige Varianten, wie das Abenteuer enden würde. Mit seinem Tod, der Rückkehr in sein königliches Gefängnis oder mit einem Königreich, das seinen Glauben verloren hatte und neu errichtet werden musste.

So oder so gab es für Ciaran kein Zurück mehr.

»Das wäre schön«, gab der Prinz zur Antwort.

Als der Ballon prall über ihnen schwebte und die Mauritio leicht aus dem Wasser hob, packten die Piraten zusammen, um den größeren Ballon auf dem Deck aufzubauen.

Dort erwartete sie bereits Alaria.

Der Blick der Kapitänin gefiel Ciaran nicht.

»Was ist passiert?«, wollte er wissen.

Alaria befahl Faust und Rollo, alleine weiterzumachen, und schob den Prinzen zur Seite, um ungestört mit ihm zu sprechen.

»Eben kam eine Brieftaube an«, flüsterte sie.

»Von wem?«

»Denzell Rowe.«

»Was will der Blutgraf noch von uns?«

»Er hat vom Tod des Shahs und Hazels Befreiung gehört. Wir sollen uns raushalten und nicht in seine Nähe kommen.«

»Warum? Was hat er vor?«

Alaria zischte durch die Zähne. »Ist das nicht offensichtlich? Er und Menefer Whitehart machen da weiter, wo sie aufgehört haben. Ihre Heere stehen sich an der westlichen Grenze von Hinia gegenüber.« Die Kapitänin zog eine Karte aus ihrer Manteltasche und breitete sie vor Ciaran aus.

»Hier.« Sie deutete auf den schwarzen Strich, der das Grenzgebiet von Hinia trennte. »Wenn Rowes Nachricht uns nicht hinters Licht führen soll und wahr ist, dann kämpfen sie schon seit Tagen um diesen Abschnitt.«

»Also ist Menefer auch da?« Hoffnung stieg in Ciaran auf.

»Und mit ihr beinahe die gesamte hinianische Armee. Sowie die verbündeten Streitkräfte Isliriths.« Alaria stöhnte. »Kein besonders toller Ort, um Familienstreitigkeiten zu schlichten, Kleiner.«

»Aber es spart Zeit. Menefer ist viel näher als gedacht«, gab Ciaran zu bedenken und spürte neue Hoffnung in sich aufsteigen.

»Auf dein Risiko, Prinz.«

»Können wir Rowe nicht schreiben, dass er uns durchlassen soll? Und Menefers Soldaten dürfen mich gar nicht aufhalten. Ich bin immerhin ein Mitglied der Königsfamilie.«

»Und der Flammengeist.« Hazel hatte sich von hinten an die beiden angeschlichen.

Im Schlepptau hatte sie Thim dabei, der noch immer ziemlich verschlafen aussah. Vereinzelte Strohhalme steckten zwischen seinen blonden Locken.

Alaria nickte. »Das stimmt. Für die Hinianer bist du nun Kaedhos' finsterer Handlanger selbst.«

»Womit sie nicht ganz unrecht haben.« Thim gähnte.

Ciaran bestrafte ihn mit einem bösen Seitenblick und verlangte zu wissen: »Und nun? Was können wir tun?«

»Menefer Whitehart und Hinia werden dein Problem bleiben, Kleiner.« Alaria zuckte mit den Schultern. »Aber der Blutgraf …« Sie machte eine theatralische Pause und starrte Hazel an.

»Ich?«

»Du bist seine Nichte.«

»Der Orden wird auch da sein«, wehrte die Gestaltwandlerin ab. Sie schien seltsam beunruhigt. Ihre Augen huschten hektisch hin und her, als sei sie ein aufgescheuchtes Reh und keine ehemalige Attentäterin. »Und ich glaube nicht, dass Denzell auf mich hört. Das tat er noch nie. Er hört auf niemanden.«

»Vielleicht doch«, nuschelte Thim und strich sich nervös über die Wangen. »Wir … wir haben uns geküsst.«

»Verfluchte Scheiße!«, entwich Ciaran. Thim war der einzige Mensch, der ihn bislang nicht hintergangen hatte. Und nun hatte ausgerechnet sein bester Freund ihm verschwiegen, dass er eine heimliche Liaison mit dem Feind führte? »Ich wusste es! Von wegen *Er hat mir nichts getan*. Im Stollen hat er dich verführt, dieser Lump!«

»Er ist kein Lump, er …«

»Ja?«

Thim seufzte erschöpft. »Ich wollte ihn nie mehr wiedersehen. Allerdings glaube ich, auf mich wird er hören, wenn ich ihn bitte, die Waffen für einen kurzen Moment niederzulegen, damit du mit Menefer sprechen kannst.«

»Geht das wirklich für dich in Ordnung?«, fragte Hazel besorgt.

Als Antwort erhielt sie nur ein grimmiges Nicken des Barden.

»Bist du bereit?«, fragte Ciaran, als Thim kurze Zeit später an der Reling stand, seinen Rucksack schulterte und die Leine um den Bauch festzog, die ihn an Hazel fesselte.

Der Barde ignorierte seine Frage und erwiderte stattdessen: »Tut mir leid, Meister. Ich habe geschworen, dich nicht mehr alleine zu lassen. Und jetzt tu ich es doch.«

»Du lässt mich nicht alleine. Du hältst mir den Rücken frei.«

Thim lächelte gequält und umarmte Ciaran ohne Vorwarnung. Seine Arme pressten den Prinzen an sich, der Kopf lag auf seiner Schulter. »Es tut mir so leid.«

»Reiß dich zusammen!«, bat Ciaran, wobei die Worte härter klangen als der weiche Unterton, der sie umschmiegte.

Nur mit gutem Zureden und Fluchen konnte sich Ciaran aus der Umarmung lösen.

Während sich Thim die genaue Position von Denzell Rowes Zelt von Alaria erklären ließ, berührte Hazel ganz sachte Ciarans Arm.

»Ich pass auf ihn auf«, versprach sie.

»Gib mir keinen Grund, dir noch mehr zu misstrauen«, drohte der Prinz bitter. Statt erschrocken zurückzuweichen oder zusammenzuzucken, lächelte seine Begleiterin dankbar.

»Das werde ich nicht. Thim ist bei mir sicher, versprochen.«

Ciaran presste die Lippen zusammen und konnte nicht verhindern, dass sein Blick auf das Heer unter ihnen fiel, das sich wie eine Kolonie von Ameisen über die offene Fläche ausgebreitet hatte.

Bislang flog die Mauritio zu hoch, um für Rowes Gestaltwandler eine Gefahr darzustellen. Sobald er Thim und Hazel in einer Luftblase nach unten schickte, waren sie dem Feind hingegen hilflos ausgesetzt.

Er wünschte, er könnte sie begleiten. Aber dann wäre Menefer gewarnt und würde ihren missratenen Bruder unter keinen Umständen empfangen wollen.

»Wir sind so weit«, verkündete Alaria, zog prüfend am Seil, das den Fallschirm am Rucksack festhielt, und klopfte Thim auf die Schultern.

»Meine Luftblase wird bloß bis zur Hälfte halten«, warnte Ciaran und begann, Fausts Bewegungen erneut nachzuahmen.

Vielleicht half der Trick auch, wenn er Luft beschwor.

Er durfte nicht zu viel Kraft verwenden, damit er genug übrighatte, um später selbst zu Menefer schweben zu können. Um Wind beherrschen zu können, musste er eigentlich das Gefühl von Freiheit und Sorglosigkeit hervorrufen. Doch gerade war ihm alles andere als nach Loslassen zumute.

Zum Glück schien Fausts Trick zu wirken. Ciaran konnte seine Gefühle im Zaun halten und gleichzeitig eine dicke Glocke aus schützender Luft um Thim und Hazel spannen, die sich an den Händen nahmen.

Der Prinz hob die Luftkugel mitsamt seinen Freunden an und schob sie über die Reling.

»Wir kommen zurück«, versicherte Thim mit weinerlichem Blick.

»Falls nicht, bist du per sofort entlassen. Verstanden?«

Thim lachte gequält. »Selbstverständlich, Meister.«

Hazel sah ihn stumm an.

Mit einem Kloß im Hals ließ Ciaran die Glocke fallen und sah ihr nach, wie sie irrsinnig schnell nach unten stürzte.

Er fürchtete schon, nicht genug Luft in die Glocke hineingetan zu haben, aber dann tauchten die weißen Segeltücher auf und seine Freunde segelten unbeschadet hinab, immer kleiner werdend, bis Ciaran sie nicht mehr von der Masse der Soldaten unterscheiden konnte.

»Bald bist du dran, Kleiner«, erklärte Alaria und deutete nach vorne.

Im dichten Rauch von Kanonenfeuer, Flammen und Windböen krachten die beiden Heere aufeinander. Das Geschrei und die Schreie aus Tausenden von Kehlen wogte bis zu ihnen aufs Deck des Sturmfalken hoch.

»Für uns wird es hier zu gefährlich.«

Ciaran nickte und sprach sich selbst Mut zu. »Das sollte ich schaffen.«

Er zurrte den Waffengurt fester um seine Brust, richtete die Schwertscheide an seiner Hüfte und konzentrierte sich auf Kaedhos' Macht, die in seinem Innern tobte.

Konnte er auf den Wind verzichten?

Erde und Feuer sollten ausreichen, um bis zu Menefer zu gelangen. Er durfte nur nicht wieder ohnmächtig werden.

»Leb wohl, Prinz.«

»Es war mir eine Ehre, Captain.«

Ciaran verbeugte sich vor der kleinen Kapitänin und sprang mit einem Satz auf die Reling.

»Behaltet mich in guter Erinnerung«, bat er und fiel ins bodenlose Nichts des Himmels, ehe Alaria antworten konnte.

Auf der falschen Seite

Thim

Sein Herz schlug ihm bis zum Hals, als er dem Boden immer näher kam. Thim erwartete, dass ihn einer der Soldaten aus Islirith zwangsläufig bemerkte und ins Visier nahm. Oder einer der geflügelten Gestaltwandler ihn aus der Luft pflückte und im Flug zerriss.

Doch nichts dergleichen geschah.

In all dem Trubel schien der Barde nicht weiter aufzufallen, als er sanft herabsegelte und zwischen den Truppen zum Stehen kam, die sich in ständiger Bewegung befanden.

Ein Koloss in glänzender Rüstung trampelte ihn beinahe um, bevor Thim die Orientierung zurückgewann.

Hazel war gleichzeitig neben ihm gelandet, packte Thim an den Schultern und zog ihn rasch zur Seite.

»Nicht stehen bleiben«, zischte sie. »Du fällst sonst auf.«

Seite an Seite hechteten sie durch die Meute der Magier, die wild und unorganisiert nach vorn drückten.

»Halt den Kopf nicht so gesenkt. Schau selbstbewusster!«, verlangte seine Beschützerin und ging voran.

Der Barde bemerkte mit Erstaunen, wie anders die Gestaltwandlerin wirkte, sobald sie die Gestalt der Gans abstreifte und zur Kriegerin wurde.

Sie lief aufrecht und mit gerade durchgestreckten Schultern, die Hände automatisch neben den Klingen platziert, die an ihrem Gurt baumelten. Sie strahlte eine furchterregende Aura aus, so ganz anders als die kochende Magd, mit der er einst gescherzt und gelacht hatte. Solange er in Hazels Nähe blieb, war er sicher, davon war er überzeugt.

Der Anflug von Panik versiegte allmählich und Thim konnte sich auf seine eigentliche Aufgabe besinnen.

Wo waren die Zelte des Heereskommandos schon wieder?

Beim Absprung hatte er sie ganz genau im Blick behalten, doch mit der Landung ging sämtliche Orientierung verloren.

»Hier lang«, schimpfte Hazel. »Beeil dich.«

Wenigstens seine Begleiterin behielt den Überblick im immer dichter werdenden Gedränge.

Mit Händen und Ellenbogen kämpfte sich Thim durch die Masse an verschwitzten Leibern, kaltem Stahl und Fell, bis er gegen eine breite Brust rannte und nicht mehr weiterkam.

»Tschuldigung«, nuschelte Thim noch, da packte ihn eine kopfgroße Pranke am Oberarm und zog ihn in die Höhe, als sei er nichts weiter als eine Rübe, die es aus dem Beet zu ziehen galt. Der Barde starrte direkt in ein Paar gelber Tieraugen.

Ein aufrecht stehender Braunbär in voller Rüstung knurrte ihn an und verwandelte sich in einen bärtigen Koloss. »Willst abhauen, was? Hast Muffensausen gekriegt?«

»Nein, nein!« Thim wehrte sich strampelnd, während er wie ein nasser Sack im Griff des Fremden hing. »Ich muss zum Blutgrafen! Offizieller Befehl!«

Der Bär zog zweifelnd eine struppige Braue hoch.

Und für einen Moment hoffte Thim, dass seine Notlüge, die im Grunde gar keine Lüge war, funktionierte.

Eine andere Stimme drängte sich dazwischen.

»Der lügt, Raka«, meinte ein Jüngling in einem Ordensgewand, dessen Zuordnung Thim nicht gelingen wollte. Über einem dicken braunen Unterstoff trug der Soldat eine blassgrüne Tunika, auf dessen Brust ein Kristallemblem in denselben Farben prangte. »Der Blutgraf empfängt so eine Wurst nicht einmal.«

»Hey, ich bin keine Wurst!«

Wenig überzeugt schüttelte der Bär Thim in der Luft, bis das Blut in seinen Ohren rauschte und ihm die altbekannte Übelkeit die Kehle hochstieg.

»Und was machen wir dann mit ihm, Beril? Er könnte ein Spion sein.«

»Er gehört zu mir.«

Noch nie in seinem Leben war Thim so erleichtert, Hazels Stimme zu hören. Bei Helias Schleier!

Sie hatte bemerkt, wie Thim zurückblieb, und war gekommen, um ihn zu retten!

»Er ist mein Gefangener.«

Raka und Beril wandten sich gleichzeitig um, ohne dass der Bärenmann seine Beute losließ.

Thim verkniff sich einen Hilfeschrei, um Hazels Tarnung nicht auffliegen zu lassen.

Doch sie schien den beiden Soldaten bereits bestens bekannt.

»Wen haben wir denn da?«, knurrte Raka.

Beril beantwortete die Frage seines Kumpans gleich selbst: »Die Gans! Ist unser Prinzesschen heimgekehrt, um den Zerfresser um Verzeihung zu bitten?«

»Lasst ihn runter.«

»Dieses Milchgesicht hier?« Raka schüttelte ihn erneut.

Thim schloss die Augen, bis das Schwindelgefühl nachließ. In Gedanken betete er zur Göttin, dass Hazel ihn endlich befreien möge. Der Schmerz in seiner Schulter wurde unerträglich.

»Lasst ihn runter«, wiederholte diese und fügte eine Drohung an. »Wenn euch euer Leben lieb ist.«

»Oha!«, quiekte Beril, der Tunikaträger. »Du drohst uns? Deinen alten Kumpanen? Dann hatte der Orden wohl doch recht, dich zum Tode zu verurteilen.«

»Ich habe keine Zeit für Spielchen, Beril!«, fauchte Hazel. »Ich muss ihn zu Denzell bringen. Jetzt!«

»Ich wäre den Herren auch sehr verbunden, wenn sie mich freiließen«, ergänzte Thim.

»Klappe, Haferbrei!«, maulte Raka.

Bevor der Barde erwidern konnte, dass er da bei Raka eine leichte Aversion gegen ihn selbst und Lebensmittel im Besonderen verspürte, krachte weiter hinter ihnen eine Kanonenkugel mitten in die Schar der Soldaten.

Betäubender Lärm, Schreie und aufgewirbelte Erde mitsamt qualmenden Pulverfunken flog ihnen entgegen.

Beril fluchte. »Verdammte Hinianer. Sie sind näher, als ich dachte.«

»Lass uns endlich Köpfe einschlagen!«

»Ruhig, Kumpel. Zuerst müssen wir uns um die Verräterin kümmern.«

Hazel lachte kalt. »Du warst schon immer ein Idiot, Beril. Ich bin auf eurer Seite.«

»Lüg mich nicht an, Prinzesschen.«

Als Antwort zückte Hazel die Dolche und hob die Klingen in Angriffsstellung vor ihren Körper.

Der Tunikaträger streckte die Hand aus und ließ Staub vom Boden in seine Handfläche hochsteigen. Beril war ein Erdmagi?

Thim stöhnte, was Hazel zu beunruhigen schien.

»Ich beeil mich, bleib ruhig«, zischte sie ihm zu.

»Ach ja? Das denkst auch nur du!« Beril formte den Staub zu einer bedrohlichen Kugel, die schützend vor ihm und dem Bärengestaltwandler schwebte.

Ohne Vorwarnung ging ein Ruck durch den Erdboden, der sie alle zum Stolpern brachte.

Thim dachte zuerst, es sei erneut eine Kanonenkugel eingeschlagen, Berils überraschtes Aufquieken bewies ihm indes, dass weit mehr dahintersteckte.

»Was ist das für eine Magie? Das war ich nicht!«

Ciaran.

Thim ahnte mit unbeirrbarer Sicherheit: Sein Meister war der Auslöser des Erdbebens.

Der Barde schaffte es nicht, sich umzuwenden und nachzusehen, aber während er sich im Klammergriff hin und her schwang, brüllte Raka plötzlich auf und ließ ihn fallen. Thim landete unsanft auf beiden Beinen, sah das Blut an den Pranken des Bären herabtropfen und spürte Hazels Griff erneut an seinem Oberarm.

»Schnell!« Sie zog ihn an Raka vorbei, hinein in die Menge.

Ihre Gegner hatten nicht vor, Hazel und Thim so rasch entkommen zu lassen.

»Verräterin! Deserteurin!«, kreischte Beril.

Und Rakas Bärenatem verfolgte sie knurrend. »Schnappt sie! Es ist Niamh Tir an-t Oighear!«

Thim tauschte einen gehetzten Blick mit Hazel, die keine Zeit darauf verschwendete, sich weiter mit ihren Verfolgern auseinanderzusetzen, sondern ihren Schutzbefohlenen weiter vorwärtszerrte.

Sie kamen nicht sehr weit.

Berils und Rakas Schreie riefen andere Magier auf den Plan.

Hazel stieß einen Wolfshund von sich, der nach ihnen grapschte, konnte hingegen nicht verhindern, dass sich trockene Ranken um ihre Beine knoteten.

Thim wollte sie warnen, da packte ihn bereits ein Soldat von hinten und presste seine felligen Pranken auf seinen Mund. Ehe er erschrocken nach Luft schnappen konnte, stülpte jemand einen Sack über Thims Kopf und die Welt verschwand in Dunkelheit.

Er sah nur noch verschwommene Schemen durch den Jutestoff und der erdige Gestank von fauligen Kartoffeln drängte sich in seine Nase. Seine Arme wurden von mehreren Händen nach hinten gerissen und hinter dem Rücken festgezurrt.

Hazel stöhnte in der Nähe. Es klang, als wäre sie geknebelt.

Seine gequetschte Schulter schmerzte höllisch und der Schmerz ließ ihn regungslos erstarren. Thim spürte, wie er weggetragen wurde.

Einzig Hazels gehetztes Atmen zeigte ihm, dass sie nicht voneinander getrennt wurden.

Die Soldaten riefen sich zu, fauchten und lachten.

Thim verstand bloß die Hälfte davon und fürchtete schon das Schlimmste, als er fallen gelassen wurde und auf den Knien aufkam.

Wie auf ein geheimes Zeichen verstummten ihre Peiniger. Nur das ferne Tosen der Schlacht und das Knarzen von ledernen Stiefeln auf dem Kiesboden waren zu hören.

Die Schritte stoppten.

Ein dunkler Schatten stand direkt vor ihnen.

»Niamh.«

Diese Stimme jagte ein Kribbeln durch seinen Körper. Er würde sie überall wiedererkennen.

»Hast du dich endlich dazu entschlossen, doch auf unserer Seite zu stehen?«

Hazel schrie gegen ihren Knebel an.

Thim spürte ihre warmen Beine gleich neben den seinen zittern.

Hinter ihnen kicherten die Soldaten wie Schulmädchen.

»Ich hoffe, das ist Ciaran Whitehart, den du uns da mitgebracht hast?«

Der Schemen vor ihm griff nach dem Sack und zog ihn von Thims Gesicht. Ein Paar eisblauer Augen starrten ihm entgeistert entgegen.

»Thim?«

Der Barde blinzelte die Tränen aus den Wimpern, um Denzell Rowe besser sehen zu können.

Der Blutgraf stand direkt im Sonnenlicht, was die blasse Haut noch durchscheinender wirken ließ. Schwarz-rote Adern durchzogen sein Gesicht.

Besorgt atmete Thim auf.

Denzell Rowe kam ihm zuvor. »Bei Kaedhos' Eiern! Geht es dir gut?«

»Das wollte ich eben dich fragen.«

Rowe berührte Thims Wange ganz sachte, so als wäre er ein zerbrechlicher Schmetterling.

Am liebsten hätte er sich in der Berührung verloren und sich dagegen gelehnt. Aber erschüttert über seine eigene Nachlässigkeit fiel ihm wieder ein, warum sie eigentlich hier waren.

»Wir müssen mit dir reden«, erklärte Thim und blickte Rowe eindringlich an.

»Das dachte ich mir.« Der Blutgraf lächelte mit einem verletzlichen Schimmer in den sonst so kalten Pupillen.

Die anfängliche Entrüstung der Soldaten darüber, die Gefangenen freizulassen, zerstob mit einem einzigen scharfen Appell des Blutgrafen.

Hazel und Thim wurden sofort von ihren Fesseln und Knebeln befreit und zum Zelt des Heerführers gebracht.

Nachdem die Gestaltwandlerin darauf bestanden hatte, vor dem Zelteingang zu warten, und Denzell Rowe sicher war, dass keiner seiner Leute es wagen würde, auch nur in die Nähe seiner Nichte zu kommen, eilte er direkt auf Thim zu und wollte ihn in seine Arme schließen.

Befangen schob ihn Thim von sich.

Tausend Gefühle spiegelten sich in der Miene des Blutgrafen wider. Zurück blieb Bedauern.

»Es tut mir leid«, presste Rowe hervor. »Ich wollte nicht, dass du mich hasst.«

Thim schüttelte abwehrend den Kopf und strich sich mit dem Daumen über das Handgelenk, um Rowes Blick auszuweichen. »Du hast mich nicht nur verraten, sondern in der Wüste zurückgelassen«, murmelte der Barde. »Du hast mich dem Shah überlassen.«

»Der Shah? Bei Kaedhos, das wusste ich nicht! Ich dachte, du seist längst wieder bei Whitehart.« Ehrlich entsetzt fuhr sich Rowe über den Mund und machte einen weiteren Schritt auf den Barden zu, der instinktiv zurückwich.

»Es war die Hölle.« Thim schluckte schwer.

Die Versuchung, sich auf einen der gepolsterten, mit weißem Leinen überzogenen Stühle zu setzen, war groß. Das unglaublich kuschelig wirkende Bett hinten im Zelt konnte Thim nicht einmal ansehen, ohne vor Scham rot zu erglühen.

Doch dieses Gespräch sollte sich jetzt nicht um Thim und um seine zwiespältigen Gefühle drehen.

Es ging um Ciaran.

Und um die Rettung der Königreiche.

Mit einem Schulterzucken entledigte sich Thim seiner eigenen gemischten Gefühle, atmete tief ein und verlangte: »Du bist mir etwas schuldig!«

Rowe trat erneut einen Schritt näher an ihn heran und versprach: »Ich tue alles dafür, dass du mir verzeihst.«

»Alles?«

»Alles!«

Das anzügliche Grinsen war wieder zurück auf Rowes so verdammt gut aussehendem Gesicht und so unverschämt anziehend, weshalb Thims Gefasstheit für einen kurzen Moment wankte.

Indes hatte er es Ciaran versprochen.

»Halt deine Krieger zurück. Lass dein Heer abziehen.«

Rowe blinzelte verwirrt. »Rückzug? Du willst, dass wir …« Der Blutgraf stockte und schien allmählich zu verstehen. Enttäuschung ließ das Lächeln auf seinem Mund einfrieren. »Bist du deswegen hier? Weil dich dein Prinz geschickt hat?«

»Ich bin freiwillig hier. Dieser Krieg muss aufhören, Denzell.«

Ein schwaches Lachen entwich Rowe. »Das ist das erste Mal, dass du meinen Namen nennst.«

»Bitte. Du sagtest, du würdest alles tun.«

Der Blutgraf wandte sich ab und wanderte zum Kartentisch, der in der Mitte des Zelts am meisten Raum einnahm. Gedankenverloren strich er auf der Karte über den Verlauf der Küste, die Hinia und Islirith miteinander verband. Erst als Thim näher herantrat, sprach Rowe: »Ich kann nicht.«

»Warum?«

»Gerade hat ein Erdbeben Königin Menefer vom Rest ihrer Armee getrennt. Wir stehen kurz davor, die Hinianer endlich zu besiegen.« Rowe seufzte schwer. »Ich bin der gewählte Heerführer aller Königreiche von Islirith. Ihr Vertrauen, ihre Hoffnung liegen auf mir. Ich kann sie nicht enttäuschen.«

»Aber mich schon?«

Thims Stimme brach. Er musste die Zähne zusammenbeißen, um nicht zu weinen.

Ihm war bewusst, wie viel er von Denzell Rowe verlangte. Vielleicht zu viel. Im Innern hatte Thim hingegen immer gehofft, dass die Anziehung zwischen ihnen größer als alles andere war.

Größer als Politik, Titel und Macht.

Größer als der Hass zweier verfeindeter Länder.

Thim hatte sich wohl geirrt. Welch Narr er doch war.

Sie kannten sich erst seit Kurzem, hatten kaum mehr als ein paar Tage miteinander verbracht. Natürlich war er für Denzell Rowe am Ende nicht mehr als eine Liebelei.

Zitternd wandte sich Thim ab und wollte das Zelt verlassen.

Rowe fasste nach seinem Unterarm und hielt ihn zurück.

»Vertrau mir. Thim? Vertrau mir!«, flehte der Nekromant. »Ich kann uns Frieden bringen.«

Widerwillig löste Thim seinen Arm aus Rowes Fingern, streifte sie ab wie ein lästiges Insekt, obwohl er sie viel lieber auf seinem ganzen Körper spüren wollte.

Warm, liebkosend.

»Vertrauen, Denzell?«, flüsterte der Barde. »Einmal verloren, findet man Vertrauen nicht so schnell wieder. Wie soll das zwischen uns je funktionieren?«

»Du hast Niamh verziehen, oder?« Rowe deutete zum Eingang, wo sich Hazels Schatten durch die weiße Zeltwand abzeichnete.

Thim gab darauf keine Antwort, sondern klagte ihn direkt an: »Du hast mich bewusst angelogen.«

»Ja. Eine notwendige Lüge. Tun wir das nicht alle? Dein Prinz hat dir auch nicht gesagt, wohin er will und was er tut. Er hat dich ebenso zurückgelassen.«

»Ciaran und ich lügen uns ständig an. Aber nur, weil wir den anderen schützen wollen. Nicht aus Eigennutz.«

»Du entscheidest dich also für Ciaran statt für mich?«

Der Barde hörte die Eifersucht in den Worten. Statt sie als Zeichen von Liebe zu werten, verstand Thim sie als das, was sie wirklich waren. Ein letzter Versuch, ihn zum Bleiben zu bewegen. Doch Thim würde sich kein schlechtes Gewissen einreden lassen.

Mit fester Stimme erklärte er: »Nein. Ich wähle mich. Mir zuliebe will ich nichts mehr mit dir zu tun haben.«

Ohne ein weiteres Wort schritt Thim auf den Ausgang zu.

»Warte!«, bat Rowe verzweifelt. »Du sagtest im Tunnel damals, dass du mich zuerst kennenlernen willst. So richtig.«

Der Barde blieb erneut stehen, wandte sich aber nicht mehr um, sondern starrte auf den Zeltausgang in greifbarer Nähe.

»Ich hatte noch keine Chance, dir zu zeigen, wer ich wirklich bin«, fuhr der Blutgraf fort. »Du weißt nicht, warum ich all das getan habe. Warum ich so bin, wie ich bin. Und vor allem weißt du nicht, wer ich sein kann, solange gerade kein Krieg herrscht und sich die Mächtigen nicht an die Gurgel gehen. Thim, bitte. Gib mir diese Chance.«

Mehrere Herzschläge lang zögerte Thim, wenn auch sein Entschluss längst gefasst war. Er antwortete auf die gleiche Weise, wie Denzell Rowe ihm seine Bitte zuvor abgeschlagen hatte.

»Ich kann nicht.«

Und damit verließ Thim das Zelt.

Herz statt Pflicht

Thim

Ohne eine einzige Bitte des Barden verstand Hazel, dass er nicht darüber reden wollte. Sie bewegten sich stumm durch die Reihen der Soldaten in Richtung der Front.

Niemand versuchte, sie aufzuhalten. Ob es nun Hazels grimmiger Blick oder der lange Arm des Blutgrafen war, der sie schützte, spielte für Thim keine Rolle. Hauptsache, sie kehrten zu Ciaran zurück, bevor Kaedhos die Oberhand gewann und Thim seinen Meister für immer an einen wahnsinnigen Gott verlor.

Je weiter sie vorankamen, desto mehr Kanonenkugeln zischten über ihre Köpfe hinweg. Pfeilregen, Explosionen und Rauch erschwerten ihnen die Orientierung.

Einmal stürzte eine Gestaltwandlerin brennend neben ihnen zu Boden, die verkohlten Federn verteilten sich in der Luft.

Thim brachte der Gestank von verbranntem Fleisch beinahe zum Erbrechen.

Hazel ermahnte ihn: »Sieh nicht hin. Wir müssen weiter.«

Ihre sonst so gefasste Stimme bröckelte. Dachte sie wie Thim auch daran, dass diese bemitleidenswerte Magi sie selbst hätte sein können?

Ein andermal wurde vor ihnen die Sonne von glänzendem Stahl reflektiert. Wie aus dem Nichts preschten hinianische Soldaten heran und stachen die Elementarmagier in der Nähe nieder, deren Finger schon zu Staub zerfielen.

Erneut rettete ihn Hazel, als sie Thim rasch zur Seite zog und die Richtung wechselte, um den Hinianern zu entgehen. Einer der Krieger scherte aus der Formation, kaum hatte er Thim erspäht.

»Der Prinz?«, rief er ihm hinterher. »Seid Ihr nicht des Prinzen Diener?«

»Ja!« Der Barde blieb stehen und wandte sich hoffnungsvoll um.

Konnte der Soldat sie zu Ciaran bringen?

Am Rande des Sichtfelds sah er Hazels silbernen Dolch aufblitzen.

»Nicht!«, schrie er ihr zu, doch es war schon zu spät. Die Klinge grub sich zwischen dem Plattenpanzer und dem Helm in den Hals des Kriegers. Mit einer gezielten Bewegung zog Hazel die Waffe wieder zurück und wischte sie an ihrer Hose ab, während der Soldat noch einen Schritt vorwärts torkelte und dann zur Seite wegkippte.

Sein hoch erhobenes Schwert streifte dabei Thims Wange und hinterließ eine brennende Spur auf seiner Haut. Hätte die Assassine nicht reagiert, wäre Thim jetzt zwiegespalten. Wortwörtlich.

»D-Danke«, stotterte er entsetzt und fragte sich, ob der Anblick der leblosen Augen, die er hinter dem Helmschlitz gesehen hatte, ihn für immer in den Träumen verfolgen würde.

»Weiter!«

Beinahe paralysiert stolperte der Barde hinter Hazel her. Seine Füße trugen ihn vorwärts, ließen ihn über Leichen steigen und durch Gräben waten, obwohl er sich seltsam losgelöst von seinem Körper fühlte.

War das gerade echt? Warum geschah das alles?

»Reiß dich zusammen, Thim!«

Seine Freundin schrie ihn an und hielt seine ohnehin schon lädierten Schultern gepackt, damit er nicht hinfiel. Der Schmerz holte ihn zurück in die Realität.

»Es ist nicht mehr weit«, erklärte sie mit vor Panik schimmernden Augen. »Da vorne wehen die grau-gelben Banner Hinias.«

Er spürte ein Knistern im Wind und sah sich alarmiert um.

»Was ist das?«

Die Toten, über die Thim gerade erst gestiegen war, erhoben sich wie von Geisterhand.

Verdammt!

War ihnen jetzt auch noch ein Nekromant auf den Fersen?

»Thim! Schau!« Aufgeregt deutete Hazel zu den Toten, die sich so hinstellten, als würden sie eine Wand bilden. »Sie schirmen uns von den Hinianern ab.«

Den Schlachtenlärm durchdrangen Fanfaren von Dutzenden Trompeten und das Heer der Magier blieb irritiert stehen.

»Was ist los?« Thim wandte sich fragend an Hazel, die ungläubig den Kopf schüttelte.

»Das ist das Signal zum Rückzug.«

Der Barde traute seinen Ohren kaum.

Rückzug?

Erfüllte Denzell Rowe etwa doch seinen Wunsch?

Bevor sich die Freude richtig in Thims Brust ausbreiten konnte, näherte sich ihnen die nächste Bedrohung.

Einige der Magi setzten sich erneut in Bewegung und ignorierten die Befehle.

Instinktiv schob sich die Gestaltwandlerin vor ihn, die Klingen kampfbereit in die Luft gestreckt. Thim tastete nach dem Schwert, das bisher nutzlos an seiner Hüfte baumelte. Er wusste nicht einmal, wie er das Ding aus der Scheide ziehen sollte, ohne sich selbst zu verletzen.

Als Thim über Hazels Schulter schielte, sah er die abtrünnigen Magier direkt auf sie zu stürmen. Es waren mehr, als der Barde auf die Schnelle zählen konnte. Definitiv zu viele für Hazel, selbst wenn sie so gut war, wie sie behauptete.

Aus dem Nichts schoss ein grüner Krakenarm über den Erdboden hinweg, drängte die Magier zurück und wischte sie fort wie Reiskörner. Der gigantische Leib des Tiers rutschte hinterher und verwandelte sich innerhalb eines Lidschlags zurück in eine junge Frau.

Ehe die zwei Flüchtenden reagieren konnten, stand eine weitere Dame neben ihnen und berührte mit je einer Hand ihre Stirn.

»Schlaft«, säuselte die Blondine, die Thim als Matilda erkannte. »Seid ihr nicht müde? Schlaft ruhig, euch geschieht nichts.«

Die Worte von Rowes Empathin lullten Thim ein und er spürte, wie Hazel gegen seine Schulter sackte.

Doch allein der Gedanke an den Blutgrafen ließ ihn hochfahren. Er schlug Matildas Hand fort und rüttelte Hazel aus der Hypnose.

Das Gänsemädchen grunzte erbost und fluchte. »Bei Kaedhos' Eiern! Matilda, ich hab dir gesagt, mach das nie wieder.«

»Entschuldige, Niamh. Befehl vom Boss.« Evina, die Krakenfrau, stellte sich zu ihnen.

»Der Boss ist auch bald da.«

»Wir kommen nicht zurück«, erklärte Thim.

»Das habe ich nie verlangt«, schaltete sich eine dritte Person ein.

Thim fuhr ertappt herum.

Da stand er mitten im Schlachtfeld, blutüberströmt, die Arme weit von sich gestreckt, um die Wand aus Toten aufrechtzuerhalten. Denzell Rowe kam mit schweren Schritten auf ihn zu.

Das Rinnsal, das aus seinen beiden Augen trat und die Wangen hinunterglitt, bildete eine erschreckend rote Maske.

»Was tust du da?«, hauchte Thim ungläubig. »Du bringst dich noch um!«

Rowe nahm keinen Moment den Blick von ihm, schien aber seine Frage zu ignorieren. Stattdessen erteilte er seinen Begleiterinnen Befehle.

»Evina. Uns sollen keine Magi folgen. Matilda, wo ist der Prinz?«

»Eine Meile östlich von uns. Es geht ihm nicht gut«, berichtete die Empathin. »Wir müssen uns beeilen.«

»Warum bist du hier, Onkel?« Hazel klang ungehalten, während sich Thim vor allem Sorgen um Ciaran machte.

Was meinte die Empathin mit: *Es geht ihm nicht gut*?

»Ich komme mit dir.« Rowe senkte die Arme, wodurch die Toten wie schnurlose Marionetten in sich zusammensackten. Da Thim nicht gleich reagierte, wiederholte er: »Ich komme mit dir.«

»Wie meinst du das?« Thim sah ihn an, streckte die Hand aus und wischte das Blut von seiner Wange.

Der Blutgraf legte die Finger auf seine, sodass Thims Hand auf seiner Haut verblieb. »Ich habe etwas länger gebraucht. Mein ganzes Leben lang habe ich alles, was ich liebte, für den höheren Zweck geopfert. Aber jetzt weiß ich, ich will nur dich. Keine Titel, kein Reich, keine Macht. Nur dich, meine Mannschaft und die Zukunft vor uns.«

Völlig überrumpelt traute Thim seinen eigenen Gefühlen nicht. All der Schmerz, das Leid und dieser flehende Blick des Mannes direkt vor ihm, der gerade sein Leben für ihn riskierte, waren mehr, als er ertragen konnte.

»Bei Helia!«, herrschte ihn Hazel an. »Wir haben keine Zeit für euch Turteltauben. Küss ihn endlich und beeil dich.«

Küssen? Als wäre ein Damm gebrochen, ließ sich Thim nach vorne fallen, umschlang Rowes Nacken mit seinen Armen und suchte seine Lippen.

Der Kuss war feucht, eklig und zu salzig von all dem Blut in Rowes Gesicht. Und dennoch klammerte sich der Barde an ihn wie ein Sterbender an seinen letzten Lebensfaden. Was er im Nachhinein ziemlich passend fand, hatte er sich doch unsterblich in einen Nekromanten verliebt.

Rowe hielt ihn zitternd fest und gab ihm Halt.

Für einen zarten, ungestörten Moment fühlte sich Thim vollkommen geborgen – dann überrollte ihn eine Welle aus sengender Hitze.

Beißender Wind zwang sie alle in die Knie.

Der Blutgraf warf seinen Mantel schützend um Thim.

Eine Kanonenkugel? Ein Elementarangriff?

Thim hatte nur wenige Lidschläge lang Zeit, sich einen Reim aus allem zu machen. Er ließ Rowe schweren Herzens los, hechtete unter dem Mantel hervor und stürzte in die Richtung, aus der die Hitzewellen strömten.

In der Ferne loderte eine Flammensäule in den Himmel.

»Ciaran!«

Alte Wunden

Ciaran

Kurz zuvor …

Auf halber Strecke bereute er, keinen Fallschirm umgeschnallt zu haben. Ciaran stürzte in die Tiefe, durch Wolken aus Rauch und Funken, vorbei an geflügelten Soldaten und Geschossen, einzig gebremst von einer dünnen Schicht Luft, die er um seinen Körper gewoben hatte.

Das grenzenlose Gefühl der Unbesiegbarkeit, das ihn wie einen Rausch durchströmt hatte, versiegte und machte der Müdigkeit Platz.

Panisch versuchte Ciaran, an seiner Magie festzuhalten, die ihm wie Sand durch die Finger glitt.

Er hätte es wissen müssen.

Seit seiner Begegnung mit Helia hatte er Windmagie am meisten benutzt. Nie zu viel, nie zu lange. Selbst diese kleinen Mengen reichten in der Gesamtheit aus, um ihn kraftlos zurückzulassen.

Mitten in der Luft war das kein guter Zeitpunkt.

Ciaran reagierte instinktiv und zog das letzte bisschen Magie aus der schützenden Lufthülle heraus, wodurch er nur noch schneller nach unten stürzte.

Im letzten Moment, als der Erdboden unter ihm auftauchte und mit wahnsinniger Geschwindigkeit näher kam, streckte er die Hände aus und entließ alle Windmagie auf einmal. Der Windstoß warf ihn leicht zurück, konnte allerdings nicht verhindern, dass der Prinz bäuchlings aufschlug.

Blut rauschte in seinen Ohren.

Die Augen funktionierten nicht richtig und jeder Knochen in seinem Leib schmerzte, als hätte ihn Alaria kielholen lassen. Ciaran musste sich aktiv darauf konzentrieren, regelmäßig zu atmen, bis er allmählich die Kontrolle über sein Bewusstsein zurückerlangte.

Die Müdigkeit war so einlullend, so überzeugend. Der Schmerz zu viel. Und die Möglichkeit, hier und jetzt aufzugeben, einfach liegen zu bleiben, so verlockend.

Ciaran krallte die Finger ins Erdreich, spürte den aufgewühlten Schlamm und die angenehme Kälte.

Das war sein Zuhause. Hinia war sein Zuhause.

Egal, wie sehr das Land ihn hasste, wie sehr Menefer ihn von sich stieß und wie sehr er aus eigenem Antrieb geflohen war: Er konnte nicht zulassen, dass Kaedhos weiterhin ein ganzes Reich täuschte und Jahr für Jahr Tausende unschuldige Kinder zum Tod verdammte.

Keuchend kämpfte sich Ciaran hoch.

Sein linkes Bein schmerzte höllisch, aber zumindest schien nichts gebrochen zu sein. Wütend wischte er sich den Schlamm aus dem Gesicht und stand wankend auf.

Um ihn herum war die Schlacht in vollem Gange. Undeutliche Schemen rannten durch die Wolken aus Rauch, Blut und aufgewirbeltem Dreck. Zerrissene graue Banner mit einer einstmals gelben Sonne darauf lagen zu seinen Füßen.

Er befand sich auf der richtigen Seite der Front.

Wo war Menefer?

In der Schwärze leuchteten Kanonenfeuer auf. Ciaran roch den beißenden Gestank des Schwarzpulvers und hielt sich die Hand vor die Nase, um den giftigen Qualm nicht einzuatmen, während er auf die Lichter zutorkelte.

»Wer ist da?«, schrie ihn eine Stimme an, die ihm seltsam bekannt vorkam. »Zeig dich!«

Der Prinz hinkte aus dem Rauch hervor auf die Gestalten zu, die sich an mehreren Kanonenwagen zu schaffen machten. Alle trugen die schwarzen Panzerrüstungen von Menefers Garde.

Eiskalt drückte sich die Spitze einer Klinge ohne Vorwarnung an seinen Hals.

»Wer bist du?«, verlangte der Gardist zu wissen.

Bewusst langsam wandte Ciaran den Kopf und richtete seine rot glühenden Augen auf sein Gegenüber.

Die Frau mit Borstenschnitt zuckte nur für einen Bruchteil eines Lidschlags zusammen, ehe sie erklärte: »Ciaran Whitehart! Endlich habe ich Euch!«

»Ihr müsst Katz sein. Mein Barde hat mir von Euch erzählt«, erriet der Prinz.

»Flucht ist zwecklos«, warnte sie scharf, ohne auf Ciarans Worte einzugehen. »Dieses Mal werdet Ihr mir nicht mehr entwischen.«

»Das habe ich auch nicht vor. Bringt mich zu Menefer.«

Leutnant Katz stutzte und stieß ungläubig Luft durch die Nase. »Wenigstens sind wir uns einig. Aber ich kann Euch nicht bewaffnet zur Königin vorlassen.«

»Bitte. Wenn es sein muss …«

Ciaran streifte den Waffengurt über seinen Kopf und legte sein Schwert in Katz' ausgestreckte Hände. Doch bevor er den Knauf losließ, verlangte er laut: »Dasselbe erwarte ich von Euch. Legt die Waffen nieder.«

»Unmöglich.« Sie hob erneut ihre Klinge und richtete sie drohend auf sein Gesicht.

»Ich meine nicht Euer Schwert, Leutnant Katz. Ich werde nicht mit Euch kommen, solange Ihr weiterkämpft.«

»Weiterkämpft?«

Ciaran deutete auf die Kanonen, die gerade neu geladen wurden. »Stellt das Feuer ein.«

»Das entscheidet nicht Ihr, Prinz.«

Wie um ihr Argument zu untermauern, zündeten die Gardisten die Lunten. Lärmend schoss eine Kugel in die Schwärze des Schlachtfelds hinaus.

Wut flammte in Ciaran auf. Statt sie in sich hineinzufressen, ließ er die Gefühle zu und in seine Beine strömen. Die Erde unter ihm antwortete.

»Doch.« Ciaran lächelte Katz an. »Das entscheide ich.«

Bebend brach der Fels auseinander. Ein Spalt tat sich unter den Kanonenlafetten auf und riss die Tötungsmaschinen in die Tiefe.

Katz fiel neben dem Prinzen auf die Knie, und Ciaran verlor einen Lidschlag später das Gleichgewicht.

Er stürzte.

Spürte den Boden unter seinen Fingern revoltieren.

Macht floss aus ihm heraus.

Verebbte.

Vollkommen ermattet wälzte sich Ciaran zur Seite, aber er hatte nicht mehr die Kraft, um Katz auszuweichen, die ihn mit beiden Händen packte und über ihre Schulter warf.

»Ihr entkommt mir nicht, Prinz! Das lasse ich nicht zu«, hörte er sie nah an seinem Ohr.

Nur noch Feuer.

Ciaran blieb bloß sein Feuer.

Und das wollte er nicht umsonst opfern.

All seinen Willen aufwendend dämpfte er seinen Zorn und ließ sich von Katz wie einen nassen Sack wegtragen.

Es dauerte wenige Schritte, ehe die Gardistin mit weiteren Wachen sprach und ihren Gefangenen ankündigte. Ciaran versuchte, den Kopf zu drehen, aber eine Hand hielt ihn davon ab.

»Verbindet ihm die Augen«, forderte Katz. »Er darf keine Magie anwenden.«

Zu gerne hätte er darauf hingewiesen, dass Magie so nicht funktionierte. Seine roten Iriden hatten herzlich wenig damit zu tun, ob er Menefer schaden konnte oder nicht. Aber dieses letzte Ass im Ärmel würde er nicht ausspielen, nur um Katz lächerlich zu machen. Wenngleich die Versuchung groß war.

Die Hand an seinem Kopf schob ihn grob zur Seite und eine Stoffbinde wurde über seine Augen gelegt und fest im Nacken verknotet. Seine eigenen Hände wurden nach oben gezogen und von kalten Stahlringen umschlossen. Mit Abscheu erkannte Ciaran, wie sie ihm gerade Ketten anlegten.

Fürchtete Menefer ihn so sehr, dass sie ihn einzig mit Handschellen gefesselt empfing?

Unter dem Stoffband nahm Ciaran wahr, wie er von der Dunkelheit in einen hellen Raum voller flackernder Kerzen getragen wurde.

Es roch nach Wachs, Seife und einem unverwechselbaren Parfüm aus Pfingstrosen.

Menefer. Das war ihr Duft.

Die Gardistin ließ ihn von der Schulter fallen, ohne auf seinen Kopf zu achten. Ciaran stieß sich die Stirn an und musste sich wankend auf dem verletzten Bein aufstützen, um in die Hocke zu kommen.

»Danke, Katz. Ihr könnt gehen.«

Ihre Stimme, gefolgt von einem Rascheln, zeigten Ciaran, wo sich seine Schwester im Zelt befand.

»Majestät? Er ist gefährlich.« Die Gardistin klang ernsthaft besorgt.

»Möchtet Ihr etwa andeuten, ich sei meinem eigenen Bruder nicht gewachsen?«, zischte die Königin.

»Niemals, Majestät.«

»Dann geht.«

Ohne weitere Widerworte verließ Katz das Zelt.

Menefer wartete nicht ab, bis der Vorhang vor dem Eingang zurückgeschlagen wurde, sondern richtete ihre Worte direkt an ihren Bruder. »Dass du es überhaupt wagst, zurückzukehren!«

»Menefer ...«, setzte Ciaran an, doch wurde sogleich unterbrochen.

»Schweig! Und hör mir zu«, herrschte sie ihn an.

Und zu seiner eigenen größten Überraschung schloss er den Mund. Er fühlte sich wieder wie ein Kind, das genau das tat, was Menefer von ihm verlangte.

»Nicht nur hast du dich meinen Befehlen widersetzt«, legte Menefer los. »Du hast dich auch mit dem Feind verbündet! Mit Piraten und Nekromanten, Ciaran!« Sie schien keine Luft zu benötigen, so sehr redete sie sich in Rage. »Ich glaubte ja, du seist – wenn auch nicht mehr bei allen Sinnen – doch zumindest nützlich für Hinia, als ich die Geschichten über den Flammengeist hörte, der ganz Islirith terrorisierte. Aber nun bist du hier, in meinem Zelt. Nachdem du meine halbe Armee von mir abgeschnitten hast!«

»Menefer.«

»Was hast du zu deiner Verteidigung zu sagen?«

»Schau mir wenigstens in die Augen, da du mich schon nicht ausreden lässt«, bat er.

Sie lachte spitz auf.

»Damit du mich verzaubern kannst? Du hältst mich wohl für dumm.«

Ciaran spürte die Hitze des Zorns in sich aufsteigen. Obwohl er beabsichtigt hatte, ruhig und besonnen mit seiner Schwester zu sprechen, machte sie es ihm unmöglich, einen kühlen Kopf zu bewahren.

»Meine Augen sind nicht verfluchter als der Rest von mir«, grollte er und ließ die Kerzen im Raum heller auflodern.

Das erschrockene Aufkeuchen seiner Schwester jagte ihm einen schadenfreudigen Schauer über den Rücken, für den er sich sogleich schämte.

Sei vernünftig, Ciaran, beschwor er sich.

»Du drohst mir?«, hauchte die Königin entsetzt.

»Lass uns bitte wie zwei Erwachsene miteinander reden, Menefer. Ohne diese Binden und Fesseln.«

Mit wenigen Schritten war sie bei ihm und riss das Band von seinen Augen. Zornig funkelte sie ihn an und erwiderte seinen Blick.

Obwohl sie sich beinahe zwei Jahrzehnte nicht mehr begegnet waren, hätte er seine Schwester selbst in einer Menge von Fremden wiedererkannt. Mit ihrem hellblonden Haar, den smaragdgrünen Iriden und der beinahe zerbrechlichen Statur schien sie ihrer Mutter wie aus dem Gesicht geschnitten.

»Ich habe keine Angst vor dir«, behauptete Menefer scharf.

Im Gegensatz zu ihrer Erscheinung strahlte ihre ganze Körpersprache Stärke aus, wie sie in goldener Rüstung auf ihn herabsah, die Haare mit einer eingewobenen Krone zu einem strengen Kranz um den Kopf gebunden. Kein Muskel zuckte in ihrem Gesicht, kein feuchtes Glitzern in den Pupillen verriet sie. Sie wirkte auf Ciaran wie eine Statue, wie eine steinerne Königin ohne Herz.

Und doch kannte er seine Schwester lange genug, um die sorgsam versteckte Furcht in ihren Worten zu verstehen.

»Ich will dir nicht schaden, Men-Men.«

»Nenn mich nicht so!«, fauchte sie.

»Ich will, dass du mir zuhörst. Dass du mir glaubst«, bat der Prinz.

»Was bei Helias Schleier hast du mir schon zu sagen?« Sie wandte sich ab und griff nach einem Glas Wein, das auf einer Kommode neben frischen Pfingstrosen stand.

So gut es die gefesselten Hände zuließen, schob sich Ciaran in die Höhe.

Er hatte sich lange Gedanken darüber gemacht, wie er es ihr am verständlichsten erklärte. Aber es gab keine schonende Möglichkeit außer der puren Wahrheit.

»Wir wurden beide getäuscht, Menefer.« Er starrte auf ihren Rücken und wartete auf eine Reaktion.

Sie hielt das Glas regungslos an ihren Lippen, ohne sich nach ihrem Bruder umzuwenden.

Tief einatmend legte Ciaran all seine Überzeugungskraft in die nächsten Worte. »Kaedhos hat unsere Familie verflucht und unseren Großvater zu seiner Marionette gemacht. Und wir spielen sein Spiel seither mit. Töten Kinder, Magier, Unschuldige!«

Noch immer rührte sich Menefer kein bisschen.

Die Wut in seinem Bauch begann zu sieden. Mit eisernem Willen kämpfte er dagegen an und atmete bewusst langsamer.

»Das muss aufhören! Beende diesen Krieg!«, forderte er.

»Und warum soll ich glauben, dass nicht genau Kaedhos aus dir spricht?« Sie trank und stellte das leere Glas zurück, so beiläufig, als würde er sich nicht im selben Raum befinden. »Ich weiß, dass du in seinem Palast warst«, erklärte die Königin mit einem drohenden Unterton.

»Weil du es spüren kannst«, vermutete Ciaran.

Sie fuhr herum. »Spüren? Wie meinst du das?«

»Du spürst es, nicht wahr? Dass ich die Wahrheit sage?«

»Unsinn.«

»Du bist eine Empathin, Menefer.«

Ciaran hatte mit vielem gerechnet, aber nicht damit.

Menefers Miene verhärtete sich zu einer Maske und sie klatschte ihm eine Ohrfeige auf die rechte Wange, die mehr wehtat als sein Bein und die Schürfwunde an der Stirn zusammengenommen.

Die mit aller Willenskraft gedämpfte Wut brodelte auf und der Prinz hatte alle Mühe, sich zurückzuhalten.

»Lügner!«, fauchte ihn Menefer an. »Du warst schon immer ein Feigling und unfähig, deine eigenen Fehler einzugestehen. Jetzt willst du also mir die Schuld geben?«

»Ich lüge nicht. Bei der Göttin, sie selbst hat es mir gesagt.«

»Ein Frevler bist du auch noch!« Menefer spuckte vor seine Füße. »Ich wünschte, unsere Eltern hätten dich verbrannt, statt in diese Festung zu sperren. Das hätte mir einigen Ärger erspart.«

Ciaran ballte die gefesselten Hände zu Fäusten und knurrte: »Das ist nicht dein Ernst.«

»Und wie! Ich kann dich jederzeit zum Tod verurteilen, kleiner Bruder. Und es hält mich nicht mehr viel davon ab, außer dass es auch mein Blut ist, das ich mit deinem Tod vergießen würde.«

»Wann bist du so herzlos geworden, Menefer? Wach auf! Siehst du nicht, wie Kaedhos uns beide unter Kontrolle hat? Er … er …« Ciaran schluckte schwer. »Mir bleibt nicht mehr viel Zeit.«

Er versuchte, Fausts Fingerübungen trotz der Fesseln zu wiederholen, um sich selbst zu beruhigen. Es wirkte kaum. Seine Gefühle loderten bereits.

»Zeit wofür?«, antwortete seine Schwester schnippisch. »Uns alle abzufackeln, wie du es mit unserem Kindermädchen getan hast?«

»Menefer, bitte. Hör auf!«, flehte er.

Vor seinem inneren Auge sah er Katara lichterloh brennen. Der Palastgarten wurde vom gefräßigen Feuer erleuchtet.

»Feigling! Mörder!«, schrie sie ihn an.

Ciaran lachte. Aber es war nicht mehr seine Stimme, nicht mehr sein Wille, der seinen Körper lenkte.

Kaedhos war zurück.

Und mit ihm ging Ciarans Welt in Flammen auf.

Durchtrennte Fäden

Hazel

Thim stürmte los und Hazel hinterher. Der Idiot rannte blindlings auf die Flammensäule zu. Wie sollte sie da ihr Versprechen halten, auf Thim aufzupassen, wenn sich der Barde ständig in Gefahr brachte?

Die fliehenden hinianischen Soldaten, die ihnen panisch schreiend entgegenströmten, hatten nicht einmal einen Blick für sie übrig, sondern wollten vorwiegend ihre eigene Haut retten. Nur ein Gardist stellte sich Thim prompt in den Weg und hielt ihn fest. Hazel hörte die beiden sich gegenseitig anbrüllen und beeilte sich, um ihren Freund aus dem Klammergriff des Fremden zu befreien.

»Wo ist Königin Menefer?«, grunzte der Hinianer.

»Das weiß ich nicht! Lass mich los, Katz! Mein Meister braucht mich.«

»Du lügst doch, elende Singdrossel!«

Das musste die Gardistin sein, die den Troubadour seit Helmhaim verfolgte. Das hatte ihnen noch gefehlt!

Hazel rannte schneller.

»Niamh!«

Denzell rief nach ihr, aber sie wandte sich nicht nach ihm um. Bestimmt hatte der Blutgraf ebenfalls die Verfolgung aufgenommen.

Dabei wurde die Luft immer heißer, geradezu unerträglich siedend. Die Feuersäule wuchs und fraß sich unaufhörlich über das Schlachtfeld.

Die Gestaltwandlerin blinzelte ununterbrochen, denn die ausgetrockneten Augen brannten höllisch. Ihre Haut zog sich von selbst zusammen und schmerzte, als würde allein die Luft jegliche Flüssigkeit aus ihrem Körper ziehen. Es wurde definitiv zu gefährlich für alle.

Endlich erreichte sie den Barden, packte ihn am Kragen und kickte Katz mit einem gezielten Tritt gegen den Bauch rückwärts.

Die Gardistin zischte, wankte jedoch kein bisschen. Schweißperlen rannen ihr unter dem Helm in Strömen das Gesicht herab.

»Weg hier!«, kreischte Hazel sie an. »Wir sterben alle, wenn wir nicht sofort fliehen.«

»Ich gehe nicht ohne meine Königin«, weigerte sich Katz.

»Ciaran benötigt meine Hilfe!«, protestierte Thim.

Hazel seufzte. »Ihr beide seid Narren!«

Gehetzt flehte ihr Freund sie an: »Wir müssen irgendwas tun können. Er braucht uns.«

Einen Herzschlag lang dachte Hazel daran, ob sie nur nah genug an Ciaran herankommen und mit ihm sprechen mussten, um dem Wahnsinn ein Ende zu setzen.

Das schlimmste letzte Mittel, sollten alle anderen Gegenmaßnahmen versagen, erschien ihr unmöglich. Sie konnte Ciaran nicht töten, egal ob sie es in seine Nähe schaffte.

Als sie den Barden gegen seinen Willen fortziehen wollte, begann er zu schreien. »Wir sind für dich da! Ciaran! Du musst nicht alles allein schaffen!«

»Was tust du?«, wunderte sie sich und zog ihn weiter rückwärts.

»Ihn zurückholen. Das hat letztes Mal geholfen«, erklärte Thim weinend und wiederholte seine Schreie unablässig. »Wir sind für dich da, Meister! Ciaran! Verlass dich auf uns!«

»Das könnte funktionieren.« Denzell tauchte endlich neben ihnen auf und nahm Thim in seine Arme. Sein Blick blieb dabei auf seine Nichte gerichtet. »Aber wir sind zu weit weg.«

»Wir gehen da nicht rein!«, widersprach sie.

»Natürlich nicht. Eine Empathin hingegen könnte es.«

Hazel konnte sich nicht vorstellen, wie eine Empathin gegen Feuer helfen sollte. Aber wenigstens war Denzell mit ihr einig, sie mussten sich aus der unmittelbaren Gefahr des Feuers zurückziehen. Gemeinsam schoben sie den weiterhin schreienden Thim aus dem Hitzekessel hinaus.

Matilda rannte ihnen entgegen.

»Ihr benötigt mich, Boss«, stellte sie vollkommen nüchtern fest, bevor der Blutgraf überhaupt den Mund geöffnet hatte.

Ohne weitere Erklärung schien die Empathin zu wissen, was von ihr verlangt wurde.

Sie nahm Thims Hand und bat den Barden: »Konzentriere dich auf den Prinzen. Sprich durch mich.«

»Schnell!« Denzell streckte Hazel seine andere Hand hin, um zu viert einen Kreis zu bilden. »Wir müssen unsere Gedanken verbinden.«

»Ich bin keine Empathin.« Wie sollte sie da helfen können?

»Das macht nichts«, erklärte Matilda. »Leiht mir eure Energie. Los, Thim!«

»Ciaran. Hörst du uns? Bitte, wir sind bei dir!«, flehte der Angesprochene inbrünstig und erntete ein lobendes Nicken der Empathin.

»Sehr gut.«

»Ciaran«, hauchte Hazel. »Es tut mir leid. Bitte komm zurück. Ich will dir noch so viel sagen.«

Evina, die Krakenfrau, reihte sich wortlos zwischen Denzell und Matilda in den Kreis ein.

»Nützt es was?«, wollte Hazel hoffnungsvoll wissen.

»Er leidet so sehr, dass er nicht auf uns hört. Kaedhos ist stark.« Matilda biss sich auf die Lippen.

»Nicht aufgeben!«, forderte Thim und richtete seine Worte erneut an den Prinzen. »Bitte, Ciaran!«

Hazel sah sich panisch um. Die Flammensäule schien zu wachsen, aber wenigstens breitete sich die Hitze nicht weiter aus.

»Die Fäden in die Gegenwart sind durchtrennt. Der Prinz steckt in der Vergangenheit fest.«

Matildas Worte riefen Gespräche im Tunnel wach, bei dem ihr Ciaran seine schlimmsten Erinnerungen offenbart hatte. Der Prinz gab sich die Schuld am Tod des Kindermädchens.

Steckte er in dieser Erinnerung fest?

»Thim«, bat sie. »Was hast du an dem Tag zu Ciaran gesagt, als Katara gestorben ist?«

»Katara?« Der Barde sah sie verdattert an. »Ich weiß nicht. Das ist lange her.«

Die Gestaltwandlerin erklärte: »Ich bin mir ziemlich sicher, Kaedhos nutzt die schlimmsten Erinnerungen von Ciaran dazu, seine Wut zu schüren. Du bist der Einzige von uns, der damals bei ihm war.«

Thim erbleichte. »Ich weiß es nicht mehr. Ich habe damals kaum etwas gesehen. Ich war …«

»Du hast eine Amsel gejagt.«

»Ja!« Verblüfft weiteten sich seine Augen.

»Denk nach, Thim!«, drängte sie ihn. »Was noch? Wie sah der Mann aus, der Menefer angegriffen hat?«

»Keine Ahnung! Ich war zu klein, ich …«

»Ich weiß es.«

Erschrocken wandten sich alle in die Richtung um, aus der die fremde Stimme kam.

Zuerst dachte Hazel, es sei die Gardistin, die auf ihren Kreis zu humpelte. Doch dann erkannte sie, wie Katz jemanden auf ihren Schultern stützte. Das weiße Kleid war von Ruß und Blut getränkt, die Haut ein einziges Kraterfeld von Brandwunden, der Haarkranz angekohlt. Hazel hatte die fremde Frau noch nie gesehen. War das Menefer?

»Ich weiß es«, wiederholte die Königin ächzend. Ihre Stimme klang heiser und tonlos. »Ich bin die Einzige, die damals wirklich dabei war.«

»M-Majestät?«, stotterte Thim und suchte Hazels Blick.

Er schien unsicher und sie verstand seine Sorge nur allzu sehr.

Sollten sie das Wagnis eingehen, Menefer in den Kreis mit einzuschließen?

Ciaran war nie gut auf seine Schwester zu sprechen gewesen. Ihre jetzige Erscheinung und die Flammensäule zeugten davon, dass sich daran nichts geändert hatte.

Im Gegenteil.

Die Königin erkannte ihr Zögern und versicherte: »Ich will meinem Bruder nicht schaden. Wenn es wahr ist … wenn ich wahrhaftig eine Empathin bin … kann ich euch helfen?«

Matilda nickte lächelnd, ließ Thims Hand los und streckte ihre Finger der Königin entgegen. »Willkommen im Kreis, Eure Hoheit.« Flüsternd ergänzte sie in die Runde: »Sie lügt nicht. Ihr ist es ernst.«

»Gut«, willigte der Barde ein. »Wir können jede Hilfe gebrauchen. Men-Men? Bist du dabei?«

Die Königin lächelte schwach und ergriff zuerst Thims Hand, anschließend die von Matilda.

»Was muss ich tun?«

»Sucht Euren Bruder, spürt seine Emotionen. Und dann lasst zu, dass sie Euch umhüllen. Nehmt sie an.«

Menefer schloss die Augen.

Im selben Moment spürte Hazel das vibrierende Band der Magie, das zwischen ihnen wuchs.

Ciaran hatte recht gehabt.

Seine Schwester war eine Empathin – und Naturtalent dazu.

Geleitet durch Matilda und getragen von der Macht der Königin konnte selbst Hazel als Gestaltwandlerin den Zorn spüren, der Ciaran von innen zerfraß. Wut loderte in ihrer eigenen Brust auf und alles Friedliche, Zärtliche verbrannte, das sie beide je verband.

Sie hatte ihn niemals betrügen wollen!

Und doch hasste er sie immer noch, egal, wie sehr sie ihm das Gegenteil bewies!

»Das sind nicht eure eigenen Gefühle«, warnte Matilda und drückte ihre Hand. »Gebt Kaedhos keine Macht!«

Hazel versuchte, sich strikt an die guten Momente zu erinnern, die sie mit dem Prinzen geteilt hatte. An ihre Reise übers Meer, eingepfercht in der Koje, an ihr Gespräch im Tunnel. An die Ewigkeit im Gefängnis, in der sie Ciaran um Verzeihung anflehte. An ihren Abschied auf der Mauritio. An ihr Versprechen, sein Vertrauen erneut zu verdienen und ihn nicht zu enttäuschen.

»Sehr gut. Und jetzt tretet Kaedhos entgegen, Hoheit.«

Die Gestaltwandlerin warf einen Blick auf Menefer, hinter deren geschlossenen Augen ein weißes Leuchten aufglühte.

»Die Göttin ist mit Euch«, flüsterte Matilda.

Hazels Instinkte lenkten ihre Aufmerksamkeit auf eine Bewegung am Rande des Sichtfelds. Ohne zu zögern, ließ sie Matildas und Denzells Hände los, sprengte den Kreis und warf sich vor die Königin. Der Pfeil rammte sich in ihre Schulter, dort wo sich vor einem Moment noch Menefers Kopf befand.

Wie gelähmt fiel ihr Arm herab und hing bewegungslos an ihrer Seite. Hazel fluchte, unterdrückte das beißende Brennen und presste die Finger auf die Wunde und um den Pfeilschaft. Sie könnte ihn herausziehen, aber sie zögerte, als ihr Blick auf die blassgrünen Federn fiel.

Das war die Farbe der Erdmagier im Orden der Sichel. Verdammt, der Pfeil war von Beril!

Sie suchte den Horizont nach den Angreifern ab und entdeckte fünf Schemen zwischen den Rauchwolken.

Den Elementar Beril und den riesigen Leib Rakas erkannte sie von Weitem. Der Dritte ließ ihr das Blut in den Adern gefrieren.

»Danke!« Katz schob sich neben sie, ehe Hazel ihre Panik überwinden konnte. »Ich stehe für immer in deiner Schuld.«

Hastig versicherte sich Hazel, dass die Königin und die anderen unversehrt geblieben waren. Denzell hatte sich Thims Hand geschnappt und hielt so den Kreis aufrecht.

Beruhigt richtete das Gänsemädchen ihre Aufmerksamkeit zurück auf ihre Gegner.

Die Gardistin folgte ihrem Blick. »Wer sind die?«

»Der Orden der Sichel«, zischte Hazel und packte den Schaft fester. Mit der anderen Hand brach sie ihn knapp über der Eintrittsstelle entzwei. Die Spitze war aus Metall – und Beril hatte sie bestimmt so verzaubert, dass sie sich tiefer in Hazels Fleisch grub, sobald sie versuchte, den Pfeil zu entfernen.

An Katz gerichtet erklärte sie: »Der in der Mitte ist der Zerfresser. Ihr Oberhaupt. Die zwei rechts sind Magi. Die links Leibwächter.«

»Dann nehme ich mir die Leibwächter vor. Kommst du mit den Magiern zurecht?«

Hazel nickte kalt. »Mit denen habe ich schon lange eine Rechnung offen.«

Ohne ein weiteres Wort zog Katz ihr Schwert und rannte los. Hazel wollte ihr fliegend folgen. Die Verwandlung in eine Gans würde helfen, die Wunde zu heilen. Außerdem konnte sie Berils Pfeilen so besser ausweichen.

Als sie die ersten Federn auf ihrer Haut bildete, merkte die Gestaltwandlerin, dass ihr verletzter Flügel sie niemals richtig tragen würde, solange die Pfeilspitze drinsteckte. Notgedrungen stoppte sie die Verwandlung, behielt den einen nutzlosen Arm als Flügel und zog einen ihrer Dolche aus dem Gurt.

Katz war beinahe bei den Gegnern angekommen und Hazel musste sich beeilen.

Unverhofft schlug etwas Hartes gegen ihr Hinterteil und hob sie hoch. Quiekend rutschte Hazel nach vorn, während ein grünes Krakengesicht neben ihr auftauchte. Evina blubberte etwas Undeutliches, aber Hazel verstand auch so.

»Der Bär!« Sie deutete auf Raka. »Ich nehme mir den Kleinen vor.« Evinas Krakenkopf nickte bestätigend und die Gestaltwandlerin rollte wie eine glitschige Lawine über den Stein vorwärts.

Hazel hörte Beril spitz aufkreischen und sah, wie er den Bogen erneut auf sie richtete.

Wie ein Katapult schob Evinas Tentakel die lebendige Fracht in die Höhe und warf sie auf den Erdmagi herab.

Mit blanker Klinge stürzte Hazel nach unten, traf Berils Rücken und landete automatisch in der Hocke.

Der Elementar jaulte auf und ließ den Bogen fallen. Ehe er einen Schutzwall aus Erde beschwören konnte, stieß Hazel den Dolch erneut nach vorn, zielte auf die Kniekehle und durchtrennte die Schlagader. Beril sackte unkontrolliert in sich zusammen und röchelte nur noch. In wenigen Minuten würde er verbluten.

Hazel stand auf und sah auf ihren einstigen Kameraden herab. »Das war für Agat, du Mistkerl«, zischte sie zwischen den Zähnen hervor.

Sie wollte sich nicht an seinem Sterben ergötzen und sah sich nach ihren Kampfgefährtinnen um.

Katz brachte die beiden Leibwächter ganz schön in Bedrängnis. Der Krake hatte den Bären fest im Griff. Wortwörtlich.

Blieb der Hauptgegner für Hazel übrig.

Sie spürte den lodernden Blick unter der roten Kapuze auf sie gerichtet. Der weiße Habit war mit blutigem Rand getränkt, der scheinbar nahtlos in den roten Skapulier überging, den der Zerfresser als Zeichen seines Ranges darüber trug.

»Niamh Tir an-t Oighear.« Dumpf und tief, so seelenlos wie ein Erdschlund, drangen die Worte aus dem schwarzen Mund des Zerfressers. »Erneut widersetzt du dich der Sichel. Du stehst im Weg, Adeptin. Weiche.«

»Niemals.« Das gehauchte Wort rollte wie ein längst verstummter Seufzer über ihre Lippen. Sie wischte die nasse Klinge an ihrer Hose ab und hoffte, dass diese scharf genug war, um ihren Gegner zu verletzen.

»Kaedhos erwacht. Stell dich nicht gegen unser aller Schicksal!« Spucke bildete sich auf den Lippen ihres Gegenübers. Je näher er kam, desto mehr roch sie den Gestank von verbranntem Fleisch, Weihrauch und Blut.

Wie viele Unschuldige hatte er im Voraus geopfert, um sich für die Erweckung des Sturmgottes zu rüsten?

Geradezu fanatisch hielt der Zerfresser an der längst geächteten Tradition des Ordens fest, sich das Blut von Magiern einzuverleiben. Dabei ließ sich Magie nicht einfach so *erfressen*. Selbst ihr Nekromanten-Onkel Denzell hielt das für ein altes Ammenmärchen.

»Ich entscheide mein Schicksal selbst«, verkündete sie mit fester Stimme. »Niemand sonst. Und Ihr erst recht nicht!«

Während sie den Dolch hob, griff der Zerfresser an. Ein Zucken seines Fingers genügte, um eine sichelförmige Luftschneise auf sie zu schmettern.

Hazel wich aus, zog im letzten Moment ihren Flügel schützend vor sich und spürte den Schmerz erneut in ihrem Arm auflodern, als der rasiermesserscharfe Wind die Federn durchtrennte und die Haut ritzte.

Wer im Leid zögert, ist tot.

Dieses Mantra des Ordens rettete ihr das Leben.

Hazels Körper reagierte ohne ihr Zutun.

Sie hechtete nach vorn, drehte sich um ihre eigene Achse, um einem erneuten Windstoß zu entkommen, und stieß zu. Der Dolch grub sich in die dicke Stoffschicht, traf aber auf keinen Widerstand.

Während der Habit körperlos zu Boden sackte, lachte der Zerfresser auf. Der Ordensmann war unsichtbar, die Kutte nur eine Attrappe!

Hazel fluchte über die Luftmagi. Ständig zauberten sie einen neuen Trick hervor, den sie eitel zur Schau stellten. Und der Zerfresser bildete keine Ausnahme.

Zum Glück war Hazel genau diese Kunstfertigkeit schon einmal begegnet. So verlor sie keine wertvolle Zeit, schwang ihren nutzlosen Flügel über den Boden und rotierte schnell im Kreis. Ihr vorhandenes Gefieder warf den Ruß in die Luft, der auf den Zerfresser herabsegelte.

Die schwarzen Partikel machten ihren Gegner zwar nicht vollständig sichtbar, aber zumindest fiel es ihm schwerer, die Illusion aufrechtzuerhalten, da sich der Ruß über seinem Luftschild verteilte und das Sonnenlicht sich nicht mehr kontrolliert darauf brechen konnte.

Das Flirren in der Luft zeigte Hazel nun ganz genau an, wo der Ordensmann stand.

Ehe dieser den fatalen Fehler bemerkte, schoss Hazel nach vorne. Ihr Dolch zielte auf seinen Hals und hätte ihn durchstoßen, wäre nicht auf einmal ein Ruck durch ihre linke Schulter gegangen, der sie zurückschmetterte.

Schreiend fiel die Gestaltwandlerin auf die Knie und tastete nach der Wunde. Die Pfeilspitze brannte, wie von einem inneren Feuer erhitzt.

Hazel sah sich gehetzt um und entdeckte gerade noch, wie sich Beril zur Seite gerobbt hatte und sie mit blutunterlaufenen Augen anstarrte. Dann brach das Licht in seinen Pupillen und die Augen wurden glasig. Mit seinem Leben verlöschte auch die Glut in Hazels Wunde.

Erleichtert atmete sie auf, nur um im nächsten Moment panisch nach Luft zu schnappen. Eine kalte Hand hatte sich um ihren Hals gelegt und drückte erbarmungslos zu.

Sie schlug dem Zerfresser ins Gesicht, dieser wich indes mühelos aus und schoss eine weitere Luftsichel gegen ihren Bauch.

Dieses Mal konnte sie nicht mehr entkommen.

Hazel kreischte auf, als sich warmes Blut auf ihrem Unterleib ausbreitete. Ihr Körper jagte alle möglichen Botenstoffe durch die Blutbahnen, um sie am Leben zu halten, konnte jedoch nicht verhindern, dass sich ihr Bewusstsein trübte. Instinktiv verwandelte sich Hazel in eine Gans und hoffte, ihre Gestaltwandler-Fähigkeiten würden sie rasch genug heilen.

»Sieh genau hin, Niamh«, zischte der Zerfresser und drückte ihren Gänsehals fester zu. »Siehst du die Flammen?«

Ob es die veränderte Perspektive war, der fehlende Sauerstoff oder schlicht Hazels Verzweiflung: Die Feuersäule am Horizont wirkte tatsächlich übermenschlich groß und wuchs unbändig.

»Kaedhos ist nah.«

Sie spürte, wie das Leben aus ihr floss – mit jedem Tropfen, der zu Boden fiel, mit jedem Atemzug, der ihr fehlte. Aber niemals konnte sie zulassen, dass Ciaran ebenso starb.

Der Orden durfte nicht siegen.

Und ihr Freund sollte nicht länger leiden.

In einem letzten Versuch der Verzweiflung wandelte sich Hazel innerhalb eines Lidschlags in ihre Menschengestalt zurück und legte all ihre Energie in den Dolch, den sie trotz der Kraft, die sie dafür benötigte, mit sich gewandelt hatte. Die silberne Spitze traf das Auge des Zerfressers und bohrte sich mit einem schmatzenden, dann knirschenden Geräusch tief in seinen Schädel hinein.

Hazel brach zusammen und hörte nur noch, wie der Leib ihres Gegners ebenfalls zu Boden sackte.

Dann war einzig das Fauchen der Flammen zu hören.

Und Hazel atmete ein letztes Mal aus.

Der Bruch

Menefer

Kurz zuvor …

Im ersten Moment schmerzt Feuer nicht. Diese Erkenntnis jagte Menefer durch den Kopf, als sich die Flammen in ihre Haut fraßen. Geschockt und erstarrt schützte ihr eigener Körper sie vor den Schmerzen, die erst im zweiten Moment über sie hereinbrachen.

Menefer schwindelte es und sie hörte tausend Bienen in ihren Ohren summen. Der Atem wurde ihr geraubt. Mit einem stummen Schrei auf den Lippen sank sie ins Vergessen.

Statt alles verschlingender Dunkelheit erwartete sie darin helles Licht.

Menefer streckte die Arme danach aus und staunte darüber, dass sich die Luft wie Watte anfühlte.

Tröstende Wärme hüllte sie ein.

»Majestät!«

Menefer wollte nicht aufwachen. Sie hatte die Gewissheit, die Göttin zu spüren. Helia war hier. Hier bei ihr!

»Majestät! Atmet!«

Das Licht pulsierte. Es rief sie. All der Hass in ihrem Herzen verglühte in seinem Glanz.

»Atmet! Kommt schon!«

Die Königin trat noch näher auf das Licht heran, mit jedem ihrer Schritte wurde das Leuchten allerdings matter und das Pulsieren verlangsamte sich.

Helia antwortete ihr nicht.

Wollte sie die Göttin nicht bei sich?

»Majestät!«

Menefer schnappte nach Luft, spürte das Brennen in ihrer Kehle und schlug die Augen auf.

Katz' rußverdrecktes Gesicht hing über ihr. Erleichterung spiegelte sich in ihren Pupillen.

»Ihr lebt! Schnell, wir müssen fort aus der Hitze.«

Ohne dass Menefer Gelegenheit hatte einzuwilligen, hob die Gardistin sie hoch und legte die Arme unter ihre Achseln, um sie zu stützen.

Jede Berührung brannte heiß wie Schmiedefeuer auf ihrer Haut, aber die Königin hatte nicht mehr die Kraft, sich dagegen zu wehren.

Schritt um Schritt, Atemzug um Atemzug, kämpfte sich Menefer mit Katz' Hilfe vorwärts.

Erst allmählich dämmerte ihr, was die riesige Flammensäule in ihrer Nähe, die sich rauschend und krachend um die eigene Achse drehte, zu bedeuten hatte.

Das war Ciarans Werk.

Noch vor wenigen Minuten hätte sie ihn dafür verflucht und ihm den Tod gewünscht.

Dieses wohlige Gefühl, dieses Licht, das sie gerade erfahren hatte, änderte alles.

Zum ersten Mal sah sie klar.

Ciaran war nicht das Böse. So wenig wie sie selbst oder die Magie, die ihre Familie so verdammte und verachtete. In Wahrheit war sie schon immer Teil von ihnen, die Magie.

Aus dem Rauch tauchte eine Gruppe von Fremden auf, die sich im Kreis an den Händen hielten und diskutierten.

Eine Stimme erkannte Menefer sofort.

Thim. Das war Thim!

Und sie unterhielten sich über ein Ereignis aus der Vergangenheit, das Menefer seit Kindertagen zu verdrängen versuchte.

»Ich weiß es«, verkündete sie laut und zog damit alle Aufmerksamkeit auf sich. »Ich bin die Einzige, die damals dabei war.«

Als die fremde Empathin ihr erklärte, was zu tun war, überkam sie kurz ein Hauch von Furcht.

War sie tatsächlich eine Empathin, wie Ciaran behauptete?

Und was bedeutete das überhaupt?

Menefer spürte, wie Thim ihre zitternden Finger fester drückte.

Bereit schloss sie die Lider.

»Sehr gut. Und jetzt tretet Kaedhos entgegen, Hoheit.«

Die Worte der Fremden beruhigten sie. Gezielt holte Menefer das warme Gefühl aus ihrer Erinnerung. Das Licht der Göttin folgte ihrem Ruf und erstrahlte vor ihrem inneren Auge.

»Die Göttin ist mit Euch«, geleitete sie die Stimme der Fremden tiefer hinein in die Gedankenwelt.

»Helia«, flehte Menefer. »Helft mir, meinen Bruder zu finden.«

Als ob jemand an einem Faden zog, der an ihrer Brust befestigt war, wurde die Königin tiefer hinein ins Licht gesaugt. Je weiter sie kam, desto mehr bildeten sich rote Schlieren zwischen dem milchigen Weiß und trübten den Glanz.

Unsicherheit überkam Menefer. Warum tat sie das überhaupt? Warum setzte sie sich für ihren Bruder ein, der nie mehr als ein Ärgernis für sie gewesen war?

Ohne ihn hätte sie die Islirithaner längst besiegt und ihr Reich gegen alle Feinde abgesichert. Diese verdammte Magie war an allem schuld!

Das Rot wurde stärker, dichter, wob sich um ihr Blickfeld.

Menefer beobachtete die Fäden und Schlieren, wie sie mit jedem weiteren feindseligen oder zornigen Gedanken wuchsen.

Ihr wurde bewusst: Das waren nicht ihre Emotionen, sondern Kaedhos' Werk. Obwohl ihr die Gedanken nicht fremd waren, zweifelte sie zum ersten Mal daran, ob sie all die Jahre Herrin ihrer eigenen Sinne gewesen war.

Hatte der Sturmgott ihre Wut auf Ciaran geschürt?

Oder waren die Gefühle ihre eigenen?

Es gab nur einen Weg, das herauszufinden.

Menefer packte einen der besonders dicken Fäden und zog daran, bis er zerriss. Ein wütendes Kreischen fegte über sie hinweg und verhallte in der Luft.

Ohne zu zögern, packte die Königin den nächsten Faden und trennte ihn mit beiden Händen. Menefer spürte mit absoluter Sicherheit, dass sie weitermachen musste.

Faden um Faden, Schliere um Schliere zerriss sie, während sie weiter ins Licht hineinstieg und ihren Zorn hinter sich ließ.

Als sie einen besonders dicken Strang durchtrennte, löste sich mit ihm das alles umhüllende Weiß auf. Geblendet trat Menefer hinaus in einen Garten.

Sie erkannte die hohen Säulen aus Sandstein, den Alabasterpavillon und die orangefarbenen Pfingstrosen, die entlang der Mauer die Grünflächen säumten. Sie blickte zur Seite zu den goldenen Zinnen ihres Palastes, die hoch über ihr im Sonnenlicht glänzten.

Das war ihr Garten!

Doch er wirkte anders als sonst und sie befand sie nicht wie üblich alleine darin.

Drei adrett gekleidete Kinder spielten im Sand des Weges, der an den Ginsterbüschen vorbeiführte. Weiter hinten standen zwei tuschelnde Bedienstete.

Verärgert runzelte Menefer die Stirn.

Was suchten diese Leute in ihrem Garten?

Sie wollte sie wegschicken, als ihr auffiel, dass keiner sie wahrnahm. Kein Haupt drehte sich nach ihr um, kein Augenpaar sehnte sich nach ihrer Aufmerksamkeit. Keiner beachtete die Königin, als sie festen Schrittes über den Sandweg auf die Gruppe zuging.

Ein Junge mit blondem Lockenkopf sprang an ihr vorbei, das Gesicht rot vor Aufregung, die blauen Iriden glitzernd vor Freude.

»Thim?«, flüsterte Menefer, aber der Junge rannte in die Büsche, als existierte sie gar nicht.

Ihr dämmerte, dass sie sich in der Vergangenheit befand.

»Du bist der Drache«, befahl das kleine Mädchen laut und schob Zinnsoldaten über den Dreck. Die blonden Zöpfe hatte sie wie eine Krone um den Kopf gewunden, ihr strahlend weißes Kleidchen zierte ein goldener Gurt. »Du wartest hier, bis ich dich besiege.«

Das war sie selbst!

Ihr altes Ich!

Neugierig trat Menefer vor und betrachtete dabei den zweiten Jungen, der mit angezogenen Knien am Boden kauerte und sein Gesicht hinter einer zerzausten Mähne schwarzer Haare versteckte.

Unvermittelt hob er den Kopf und sah sie an. Seine linke Iris leuchtete rot auf, das Lid und die Wangenpartie waren mit kleineren Wunden übersät.

Vage erinnerte sich Menefer daran, wie ihr Bruder versucht hatte, das verfluchte Auge auszukratzen, bis sie ihm befahl, damit aufzuhören.

»Ciaran? Komm, lass uns gehen«, sprach sie ihn an.

Aber er reagierte nicht, sondern starrte mitten durch sie hindurch. Menefer folgte seinem Blick und erkannte, wie er die Bediensteten beobachtete.

Schreie.

Blut.

Feuer.

Keuchend wich sie zurück. Diese Bilder, die plötzlich vor ihrem inneren Auge auftauchten, hatten sie erschreckt.

Thim, pausbackig und kichernd, hüpfte an ihr vorbei.

Die kleine Menefer erklärte: »Du bist der Drache. Du wartest hier, bis ich dich besiege.«

Ciaran hob den Kopf.

Und erneut brachen die Erinnerungsfetzen über sie herein.

Schwer atmend taumelte Menefer rückwärts.

Thim sprang vorbei.

»Du wartest hier, bis ich dich besiege.«

»Das will ich nicht spielen«, maulte Ciaran.

»Du tust, was ich dir sage, Bruder.«

Schreie und Feuer. So viel Feuer.

Thim hüpfte davon und der Kreis des Schreckens drehte sich unbeirrbar von Neuem.

Die Königin erkannte, dass dies nicht ihre Erinnerungen waren. Diese Bilder des Schreckens suchten Ciaran heim. Sie hatte nicht mehr gewusst, wie ruppig sie mit ihrem Bruder gesprochen hatte. In ihrer Erinnerung hatte er die Zinnsoldaten umgeworfen und sie beim Spielen gestört. Dieses Szenario war anders.

Was war wirklich geschehen?

Menefer zwang sich, tiefer in Ciarans Gedanken einzutauchen und die Geschehnisse bewusst anzusehen. Sie beobachtete ihren Bruder dabei, wie er aufstand und zu den Bediensteten schlich.

Behutsam und leise folgte sie ihm, obwohl er sie gar nicht hören konnte.

Das Kindermädchen, das Ciaran so geliebt hatte, redete heftig auf einen fremden Wachmann ein. Menefer konnte sich nicht erinnern, ihm je begegnet zu sein.

Ciaran rannte ihnen direkt in die Arme.

»Ist das der Prinz?«, schnauzte der Fremde.

Die Stimme jagte Menefer einen eisigen Schauer über den Rücken. Sie kam ihr bekannt vor! War der Fremde doch kein Unbekannter?

»Tu ihm nichts. Er ist einer von uns.«

»Er trägt Verräterblut in sich, Katara. Er ist nicht wie wir.«

»Die Prinzessin wäre das bessere Druckmittel, aber der Junge wird den Zweck auch erfüllen.«

Die Worte hallten kalt in ihrem ganzen Körper nach und erschwerten ihr das Atmen. Menefer fühlte sich, als würde sie binnen Kurzem ersticken.

»Nein! Nicht er. Er wird unsere Rettung sein. Unsere Bestimmung«, flehte Katara.

»Wenn du darauf bestehst. Dann hole ich mir jetzt die Prinzessin. Und keine Widerrede mehr.«

Menefer zitterte.

Die kalten Augen des Fremden starrten durch sie hindurch, ließen allerdings ein Gefühl der absoluten Furcht in ihr zurück. Waren das ihre Emotionen oder die des Mannes?

Beides traf zu, wurde ihr bewusst.

Sie fürchtete sich, aber auch ihn hielt die Panik fest im Klammergriff. Ihr Gespür ließ sie seine Gedanken lesen wie ein offenes Buch.

Dominio war sein Name. Als Kleinkind war er von seinen Eltern aus Hinia geschmuggelt worden, weil er sich im Bettchen in eine Katze verwandelt hatte.

Aufgewachsen war er auf einer Farm nahe der Grenze, die Kinder vermögender Bürger gegen Geld annahm und hart schuften ließ. Dominio hatte erlebt, wie Freunde neben ihm am Frühstückstisch vor Erschöpfung nicht mehr aufstanden – und in namenlosen Gräbern verschwanden.

Menefer spürte all diesen Schmerz, die Trauer und die unbändige Wut, die nun in Dominios Brust wüteten, als er auf die kleine Prinzessin zustürmte, sie packte und ihr die Hand vor den Mund hielt.

Die Königin weinte.

Die Angst des Mädchens – ihre Angst – wogte hoch, doch Dominios Gefühle waren um ein Tausendfaches unerträglicher.

Er hasste sich selbst, als er erkannte, dass er gerade zu einem kinderquälenden Monster wurde. Eines eben jener Monster, die er eigentlich bekämpfen wollte.

Warum hatte sie das all die Jahre nicht sehen wollen?

Warum hatte sie nicht erkannt, wie sehr ihr Volk litt?

Auf ihrem Weg zum hart erkämpften Frieden hatte sie nie zurückgeblickt und die Toten gesehen, die ihre Entscheidungen zurückließen.

Die Angst hatte sie beherrscht, all die Jahre, all die Stunden. Jene Angst, die dieses kleine Mädchen empfand, als der Fremde sie umklammerte und zu entführen drohte.

Ciaran kam schreiend aus den Büschen gerannt und warf sich todesmutig gegen die Beine des Angreifers.

Dominio strauchelte und stieß gegen einen Lampenpfeiler, dessen Kohlebecken herabstürzte. Die Glut kokelte seine Hosenbeine an, doch mehr geschah nicht.

Kein Brand, keine Flammensäule.

Die Königin trat irritiert näher.

Wieder hatte sich die Erinnerung entscheidend verändert.

Der kleine Ciaran sah ängstlich zu Dominio hoch und tastete nach seiner Schwester, die sich endlich freistrampelte.

Menefer spürte, wie Zweifel Dominio übermannten.

Der Rebell hatte versagt.

Er konnte es nicht. Er konnte keine Kinder entführen.

Und es gab keinen Ausweg mehr für sich und Katara.

»Stirb!«, schluchzte Klein Menefer. »Abschaum! Versager! Verschwinde endlich!«

Dominios Hand glitt zum Griff des Dolchs, den er vorsorglich unter seinem Hemd versteckt hatte.

Die Prinzessin hatte recht. Sein Leben war nichts mehr wert. Ebenso wenig Kataras. Sobald die Palastwachen, vom Lärm angelockt, den Garten erreichten, waren sie dem Tod geweiht. Zuvor erwarteten sie Tage der Folter und Erniedrigung.

Katara rannte mit wehenden Röcken auf Ciaran zu, doch Dominio empfing sie bereits mit gezogener Klinge. Als das Kindermädchen stöhnend zu Boden sank, zog er den Dolch aus ihrem Nacken und stieß ihn sich selbst ins Herz.

Die Prinzessin rannte schreiend davon, während die erwachsene Menefer wie versteinert dastand und mit ihren Emotionen rang.

Sie war es gewesen.

Sie allein trug die Schuld am Tod der zwei Bediensteten – weil sie Dominios Ängste benutzt und diese gegen ihn selbst gerichtet hatte.

Ciaran hatte recht.

Menefer war schon immer eine Empathin gewesen.

Durch den Tränenschleier hindurch betrachtete sie ihren Bruder, der neben dem toten Kindermädchen zusammengesackt war.

Die Glut im Kohlebecken knisterte.

Funken sprühten.

Ciarans Auge glomm auf und erweckte das Feuer zu neuem Leben.

Gierig fraß es sich durch die Kleider der Toten, labte sich an ihren Körpern und zerstörte alle Hinweise darauf, was tatsächlich geschehen war.

»Es tut mir leid.« Menefer kniete sich neben ihren kleinen Bruder und nahm seine Hand. »Ich habe es verdrängt, es war meine Schuld. Es tut mir so leid, dass du die Konsequenzen tragen musstest.«

Der Prinz wandte ihr den Kopf zu und begegnete ihren Blick. Er schien ihr tatsächlich zuzuhören.

»Das waren meine Untertanen! Und ich habe sie im Stich gelassen. Ich hätte auf sie achtgeben müssen«, schluchzte sie und sprach aus tiefster Überzeugung weiter. »Du hast recht, Bruder. Das Töten muss aufhören. Aber ich weiß nicht wie.«

»Warum?«, fragte Ciaran mit dem Gesicht seines jüngeren Ichs. »Beende die Pogrome. Lass die Magie zu.«

»Ich habe Angst«, gestand Menefer. »Sieh nur, was ich mit meiner Magie angerichtet habe.«

»Ich habe ganze Landstriche zerstört, weil ich meine Magie nicht unter Kontrolle hatte«, erklärte Ciaran anklagend. Er drehte die Hand und umschloss ihre Finger mit den seinen. »Magie ist nicht böse. Du bist nicht böse, Men-Men. Aber wir müssen lernen, unsere Kräfte richtig einzusetzen – oder sie kontrollieren uns.«

»Wir haben beide Fehler gemacht«, erkannte sie. »Du hattest recht, wir müssen das ändern.«

Während das helle Blau der Flammen sie einhüllte, drückte die Königin ihren Bruder an sich.

»Verzeih mir, Ciaran«, flüsterte sie ihm ins Ohr.

»Immer, Schwesterchen.«

Menefer öffnete die Augen.

Sie war zurück auf dem Schlachtfeld, die Hände mit Thim und der Empathin gekreuzt.

In der Ferne versiegte die Flammensäule.

»Was ist passiert?«, wollte Thim wissen.

Menefer konnte ihm nicht antworten.

Stattdessen erklärte die fremde Empathin lächelnd ihren Sieg.

»Kaedhos' Fluch ist gebrochen!«

Scherben

Menefer

Als kühle Seeluft die Hitze des Gefechts vertrieb, lichtete sich der Mantel des Zorns, den der Sturmgott über ihnen ausgebreitet hatte.

Menefer war schwindelig. Katz eilte an ihre Seite und fing sie auf, ehe sie das Gleichgewicht verlor.

Betäubt von der Übermacht der Gefühle, die plötzlich von allen Seiten auf sie einprasselten, bekam die Königin nur am Rande mit, wie ihre Gardistin sie forttrug und in die Sicherheit eines der wenigen Zelte brachte, die den Feuersturm überlebt hatten.

»Hier, trinkt!« Katz führte behutsam ein Glas Wasser an ihre Lippen.

Dankbar schluckte Menefer und betrachtete blinzelnd ihre Umgebung.

Sie kauerte auf einem Hocker zwischen mehreren Feldbetten unter einem fleckigen Zeltdach. Von ihren antiken Möbeln und den Pfingstrosen, die sie so sehr liebte, war die Unterkunft so weit entfernt wie der Mond von der Sonne. Und dennoch fühlte sich die Königin wie neu geboren.

Alles – die ganze Welt – wirkte anders.

Heller.

Klarer.

Sie spürte Zweifel und Besorgnis aufwogen und erkannte erst im zweiten Augenblick, dass diese Gefühle zu Katz gehörten. Kurz glaubte sie, die Emotionen wie dünne Fäden zwischen ihren Körpern schweben zu sehen, doch sie bekam sie nicht fassen, um sie gänzlich sichtbar zu machen.

»Majestät? Macht Euch keine Sorgen. Unsere Soldaten stellen die Kontrolle wieder her«, versicherte Katz mit einer vorgetäuschten Unbekümmertheit.

»Wo ist mein Bruder?«, flüsterte Menefer und hielt sich hilfesuchend am schwarzen Plattenpanzer der Gardistin fest.

»Ich habe Leute ausgeschickt, um ihn zu bergen, Majestät.«

Erleichtert atmete die Königin aus. Ciaran war noch am Leben, das spürte sie. Sie wollte – nein, musste mit ihm sprechen.

»Hinia gewinnt«, fuhr Katz fort, ohne dass Menefer sie darum gebeten hatte. »Die Islirithaner fliehen, wir konnten allerdings ihren Anführer festnehmen.«

»Wie bitte?« Die Königin glaubte, sich verhört zu haben. »Ihr habt den Blutgrafen gefangen genommen?«

Stolz reckte die Gardistin die Brust vor. »Natürlich, Majestät!«

»Lasst ihn und seine Leute sofort frei!«, verlangte Menefer. »Bringt ihn in eine Unterkunft und schaut nach seinen Verletzungen – er ist ein potenzieller Verbündeter, kein Feind mehr!«

»Majestät?«

Eine Wolke aus grünem Entsetzen hüllte Katz' Kopf ein und bildete klebrige Fäden, die Menefer mit ihren nächsten Worten fortwischte.

»Ich schätze Eure Arbeit, Leutnant. Ihr habt mir heute mehr als einmal das Leben gerettet. Aber in dieser Sache müsst Ihr mir vertrauen. Die Zeit des Krieges ist vorbei.«

Die Gardistin blinzelte irritiert, die Wolke um ihren Kopf hatte sich verflüchtigt.

Übergangslos erteilte die Königin weitere Befehle. »Stellt die Verfolgung der Armee aus Islirith ein und kümmert euch stattdessen um die Verletzten. Ich will, dass jeder einen Platz im Lazarett findet – egal, ob Magier oder Hinianer. Sofort!«

»Jawohl, Majestät.«

Die Gardistin erhob sich pflichtbewusst und steuerte den Zeltausgang an. Zögerlich blieb sie kurz davor stehen und wandte sich erneut zur Königin um. »Benötigt Ihr noch etwas, Majestät?« Katz' Blick huschte über die Brandblasen auf ihren entblößten Armen.

Menefer öffnete überrascht den Mund, nur um ihn rasch wieder zu schließen.

Sie hatte sich so sehr auf das Kriegsgeschehen und ihren Bruder konzentriert, dass sie ihre eigenen Verletzungen und Bedürfnisse vollkommen vergaß. Was brauchte sie gerade wirklich?

»Diese Empathin«, setzte Menefer an, während sich ihre Gedanken im Kreis drehten. »Findet sie und bringt sie in mein Zelt.«

»Jawohl, Majestät!«

Nachdem die Gardistin mit einer Verbeugung nach draußen trat, suchte die Königin das Innere des spärlichen Lagers nach Verbandszeug und Wasser ab. Sie fand einen hölzernen Bottich und eine halb volle Karaffe neben einem der Betten auf dem Boden. Mit Stoffstreifen, die sie sich vom verkohlten Saum ihres Kleides riss, reinigte sie die Brandwunden an den Unterarmen und nutzte ein sauberes Laken, um provisorische Verbände anzulegen.

Die Verletzungen sahen fürchterlich aus und brannten schlimmer denn je. Sie wagte es kaum, ihr Gesicht auf der spiegelnden Wasseroberfläche zu betrachten, und verdrängte den Gedanken daran.

Menefer seufzte. Sie hätte Katz bitten sollen, einen Heiler anstelle der Empathin zu rufen. Doch dann erinnerte sie sich an ihren Bruder und an die Flammensäule, die ihn eingehüllt hatte.

Nein. Heiler wurden bei ihm und all den anderen Verletzten gebraucht.

Als sich Menefer schon fragte, wo ihre Gardistin nur geblieben war, vernahm sie ein Räuspern vor der Zeltplane.

»Kommt rein!«, forderte sie bewusst laut.

Katz schob die Plane zur Seite und ließ die junge Frau eintreten, die ihnen zuvor dabei geholfen hatte, in Ciarans Gedanken einzudringen. Vorsichtig kam diese einen Schritt auf die Königin zu.

Im Vergleich zu Menefers aschblonden Haaren leuchteten ihre wie das Gelb von erntereifen Weizenfeldern, und rein äußerlich wirkte sie kaum dem Jugendalter entwachsen. Doch die runden Wangen und die treuen Mandelaugen konnten Menefer nicht täuschen.

Sie spürte die Last der Erfahrung, die dieser Frau aus jeder Pore ihres Körpers drang. Ein leuchtender Schleier aus weißen und goldenen Fäden umgab sie. Wissend begegneten sich ihre Blicke.

»Majestät.« Mit einem Knicks blieb die Empathin stehen und rieb sich mit dem Daumen über ihr Handgelenk.

Die blassrosa Spuren waren kaum mehr zu sehen, aber Menefer ahnte, dass man die Magierin bis vor Kurzem in Fesseln gelegt hatte.

Wütend funkelte sie Katz an, die sich stoisch am Eingang postiert hatte. Ohne ein weiteres Wort aus ihrem Mund verstand die Gardistin, verbeugte sich rasch und verließ das Zelt.

»Es …«, setzte Menefer an, ehe ihr auffiel, dass sie nicht einmal den Namen des Mädchens kannte.

Diese antwortete sogleich. »Matilda, Majestät.«

»Matilda, natürlich. Danke Euch.« Menefer deutete auf eines der Betten neben ihnen und setzte sich auf den Rand.

Die Empathin hockte sich neben sie und die Königin erwartete, sie würde gleich fragen, warum man nach ihr geschickt hatte.

Stattdessen spähte die Magierin in ihre Seele. »Ihr wollt von mir wissen, wer Ihr seid.«

Ertappt schnappte Menefer nach Luft und nickte heftig. »Ja. Und ich muss verstehen, was eben auf dem Schlachtfeld geschehen ist.« Auf alles vorbereitet streckte die Königin den Rücken durch und bettete ihre Hände in den Schoß.

»Die Antworten werde ich Euch gerne geben«, versprach Matilda. »Aber zuerst erlaubt Ihr mir eine Frage?«

Normalerweise wäre Menefer misstrauisch geworden und hätte die Bitte ausgeschlagen. Doch der Schleier rund um die Empathin leuchtete weiterhin stetig, was eine seltsam beruhigende Wirkung auf die Königin ausübte.

»Bitte«, willigte sie deshalb ein.

»Hat sich etwas verändert, Majestät? Seit ihr aus den Gedanken Eures Bruders zurückgekehrt seid?«

So eigenartig die Frage war, so klar wurde Menefer, was die Empathin damit meinte.

»Ich sehe Farben – in Form von Wolken oder Fäden«, gab sie ehrlich zu. »Ich kann Euren Schleier sehen.«

Matilda kicherte leise. »Also hat sich meine Vermutung bestätigt.«

»Wie soll ich das verstehen?«

Die Empathin strich sich eine Haarsträhne aus dem Gesicht und erklärte es ihr so beiläufig, als sei Magie das Natürlichste auf der Welt. »Eure Kräfte sind wahrlich außergewöhnlich. Nicht jede Empathin kann Gefühle auch sehen. Ich selbst spüre sie nur.«

»T-tatsächlich?«, stotterte Menefer.

»Ihr seid verunsichert. Das ist verständlich«, tröstete Matilda sie und legte ihr beruhigend eine Hand auf die Schulter.

Menefer unterdrückte den Impuls, die Hand wegzuschieben. »Aber wieso jetzt? Bis vor Kurzem wusste ich noch nicht einmal, dass ich eine Empathin sein soll.«

»Oh, Ihr wart es schon immer. Kein Zweifel«, versicherte die Magierin. »Ich vermute allerdings, ihr habt als Kleinkind instinktiv gelernt, Eure große Macht zu unterdrücken. Kein Mensch kann es erdulden, so viele Gefühle gleichzeitig um sich herum wahrzunehmen.«

»Tragt Ihr deshalb diesen Schleier?«

Matilda nickte lobend wie eine zufriedene Lehrerin. »Ja. Ich schirme mich von den meisten Gefühlen ab. Das war mir aber erst nach langem Training an der Academeia möglich. Ihr hingegen habt den Zugang zu Eurer Magie aus freiem Willen komplett gekappt. Mit einer Ausnahme, so vermute ich.«

Menefer blinzelte. »Eine Ausnahme?«

»Unsere Magie ist nicht einseitig. Wir spüren Emotionen nicht nur, wir können sie auch teilen«, erklärte Matilda und drückte Menefers Schulter etwas fester. Ein wohliges Gefühl der Ruhe breitete sich in ihr aus. »Versteht Ihr?«

»Ja«, dämmerte es der Königin allmählich. »Das bedeutet, ich habe die Menschen in meinem Umfeld schon immer beeinflusst?«

Als Staatsoberhaupt hatte sie es nie infrage gestellt, dass jeder ihre Befehle ohne Widerrede befolgte oder ein jeder Minister und jede Beamtin ihre Meinung teilte.

Aber der Einblick in Ciarans Erinnerungen, die so anders als ihre eigenen gewesen waren, ließ die Königin erahnen, wie selbstverständlich sie alle manipuliert hatte, ohne es zu merken.

»Erzählt Ihr mir, was Ihr im Kopf des Prinzen gesehen habt?«, bat Matilda.

In der Hoffnung auf weitere Antworten willigte Menefer ein und berichtete von den schrecklichen Momenten im Palastgarten. »Ich glaubte stets, Ciaran hätte den Angreifer und das Kindermädchen getötet. In meiner Erinnerung war er das Monster.«

Dabei war sie selbst die Bestie in Menschengestalt. Sie hatte den verzweifelten Magier zum Mord getrieben.

Als Matilda zu merken schien, wie Menefers Gefühle außer Kontrolle gerieten, verstärkte sie den Druck auf die Schulter der Königin.

Erleichtert atmete Menefer aus.

Doch obwohl die anfängliche Panik verflogen war, blieb ein übelriechender Rest aus Scham, Trauer und Schuld zurück.

Matilda verstand. »Ihr seid kein Monster«, versicherte die Empathin. »Ihr wart ein Kind mit ungeheurer Macht, dem niemand gezeigt hat, wie es damit umgehen soll. In Eurer Todesangst habt Ihr die Erinnerungen aller manipuliert, um Euch zu schützen.«

»Mich selbst eingeschlossen?«

»Ja. Erst das Trauma des Prinzen hat Euch den Spiegel vorgehalten und die Wahrheit offenbart.«

Menefer antwortete nicht, sondern dachte lange über Matildas Worte nach. Alles, was nach dem Angriff geschehen war, hatte sie unbewusst beeinflusst.

Ciarans Verbannung.

Ihre Eltern, die sich so schnell aus den Staatsgeschäften zurückzogen und Menefer die volle Kontrolle über Hinia überließen.

Der Zwist mit Islirith, der endgültig in einem Krieg mündete.

All das hatte Menefer mithilfe ihrer Magie gesteuert – und deshalb hatte man ihr gehorcht.

Nicht, weil sie Königin war.

Sondern Empathin.

»Man kann niemanden zwingen, etwas zu tun, das gegen dessen Willen geschieht.« Erneut wusste Matilda ganz genau, welche Gedanken ihr durch den Kopf gingen.

»Das macht es nicht besser.« Menefer schluckte leer. »Was soll ich jetzt tun?«

Matilda hob die Hand von ihrer Schulter und drückte ihre Finger, die sich zu einer Faust verknotet hatten. »Das wisst Ihr längst.«

Ja. Das wusste sie wirklich.

Menefer schloss die Lider und atmete tief aus.

Ciarans Worte hallten in ihrer Erinnerung nach.

»Stoppe die Pogrome. Lass die Magie zu.«

Ihr Bruder hatte recht – wie so oft. Es wurde Zeit, dass sie ihm endlich zuhörte.

Menefer öffnete die Augen wieder und suchte Matildas Blick. Mit fester Stimme bat sie: »Werdet Ihr mich lehren, mit meinen Kräften umzugehen?«

»Soweit es in meiner Macht liegt«, versprach die Empathin. »Wenn ich jedoch einen Rat geben darf: Lasst einen der Lehrmeister der Academeia zu Euch kommen. Jemand mit Euren Kräften benötigt einen Spezialisten.«

»Ich glaube nicht …«, brach Menefer stockend ab.

Erneut schien Matilda ihren Gedanken folgen zu können.

»Vergebung ist ein seltenes, aber sehr mächtiges Gefühl. Vertraut darauf, es wird Euch den Pfad zum Frieden zeigen.«

Nun entwich auch Menefer ein gelöstes, leises Lachen. »Ihr solltet Poetin werden, werte Empathin.«

»Oh, nein. Wie ich hörte, ist der Posten für Euren Hofbarden schon besetzt«, scherzte Matilda und wandte sich erwartungsvoll zum Zelteingang um.

Eine Woge aus blauschwarzen Fäden, gesprenkelt mit grünen Tupfern, drängte sich zwischen dem Boden und der Zeltplane ins Innere, noch ehe Menefer die bekannte Stimmte rufen hörte.

»Men-Men! Men-Men!«

Mit tränenüberströmtem Gesicht stürmte Thim herein und blieb wie angewurzelt stehen, als er die Königin und die Empathin auf dem Bett sitzen sah.

Auf seiner Stirn bildete sich eine dunkelblaue Beule, das zerkratzte Gesicht war übersät mit Blut und Ruß – und seine zerfetzte Kleidung sah nicht besser aus.

»Entschuldigt, ich wollte nicht …« Schniefend wischte er sich mit dem Hemdsärmel über die Augen.

»Was ist los, Thim?«

»Ciaran wacht nicht auf. Er ist schwer verletzt.«

»Ich gehe jetzt besser«, schaltete sich die Empathin ein. »Ihr möchtet sicher den Blutgrafen sprechen?«

»Ja, schon …«, begann Menefer, doch da war Matilda längst aufgestanden und hatte das Zelt nach einem Knicks verlassen.

Thim schniefte weiterhin wie eine traurige Salzsäule.

»Sind Heiler bei ihm?«, wollte Menefer wissen, als sie aufstand und auf den Troubadour zuging. »Atmet er?«

Das blauschwarze Knäuel verhedderte sich stärker um Thim, während er nur nickend schluchzte.

»Alles wird gut«, flüsterte die Königin instinktiv und nahm ihren einstigen Freund aus Kindertagen in den Arm. Sie spürte seinen Schmerz, als wäre es ihr eigener.

Sollte sie es versuchen?

Wie in jener Zwischenwelt der Gedanken, in der sie die roten Stränge von Kaedhos' Wut zerstört hatte, griff Menefer nach den blauschwarzen Fäden von Thims Trauer. Obwohl seidendünn, wollte sie diese nicht einfach zerreißen – aus Angst, ihrem Freund damit zu schaden.

Ganz sorgsam entwirrte sie Faden um Faden, als sie Thim auf das Bett setzte und ihm gut zuredete. Die grünen Tupfer wurden stärker und die Tränen des Barden versiegten mit der Zeit.

»Ich komme bald zu Ciaran«, versprach Menefer. »Bleibst du bis dahin bei ihm?«

»Natürlich, Men-Men.«

Im ersten Moment fürchtete die Königin, sie hätte ganz instinktiv ihre Kräfte dazu genutzt, Thim erneut zu beeinflussen. Doch der Barde strahlte sie nur aus feuchten Augen an – und Menefer spürte, wie aufrichtig er einwilligte.

Heilung

Thim

Sterbensbleich ruhte der Prinz auf seiner Liege, nur erhellt von schwachem Kerzenschein.

Die Heiler hatten Ciaran in einem eigenen Zelt am Rande des Lagers untergebracht und seine mit Brandwunden übersäte Haut mit einer grünlichen Paste eingerieben. Nur mit mäßigem Erfolg übertünchte der Kräutergeruch den beißenden Gestank von schwelendem Fleisch und Eiter.

»Der Zustand des Prinzen ist stabil.«

Das war alles, was Thim als Antwort bekam, jedes Mal, wenn er einen der blau gewandeten Heiler ansprach.

Die Worte sollten Zuversicht vermitteln, die Panik reduzieren.

Diese aufgesetzte Gelassenheit, das beinahe schon beiläufige Abtun der Besorgnis kannte der Barde nur zu gut.

Sein Vater, einst der königliche Hofarzt, besaß das Talent, Furcht mit wenigen Worten in vermeintliche Hoffnung zu verwandeln.

Thim sah daher hinter die Fassade der Heilerinnen und Heiler, die in immer länger werdenden Abständen das Zelt aufsuchten und nach dem Prinzen sahen.

Würden sie die Wahrheit laut aussprechen, müsste sie anders lauten. »Wir haben getan, was wir konnten. Alles Weitere liegt in Helias Hand.«

Selbst todmüde und ausgelaugt wagte Thim es nicht, seinen Prinzen zu verlassen, und hockte auf dem kalten Erdboden direkt neben dem Krankenlager. Jemand sollte bei ihm sein, falls Ciaran erwachte. Jemand sollte …

Nein. An jedes andere Szenario durfte der Troubadour nicht einmal denken. Sein Meister würde wieder aufwachen.

»Ich bin hier«, flüsterte er und tastete über das Bettlaken nach Ciarans kalten Fingern. Fest umschloss er seine Hand. »Du bist nicht allein.«

Der Prinz rührte sich nicht.

Im flackernden Kerzenlicht spielte ihm seine Müdigkeit seltsame Streiche und er meinte bisweilen, Ciarans Schädel durch die Haut schimmern zu sehen.

Thim starrte wie verbissen auf die Nasenflügel, die ganz leicht bei jedem Atemzug erzitterten. Solange sein Freund atmete, war alles gut.

Stockend begann er, von den Geschehnissen auf dem Schlachtfeld zu erzählen. Vom Sturz aus dem Luftschiff, der Flucht vor Raka und Beril, den Geschehnissen im Lager des Blutgrafen und schließlich von ihrem Kampf um Ciarans Rückkehr.

Als er gerade berichtete, wie Menefer zu ihrem Kreis dazu gestoßen war, zuckten Ciarans Finger.

»Ich bin hier«, wiederholte Thim hoffnungsvoll. »Ich geh nicht weg.«

Ciaran stöhnte leise.

Seine Lider flatterten.

Der Barde drückte die Hand fester, so als könnte er seinen Freund verlieren, wenn er nicht genug zupackte.

Seufzend glitt der Prinz zurück in die Ohnmacht. Der Hauch, der über seine Lippen rollte, klang in Thims Ohren wie eine Botschaft an ihn. »D-danke.«

Erleichtert plumpste der Barde zur Seite, streckte seine kribbelnden Beine unter dem Bett aus und lehnte sich mit dem Gesicht an Ciarans Matratze, ohne die Hand seines Meisters loszulassen.

Thim schlief ein.

Das Rascheln der Zeltplane schreckte ihn kurze Zeit später auf. Blinzelnd orientierte er sich und stellte erleichtert fest, dass Ciaran noch immer sterbensbleich, aber atmend vor ihm lag.

Thim wandte sich nicht zu dem Neuankömmling um, weil er davon ausging, dass ein Heiler das Krankenlager betrat.

Die leicht rauchige, wohlklingende Stimme belehrte ihn eines Besseren. Statt der üblichen Lockerheit schwang allerdings Besorgnis darin.

»Wie geht es Whitehart?«

Denzell Rowe stand außerhalb des Lichtkegels und strich sich nervös über den Hinterkopf, sodass sich vereinzelte Haare aus seinem Pferdeschwanz lösten. Er wirkte wie ein dämonischer Schatten aus Ruß und Blut.

Dennoch fühlte sich Thims Herz bei seinem Anblick gleich ein wenig leichter an.

Er öffnete den Mund zu einer Antwort, brachte aber keinen Laut heraus. Im Gegensatz zu seinem Vater konnte Thim nicht über Ciarans Lage hinwegtäuschen.

Tränen bahnten sich ihren Weg.

Der Blutgraf musste es gesehen haben, denn er trat eilig auf den Barden zu, kniete sich neben ihn und zog ihn mit offenen Armen zu sich heran.

»Was machst du denn?«, tadelte ihn Denzell behutsam. »Du kannst doch nicht permanent auf dem Boden sitzen! Hast du überhaupt schon was gegessen? Oder getrunken?«

Warme Hände umfassten Thims Wangen und hoben sein Gesicht an, sodass er direkt in Denzells vom Kerzenschein erhellte Pupillen blickte.

»Es geht mir gut«, log der Barde und schmiegte sich an die sanften Finger auf seiner Haut.

»Ich habe mir Sorgen gemacht, als du plötzlich losgerannt bist.«

»Ciaran.« Mehr brachte Thim nicht heraus.

Der Blutgraf atmete laut durch die Nase aus und schüttelte den Kopf. »Ich weiß. Du hast den Prinzen als Erster gefunden, nicht wahr? Im Getümmel habe ich dich aus den Augen verloren.« Er stockte. »Tut mir leid, ich konnte nicht früher kommen.«

»Du bist hier«, hauchte Thim mit tränenerstickter Stimme. »Das allein zählt.«

Instinktiv beugte er sich vor, lehnte sich in die Umarmung und küsste Denzells Hals.

Zärtlich drehte jener Thims Gesicht zu sich und umschloss seine Lippen mit den seinen.

Der Kuss jagte eine warme Welle von Glücksgefühlen durch Thims Brust. Es fühlte sich so anders an als noch zuvor auf dem Schlachtfeld. Bestimmt und tröstend. Sicher.

Viel zu früh löste sich der Blutgraf von ihm und beichtete: »Ich kann nicht bleiben. Zumindest vorerst nicht.«

»W-warum?«

»Es gibt viel zu tun, wenn wir tatsächlich Frieden wollen. Ich werde Hinia verlassen, denn die Magier Isliriths müssen von der neuen Allianz überzeugt werden.«

»Und wer könnte das besser als der Blutgraf?«, vermutete Thim wehmütig, aber nicht überrascht.

Denzell strich ihm eine Locke hinters Ohr und nickte. »Ich kehre zu dir zurück, Liebster«, versprach er.

Mit einem Kuss auf die Stirn erhob er sich und zog den Barden sanft mit in die Höhe.

»Und Hazel?«, wollte Thim wissen. »Wird sie mit dir gehen oder bei uns bleiben?«

»I-ich weiß nicht.« Denzell zog die Brauen irritiert zusammen. »Ist sie nicht bei euch? In der Nähe?«

»Nein.«

Panik schimmerte in den eisgrauen Augen seines Gegenübers auf, und auch Thim spürte, wie sich ein ungutes Gefühl in seiner Magengegend ausbreitete.

»Komm mit«, befahl der Blutgraf und hastete zum Zelteingang.

Einen Herzschlag lang zögerte Thim und dachte an den Prinzen, den er nicht allein lassen wollte.

Als er den Schatten sah, den Denzell vor dem Zelt ansteuerte, gab er sich jedoch einen Ruck und folgte ihm bis zur Plane.

»Evina?«, hörte er gerade noch. »Wo ist Niamh?«

Die Krakenfrau hatte draußen Wache gestanden und eilte ihnen sofort entgegen. Ihr Kopf und Bauch waren mit dicken weißen Tüchern bandagiert. »Boss? Was ist los?«

»Niamh«, wiederholte Denzell. »Sie war nicht dabei, als die Hinianer uns«, er hustete gekünstelt, »ins Lager führten?«

»Das letzte Mal, als ich sie gesehen habe, kämpfte sie gegen den Zerfresser«, meinte Evina. »Hat ihn kaltgemacht, den Bastard.«

»Und dann?«, rief der Barde von Weitem. Er ließ die Zeltplane hinter sich zufallen und stellte sich neben den Blutgrafen.

»Nichts und dann.« Die Gestaltwandlerin zuckte mit den Schultern. »Hab sie im Lazarett gesucht. Aber da war die kleine Gans nicht.«

»Ich muss nach ihr suchen«, erklärten Thim und Denzell einstimmig.

»Geht nicht, Boss«, widersprach die Krakenfrau. »Die Königin will dich doch sprechen.«

»*Ich* gehe«, bestimmte der Barde ernst. »Ich finde sie.«

Das schlechte Gewissen, weil er Ciaran erneut zurückließ, war schwächer als die Angst um Hazel.

»Thim«, beschwor ihn der Blutgraf. »Da draußen ist es längst nicht sicher. Es ist Wahnsinn, aufs Schlachtfeld zurückzukehren.«

»Hazel ist unsere Freundin. Und ich finde sie, vertrau mir.«

»Darüber mache ich mir keine Sorgen, nur …«

Thim unterbrach ihn. »Mir geschieht nichts.« Und als der Zweifel nicht aus Denzells Miene verschwinden wollte, fügte er hinzu: »Ich kehre zu dir zurück, Liebster.«

Theatralisch stöhnte der Blutgraf auf. »Ich hasse es, wenn du meine Worte gegen mich richtest.«

Der Barde ignorierte ihn und bat Evina um Hilfe. »Jemand sollte bei Ciaran bleiben. Kannst du nach ihm sehen, solange ich weg bin?«

»Boss?«

»Na gut.« Widerwillig lenkte Denzell ein. »Macht doch, was ihr wollt. Nur nicht sterben, verstanden?«

Thim stieg auf die Zehenspitzen und schnappte sich einen letzten flüchtigen Kuss des Blutgrafen, ehe er in Richtung Schlachtfeld davonrannte.

Die Orientierung zu behalten, fiel ihm schwerer als gedacht. Berge aus Dreck, Blut, rußigen Waffen und abgetrennten Gliedmaßen versperrtem ihm den Weg.

Thim folgte instinktiv dem Tross blau gewandeter Sanitäter, die weiterhin nach Verletzten suchten. Begleitet wurden sie von den schwarzen Gardisten, die sich um die Toten kümmerten und deren Körper zu den Gräbern am Rand des Schlachtfelds trugen.

Wann immer er einen Karren vorbeifahren sah, egal ob von den Blauen oder den Schwarzen gezogen, glitt sein Blick panisch über dessen Ladung und suchte nach bekannten Gesichtern.

Hazel war nie dabei.

Allmählich fragte sich der Barde, ob die Magi ihrerseits mit der Bergung beschäftigt waren. Gab es ein anderes Lazarett, in das man ihre Freundin gebracht haben konnte?

Es war reiner Zufall, dass er wortwörtlich über Denzells roten Mantel stolperte. Das unverkennbare Kleidungsstück leuchtete mitten auf dem offenen Feld wie eine Wegmarkierung.

Mit pochendem Herzen sah sich Thim um. Hier musste es gewesen sein. An diesem Ort hatten sie den Kreis gebildet. Hazel hatte ganz in der Nähe gekämpft.

»Helia! Hilf mir«, flehte er leise und suchte die Umgebung ab.

Da! Im rotgoldenen Licht der untergehenden Sonne hatte er das Weiß kurz aufblitzen sehen.

Thim hastete keuchend auf die Stelle zu und schrie nach den Sanitätern.

Weiße, ascheverklebte Federn führten ihn zur Gans, die bewegungslos neben dem eingesunkenen Leichnam eines alten Mannes lag.

Voller Angst hob er das Bündel Gefieder hoch und suchte nach einem Herzschlag. Sein eigener pulsierte so laut in seinem Kopf, dass er ihren nicht hören konnte.

»Hazel? Hazel!«

Sie antwortete nicht.

»Hilfe! Ich habe hier eine Verletzte!«, schrie Thim, doch niemand schien sich für ihn zu interessieren.

So schnell wollte er nicht aufgeben, drückte Hazel an seine Brust und rannte auf die Blauen zu, die er in der Ferne ausmachen konnte.

Dem nächstbesten Sanitäter griff er an die Schultern und zog ihn ruppig zu sich herum.

»Helft ihr!«, kreischte er panisch. »Bitte!«

Der blonde Jüngling, kaum älter als Ciaran, sah ihn an, als wäre der Barde wahnsinnig geworden. Verwirrt starrte er auf Thims Fracht. »Eine Gans? Ich soll eine Gans verarzten?«

»Sie ist eine Gestaltwandlerin«, erklärte Thim mit Nachdruck und streckte ihm Hazels Körper entgegen. »Ihr müsst sie retten!«

Verunsichert blickte sich der Heiler nach seinen Kolleginnen und Kollegen um, die alle viel zu beschäftigt wirkten. »Wir haben keine Zeit, uns auch noch um Tiere zu kümmern«, meinte er verärgert und schob Thim von sich weg. »Es ist schon Zumutung genug, dass wir den Magierabschaum behandeln sollen.«

Entsetzt wich der Barde zurück.

Das konnte doch nicht wahr sein!

Er wollte schon aus der Haut fahren und dem Kerl seine Meinung geigen, als er die Sonnenmarke an der blauen Kutte bemerkte.

Ganz ruhig, mit eiskalter Stimme ging er zum Gegenangriff über. »Du bist ein Hofarzt! Und warst bei Dunstin in der Lehre.«

Der Sanitäter zuckte zusammen. »Ihr kennt Meister Dunstin?«

»Hast du etwa deinen Eid vergessen?«, fuhr ihn Thim an, ohne auf die Frage einzugehen. »Heile, wo du kannst. Heile, wen du kannst.«

»Ihr klingt sogar wie Meister Dunstin!« Der Jüngling starrte ihn mit großen Augen an, bis die Erkenntnis allmählich zu ihm durchzudringen schien. »Bei Helia! Ihr seid sein Sohn!«

»Der bin ich! Und jetzt helft endlich dieser Gans oder ich berichte meinem Vater, zu welch einer Schande die königliche Ärztekammer in seiner Abwesenheit verkommen ist!«

Mit einer eiligen Verbeugung nahm der Sanitäter Hazels Gänsekörper aus Thims Armen und rannte gebückt zum Verbandswagen mit den Arzneimitteln.

Seine Kolleginnen und Kollegen starrten Thim an, als sei er ein wandelnder Gott auf Erden.

»Kümmert euch um die anderen Tiere!«, befahl er wütend. »Das sind in Wahrheit Menschen, verdammt.«

Versöhnung

Menefer

Ihre Rüstung und Katz' beherztes Eingreifen hatten die schlimmsten Verbrennungen verhindert. Dennoch war die Königin mehr als erleichtert, als die Heiler endlich von ihr abließen und die Wunden unter den dicken Verbänden nur noch unangenehm kribbelten.

Bei Helia, sie hatte weitaus Wichtigeres zu tun, als sich zu schonen und bemuttern zu lassen.

Ciarans Zustand sei stabil, versicherte man ihr. Daher beschloss sie, sich zuerst den Staatsangelegenheiten zu widmen.

Menefer wies einige Soldaten an, die Betten aus dem Zelt zu wuchten, und richtete sich ein kleines Hauptquartier mit einem Tisch und Stühlen ein. Sie betrachtete ihr Werk, gerade als sich ihr nächster Besuch ankündigte.

»Menefer Whitehart?«

Sie kannte das Gesicht des Mannes bisher nur von Gemälden. Und doch hatte er sie in ihren schlimmsten Albträumen verfolgt. Mit der Maske des Schreckens, die sie sich dabei ausgemalt hatte, schien ihr Gegenüber wenig gemein zu haben. Auch wenn seine Kleidung von Asche und Blut getränkt, sein Pferdeschwanz gelöst und die Wangen dreckig waren, umgab ihn eine Aura der Selbstsicherheit.

»Denzell Rowe, der Blutgraf. Oder sollte ich besser sagen, der Shah von Domhan Uaighe?«

Der Heerführer lachte und winkte ab. »Oh nein, das ist ein Titel, den ich nicht beanspruchen möchte. Es wird Zeit, dass die Grabstättler ihr eigenes Oberhaupt wählen dürfen.«

Menefer blinzelte irritiert. »Ihr seid nicht der Mann, für den ich Euch hielt«, gab sie zu.

Der Schwarzhaarige verschränkte die Arme vor der Brust und hob einen Mundwinkel. Seine Augen blitzten schalkhaft. »Kein machtgieriges Monster, meint Ihr?«

»In der Tat. Mir scheint, ich kann viel von Euch lernen.«

Rowe lehnte sich gegen den Tisch und lachte erneut. »Ha! Und Ihr überrascht mich. Ihr beweist mehr Humor als Euer Bruder.«

»Oh, ich scherze nicht. Es ist mein voller Ernst.« Menefer schüttelte die blonden Locken und klopfte mit den Knöcheln ihrer Hand auf die Papiere, die zwischen ihnen auf dem Tisch lagen. »Zeigt mir, wie wir gemeinsam den Frieden unserer Länder sichern, Blutgraf.«

Bis tief in die Nacht brütete die Königin über den Papieren, die sie gemeinsam mit Denzell Rowe aufgesetzt hatte, und schrieb dazu Dutzende Briefe an wichtige Minister und Adelsfamilien, um diese auf den bevorstehenden Wandel vorzubereiten, den sie für Hinia plante. Der Blutgraf hatte sie gewarnt, dass ihre Bemühungen trotz der guten Absichten auf Widerstand stoßen würden – und das nicht nur in der Oberschicht.

Wer von Geburt an bloß eine Wahrheit kannte, wer Angehörige geopfert oder die Augen verschlossen hatte, weil es *richtig* war, reagierte taub auf alles, was diese Wahrheit zunichtemachte. Denn hatte sich der Schleier erst einmal gelichtet, musste man sich der eigenen Unzulänglichkeit und Schuld stellen.

Und genau das hatte Menefer jetzt vor.

Es wurde Zeit.

Müde rieb sie sich die Schläfen, griff nach einer der letzten Kerzen, die noch nicht heruntergebrannt waren, und bat Katz, sie zu begleiten. Als die Königin durch das Lager wanderte, folgte ihr die Gardistin wortlos.

Erst als Menefer sie nach dem Weg fragte, deutete Katz auf ein Zelt abseits der anderen.

»Soll ich draußen warten, Majestät?«

Menefer wollte nicken, überlegte es sich aber spontan anders, als sie die dunklen Fäden um Katz' Gesicht wahrnahm.

»Ruht Euch aus, Leutnant«, befahl sie. »Ihr braucht den Schlaf.«

»Ihr ebenso, Majestät.«

»Bald«, seufzte Menefer. »Eine letzte Sache ist noch zu tun.«

Die Gardistin widersprach nicht weiter, was Beweis genug war, wie stark Katz in Wahrheit gegen die Müdigkeit ankämpfte. Mit einer Verbeugung verabschiedete sie sich von Menefer und schritt allein in die Dunkelheit davon.

Die Königin wandte sich dem Zelteingang zu, atmete tief ein und schob die Plane zur Seite.

Der sanfte Lichtschein ihrer Kerze erhellte ein zerwühltes Nachtlager und eine Gestalt, die an dessen Fußende kauerte.

»Thim? Wach auf«, flüsterte sie und ging neben dem Barden in die Hocke. »Ich bin jetzt hier. Ich passe auf Ciaran auf.«

Murrend wich Thim dem Kerzenschein aus und drückte sein Gesicht tiefer in die Laken.

»Geh schlafen«, bat sie und legte ihm eine Hand auf den Rücken. »Du musst doch müde sein.«

»Sehr sogar.« Thim gähnte und kroch über den Boden zur anderen Seite des Zelts, wo ein zweites Bett stand. Geräuschvoll machte es sich der Troubadour darin bequem und schnarchte innerhalb weniger Lidschläge lautstark.

Menefer starrte auf ihre Handfläche, die eben auf Thims Rücken geruht hatte.

Hatte sie es wieder getan? Hatte sie Thim zum Schlafen überredet?

Unsicher biss sich die Königin auf die Unterlippe und platzierte den Kerzenhalter auf einer Kiste, die als Beistelltischchen diente, ehe sie sich behutsam auf den Bettrand setzte.

Im unsteten Licht wirkte das Gesicht ihres schlafenden Bruders wie eine Totenmaske. Hätte sich seine Brust nicht sichtbar unter dem Laken bewegt, wäre Menefer davon überzeugt gewesen, einen Geist zu sehen. Zudem hatte jemand die Brandblasen mit einer grünlichen Paste beschmiert, die nun zu braunen Klumpen vertrocknete.

»Es tut mir leid«, hauchte Menefer und tastete nach Ciarans kalten Fingern unter der Bettdecke. »Es tut mir so leid, was ich dir angetan habe.«

Egal, wie sehr sie ihm tröstende Gefühle schickte, die ihn von innen wärmen sollten: Ciaran schlief tief und fest.

»Men-Men?«

Sie fuhr hoch und blinzelte ins Sonnenlicht, das durch die dünne Zeltwand hineinströmte.

Ihr Bruder lag noch immer bleich und erschöpft vor ihr, hatte aber die Augen geöffnet. Sie wollte sich instinktiv nach seinem Zustand erkundigen, bemerkte indes die dunkelblauen Wolken, die Ciarans ganzen Körper einhüllten.

»Du bist nicht mehr wütend«, stellte sie verwundert fest. »Und das, obwohl ich dir ein so großes Unrecht angetan habe?«,

»Ich war lange genug wütend«, krächzte Ciaran mit trockener Stimme. »Jetzt weiß ich, dass ich damit nur überdeckt habe, wie traurig ich eigentlich bin.«

»Ciaran. Es tut mir so leid.« Sie rückte näher zu ihm heran und nahm ihn in die Arme.

»Vorsichtig! Das tut weh!«, wehrte er sich kläglich lachend.

Erschrocken ließ sie von ihm ab und strich ihm eine Träne von der Wange. »Es ist in Ordnung, weine ruhig, kleiner Bruder.«

Ciaran presste die Lippen aufeinander und kämpfte dagegen an, doch sobald Menefer ihn erneut – und dieses Mal vorsichtiger – umarmte, weinte er hemmungslos an ihrer Schulter.

Tröstend strich sie ihm über den Rücken und wischte dabei die dunklen Wolken fort.

Langsam.

Eine nach der anderen.

Allmählich versiegten die Tränen.

Ciaran schniefte und versicherte ihr, dass es ihm gut ginge. »Mach dir keine Sorgen, Men-Men. Ob mit oder ohne Magie: Ich bin stärker, als du glaubst.«

Ein rosafarbenes Leuchten flackerte über seinem Herzen auf, das Menefer stutzig machte.

»Du bist stärker, als du denkst«, wiederholte sie. »Wer hat dir das gesagt?«

Verwunderung und Schrecken leuchteten in Ciarans komplett dunkelbraunen Augen auf.

»Oh nein! Hazel! Wo ist sie? Geht es ihr gut?«, brach es aus ihm hervor.

»Das braunhaarige Mädchen?« Menefer erinnerte sich an die Kriegerin, die ihr auf dem Schlachtfeld das Leben gerettet hatte. »Ich lasse Katz nach ihr im Lazarett suchen«, versprach sie.

»Und wenn sie tot ist?« Schwarze Panik drohte, das rosa Leuchten zu überdecken.

Beruhigend redete die Königin auf ihren Bruder ein und versicherte ihm, dass sie Hazel aufspüren würden.

»Sie bedeutet dir viel, richtig?«

Ciaran zog zögernd die Brauen zusammen. »Ich ... ich weiß es nicht.«

»Dein Herz ist sich aber ziemlich sicher«, erklärte Menefer und lächelte. »Sie tut dir gut.«

Der Prinz schloss müde die Augen. »Ich hoffe, sie verzeiht mir.«

»Das sollten wir einander alle.«

Menefer bettete Ciaran behutsam zurück und sah zu, wie ihr Bruder erneut in den Schlaf fiel.

Epilog

Ciaran

Einige Wochen später

Möwen kreisten über dem tiefblauen Himmel von Meerfall. Im Gegensatz zu Helmhaim verliefen die Küsten sanft und die See schickte ihr tröstendes Wiegenlied vom Horizont über die grünen Auen des Zulaufs bis hinauf zum Königskron, in dessen Schatten sich die Hauptstadt schmiegte.

Ciaran schaute den Segeln zu, die in der Ferne auf den Wellen wippten, und trat dann vom Fenster zurück.

Es wurde Zeit.

Er fasste den neuen Mantel enger, griff nach der Reisetasche und öffnete die Tür seines Schlafgemachs, um die sonnendurchflutete Galerie zu betreten.

Seine Schritte hallten auf dem Alabasterboden wider. Eigentlich war nicht geplant, dass er einer einzigen Seele begegnete. Dennoch mischten sich bald weitere Schritte in seinen Rhythmus.

Ciaran bog um eine Ecke und erkannte, warum.

Seine Schwester ging wie zufällig von ihrem Arbeitszimmer, das gleich neben Ciarans Unterkunft lag, zurück in den Thronsaal.

Katz folgte ihr wie ein dunkler Schatten.

»Bruder!«, rief ihm Menefer gespielt überrascht zu. »Du gehst?«

Er lächelte.

Diese Unterhaltung hatten sie schon so oft geführt, dennoch erklärte er: »Es ist besser so.«

»Du weißt, du musst nicht gehen«, beteuerte sie und nahm seine Hände wie selbstverständlich in ihre. »Kaedhos ist fort, die roten Augen auch. Das Volk wird dich lieben lernen. Mit der Zeit.«

Impulsiv hätte er ihr beinahe entgegnet, sie sei ohne den verfluchten Prinzen besser dran. Doch solch eine Antwort hätte der alte Ciaran gewählt. Sein neues Ich hatte andere Gründe.

Auch Menefer hatte sich verändert. Ihr Blick war weicher, wenn auch der geteilte Schmerz als dunkler Schatten darin mitschwang. Silberne Narbengeflechte überzogen ihre einst so makellose Haut. Dieselben Spuren hatte das Feuer auch in seinem Gesicht hinterlassen.

»Ich muss meine Fehler gutmachen, Men-Men. Und ich weiß, du schaffst das ebenfalls«, versicherte er und drückte sie ein letztes Mal. Mit einem Kopfnicken an Katz gerichtet, verabschiedete er sich und verließ den Palast durch einen Nebenausgang.

In den Gassen von Meerfall fiel er kaum auf.

Niemand konnte sich wirklich an sein Gesicht erinnern. Und ohne seine roten Augen war der verfluchte Prinz nichts weiter als eine tragische Figur aus einer Ballade.

Auf dem Marktplatz musste Ciaran einen Umweg nehmen. Handwerker errichteten neue Lampen, die mithilfe von Feuermagie betrieben wurden.

Nachdem Menefer die Pogrome beendet und die Magie offiziell in Hinia erlaubt hatte, waren Tausende von verstoßenen Hinianern in ihre Heimat zurückgekehrt. Sie brachten neuen Aufschwung in das kriegsversehrte Land.

Aber nicht überall waren die Magier gerne gesehen. Zu lange währte der Hass gegen die Islirithaner, zu tief waren die Wunden, als dass sie sich nach ein paar Monaten der Heilung schon schlossen. Vor Menefer lag viel Arbeit. Und vor Ciaran genauso.

Ihm war bewusst, dass er das ganze Ausmaß seiner Zerstörung, die er als Flammengeist in den Königreichen von Islirith hinterlassen hatte, kaum einschätzen konnte. Aber er wollte nicht länger vor der Verantwortung davonlaufen.

Lautenspiel tanzte vom Hafen heran. Schon von Weitem erspähte Ciaran die weißen Segel der Mauritio. Die zwei Masten ragten stolz in den Himmel. Blaue Flaggen flatterten im Meereswind.

»Von Sonne und Erde, von Wasser und Wind, ist er geboren ein verfluchtes Kind.«

Ciaran sah hoch und entdeckte Thim, der mit schaukelnden Beinen auf der Reling saß und seine neue Laute erprobte.

Die Wangen schimmerten rosig vor Aufregung, das Fettpölsterchen war zurück und sein Freund wirkte glücklich wie nie zuvor, als er vor sich hin trällerte.

»So schwarz seine Seele, so rot sein Blick.«

»Und ich dachte, das Lied müsste ich nie mehr hören!«, rief ihm Ciaran zu.

Theatralisch schlug Thim die Saiten an und verbeugte sich. »Ha! Meister, du kennst auch das neue Ende bisher nicht!«

»Danke. Ich verzichte.«

»Sei nicht so«, grummelte sein Barde. »Ich schwör's, das wird das beste Werk, das ich je geschrieben habe. Ich muss nur noch ein klein wenig daran arbeiten.«

»Dafür haben wir auf See ausreichend Zeit, Junge.« Alaria kam lachend vom Deck heran und sprang auf eines der Pulverfässer, um Ciaran besser zu sehen. »Und du? Komm an Bord, Prinz. Wir legen bald ab.«

Nachdem ihn nach Wochen im Krankenbett Menefers Heiler endlich wieder aus dem Zimmer ließen, hatte Ciaran aus Scham gezögert. Um dann Alaria doch einen seitenlangen Brief zu schicken und sie zu bitten, ihn in ihrer Mannschaft aufzunehmen. Er hatte zwar seine Magie verloren, aber er wollte anpacken und mithilfe der Piraten nach Islirith reisen.

Alarias Antwort war bloß eine Zeile lang: »Wir können jedes Paar Hände gut gebrauchen.«

»Komm schon!«, wiederholte die Piratenkapitänin.

Das ließ er sich kein drittes Mal sagen und stieg die Planke hoch an Deck. Die Mannschaft erwartete ihn bereits. Sie waren alle da: Brog, Cringles, Felsen, Faust, Rollo und Tucker. Selbst der Koch Gregor hatte das Fenster zur Kombüse geöffnet und winkte ihm zu.

Und noch jemand lehnte sich an den Großmast.

»Hazel?«, wunderte er sich.

Er hatte von Thim gehört, dass die Gestaltwandlerin gegen den Zerfresser gekämpft hatte und schwer verwundet worden war. Seit dem Abschied vor der Schlacht hatten sie sich nicht mehr gesehen.

»Geht es dir besser?«

Die drahtige Assassinin zupfte an den Bandagen herum, die ihre Schulter und den gesamten Bauch bedeckten. Darüber trug sie eine luftige, ärmellose Lederbluse.

»Es wird.« Sie presste die Lippen aufeinander. »Zum Glück sind Gänse echt zäh.«

Thims Lautenspiel verstummte abrupt und wurde von einem lauten Rufen abgelöst.

»Habt ihr Verwendung für einen Nekromanten, eine Empathin und einen Oktopus?«

Die Stimme kam von unten.

Erstaunt lehnte sich Ciaran über die Reling und erspähte den Blutgrafen. Seine beiden Begleiterinnen im Schlepptau, stand er am Pier.

Obwohl Menefer und er offiziell einen Friedenspakt unterschrieben hatten, war es nicht ungefährlich für Denzell Rowe, sich in Hinia herumzutreiben. Im Gegensatz zum verfluchten Prinzen hatte man sein Gesicht nicht vergessen.

»Was tust du hier?«, sprach Thim entgeistert aus, was Ciaran längst dachte.

»Wir haben schon ein Meerestier an Bord, danke schön auch!«, wehrte sich der Blauwal Cringles beleidigt.

Und der Erste Maat Brog ergänzte: »Und einen Nekromanten!«

Denzell Rowe ignorierte die Ablehnung und richtete seine Worte direkt an Thim, als gäbe es um sie herum keine anderen Zuschauer. »Ich habe dir versprochen, dass ich zurückkomme. Hier bin ich!« Selbstgefällig grinsend breitete er die Arme aus. »Gibst du mir jetzt eine zweite Chance? Ich möchte dich besser kennenlernen. So richtig.«

Thim schnappte nach Luft, zitterte bedrohlich schwankend und suchte Hilfe bei Ciaran.

»Wenn es für dich in Ordnung ist …«, begann der Prinz.

Doch Thim antwortete bereits überschwänglich: »Ja! Unbedingt ja! Aber was ist mit deiner Mannschaft?«

»Die Antiqua segelt nie weit von mir entfernt. Nur falls wir Unterstützung benötigen, natürlich.« Triumphierend grinsend erkundigte sich Denzell Rowe bei Alaria: »Ich hoffe, das ist in deinem Sinne, Captain?«

»Aye, sofern du dich an meine Befehle hältst, Blutgraf.«

»Keine Frage, Mylady!«

»Aye, dann willkommen an Bord.«

Cringles und Brog sahen Alaria an, als hätte sie gerade den Teufel selbst auf ihr Schiff gebeten.

Ciaran konnte sich das Lachen nicht länger verkneifen und kicherte noch, als sich Rowe, Evina und Matilda längst unter die

Mannschaft gemischt hatten und Alaria verkündete: »Seeklar machen! Wir legen ab.«

»Auf in ein neues Abenteuer«, trällerte Thim und zeigte dem Blutgrafen seine neue Laute.

Dieser nutzte den Vorwand, dem Barden näherzukommen, um ihn abrupt an sich zu ziehen und ihm einen zärtlichen Kuss zu rauben. Thims Gesicht glühte vor Überraschung rot auf.

Ratternd kam der Anker nach oben, den Brog sogleich festzurrte.

Hazel stellte sich wie selbstverständlich neben Ciaran an die Reling, als der Wind die gehissten Segel erfasste und die Mauritio sich gemächlich vom Pier löste.

»Bist du nervös?«, fragte sie.

Ciaran sah zu, wie die Dächer von Meerfall immer kleiner wurden. Die Wellen schlugen verheißungsvoll gegen die Bordwände des Schiffs. Verspätet antwortete er ihr. »Etwas wiedergutzumachen ist nie leicht.«

»Ich weiß.« Hazel legte ihre Hand gleich neben seine. In ihrer Stimme lag Hoffnung. »Aber jede kleine Geste ist ein Anfang.«

Das war es. Er schob seine Hand näher, bis sich ihre Finger sanft berührten.

ENDE

Nachwort der Autorin

Was für ein Abenteuer! Nie hätte ich erwartet, dass aus einer kleinen Idee eine so mitreißende Geschichte entstehen kann, die mich komplett überwältigt hat. Blades & Ballads startete, wie man eigentlich kein Buchprojekt beginnen sollte – mit keinem Plot, keinem Plan und einem Charakter-Generator, der mir zwei Figuren ausspuckte.

Es war kurz vor November – NaNoWriMo-Time, Baby! – und ich war, ehrlich gesagt, ziemlich frustriert mit meinem Schreiben. In der virtuellen Schublade stapelten sich vernachlässigte Manuskripte zum Überarbeiten und alles Neue fand ich einfach doof. Dabei sollte sich Schreiben wieder so anfühlen wie früher: spaßig, locker und vor allem ohne Zwang.

Dieses Mal wollte ich nur für mich schreiben und einfach in die Tasten hämmern. Die passende Starthilfe war mit wenigen Klicks gefunden und ein Generator würfelte mir einen düsteren, gefangenen Prinzen in einem Turm und einen Barden zusammen. Ich schmiss eine Gans in den Topf dazu – warum auch nicht! – und los ging die wilde Fahrt. Als ich die ersten Sätze tippte, hatte ich bloß ein grobes Bild davon, wie Ciaran nach Unterdon flieht. Alles andere entwickelte sich nach Lust und Laune. Ich hatte einfach Bock auf Piraten, Skelette und sexy Magier.

Ich liebe Blades & Ballads! Das Abenteuer hat mich aus der Schreibflaute befreit und mir eine ganz neue Welt eröffnet, die wahnsinnig viel Stoff für neue Geschichten bietet. Wer weiß, vielleicht bringe ich diese irgendwann noch zu Papier?

Wusstest du, dass der Name Blades & Ballads für Hazel und Thim steht? Statt Ciaran im Titel hervorzuheben, wollte ich seine beiden Freunde betonen, denn nur durch sie konnte der Prinz all die Herausforderungen bestehen. Die Klingen von Hazel und Thims Lieder waren seine ständigen Begleiter.

Zwar habe ich die Geschichte hauptsächlich für mich geschrieben, aber wie Ciaran hätte ich das niemals allein geschafft. Erst die großartigen Menschen und engagierten Unterstützer*innen, die hinter diesem Buchprojekt stehen, haben aus einem Haufen Wörter ein lebendiges Abenteuer erschaffen und dafür gesorgt, dass viele Leserinnen und Leser daran teilnehmen können. Euch gebührt mein aufrichtiger Dank.

Besonders danke ich Corinne vom Sternensand-Verlag, die mich mit Rat und Tat unterstützt und meinen langgehegten Traum, selbst ein Sternchen zu schreiben, wahr gemacht hat. Außerdem ist ihr die eine oder andere zusätzliche Szene mit Thim und Denzell zu verdanken, weil sie die beiden wohl mindestens so sehr liebt wie ich. Danke auch an meine Testleserin Elena Hupfeld, an meine Lektorin

Wolma Krefting und Korrektorin Beate für eure kritischen und so wertvollen Rückmeldungen und Anregungen. Und natürlich ein großes Dankeschön an Alexander Kopainski für das überwältigende Cover!

Nicht unerwähnt lassen möchte ich meine Co-Coaches der Schreibgruppe EXTRAMUNDANA des Jungen Literaturlabors in Zürich. Danke, Stefan Bachmann und Jyoti Guptara, dass ich so viel von euch lernen durfte. Und danke an Shirin Lupp und alle EXTRAMUNDANAS, dass ihr mit mir mitfiebert. Ein herzliches Merci geht auch an meine Kolleginnen und Kollegen des Vereins Schweizer Phantastikautor*innen. Ihr seid die beste unfreiwillige Selbsthilfegruppe, die es gibt!

Ohne meinen Mann wäre das Buch vielleicht nie fertig geworden. Wenn ich eine Flaute hatte, hast du einfach die Fantasy-Schreib-Playlist im Wohnzimmer angemacht und mich so vor den Laptop gelockt. Danke, dass du mich immer wieder ermutigst und an mich glaubst.

Und natürlich geht ein großes Dankeschön an dich, liebe Leserin oder lieber Leser. Denn eine Geschichte wird erst dann zu einem Buch, wenn sie geteilt wird. Ich hoffe, du hattest viel Spaß mit Ciaran, Thim und Hazel und konntest die Zeit in Hinia und Islirith genießen. Danke, dass du unsere Freunde auf ihrem Abenteuer begleitet hast.

Alles Liebe,
Bettina

Über die Autorin

Bettina Bellmont (1990) jongliert als Werbetexterin, Journalistin und Verlagsassistentin mit Worten. Ihre Leidenschaft gilt besonders den Buchstaben zwischen zwei Buchdeckeln. Die Autorin ist Mitglied beim Verein Schweizer Phantastikautor*innen und Co-Coach einer Fantasyschreibgruppe des Jungen Literaturlabors in Zürich. Die Ostschweizerin lebt zusammen mit ihrem Mann in einem noch katzenlosen Haushalt, singt im Dorfchor und stapelt Bücher für ihren Bookstagram-Channel.

Glossar

Academeia – wichtigste und größte Magieschule von Islirith, an der Magi aus allen Königreichen den Umgang mit ihren Kräften erlernen. Die Academeia ist mit zahlreichen Zaubern vor Angriffen geschützt.

Antiqua – Kriegsschiff von Denzell Rowe, Heerführer der vereinigten Reiche von Islirith

Clachan Dhubh – »klaken du« bedeutet »Schwarzer Stein«, Landstrich im Südwesten von Islirith, der durch den Orden der Sichel okkupiert wurde. Einst war das schwarze Küstengebiet eine blühende Demokratie.

Cnock-na-Dealgan – »Croc na tschelgen« bedeutet »Hügel der Dornen«, Felsenfestung an der Südwestküste von Islirith sowie Hauptquartier und Ausbildungsstätte des Ordens der Sichel

Domhan Uaighe – »daum uah« bedeutet »Reich der Gräber«, Wüstenreich an der östlichen Küste von Islirith. Domhan Uaighe wird von einem Shah und dessen Fürstenfamilie angeführt und gilt als Heimat zahlreicher Nekromanten.

Gestaltwandeln – eine der vier Arten von Magie. Gestaltwandler verwandeln ihren Körper in ein bestimmtes Tier und können sich dadurch in begrenztem Maße selbst heilen. Verbleiben sie aber zu lange in ihrer Tiergestalt, verlieren sie ihre Menschlichkeit.

Grabstättler – abschätzige Bezeichnung für Nekromanten, die sich besonders auf die Einwohnerinnen und Einwohner von Domhan Uaighe bezieht

Gwendynn – Königreich und Hauptstadt, in der sich die Academeia befindet. Der Magieschule und der ertragreichen Landwirtschaft hat Gwendynn seinen Reichtum und Einfluss zu verdanken.

Elementarmagie – eine der vier Arten von Magie. Elementare beherrschen eines der Elemente Feuer, Wasser, Erde oder Luft. Nutzen sie ihre Macht zu intensiv, zerfällt ihr Körper zu Staub.

Empathie – eine der vier Arten von Magie. Empathen lesen Gedanken und manipulieren Gefühle. Besonders starken Empathen wird nachgesagt, Emotionen als Farben wahrzunehmen. Verwendet ein Empath seine Kräfte zu stark, droht ihm, Fremd- und Selbstwahrnehmung nicht mehr unterscheiden zu können.

Helmhaim – abgelegene Festung an den nördlichen Klippen von Hinia. Ciaran wird zusammen mit seinem besten Freund Thim dorthin verbannt, als er noch ein Kind ist.

Helia – Göttin der Ordnung und der Sonne. Sie gilt als Schutzpatronin von Hinia und wird von der Königsfamilie verehrt.

Hinia – östlicher Kontinent bzw. Königreich der Ordnung, das von Königin Menefer Whitehart mit strenger Hand geführt wird. Magie ist in Hinia verboten und wird mit dem Tod bestraft.

Imagi – Menschen, die ohne Zugang zur Magie geboren werden

Islirith – westlicher Kontinent bzw. Völkerbund der magischen Königreiche. Die Länder von Islirith haben sich zusammengeschlossen, um gegen Hinia in den Krieg zu ziehen. Denzell Rowe, auch Blutgraf genannt, ist der Anführer der vereinigten Armeen.

Kaedhos – Gott des Sturms und der Elemente. Je nach Erzählung gilt er als Widersacher oder Liebhaber von Helia. Obwohl Kaedhos in Hinia nicht explizit verehrt wird, ist sein Name nicht unbekannt. So missbraucht man ihn gerne für Flüche.

Königliche – Bezeichnung für die Soldaten des Shahs. Im Bürgerkrieg sicherten sie einem Emporkömmling den Thron und kämpften anschließend gegen Denzell Rowes Rebellen.

Königskron – Gebirgskette in Hinia, die die Hauptstadt Meerfall in Form einer Krone umschließt

Magi – Menschen, die mit magischen Fähigkeiten geboren werden. Man unterscheidet zwischen den vier Arten von Magie: Gestaltwandeln, Elementarmagie, Empathie und Nekromantie.

Mauritio – Zweimaster der Piratenmannschaft von Kapitänin Alaria aus Domhan Uaighe. Mannschaftmitglieder: Nekromant und Erster Maat Brog, Windmagier Felsen, Feuermagier Faust, Windmagier Rollo, Wassermagierin und Schiffsärztin Tucker, Blauwal-Gestaltwandler Cringles, Koch Gregor

Meerfall – Hauptstadt Hinias, in der sich der Palast von Königin Menefer befindet

Nekromantie – eine der vier Arten von Magie. Nekromanten beherrschen die Toten, aber bezahlen dafür mit ihrer eigenen Lebensenergie. Die Manipulation von Lebenden ist gefährlich und wird verachtet.

Orden der Sichel – fanatische Gruppierung, die Kaedhos verehrt und die Ankunft des Gottes auf Erden ermöglichen will. Obwohl der Orden von einem Rat geführt wird, konnte sich ein Luftmagier mit dem Übernamen »Zerfresser« als ihr eigentliches Oberhaupt emporschwingen.

Ugbert – Ciarans und Menefers Großvater und ehemaliger König von Hinia, der kurz vor Ciarans Geburt starb

Unterdon – Fischerhafen südlich von Helmhaim an der Westküste des Königreichs Hinia

Shah – Fürstentitel von Domhan Uaighe, der bis zum Bürgerkrieg in Denzell Rowes Familie weitervererbt wurde

Sturmfalke – Kosename der Mannschaft für das Piratenschiff von Kapitänin Alaria, segelt unter der Flagge von Domhan Uaighe, siehe auch *Mauritio*

Tir an-t Oighear – »tirr an't ais« bedeutet »Land des ewigen Eises«, Königreich von Islirith, das für seine hochalpinen Gebirgsketten und eisigen Temperaturen bekannt ist. Geburtsort von Niamh (»niif«)

Trega – Hauptstadt von Domhan Uaighe. Trega ist berühmt für den prächtigen Palast des Shahs und für seinen Hafen, an dem Waren aus aller Welt ankommen.

Zerfresser – Eigenname des Luftmagiers, der sich eigenmächtig zum Oberhaupt des Ordens der Sichel ernannt und dessen Ratsmitglieder unter seiner Kontrolle hat. Dem Zerfresser wird eine Vorliebe für Blutopfer nachgesagt – eine längst verbotene und irrtümliche Praxis, bei der Magier rituell geopfert werden, was angeblich die eigene Magie stärken soll.

Sternensand Verlag

Besucht uns im Netz:

www.sternensand-verlag.ch

www.facebook.com/sternensandverlag

www.instagram.com/sternensandverlag